島野★熊太郎

【目次】

まえがき

「活動的な馬鹿ほど恐ろしいものはない」（ゲーテ）

この物語は実話をモチーフにしたフィクションであり、実在の人物、団体とは一切関係ない。うっちぃ（仮名）と空ちゃん（仮名）のメールと出来事を赤裸々にオマージュした書簡体小説である。何が実話で何がフィクションかは明かせないけれど、ここに書かれた話のいくつかと極めて似た出来事が現実にあった。それゆえ、この物語を公にすることは幾ばくかの躊躇があった。うっちぃや空ちゃんや登場人物のモデルとなった人たちの醜態を晒し、繊細な心を傷つけはしまいかと懸念するからである。なお、記憶違いなどにより、現実とは異なる記述があるかもしれないが、全てフィクションのためご容赦いただきたい。

ある所に、恥の多い生涯を送り孤独と葛藤し、怠惰な生活に身を亡ぼさんとするやつがいた。名は熊太郎という。

落語『芝浜』に登場する熊さん（名は熊八や勝五郎だったりする）は、少しおっちょこちょいの魚屋さんだが、本物語に登場する熊さんは、かなりすっとこどっこいの、魚も満足に獲れない熊なのに活動的な馬鹿である。赤点の自分よりもテストの点数が低いやつや、当の本人だけ気付いていないボケた発言をするやつに無上の癒しを感じるように、仕事もせずに毎日のうのうと暮らす熊太郎の存在を目にすれば、日常生活の数多のストレスもいささか軽減されるのではないかと期待する。

人生は、修学旅行で買ってすぐに後悔した、「京都」という地名刻印入りの桐下駄のように儚いものである。そして、LINEを見られ浮気を疑われたときのように儚くも苦しいものである。もし、身近にうっちぃのような愚劣なやつがいても、空ちゃんのような可憐な人がいても、熊太郎やメリーちゃんのような奇怪な宇宙怪獣がいても、このお話に登場する人物とは何の関係もない。…と思っていただきたい。

うっちぃ（文責は熊太郎＜拇印＞）

第1章

邂逅

邂逅（かいこう）：偶然の出会い。

第１話　同窓会

「二十代の恋は幻想である。三十代の恋は浮気である。人は四十歳に達して初めて真のプラトニックな恋愛を知る」（ゲーテ）

ヨハン・ヴォルフガング・フォン・ゲーテ：ドイツの詩人、作家、政治家。1749-1832。代表作は『若きウェルテルの悩み』、『ファウスト』。『若きウェルテルの悩み』は、主人公ウェルテルがシャルロッテを愛するも、叶わぬ恋の末に自殺する書簡体小説。ゲーテは、ワイマール公国の宰相（さいしょう）（皇帝を支える首相）の頃にシャルロッテ夫人と10年以上の不倫の恋を続け、多くの手紙を送った。

中学を卒業して30年が経って、初めての同窓会が新潟駅近くのホテルで開かれました。うっちぃ（男、45歳、神奈川在住、妻子持ち）と空ちゃん（女、45歳、岡山在住、離婚して息子と２人暮らし）は、二次会、三次会と大勢ではしごした後、たまたま駅前にある同じホテルを予約していたので一緒にホテルに帰りました。そして、２人は空ちゃんの部屋でお酒を飲み、親密な関係になりました。次の日、うっちぃは午前中の新幹線で神奈川に帰り、空ちゃんは地元の友達と過ごし、翌日の新幹線で岡山に帰る予定でした。

2014年8月17日（日）17：22　ありがとう

From：うっちぃ　Date：2014年8月17日（日）17：22　..・*.・*—
今日はありがとう。卒業以来、初めて顔を合わせたやつも多かったけど、級友たちと再会してタイムスリップしたかのように中学生の気持ちに戻って楽しめました。外見は必要以上に老けても、頭の中は１ミリも成長のない人たちです。三次会まで行っても話が尽きず、浴びるほど飲んだビールに酔って、愉快に笑いっぱなしの心地良い時間に包まれました。中学の時は、俺たちはまともに話したことなんてなかったのに、昔、よく広樹から話を聞いていたので、空ちゃんに会ってとても懐かしい感じがしました。ホテルで２人きりになると、

From：うっちぃ　Date：2014年8月17日（日）17：41　‥・＊.・＊—
慣れない携帯メールで、途中で送信されちゃった（汗💦）。２人きりになると、何度抱いてもまた抱きたい衝動が止まらない一夜でした。今度、美味しい物を御馳走します。また会える？　半年先くらいに会えるといいな。それとも、次に会うのは次回の同窓会かな？　気長に待ってます。彼に見られちゃまずいメールは、すぐに消した方がいいぞ。

広樹は中学の時、空ちゃんの彼で、うっちぃの親友でした。

From：空ちゃん　Date：2014年8月17日（日）18：03　‥・＊.・＊—
どうもありがとう。私はあなたのことをほとんど知らなかったから、少しお話しするだけって思ったのに、まさか抱かれるなんて思ってもなかった。私は男の人に体を見られるのも触れられるのも苦手。でも、あなたは優しくて上手だった。一晩一緒に過ごせて良かったと今は思っている。メールの心配はご無用よ。また会いましょうね！　いつになるかはわからないけど…。

2014年8月19日（火）23：19　デートのお誘い

From：うっちぃ　Date：2014年8月19日（火）23：19　‥・＊.・＊—
今週末、香川に行きます。用事が終わったら、土曜の夜、空ちゃんを抱きに岡山まで行っていい？　マジです。

From：空ちゃん　Date：2014年8月19日（火）23：26　‥・＊.・＊—
ホントに！？　香川へは一人で来るの？　出張？　土曜の夜は空いてるけど、エッチはちょっと…好きじゃないのよ。この前は一夜限りのアバンチュールって思っただけ。😃

From：うっちぃ　Date：2014年8月19日（火）23：38　‥・＊.・＊—
娘の部活の大会が高松であるから見に行く。空ちゃんに会ったら、絶対に抱きたくなる。岡山まで出てこれる？

From：空ちゃん　Date：2014年8月19日（火）23：45　‥・＊.・＊—
ご飯を食べたり飲みに行ったりなら喜んで行くけど、エッチは嫌。でも何で私を抱きたい？　あの日は誰でも良かったんじゃないの。😜

From：うっちぃ　Date：2014年8月20日（水）00：01　..・＊.・＊—
あの日の空ちゃんは、愛おしくずっと側にいたいと思う女性だった。実年齢より20歳くらい若く見えて、芸能人に例えると永遠の憧れシャルロッテか、永遠の妖精石田ゆり子かな。40代の女性の誰よりも素敵だった。

From：空ちゃん　Date：2014年8月20日（水）00：11　..・＊.・＊—
あはは。うっちぃはだいぶ飲みすぎて、酔ってたのかしら？

From：うっちぃ　Date：2014年8月20日（水）00：26　..・＊.・＊—
俺の中の空ちゃんのイメージは、中学校の教室の隅でおしとやかに座っている女の子。その女の子が清楚で凛々しい女性になってた。岡山に行く日の夕ご飯は何食べたい？　好きな物を教えて。エッチなしでご飯食べよう。もう時間も遅いし、返信は今日でなくてもいつでもいいぞ。

From：空ちゃん　Date：2014年8月20日（水）00：33　..・＊.・＊—
あはは。その私へのイメージは大きな誤解だわ。遅いからもう寝かせてあげる。またね！　おやすみ。🌙

From：うっちぃ　Date：2014年8月20日（水）00：41　..・＊.・＊—
おやすみ。

2014年8月20日（水）22：52　RE：デートのお誘い

From：空ちゃん　Date：2014年8月20日（水）22：52　..・＊.・＊—
遅い時間にゴメンなさい。ちょっと飲みに行ってたもんで…。(_ _)　昨日の話だけど、好きな物…っていうより嫌いな物はバナナ。あとパクチーみたいなアジアンっぽい香りが強い食べ物はあまり好きじゃない。それ以外なら何でもＯＫよ！　土曜日は夜に帰るの？　それとも泊まり？返事は今日じゃなくていいよ。私は毎日寝るのは遅いんだけど、あなたが寝不足になっちゃいけないから。

From：うっちぃ　Date：2014年8月20日（水）23：15　..・＊.・＊—
まだ、帰宅途中。帰りの痛筋電車の中（おやじギャグ)。土曜日の夜は岡山に泊まる。空ちゃんからメールをもらったから、今日は安らかに眠れる（笑)。またメールする。

From：空ちゃん　Date：2014年8月20日（水）23：19　..・＊.・＊—
こんな時間まで仕事なんて大変…。シフト勤務じゃないんでしょ？　土曜の宿はもう取ってあるの？

From：うっちぃ　Date：2014年8月20日（水）23：28　..・＊.・＊—
最近、会社を出るのはこれくらいの時間になることが多い。朝９時前に会社に行ってる。毎日６時起き。貧乏暇なし。宿はまだ取ってない。

From：空ちゃん　Date：2014年8月20日（水）23：32　..・＊.・＊—
あはは。貧乏暇なしなんてよく言うわ。労働時間長すぎ。まだ電車でしょ？　家に着くまで暇なら付き合うわよ。

From：うっちぃ　Date：2014年8月20日（水）23：45　..・＊.・＊—
電車の中は暇、暇。ぼうっとしながらボケっとして、暇にもてあそばれてるくらい暇。１時頃、家に着く。

From：空ちゃん　Date：2014年8月20日（水）23：51　..・＊.・＊—
(さっきは、暇なしって言ってたような…）１時に帰って朝６時起きって…、無理しないでね。

From：うっちぃ　Date：2014年8月21日（木）00：01　..・＊.・＊—
毎日４時間半は寝たいと思うけど、なかなかできない。毎日、満員電車で通勤するだけで、睡眠時間も靴の踵も寿命もＨＰも削られていく。負け組の典型のような生活をしている。

From：空ちゃん　Date：2014年8月21日（木）00：04　..・＊.・＊—
うっ、大変。田舎はそんなことないもんな。私にはとてもできないわ。

From：うっちぃ　Date：2014年8月21日（木）00：17　..・＊.・＊—
毎日「今日一日だけ会社に行こう！」と通勤だけ頑張っている。

From：空ちゃん　Date：2014年8月21日（木）00：22　..・＊.・＊—
「今日も一日頑張ろう」じゃないのね。

From：うっちぃ　Date：2014年8月21日（木）00：34　‥・＊.・＊—
一日も頑張るなんて無理。２時間も頑張るとエネルギーが切れる。毎日、仕事が終わらないのにいつの間にか夜になって、布団に入ってちょっとうとうとしたと思ったら早々に朝になってる。こういうのを烏兎怱怱って言うんだな…。あっという間に朝になる。

From：空ちゃん　Date：2014年8月21日（木）00：38　‥・＊.・＊—
こんな時間まで仕事して、さらに通勤で２時間近くかかるんでしょ？

From：うっちぃ　Date：2014年8月21日（木）00：45　‥・＊.・＊—
そう。空ちゃんは、会社までどのくらいかかる？

From：空ちゃん　Date：2014年8月21日（木）00：49　‥・＊.・＊—
私はマイカーだけど、朝は混んでて倍の時間がかかる。音楽聞きながら20分くらい。

From：うっちぃ　Date：2014年8月21日（木）00：53　‥・＊.・＊—
混んでなかったら10分ってことだね…。もう、俺、明日から通勤を頑張るのやめる。

From：空ちゃん　Date：2014年8月21日（木）01：01　‥・＊.・＊—
こっちは田舎だから、こんなもんよ。

From：うっちぃ　Date：2014年8月21日（木）01：09　‥・＊.・＊—
やっと家に着いた（着いたけど暇です）。

From：空ちゃん　Date：2014年8月21日（木）01：12　‥・＊.・＊—
（貧乏暇なしなんじゃなかったっけ！？）そっか。でも明日も仕事でしょ？朝早いんだから早く寝て、明日も通勤しないと。

From：うっちぃ　Date：2014年8月21日（木）01：18　‥・＊.・＊—
そうする。明日も仕事。布団に入って「あっ」と言うと、もう朝になる。毎日、時間の魔法にかかってるみたい。空ちゃんも寝な。

From：空ちゃん　Date：2014年8月21日（木）01：20　..・＊.・＊—
うん！　寝る。またね。おやすみ。♡

From：うっちぃ　Date：2014年8月21日（木）01：24　..・＊.・＊—
（おっ、ハートゲットだぜ）おやすみ～。💤

From：空ちゃん　Date：2014年8月21日（木）01：25　..・＊.・＊—
「あっ！」

From：うっちぃ　Date：2014年8月21日（木）01：34　..・＊.・＊—
🌞📻＜♬新しい朝が来た　希望の朝だ♪

作詞：藤浦洸、作曲：藤山一郎　「ラジオ体操の歌」から引用

⏰💢＜ピピピ。起きろ～。

2014年8月21日（木）23：10　週末の予定

From：うっちぃ　Date：2014年8月21日（木）23：10　..・＊.・＊—
仕事、終わった。今から1時間50分、電車で帰宅する。空ちゃんはいつも何時に寝るの？　汝は？（おやじギャグ）

From：空ちゃん　Date：2014年8月21日（木）23：16　..・＊.・＊—
（はは。夏なのに寒い風が…。🍃～）1時頃まではだいたい起きてるわ。今から帰宅って大変すぎる…。お話ししながら帰る？

From：うっちぃ　Date：2014年8月21日（木）23：25　..・＊.・＊—
お話しする～（わくわく）。土曜日は、17時半に岡山駅で待ち合わせよう。食事をして、デートして…、ホテルはツインを取っておく。日曜日は何時に帰ってもいいので、何するかは会ってから決めよう。

From：空ちゃん　Date：2014年8月21日（木）23：29　..・＊.・＊—
了解って言いたいとこだけど、ツインですかぁ？　一緒に泊まる気満々だね。まっ、いいけど（いいのか？）。エッチはなしだよ！　😁

From：うっちぃ　Date：2014年8月21日（木）23：41　..・＊.・＊—
ＯＫ（笑)。明日の夜行バスで香川に行く。

From：空ちゃん　Date：2014年8月21日（木）23：48　..・＊.・＊—
夜行バスなら土曜日の朝に着くんだね。でもさ、きっとあの日、同じホテルに泊まってなかったらこんな風にメールすることもなかったね。

From：うっちぃ　Date：2014年8月22日（金）00：13　..・＊.・＊—
ない。しかも１週間後にまた会いに行こうとは。仕事では滅多に見れないフットワークの軽快さだ。社長の驚く顔が目に浮かぶ。

From：空ちゃん　Date：2014年8月22日（金）00：26　..・＊.・＊—
ところで、土曜日の晩は何食べに行く？　調べておこうか？

From：うっちぃ　Date：2014年8月22日（金）00：45　..・＊.・＊—
俺も調べとく。家までもう一駅。この時間は終電が過ぎていて、今からタクシーで1000円移動。＜￥1,000-

From：空ちゃん　Date：2014年8月22日（金）00：49　..・＊.・＊—
うっく。この時間になると毎日タクシーってことだよね。家に帰るのも大変…。もうすぐ到着だね。

From：うっちぃ　Date：2014年8月22日（金）01：03　..・＊.・＊—
タクシー揺レれルル、目～る打てになあい。家、通り過ぎた…（笑)。
“(((＜キキー

From：空ちゃん　Date：2014年8月22日（金）01：07　..・＊.・＊—
お疲れさまでした！　明日は何時にそっち出るの？

From：うっちぃ　Date：2014年8月22日（金）01：11　..・＊.・＊—
会社から直行で、22時前の夜行バスに乗る。６時半頃、高松着。明日の朝は５時起床（笑)。

From：空ちゃん　Date：2014年8月22日（金）01：15　..・＊.・＊—
早っ。起床時間まであと４時間もない。あっという間もなく、朝になっ

ちゃいそうね。早くおやすみ。💤

From：うっちぃ　Date：2014年8月22日（金）01：18　..・*.・*ー
おやすみ〜。💤

2014年8月22日（金）21：29　今から移動

From：うっちぃ　Date：2014年8月22日（金）21：29　..・*.・*ー
もうすぐ光速バスに乗る。21時45分発。バスに乗ってうとうとすれば、あっという間に朝になって香川に着いてるはず。
🚌💨　　🏃💨＜コラ、待て

From：空ちゃん　Date：2014年8月22日（金）21：37　..・*.・*ー
（高速バスね！　光速バスならあっという間に着きそうだけど）こっちは朝、大雨だったけど娘さんは無事に来られたのかしら？

From：うっちぃ　Date：2014年8月22日（金）21：42　..・*.・*ー
娘は部活の先生と朝から新幹線で行った。今日は練習で明日が試合。

From：空ちゃん　Date：2014年8月22日（金）21：49　..・*.・*ー
うっちぃはもうバスに乗ったね！

From：うっちぃ　Date：2014年8月22日（金）21：55　..・*.・*ー
乗った。まもなく光速走行するから、シートベルトをしっかり締めて、とアナウンスしてた。一瞬で時空を超越する、ワープ航法みたいなやつか！？　「ヤマト発進」って感じ。🚌💨＜♪宇宙戦艦ヤマト〜

From：空ちゃん　Date：2014年8月22日（金）21：59　..・*.・*ー
（高速走行！）バスは快適？

From：うっちぃ　Date：2014年8月22日（金）22：05　..・*.・*ー
驚くほど素敵な乗り心地。横３列で全席一人掛けシート。家で４時間半しか寝れないよりも、ここで７時間寝た方が健康にいい。睡眠不足が解消できる。

From：空ちゃん　Date：2014年8月22日（金）22：09　..・＊.・＊—
快適なら寝れそうだね。

From：うっちぃ　Date：2014年8月22日（金）22：17　..・＊.・＊—
バスは快適だけど、光速走行に入ったらオレンジや白の光跡が華麗で、わくわくして寝れない。

From：空ちゃん　Date：2014年8月22日（金）22：22　..・＊.・＊—
でもマメなお父さんだよね。娘の大会をわざわざ四国まで見に行くなんて…。愛娘なんだねぇ。

From：うっちぃ　Date：2014年8月22日（金）22：28　..・＊.・＊—
娘、中３。今回が部活最後の総体で、３年間の集大成となる一大決戦だ。ガミラス軍を倒して地球にコスモクリーナーを…、じゃない、優勝トロフィーを持ち帰らねば。

From：空ちゃん　Date：2014年8月22日（金）22：32　..・＊.・＊—
部活は何やってるの？　バスケットボールとか？

From：うっちぃ　Date：2014年8月22日（金）22：36　..・＊.・＊—
そう。バスケ、正解！　＜コレハ、セカイ

From：空ちゃん　Date：2014年8月22日（金）22：39　..・＊.・＊—
マジ？　パパと一緒なんだ。四国まで来るってことは全国大会とか？

From：うっちぃ　Date：2014年8月22日（金）22：43　..・＊.・＊—
夏の全国大会。この世代は頑張ってる子がいると、ほかの部員も釣られて頑張る。練習の成果が結果に現れるとうれしい。＜コレハ、セイカ

From：空ちゃん　Date：2014年8月22日（金）22：47　..・＊.・＊—
それが部活のいいとこね。奥さんは応援には行きたがらなかったの？

From：うっちぃ　Date：2014年8月22日（金）22：51　..・＊.・＊—
カミさんは娘と同じ新幹線で、朝から行かれてる。＜コレハ、セー

イカ

From：空ちゃん　Date：2014年8月22日（金）22：53　..・＊.・＊―
どうやってうっちぃは一人で高松まで行くことを説得したの？

From：うっちぃ　Date：2014年8月22日（金）22：56　..・＊.・＊―
今日は平日で普通に仕事があるから、岡山に行かなくても一人で夜行バスで高松に行って、一人で帰る予定だった。カミさんと娘はホテルにご宿泊あそばされて、明後日はどこかでお遊びあそばされる予定。

From：空ちゃん　Date：2014年8月22日（金）23：00　..・＊.・＊―
なるほど。毎日、夜遅いのにバスに揺られて眠くない？　今日は朝が早かったんでしょ。ゆっくりおやすみあそばされたら？

From：うっちぃ　Date：2014年8月22日（金）23：05　..・＊.・＊―
リクライニングシートで熟睡できそう。会議室の椅子に推薦したい（俺は通勤電車の90度の椅子でも、会議中の90度の椅子でも寝れる）。

From：空ちゃん　Date：2014年8月22日（金）23：16　..・＊.・＊―
リクライニングの椅子でも会議中は起きてた方がいいよ。＼(^.^)／

From：うっちぃ　Date：2014年8月22日（金）23：22　..・＊.・＊―
今週は毎日遅くまでメールしてたから、空ちゃんも寝不足だろう。今日は早く寝て、明日、しっぽりと語り合う？　時々、キスしながら。

From：空ちゃん　Date：2014年8月22日（金）23：31　..・＊.・＊―
キスもな～し！　私は睡眠不足は慣れてる。昨年までは仕事のあとにバイトしてたから、毎日４時間しか寝れなかった。30代の頃はさらに新聞配達もしてた。結構よく働いてきたよ。私はもう少し起きてるけど、うっちぃはもう寝た方がいいよ。体育館でうとうとしたら困るでしょ。

From：うっちぃ　Date：2014年8月22日（金）23：39　..・＊.・＊―
スゴイ。俺も仕事が遅くなることは多いけど、睡眠不足は慣れない。今日は寝る。ヤマトはちょうどワープ航法が終わり、サービスエリアで休憩タイムに入る。おやすみ～。＜ワープ成功しました

From：空ちゃん　Date：2014年8月22日（金）23：45　‥・＊.・＊—
おやすみ。

2014年8月23日（土）15：35　岡山に行く

From：うっちぃ　Date：2014年8月23日（土）15：35　‥・＊.・＊—
今から全力で岡山に移動する（全力なのは電車で、俺はぼうっとしながらボケっと座ってるだけだけど）。ヽ(^。^)ノ＜ボケっ
＜発車しま～す　＜コラ、待て

From：空ちゃん　Date：2014年8月23日（土）15：39　‥・＊.・＊—
私は今、シャワー浴びてきた。これから準備するところ。娘さんの試合の結果はどうだったのかしら？

From：うっちぃ　Date：2014年8月23日（土）15：45　‥・＊.・＊—
予想どおり負けた。相手の180cmの選手にたじたじで、ゴール下もいいように決められてた。子供の中に一人大人が混じってる感じ。スピードとテクニックと声出しは上回っていたけど、あと一歩及ばず、34点差で負けた…。17時半に岡山駅の改札口で待ち合わせよう。

From：空ちゃん　Date：2014年8月23日（土）15：49　‥・＊.・＊—
中学女子で180cmはあっぱれだわ。あと一歩で34点開いちゃうのね…。は～い、楽しみに待ってる。＼(^.^)／

From：うっちぃ　Date：2014年8月23日（土）15：54　‥・＊.・＊—
あと一歩だったけど、毎回高さが30cm及ばなかった…。敵のデスラー総統みたいな顔した監督も高笑いしてた（）。ところで、岡山の天気はどう？　天気、ググる。＜google=グーグル先生

From：空ちゃん　Date：2014年8月23日（土）16：02　‥・＊.・＊—
こっちは珍しくいい天気。最近、雨の日が多くて。今日は朝一時、ザーッと降ったけどそれだけ。明日は曇り。15時頃から雨の予報。

From：うっちぃ　Date：2014年8月23日（土）16：28　‥・＊.・＊—

あっ、急いで乗り換えたら、電車の行き先が違う…。運転手さんが上りと下りを間違えたみたい。あわてんぼの運転手さんだな、まったくもう。集合、18時半にしよう…。(- -;)＼

From：空ちゃん　Date：2014年8月23日（土）16：34　..・＊.・＊—
(運転手さんは間違えてないと思うけど。)まあ、そ～ゆ～こともあるって。良かったじゃん。それくらいのロスで着けるんだから。

From：うっちぃ　Date：2014年8月23日（土）16：41　..・＊.・＊—
運転手さんはきっと毎日残業続きでお疲れなのに、デートかなんかでうきうきして、ぼうっとしながらボケっとして、上りと下りを間違えたに違いない。自分のことのように気持ちがわかる。だから、空ちゃんも運転手さんのことを怒んないであげよう。もう、家、出ちゃった！？
＜お乗り間違えございませんようにお願いします。／(^^;)

From：空ちゃん　Date：2014年8月23日（土）16：45　..・＊.・＊—
まだ家で準備してるところだから全然、平気。運転手さんにも気にしないでって伝えといてね。

From：うっちぃ　Date：2014年8月23日（土）16：53　..・＊.・＊—
ごめん、俺バカ。今度、お遍路さんか何かの修行して、おバカを直してくる。利口になって、ちゃんと運転手さんが行き先を間違えない電車に乗る。空ちゃんが家を出てなくて良かった。介＜お遍路

From：空ちゃん　Date：2014年8月23日（土）16：59　..・＊.・＊—
出てたってへ～きだよ！　１時間くらいならウインドウショッピングでもしてればすぐだもん。

From：うっちぃ　Date：2014年8月23日（土）17：04　..・＊.・＊—
香川はポツポツ雨が降りだした。今宵は後楽園を散歩したい。
＝後楽園

From：空ちゃん　Date：2014年8月23日（土）17：14　..・＊.・＊—
そうだね。後楽園は幻想庭園といって、夜間ライトアップしてるからいいかも！　たしか庭園は21時か21時半くらいまでやってたと思う。夜は

長いから大丈夫。ホテルはどこをとったの？

From：うっちぃ　Date：2014年8月23日（土）17：20　..・＊.・＊—
ホテルは後楽園の近く。岡山行の快速マリンライナーに乗り代え変え換えたから、この運転手さんは大丈夫。🚃🚃📢＜終点、岡山行き～

From：空ちゃん　Date：2014年8月23日（土）17：25　..・＊.・＊—
（だいぶ苦労して乗り換えたようね…）あとは一直線だね。電車降りたら中央改札口へ。そこで待ってる！

2014年8月23日（土）空ちゃんの回想日記

うっちぃが岡山まで会いに来てくれた。娘さんの試合を観るついでって言ってたけど、うれしかったな。

岡山駅から路面電車で一直線に城下駅まで移動し、少し歩くと岡山後楽園と岡山城がある。岡山城は、黒漆塗(くろうるしぬ)りの下見板(したみいた)（上下が少しずつ重なるように張り合わせた板）が張られている黒いお城で、烏城(うじょう)と呼ばれる。日本三名園の一つ、岡山後楽園の広大な庭は、松をはじめ樹形を丸型に剪定(せんてい)したツツジ、夏に花を咲かせるサルスベリ、ナツズイセンなどが鮮やかにライトアップされている。幻想庭園の名前のごとく、多種多様な樹々が地上から照らされる光によって凛と暗闇に浮かび上がり、青緑に照らされる逆さ烏城とともに池の水面に映え、揺蕩(たゆた)う様が麗しい。それらを鑑賞しながらのんびり庭園を歩くと心も長閑(のどか)になる。遠くの空で打ち上げ花火が上がっていた。今日はどこかのお祭りだったっけ？

うっちぃが選んでくれた創作和食料理の店に行き、ビールで再会の乾杯をした。しゃきっと瑞々(みずみず)しいスティック状のニンジン、ダイコン、キュウリを桃の果肉をベースに作られたドレッシングで食べるデザートのような味わいのサラダや、炙り大トロとボタン海老のさしみ、柔らかい牛肉に薄く衣をつけ、さっと米油で揚げた「牛肉薄揚げ」など、どれもはずれがなく一品一品を堪能(たんのう)した。

ホテルの窓からはライトアップされた岡山城が見えた。ツインの部屋で、結局一つのベッドで一緒に寝ちゃったけど嫌じゃなかった。

2014年8月24日（日）空ちゃんの回想日記

倉敷美観地区は、倉敷川沿いに江戸時代から続く情緒豊かな蔵屋敷の町並みが残る。墨色の焼杉板と白漆喰の対照が際立つ壁、延焼を防ぐための四角い瓦が張られている「なまこ壁」、庇から垂れた雨が跳ねないように軒先に犬矢来をあしらった壁など、建物の外観を見て歩くだけでも心が弾む。カフェや証券会社、郵便局さえも同様の外観に統一され、街に溶け込んでいる。うっちぃと手を繋いで散歩するとドキドキときめいちゃった。

古民家風のカフェでニコニコ顔をデザインした「しあわせプリン」と「パンナコッタ」を交換しながら頂くとほっこりする。

大原美術館は1930年（昭和５年）に設立された日本初の西洋美術館で、クロード・モネの『睡蓮』、パブロ・ピカソの『鳥籠』、エル・グレコの『受胎告知』など大原孫三郎の友人の画家、児島虎次郎が蒐集した19～20世紀の西洋画をはじめ、オリエントや中国の古代美術、彫像、日本画や日本の工芸品など、幅広く一級品が揃えられている。

次第に夕暮れとともにお別れの時間が近づくのを惜しみながら、桃＆マスカットパフェをシェアして頂いた。岡山の白桃とマスカットと生クリームとバニラアイスとチョコシロップの組み合わせは、１＋１＋１＋１＋１が10にも20にもなり、満腹感を麻痺させ無限に食べられそうなくらい美味だ。時々、苦みのあるブラックコーヒーを味わいながらパフェを頂くと、さらに旨味が引き立つ。スイカに塩をふると甘味が増すようなものかな。

帰り際、新幹線のホームでうっちぃを見送った時は、すっごく寂しくって涙が出ちゃいそうだったのを我慢してた。こんな気持ちになったのは何年振りかなあ…。また会いに来てくれるかな。

2014年8月24日（日）20：57　見送りありがとう

From：うっちぃ　Date：2014年8月24日（日）20：57　..・＊.・＊ー
わざわざ新幹線のホームまで見送りに来てくれて、ありがと。空ちゃんにまた会えて一緒に過ごせて、とても癒された。今回はエッチはなしでたくさん話をしようと思って来たのに、何度も空ちゃんを抱いてキスして…、新潟で会った時以上に幸せな時間だった。また会いに行く。

From：空ちゃん　Date：2014年8月24日（日）21：15　..・＊.・＊—
お疲れさま。楽しかった２日間をありがと！！　楽しみが終わってしまって、明日からまた仕事。現実に引き戻される気分。お金をたくさん使わせちゃってゴメンね。私は本当はそんなにお金の余裕なんてないんだ。だから両親の住んでいる山形の実家に10年以上も帰ってないの。もし私のことをエッチ以外で思い出してくれたら、また遊びに来てね。エッチだけじゃ寂しいから…。ところで、この辺は大雨で土砂災害警報が出てる。うっちぃも気をつけて帰ってね～。

From：うっちぃ　Date：2014年8月24日（日）21：22　..・＊.・＊—
楽しみにしていてくれたことがうれしい。

From：空ちゃん　Date：2014年8月24日（日）21：37　..・＊.・＊—
最近、甘えたり甘えられたりしたことなかったから、腕枕で寝たり、電車でうっちぃに寄りかかって座ったり、思い出深い２日間だったわ。手を繋いでくれた時は心臓がバクバクした。うれしかった…！　😃

From：うっちぃ　Date：2014年8月24日（日）21：48　..・＊.・＊—
手を繋いで歩いたの何十年振りだろ、俺。岡山後楽園の幻想庭園、そこから偶然見えた花火、大原美術館など倉敷の散策、どれも感動的だった！今、デートの時に撮った空ちゃんの写真見てニヤけてた俺。その写真送る。＼(^.^)／　　📷✨＼(^^)＜カシャ

From：空ちゃん　Date：2014年8月24日（日）21：55　..・＊.・＊—
やだやだ。私、変な顔してるぅ。これ見て笑ってた？　うっく…。

From：うっちぃ　Date：2014年8月24日（日）22：13　..・＊.・＊—
写真を見て笑ってるからって、空ちゃんを笑ってるわけじゃない。

From：空ちゃん　Date：2014年8月24日（日）22：28　..・＊.・＊—
でもこの写真の顔、ちゃんと笑ってるから許してあげよう。私はいつも元気・笑顔・思いやりを忘れずにいたいと思ってる。＼(^.^)／

From：うっちぃ　Date：2014年8月24日（日）22：34　..・＊.・＊—
いつも元気・笑顔・思いやり、いいね。俺は中学の頃の空ちゃんと今の

空ちゃんしか知らない。高校生の空ちゃん、25歳くらいの空ちゃん…会ってみたかったなぁ。

From：空ちゃん　Date：2014年8月24日（日）22：40　..・＊.・＊ー
ハハハ。同じく昔のうっちぃを見てみたいわ。でもその頃の私を見たら、うっちぃは幻滅してると思うから会わなくて良かったよ。元気・笑顔・思いやりは、私の座右の銘みたいなもんよ。

From：うっちぃ　Date：2014年8月24日（日）22：58　..・＊.・＊ー
そろそろ空ちゃんも寝ないと、明日起きれなくて、今週も仕事中に睡魔に襲われるぞ。
＼(^.^)／　(＞)(Θ￥Θ)(Ｖ)＜宇宙怪獣寝むゴン。寝ろ

From：空ちゃん　Date：2014年8月24日（日）23：04　..・＊.・＊ー
明日も頑張って寝むゴンと闘おうね。膝小僧とかあちこち痛いし…(笑)。おやすみ。

From：うっちぃ　Date：2014年8月24日（日）23：11　..・＊.・＊ー
うん、おやすみ〜。また、メールする。＼(^^)／

2014年8月25日（月）23：45　昨日はありがとう

From：うっちぃ　Date：2014年8月25日（月）23：45　..・＊.・＊ー
昨日は結局、娘たちは帰ってこなかった。それを知らなかったくらいコミュニケーションがない我が家。今日はちょっと空ちゃんにメールしたかっただけ。

From：空ちゃん　Date：2014年8月25日（月）23：57　..・＊.・＊ー
お帰り！　もう家？　それとも電車の中？　メールくれてうれしい。もう、しばらくメールは来ないような気がしてた…。＼(^.^)／

From：うっちぃ　Date：2014年8月26日（火）00：09　..・＊.・＊ー
そう感じると寂しいと思ってメールした。全力で家に向かってるとこ。
＜全力　ヽ(^o^)ノ＜ほげ〜

From：空ちゃん　Date：2014年8月26日（火）00：15　..・＊.・＊—
毎日遅くまでお疲れさま。週末の疲れが出たのか、楽しみにしていたイベントが終わってほっとしたのか私も昼間うとうと眠かった。でも例によってこの時間は目が冴えちゃってる…。＼(^.^;)／

From：うっちぃ　Date：2014年8月26日（火）00：29　..・＊.・＊—
「私も」って、俺は眠い前提なんだな…（正解！）。昼間眠くてぼうっとしてたけど、眠くなければボケっとしてて、幸い見分けはつかない。

From：空ちゃん　Date：2014年8月26日（火）00：34　..・＊.・＊—
通勤電車は貴重な睡眠時間？　会社でうとうとしちゃいけないもんね。

From：うっちぃ　Date：2014年8月26日（火）00：40　..・＊.・＊—
朝の電車は、看取られてる老人のように生気を失くして寝てる。帰りの電車は、死に損なった老人のように無駄に元気。空ちゃんこそ、会社でうとうとしてちゃダメだぞ（と自分のことは棚に上げて金庫に保管）。

From：空ちゃん　Date：2014年8月26日（火）00：45　..・＊.・＊—
じゃあ、うっちぃが家に着くまでメールしよ。メールもらうとうれしい。なんかね、うっちぃといた時間が楽しかったから一人だと寂しい。

From：うっちぃ　Date：2014年8月26日（火）00：51　..・＊.・＊—
きっと、近々、また会いに行く。　＼(^.^)／＼(^^)／＜再会

From：空ちゃん　Date：2014年8月26日（火）00：56　..・＊.・＊—
あはは。期待して待ってるわ。😄

From：うっちぃ　Date：2014年8月26日（火）01：09　..・＊.・＊—
家に着いた。どうして笑う？

From：空ちゃん　Date：2014年8月26日（火）01：15　..・＊.・＊—
だって近々…ってどのくらい？　次の同窓会とか？　うっちぃが言ってたように気長に待ってます。

From：うっちぃ　Date：2014年8月26日（火）01：23　..・＊.・＊—

気長に待ってるって…そう言った、俺。でも、またすぐに会いに行きたくなって、岡山まで行っちゃいそう。空ちゃんは、俺のことどれくらい好き？（なんて中学生並のことを聞いてる俺。でも聞きたい）＼(^^)／

From：空ちゃん　Date：2014年8月26日（火）01：28　..・＊.・＊—
今から会いにおいでって言われたら、電車がなくても家から飛び出しちゃいそうなくらい好き…、になっちゃったみたい。♡／(._.)＜テレテレ

From：うっちぃ　Date：2014年8月26日（火）01：37　..・＊.・＊—
うれしい！　今から会いにおいで。今日も安らかに眠れそう。

2014年8月26日（火）23：23　筋肉痛だよ〜

From：空ちゃん　Date：2014年8月26日（火）23：23　..・＊.・＊—
週末にたくさんお散歩したから、腿のとこが筋肉痛になってる。

From：うっちぃ　Date：2014年8月26日（火）23：42　..・＊.・＊—
俺も頭だけじゃなく足まで棒っとしてる。ただでさえぼうっとしてるのに筋肉痛まで加わると最強。鬼に金棒、ジェイソンに斧、大阪のおばちゃんのごとく怖いものなし。…ジェイソンに斧はちょっと怖いか。

From：空ちゃん　Date：2014年8月27日（水）00：01　..・＊.・＊—
この年になると、疲れって翌日じゃなくて翌々日に出るわよね。日曜日に山登りすると火曜日に筋肉痛になってるみたいな…。

From：うっちぃ　Date：2014年8月27日（水）00：29　..・＊.・＊—
空ちゃんは外見は若いのに、翌々日に筋肉痛なんて、体は意外と歳とってるな。でも翌々日なんて言えるのは今のうちで、俺の歳になると翌翌翌日に筋肉痛になるぞ。今日の筋肉痛は土曜日の影響だ。俺なんて、五月病も八月の暑い盛りにかかるし。💪

From：空ちゃん　Date：2014年8月27日（水）00：35　..・＊.・＊—
私たちって中学校の時は同級生だったのに、いつの間にうっちぃだけ歳とっちゃった？

From：うっちぃ　Date：2014年8月27日（水）00：48　..・＊.・＊—
俺も昔はカツオ君やのび太君と同級生だった時もあったのに、いつの間にか俺だけおじさんになってた。女性は29歳が５年くらいあるし、39歳になると、誕生日は10年に１回くらいしか来ない。こうして男と女はだんだん歳が離れる。女性の方が平均寿命が長いのは、このためだ！

From：空ちゃん　Date：2014年8月27日（水）00：53　..・＊.・＊—
ねえ、うっちぃって血液型は何型？

From：うっちぃ　Date：2014年8月27日（水）01：02　..・＊.・＊—
俺はＢ型。空ちゃんはＡＢ型！

From：空ちゃん　Date：2014年8月27日（水）01：09　..・＊.・＊—
ブッブ～。私はＯ型。みんなに典型的だって言われるよ！

From：うっちぃ　Date：2014年8月27日（水）01：16　..・＊.・＊—
Ｏ型ってどういう性格だ？

From：空ちゃん　Date：2014年8月27日（水）01：23　..・＊.・＊—
楽天的。こだわるとこにはとことんこだわるんだけど、大体にして大雑把ってとこかな？　Ｏ型とＢ型は相性がいいんだよ。

From：うっちぃ　Date：2014年8月27日（水）01：29　..・＊.・＊—
いいね。楽天的で大雑把。超絶人生を謳歌できるタイプだ。仕事も頼まれにくくお得感が満載で、生まれながらにして勝ち組の血液型。

From：空ちゃん　Date：2014年8月27日（水）01：35　..・＊.・＊—
Ｂ型は我が道を行くタイプだね。一人で先頭を行くタイプ。

From：うっちぃ　Date：2014年8月27日（水）01：40　..・＊.・＊—
俺は、我が道を行くことなんて滅多にないし、先頭なんて真っ平ごめんで、真っ平に誰かが舗装してくれるまで気長に待ってる。

From：空ちゃん　Date：2014年8月27日（水）01：43　..・＊.・＊—
Ｂ型は道なき道の先頭を行くのが好きで、自己主張が強くほかの人と協調しないタイプなんだけどな～。うっちぃはA型混じりのB型かもね。

From：うっちぃ　Date：2014年8月27日（水）01：48　..・＊.・＊—
８割５分くらいA型が混ざってて、B型なんか３割くらいしかない。

From：空ちゃん　Date：2014年8月27日（水）01：51　..・＊.・＊—
普通はＡＢ型になっちゃうとこだけど（ん、かなり高血圧かも！？）。

From：うっちぃ　Date：2014年8月27日（水）01：57　..・＊.・＊—
俺の中のA型は謙虚すぎて、血液検査でも奥に引っ込んで顔を見せないんだ。だから、俺もこんなに謙虚なんだな（納得！）。

　この頃、うっちぃと空ちゃんは毎日23時頃から１時—２時頃までメールをしていましたが大幅に端折（はしょ）ってダイジェストで紹介しています。

2014年8月28日（木）23：22　美味しい物が食べたい

From：うっちぃ　Date：2014年8月28日（木）23：22　..・＊.・＊—
今から帰る。🚃🚃💨　🏃🚨💨＜コラ、左によって止まりなさい。
今度、２人で美味しい物を食べに行こう。蟹のコース料理とか。

From：空ちゃん　Date：2014年8月28日（木）23：44　..・＊.・＊—
殻から身を取り出すのが面倒じゃない蟹がいいわ。

From：うっちぃ　Date：2014年8月28日（木）23：49　..・＊.・＊—
面倒じゃない蟹というのは、O型らしいリクエストだ。＼(^^)／

From：空ちゃん　Date：2014年8月28日（木）23：56　..・＊.・＊—
空ちゃんは面倒くさがりやかもしれないけど、O型が面倒くさがりというわけではないと思うよ。

From：うっちぃ　Date：2014年8月29日（金）00：00　..・＊.・＊—
楽天的で大雑把で面倒くさがり屋で怠け者だったよね、O型の性格。空ちゃんは、O型の典型なんだっけ？

From：空ちゃん　Date：2014年8月29日（金）00：13　‥・＊.・＊—
楽天的で大雑把とは言ったけど、いつからO型が面倒くさがりで怠け者になった！？　空ちゃんって、そんなふうに見えてた？

From：うっちぃ　Date：2014年8月29日（金）00：25　‥・＊.・＊—
魚の骨を取るのが面倒くさくて、子供の頃はいつも婆やが魚の骨を取ってくれたって言ってたもんね。

From：空ちゃん　Date：2014年8月29日（金）00：33　‥・＊.・＊—
そう。おかげで焼き魚を一人で食べれないおばさんになっちゃった。

From：うっちぃ　Date：2014年8月29日（金）00：39　‥・＊.・＊—
美味しい中華料理を食べに行くのもいいな～。

From：空ちゃん　Date：2014年8月29日（金）00：51　‥・＊.・＊—
空ちゃんが好きなのは、エビチリ、青椒肉絲、回鍋肉、麻婆豆腐、点天の餃子、三不粘、どれも好き！　私は中華料理を作るのも得意よ。八宝菜や酢豚や、肉まんを皮から作ったり。

From：うっちぃ　Date：2014年8月29日（金）01：05　‥・＊.・＊—
俺は食べる方が得意だから、作る方と片付ける方は任せた！　5、6人くらいのテーブルで、大皿に入った中華料理を真ん中に置いて、いろんな料理を少しずつ食べるのが好き。

From：空ちゃん　Date：2014年8月29日（金）01：14　‥・＊.・＊—
中華料理店によくある、円い回るテーブルが家にあるといいわね。あれって、何て言うのかしら？

From：うっちぃ　Date：2014年8月29日（金）01：18　‥・＊.・＊—
回転するテーブル、グルグルする。💻＜goolegle＝グルグル先生
重くてカーソルがグルグルしてる。ベッドメリー、スシロー、違う。中華料理店にある回転するテーブルのことを「レイジー・スーザン」って言うらしい。直訳すると「怠け者のスーザン」。語源ははっきりしないけど、怠け者のウェイトレスのスーザンが考えたという説もあるらしい。

From：空ちゃん　Date：2014年8月29日（金）01：21　..・*.・*—
スーザンって中国人じゃなくて、欧米っぽい名前。レイジー・ワンさんじゃないのね。

From：うっちぃ　Date：2014年8月29日（金）01：24　..・*.・*—
きっと、怠け者のスーザンが「もう面倒くさい。ここに置くから勝手に取り分けてアルヨ！」って、真ん中に大きな丸いお盆を置いて、料理を全部そこに置いたんだ。

From：空ちゃん　Date：2014年8月29日（金）01：26　..・*.・*—
空ちゃん、スーザンとは気が合いそう。

From：うっちぃ　Date：2014年8月29日（金）01：29　..・*.・*—
テーブルの名前が「スーザン・テーブル」じゃなくて、「レイジー・スーザン」ってよっぽど面倒くさがり屋だったんだな。きっと、彼女も典型的な純血なO型に違いない。O型のサラブレッドだ。

From：空ちゃん　Date：2014年8月29日（金）01：32　..・*.・*—
だから、空ちゃんは面倒くさがりやかもしれないけど、O型が面倒くさがりというわけではないと思うよ。😁

From：うっちぃ　Date：2014年8月29日（金）01：35　..・*.・*—
俺も会議室のテーブルや椅子に、「レイジー・うっちぃ」とか、「スリーピー・うっちぃ」って名前を付けられないように気をつけようっと。

2014年8月30日（土）23：21　映画

From：うっちぃ　Date：2014年8月30日（土）23：21　..・*.・*—
昔から映画を見るのが趣味で、一時期、通勤電車の中で毎日ビデオを見てた時があった。(^^)／💻💿

From：空ちゃん　Date：2014年8月30日（土）23：25　..・*.・*—
何のビデオを観てたの？　(#^^)／💻💿<ウフン。♡

From：うっちぃ　Date：2014年8月30日（土）23：32　..・*.・*—

ウフン（♡）ちゃう。ＴＶドラマや映画で、躍る大捜査線、海猿、ＪＩＮ、１リットルの涙、スラムダンク、ぼくの生きる道、バックトゥザフューチャー、ターミネーター、篤姫、Dr.コトー等々。好きなテレビドラマや映画を見るとすぐに琴線に触れて、いつも涙を流していた。電車で泣いてるおじさんは客観的にはキモイ。(/_;)←変な人

From：空ちゃん　Date：2014年8月31日（日）00：02　..・＊.・＊—
うっちぃは映画やドラマで泣ける人なんだ。良かった！　この前、そんな話題が出て、私もＴＶとかすぐ泣けちゃうからそう言ったら、みんなが口をそろえて「うっそだ〜」と。失礼しちゃうわ。でも、自分のことじゃあ絶対に泣かない。それがポリシー。

From：うっちぃ　Date：2014年8月31日（日）00：19　..・＊.・＊—
今日は久しぶりに電車で映画を見た。「ローマの休日」。おもしろい。

From：空ちゃん　Date：2014年8月31日（日）00：24　..・＊.・＊—
オードリーのアン王女が清婉でかわいらしくて、おちゃめで憧れる。

From：うっちぃ　Date：2014年8月31日（日）00：29　..・＊.・＊—
そう。オードリーがかわいらしい。オードリーって空ちゃんに似てる。

From：空ちゃん　Date：2014年8月31日（日）00：35　..・＊.・＊—
あはは。お世辞でもオードリー・ヘプバーンに似てるなんて言われたら、うれしくて舞い上がっちゃうわ！　＼(^.^)／🎈

From：うっちぃ　Date：2014年8月31日（日）00：42　..・＊.・＊—
空ちゃんがオードリー・ヘプバーンに似てるとは言ってない。
＼(^.^)／<ヘプバーン　＼[^□^]／<カスガ
オードリー・ヘプバーンが空ちゃんに似て、かわいいんだって。

From：空ちゃん　Date：2014年8月31日（日）00：53　..・＊.・＊—
う〜ん、うっちぃは口がうますぎ。女の子はそんな言葉でコロっと落ちちゃうよ。

2014年8月31日（日）21：11　明日は仕事

From：うっちぃ　Date：2014年8月31日（日）21：11　‥・＊.・＊ー
日曜日の夜って、憂鬱な気分になるよね。／(~~;)＜ウツ

From：空ちゃん　Date：2014年8月31日（日）21：29　‥・＊.・＊ー
サザエさん症候群ってやつね。私は大丈夫だけど。

From：うっちぃ　Date：2014年8月31日（日）21：44　‥・＊.・＊ー
笑点症候群とも日曜劇場症候群とも言わない。19時が転換点だ。夜になり、日曜日が終わり月曜日を考え始める時間。もっとも、俺の場合は、平日の朝はいつも憂鬱だし、夜もだいたい憂鬱だし、よく考えたら昼間もほぼ憂鬱だ。コンスタントに憂鬱。アベレージが憂鬱。しかも今日は８月31日の日曜日。青少年みんなが鬱になる、暗黒の日曜日。「ジェイソンに斧」並みに最恐の鬱の日！　<明日は２学期

From：空ちゃん　Date：2014年8月31日（日）21：51　‥・＊.・＊ー
13日の金曜日並みに悪いことが起きそうな日だね。空ちゃんはね、今の仕事は好きだから、日曜の夜に憂鬱になることはあんまりないんだ～。

From：うっちぃ　Date：2014年8月31日（日）21：59　‥・＊.・＊ー
空ちゃんはＣＡＤの仕事が好きなんだ？

From：空ちゃん　Date：2014年8月31日（日）22：06　‥・＊.・＊ー
そう。毎日、目に見えて図面が仕上がっていく達成感もあるし、図面が製品になったのを見るのも楽しみ。だからストレスがない。

From：うっちぃ　Date：2014年8月31日（日）22：15　‥・＊.・＊ー
人間の悩みは、仕事の内容よりも、全て対人関係の悩み。とアドラー先生は言ってる。明日辺りは何か起きそうで心配…。

From：空ちゃん　Date：2014年8月31日（日）22：22　‥・＊.・＊ー
「心配事の９割は起こらない」って本もあるから、前向きに楽天的に考えてれば大丈夫だよ。

From：うっちぃ　Date：2014年8月31日（日）22：31　‥・＊.・＊ー

心配事の９割は起こらない、とたぶん思う気がしなくもなくはない…。ただ残りの１割が明日、きっと絶対確実に起きると確信してる。特に日曜日の夜なんてそんな気がする（そしてよく当たる）。加えて今日は８月31日の日曜日だぞ。もう、明日は大当たり間違いなし。祭りのガラポン回しても「心配事、大当たり～」って、当たり鐘をカンカラ鳴らされそう。🔔🎶～<特賞、心配事、大当たり　＼(^^;)／<アワワ

From：空ちゃん　Date：2014年8月31日（日）22：35　..・＊.・＊─
心配事が起きても、命まではとられないから大丈夫。時々、命を取りそうな勢いで怒鳴ってくる人もいるけどね～。

From：うっちぃ　Date：2014年8月31日（日）22：38　..・＊.・＊─
そういうときは、空ちゃんはどうやって対応しているの？

From：空ちゃん　Date：2014年8月31日（日）22：49　..・＊.・＊─
私はいつも、Do　My　Best。できることをやるだけ。何とかなりそうな心配事だったら、どれだけ起きても平気だもん。本当にピンチの心配事って、10年に１回もないと思うから。例えば、失恋とか、入試に落ちたとか、仕事で一千万円の損失を出したとか、こういうのってその時は猛烈なショックで落ち込んじゃうけど、本当にピンチな心配事じゃない。むしろ、軽い方。みんなが一つや二つ経験してることだし、どれも、いくらでもリカバリがきくことだから。新しい恋が見つかれば、昔の失恋のショックなんて忘れるし、１年や２年、学生を長くやるのも、損失を出すのも、頑張ればいくらでも取り返せる。

From：うっちぃ　Date：2014年8月31日（日）22：54　..・＊.・＊─
勇気が湧いてきた！　怒られるくらいのことで心配してガタガタ言ってちゃいけないぞ、うっちぃ。お前にとっては毎日のことじゃないか！

2014年9月1日（月）23：39　寝むゴン襲来

From：空ちゃん　Date：2014年9月1日（月）23：39　..・＊.・＊─
今日は、昼間、寝むゴンにやられて、うとうとしてたわ…。💤

From：うっちぃ　Date：2014年9月1日（月）23：45　..・＊.・＊─

明日は、ウルトラマンに変身して宇宙怪獣寝むゴンをやっつけるから、大船に乗ったつもりで、俺に任せといて。
(o|o)ナ＜シュワッチ　(＞)(Θ￥Θ)(Ｖ)＜寝むゴン

From：空ちゃん　Date：2014年9月2日（火）00：01　..・＊.・＊—
じゃあ、明日は眠くならずにお仕事できるわね。うっちぃは会議中にうとうと大船を漕いでちゃダメだよ。

From：うっちぃ　Date：2014年9月2日（火）00：14　..・＊.・＊—
明日は地球の平和のために、頑張って寝むゴンと戦う！
(o|o)ナ　三Ｚ三Ｚ三Ｚ三　(＞)(Θ￥Θ)(Ｖ)＜降参

From：空ちゃん　Date：2014年9月2日（火）00：20　..・＊.・＊—
うっちぃももう寝かせてあげたいけど、まだ電車かな～。

From：うっちぃ　Date：2014年9月2日（火）00：33　..・＊.・＊—
そう。電車。ウルトラ疲れて、空飛ぶエネルギーも残っていない。
＼(o|o;)／＿＿＿＿＜ガス欠

From：空ちゃん　Date：2014年9月2日（火）00：42　..・＊.・＊—
毎日、深夜遅くまでメールして、寝不足で仕事にならないでしょ。

From：うっちぃ　Date：2014年9月2日（火）00：49　..・＊.・＊—
夜、寝不足だと会議中にぐっすり眠れて好循環！

From：空ちゃん　Date：2014年9月2日（火）00：55　..・＊.・＊—
あはは。メールは電車の中だけで、着いたらすぐに寝てね。本当はいっぱいお話ししたいんだけど、少しでも早く寝かせてあげたいから。

From：うっちぃ　Date：2014年9月2日（火）01：05　..・＊.・＊—
ウルトラマンはメールが楽しくて、この時間はウルトラ元気。電車の中だけと言われると、今月はず～と電車に乗ってて家に着かないかも。
七(o|o)＜ター　(o|o)ナ＜エイッ　＼(o|o)／＜シュワッチ：after5

From：空ちゃん　Date：2014年9月2日（火）01：13　..・＊.・＊—

（さっきはウルトラ疲れたって言ってたような…）そんなこと言わないで、早くお家に帰って寝なきゃ。毎日遅くまでメールして、うっちぃは全然寝れてなくて、お仕事大丈夫かな～って気になってたんだ。ご飯を食べ終わったらすぐ寝ること（牛になっちゃう？）。＼(^.^;)

From：うっちぃ　Date：2014年9月2日（火）01：21　..・＊.・＊―
食べて牛になった人は知らないけど、豚になった人ならいっぱい知ってる。千と千尋の両親はご飯食べたら豚になった。街を歩いてると豚になった人をよく見かける。
＼(^^)／＼(^.^)／→→＼(^0_0^)／＼(^0_0^)／＜幽体離脱～

From：空ちゃん　Date：2014年9月2日（火）01：25　..・＊.・＊―
あはは。豚はリアルすぎるわ。＼(^00^)／

From：うっちぃ　Date：2014年9月2日（火）01：31　..・＊.・＊―
人間って一度豚になると、身も心も豚になって人間に戻れなくなるよね。
＼(^0_0^)／＜最恐、怖いものなし

2014年9月2日（火）23：57　寝むゴンとの決戦（結果報告）

From：うっちぃ　Date：2014年9月2日（火）23：57　..・＊.・＊―
うっちぃウルトラマン（ウルトラマンスーツを脱ぐと中身はうっちぃ）は、本日も寝むゴンに惜敗（通算成績、0勝全敗）。＼(+|+;)／←ヨワッ
Ｚ三Ｚ三Ｚ三Ｚ(＞)(Θ￥Θ)(Ｖ)＜フオーホッホッホッホー

From：空ちゃん　Date：2014年9月3日（水）00：30　..・＊.・＊―
うっちぃウルトラマン、死んじゃったの？

From：うっちぃ　Date：2014年9月3日（水）00：41　..・＊.・＊―
いや、寝てるだけ（怠け者）。＼(-|-)／

From：空ちゃん　Date：2014年9月3日（水）00：49　..・＊.・＊―
うっちぃウルトラマン、ダメダメじゃん。＼(^.^;)

From：うっちぃ　Date：2014年9月3日（水）00：55　..・＊.・＊―

早く気付けて良かった…。宇宙怪獣寝むゴンは数が多すぎ。倒しても倒しても５分おきに何体も出てくる。３分しか戦えないうっちぃウルトラマンじゃ勝てない。＜「うっちぃは、会社では３分しか戦えず、二度と立ち上がれなくなるのだ！」／(o|o;)

2014年9月6日（土）23：07　週末の予定

From：うっちぃ　Date：2014年9月6日（土）23：07　..・＊.・＊―
今日、明日は仕事～。＼(^^)／

From：空ちゃん　Date：2014年9月6日（土）23：18　..・＊.・＊―
今日も明日も？　日曜日って言葉知ってる～？　安息して日曜日を作った神に感謝する日だよ。うっちぃの住む星には日曜日ってないの？

From：うっちぃ　Date：2014年9月6日（土）23：24　..・＊.・＊―
もちろん、俺の星にだって日曜日は毎週１回ある。祝日だってたくさんある。ただ、ないのは休日だけ。

From：空ちゃん　Date：2014年9月6日（土）23：29　..・＊.・＊―
うっちぃはず～っと毎日、毎日、帰りの時間が遅いよね。休日も仕事して、残業代はちゃんと貰えてんの？

From：うっちぃ　Date：2014年9月6日（土）23：35　..・＊.・＊―
管理職だから残業代は出ない。ブラック企業かな？　／(^^;)

From：空ちゃん　Date：2014年9月6日（土）23：39　..・＊.・＊―
そうかも。偉いんだね。＼(^.^)／

From：うっちぃ　Date：2014年9月6日（土）23：43　..・＊.・＊―
残業が多いと、次から次へと管理職に昇格させられる。

2014年9月12日（金）23：22　週末の予定

From：うっちぃ　Date：2014年9月12日（金）23：22　..・＊.・＊―
明日は仕事で、明後日は休みで、明々後日は仕事。＼(^^)／

From：空ちゃん　Date：2014年9月12日（金）23：28　..・＊.・＊—
そっか。当分忙しい日が続きそうね。ちなみに私は久しぶりの３連休。

From：うっちぃ　Date：2014年9月12日（金）23：42　..・＊.・＊—
さ、さ、さ、３連休！？　空ちゃんも、た、た、た、たまにはゆ、ゆっくり、や、休まないと。＼(^^;)／

From：空ちゃん　Date：2014年9月12日（金）23：50　..・＊.・＊—
めっちゃ動揺して…。そんなにうらやましかった？　へへ。私は今月は３連休、２回もあるんだ～。＼(^.^)／♪

From：うっちぃ　Date：2014年9月12日（金）23：58　..・＊.・＊—
高校でテストの追試が赤点だった時くらい動揺した。＼(^^;)／＜赤点

From：空ちゃん　Date：2014年9月13日（土）00：18　..・＊.・＊—
はは…。私と一緒だ。高校の時はどの科目も赤点が並んでた気がする。そもそも、高校の時はほとんど学校行ってなかったし…。／(^.^#)

From：うっちぃ　Date：2014年9月13日（土）00：26　..・＊.・＊—
空ちゃんは、高校、ほとんど行ってないんだ！？　昼間、何してた？

From：空ちゃん　Date：2014年9月13日（土）00：31　..・＊.・＊—
仲間みんなで集まって、毎日遊んでた。＼(^.^)／

From：うっちぃ　Date：2014年9月13日（土）00：40　..・＊.・＊—
もうちょっと聞いていい？　高校時代、何して遊んでた？

From：空ちゃん　Date：2014年9月13日（土）00：46　..・＊.・＊—
友達の家がたまり場だった。違う学校の子とか先輩とかもみんな集まって音楽聞きながら話をしたり、バイクに乗ってツーリングに行ったり。

From：うっちぃ　Date：2014年9月13日（土）00：53　..・＊.・＊—
県内で偏差値が飛び抜けて高い高校だったのに。はっちゃけてたんだね。また、どうして高校に行かなくなった？

From：空ちゃん　Date：2014年9月13日（土）00：58　..・＊.・＊—
高校行くのが辛かったからね…。そのうち教えてあげるわ。＼(^.^)／

第2話　ラブレター 💌

「君のいない天国よりも、君のいる地獄を選ぶ」(スタンダール)

　スタンダール：フランスの小説家。1783-1842。本名マリ＝アンリ・ベール。代表作は『赤と黒』、『恋愛論』、『パルムの僧院』。『恋愛論』は、恋愛には情熱的恋愛（魂が震える恋愛）、趣味恋愛（趣味としての恋愛）、肉体的恋愛（体を求める恋愛）、虚栄恋愛（見栄で始まる恋愛）の４種類があり、情熱的恋愛をすれば、相手の全てを愛おしむ「結晶作用」が生まれるという評論。

2014年9月13日（土）22：10　帰宅

From：うっちぃ　Date：2014年9月13日（土）22：10　..・*.・*—
仕事、やめ～。今から帰る。＼(^^)／

From：空ちゃん　Date：2014年9月13日（土）22：18　..・*.・*—
うっちぃは毎日、仕事が終わってから晩ご飯を食べるんでしょ？　奥さんはご飯は用意してくれないの？

From：うっちぃ　Date：2014年9月13日（土）22：25　..・*.・*—
作らなくていいと言ってある。帰宅途中で外食するか、コンビニでご飯を買って家で食べる日が多い。毎日、仕事は終わってないけど…。🍙

From：空ちゃん　Date：2014年9月13日（土）22：35　..・*.・*—
そうなんだ。奥さんとは仲良くしときなよ～、老後の話し相手に。

From：うっちぃ　Date：2014年9月13日（土）22：41　..・*.・*—
そうありたいけど、うちはもう無理だと思う。一緒にいると安らぎを感じない。いろいろあったことを思い出したくない。

From：空ちゃん　Date：2014年9月13日（土）22：51　..・*.・*—
思い出したくないって気持ちは、私もよくわかる…。今、テレビの芸能ニュースで不倫のことをやってるけど、うっちぃは不倫ってどう思う？

From：うっちぃ　Date：2014年9月13日（土）22：59　..・＊.・＊—
信頼しているパートナーを悲しませることは、してはいけないこと。不倫でもほかのことでも、人の心を傷つけるのは良くない。うちは夫婦関係がずっと前から崩壊していて、お互いに信頼関係とか愛情とかなくなっているから、不倫でお互いを傷つけることはない。

2014年9月14日（日）18：41　リフレッシュできた？

From：空ちゃん　Date：2014年9月14日（日）18：41　..・＊.・＊—
日曜日のサザエさん症候群の時間だ。今日はリフレッシュできた？

From：うっちぃ　Date：2014年9月14日（日）18：59　..・＊.・＊—
サザエさんに罪はないのに変な名前をつけられて、さぞ心外なことよ。今日は、暇な時間がないくらいたっぷり寝た。一日中ベッドで寝てると根っこが生えて、どこまでがベッドでどこからが足かわかんないくらい同化してる、くらいどうかしてる。こんな俺を見たら、昼寝が得意なのび太君でも、両手をペンギンのように広げて降参するに違いない。🐧

From：空ちゃん　Date：2014年9月14日（日）19：19　..・＊.・＊—
あはは。ケンタウロスうっちぃだ～（👨🛏）。明日はお仕事なの？　空ちゃんは明日もお休みだけど。＼(^.^)／♪＜ルンルン

From：うっちぃ　Date：2014年9月14日（日）19：28　..・＊.・＊—
明日は仕事、仕事。また仕事の１週間が始まる。＼(^^;)／♭＜憂鬱

From：空ちゃん　Date：2014年9月14日（日）19：33　..・＊.・＊—
明日は日本は「祝日」といって、お休みの日なんだよ。カレンダーに日の丸の旗が描いてある日。うっちぃの星は祝日は休みじゃないの？

From：うっちぃ　Date：2014年9月14日（日）19：48　..・＊.・＊—
会社のカレンダーに日の丸の旗が描かれているのは、システムのカットオーバーでお客様が新しいシステムを稼働する日。彼女の誕生日は忘れてもこの日は忘れるなという日。俺の星はこの日を中心に世界も人も動いていて、スケジュールも休日も全てこの日を基準に決められる。カレンダーが赤い、日曜日とか祝日と呼ばれている日は、お客様がシステム

を使わないから保守作業ができますという目印。(^^)／🎌＝納期

From：空ちゃん　Date：2014年9月14日（日）19：54　..・＊.・＊ー
空ちゃんとは違う星で生きてるのね…。ちなみに空ちゃんの誕生日は10月１日だよ。大変、あと２週間しかない！

From：うっちぃ　Date：2014年9月14日（日）20：01　..・＊.・＊ー
10月１日は手帳に日の丸を描いておく。仕事の納期は忘れてもこの日は忘れるなという日。📓🎌＜10･１メモリ

2014年9月15日（月）21：05　今日は仕事

From：うっちぃ　Date：2014年9月15日（月）21：05　..・＊.・＊ー
空ちゃんは、３連休はしっかり休めた？　俺のように月曜日からブルーマンデー症候群に陥っていない？

From：空ちゃん　Date：2014年9月15日（月）21：13　..・＊.・＊ー
３連休だから、朝からブルーマウンテン飲んでモーニング食べて、ゆったりしてたわ。今、ちょうどお風呂から上がったとこ。＼(^.^)／🛀

From：うっちぃ　Date：2014年9月15日（月）21：17　..・＊.・＊ー
次は入る前に教えてね～。仏様のような、けがれの無い御心で背中やお胸をゴシゴシ流しに行くから。

From：空ちゃん　Date：2014年9月15日（月）21：21　..・＊.・＊ー
お胸は流さなくていいわよ。お腹のお肉なら流してほしいけど。うっちぃは温泉は好き？

From：うっちぃ　Date：2014年9月15日（月）21：51　..・＊.・＊ー
温泉で何も考えずにボケっと湯船に浸かっているのは好き。ま、何も考えずにボケっとするのは普段から超得意だけど。真剣にＰＣを見てると社長に「何ボケ～っとしてるんだ」と言われる。、(^0^)ノ＜ほげ～

From：空ちゃん　Date：2014年9月15日（月）21：57　..・＊.・＊ー
いつか、温泉に行こうね～。お部屋に家族風呂とか露天風呂が付いてる、

リーズナブルなお宿って結構あるわよ。＼(^.^)／

From：うっちぃ　Date：2014年9月15日（月）22：43　..・＊.・＊—
想像するだけで心躍らせ胸が高鳴る。部屋に付いてる露天風呂ならいつでも入れるし、知らない人に御珍椿を見られなくていいし、隣の人を気にして、遠慮がちにシャワーを浴びなくてもいい。

From：空ちゃん　Date：2014年9月15日（月）22：45　..・＊.・＊—
御珍椿！？

From：うっちぃ　Date：2014年9月15日（月）22：47　..・＊.・＊—
御珍椿（オチンチン）。

From：空ちゃん　Date：2014年9月15日（月）22：50　..・＊.・＊—
珍しい椿って何かと思っちゃった。ねえ、椿の花言葉って知ってる？

From：うっちぃ　Date：2014年9月15日（月）22：52　..・＊.・＊—
花言葉、何だろう！？

From：空ちゃん　Date：2014年9月15日（月）22：56　..・＊.・＊—
「控えめな素晴らしさ！」。私がうっちぃの背中を流してあげるわね。
、(^0^)ノ .。o○＼(^.^)＜ゴシゴシ

From：うっちぃ　Date：2014年9月15日（月）23：07　..・＊.・＊—
控えめな素晴らしさ。博愛主義者で自由を愛するわがままマイケルにぴったりな花言葉だ。聖職活動は控えるように伝えとく。＼(^^)／

2014年9月16日（火）23：01　次回のデート

From：うっちぃ　Date：2014年9月16日（火）23：01　..・＊.・＊—
ヤッホー。空ちゃんは俺のように火曜日からブルーチューズデー症候群に陥ってない？　次のデートはどこに行きたい？

From：空ちゃん　Date：2014年9月16日（火）23：05　..・＊.・＊—
今日は気合を入れて会社に行ってきた。次回は現実を忘れさせてくれる

所に行ってみたいわ。どこでもよければ、どこに連れっててくれる？

From：うっちぃ　Date：2014年9月16日（火）23：08　..・＊.・＊—
じゃあ、遠くに連れてったげる。距離も時間も遠い所。

From：空ちゃん　Date：2014年9月16日（火）23：10　..・＊.・＊—
距離も時間も？　わくわくする〜。＼(^.^)／

From：うっちぃ　Date：2014年9月16日（火）23：13　..・＊.・＊—
今日は母校に連れてったげる。中２。30年前！　子供のように純真だったあの頃に戻る（今は幼児のように純真だけど）。

From：空ちゃん　Date：2014年9月16日（火）23：15　..・＊.・＊—
（あの頃はうっちぃも子供だったと思うよ）うん。行く〜。＼(^.^)／

From：うっちぃ　Date：2014年9月16日（火）23：18　..・＊.・＊—
中学２年の時にタイムスリップ。＼(ミ゜⊥゜ミ)／＜僕ドラえもん

From：空ちゃん　Date：2014年9月16日（火）23：31　..・＊.・＊—
子供の時のうっちぃの顔、にやけててかわいい（中学の卒業アルバムのうっちぃの写真を見てるとこ)。

From：うっちぃ　Date：2014年9月16日（火）23：35　..・＊.・＊—
下校時間が過ぎた中学校は人が少ない。空ちゃんと手を繋いで、にやけて歩く。[放課後]＜♪夕焼け小焼けで、日に焼けて〜

From：空ちゃん　Date：2014年9月16日（火）23：38　..・＊.・＊—
かわいいからって、わざわざにやけなくてもいいわよ。中学校で手を繋いだことないな〜。

From：うっちぃ　Date：2014年9月16日（火）23：49　..・＊.・＊—
空ちゃんが一番好きな音楽室に行く。ピアノがあって、奥にはいろんな楽器がしまってある。空ちゃんは、昔から音楽っ家だったんだよね？

From：空ちゃん　Date：2014年9月16日（火）23：53　..・＊.・＊—

そうそう。よく知ってるわね。ずっとピアノをやってて、小学生の時に全国規模のコンクールで優勝したこともあるよ。中学は部活で吹奏楽をやってた。カラヤンが好き。

From：うっちぃ　Date：2014年9月17日（水）00：01　..・＊.・＊—
中２の時、クラス対抗合唱大会があったのを思い出した。曲は「戦争を知らない子供たち」だった。＜♬戦争を知らずに　僕等は育った♪

作詞：北山修、作曲：杉田二郎、「戦争を知らない子供たち」から引用

From：空ちゃん　Date：2014年9月17日（水）00：04　..・＊.・＊—
そうだった、そうだった。覚えてる。私はピアノ演奏担当だった。

From：うっちぃ　Date：2014年9月17日（水）00：08　..・＊.・＊—
空ちゃんだった、合唱大会のピアノ担当。音楽室のピアノで何か弾いて。曲は何でもいいぞ。

From：空ちゃん　Date：2014年9月17日（水）00：11　..・＊.・＊—
あの頃の曲って何があったかな～。(^.^) m n ～
♬幸福（しあわせ）は誰かがきっと　運んでくれると信じてるね♪

作詞：阿木燿子、作曲：鈴木キサブロー、「想い出がいっぱい」から引用

From：うっちぃ　Date：2014年9月17日（水）00：14　..・＊.・＊—
懐かしい。CO2だっけ？　南ちゃんと甲子園が鮮明に目に浮かぶ。

From：空ちゃん　Date：2014年9月17日（水）00：18　..・＊.・＊—
Ｈ２Ｏね。「みゆき」の主題歌だから、南ちゃんも甲子園も出てこなかったと思うよ。

From：うっちぃ　Date：2014年9月17日（水）00：23　..・＊.・＊—
空ちゃんと手を繋いで体育館に行く。部活のバスケでターンした時のシューズが床を鳴らすキュッという音とか、ドリブルした時のボールが床を跳ね返すドドウドという音とか、体育館の匂いが懐かしい。
＜ドッドドドドウドドドウドドドウ　＼(^^;)＜コラ、待て

From：空ちゃん　Date：2014年9月17日（水）00：26　..・＊.・＊—
（床がボールを跳ね返してるんだと思うよ～。風の又三郎が出てきそうね）
バスケ部は、結構、強かったよね。

From：うっちぃ　Date：2014年9月17日（水）00：31　..・＊.・＊—
市内大会は優勝したけど、県大会は練習の成果が出せずにすぐに負けた。シュートした時のゴールリングにボールが嫌われるシーン、思い出すな～。毎日監督に怒られてた。俺が仕事で成果が出せず、お金に嫌われ、毎日社長に怒られてるのは、あの頃の名残かな！？　(^^;)＼

2014年9月17日（水）23：57　誰からラブレターもらった？

From：うっちぃ　Date：2014年9月17日（水）23：57　..・＊.・＊—
ヤッホー。空ちゃんは、中学の時、たくさんラブレターもらったって言ってたでしょ。昔、空ちゃんにラブレターあげた人、10人、教えて！
💌💌…💌　／(^.^#)＜人気者

From：空ちゃん　Date：2014年9月18日（木）00：21　..・＊.・＊—
昔の話だもん、気になる？　一人だけ教えてあげる！　山本君。😁

From：うっちぃ　Date：2014年9月18日（木）00：36　..・＊.・＊—
あと、９人ほど…。気になる、木に成る（おやじギャグ）。🌳🍎🍇🍑

From：空ちゃん　Date：2014年9月18日（木）00：47　..・＊.・＊—
広樹、山井、佐藤、馬場、太刀川、本間、高橋、東堂、山瀬、小坂井、あと上級生２人…まだあったかも…。

From：うっちぃ　Date：2014年9月18日（木）01：06　..・＊.・＊—
さぞかし楽しい中学時代だっただろ。神様のお眼鏡に適って、毎日、贔屓されてご加護を受けている子って学年に一人はいるんだよね～。この話題だけで１か月はメールを楽しめそう。生まれ変わったら、神様の眼鏡に俺が映るように特殊な加工を施してやる。
ヽ(^。^)ノ💨　　🖊👓＼(ネ。申💢)／～

2014年9月18日（木）23：35　中学の頃

From：うっちぃ　Date：2014年9月18日（木）23：35　..・＊.・＊ー
昔、中学の時、ゑり子ちゃんを夜、家まで送っていったことがあったんだ。文化祭の準備で友達の家に大勢で集まった帰り、夜の８時とか９時くらいだったと思う。ゑり子ちゃんは俺に好意があるような話をして、俺の服の袖を掴んで歩いてた。

ゑり子ちゃんは、中学の時に同じクラスだった人です。

From：空ちゃん　Date：2014年9月18日（木）23：55　..・＊.・＊ー
送り狼にならなかったの？　バイバイ、チュって。＼(^ ε ^)＜チュッ

From：うっちぃ　Date：2014年9月19日（金）00：09　..・＊.・＊ー
あの頃の俺は純情すぎて、もうすぐ高校生に手が届くのに、手も足も出せなかった。あ、今も変わらず純情だけど。で、同窓会の日は、ゑり子ちゃんが来てたらそういう懐かしい話をして盛り上がりたいな～って、楽しみにして行ったんだ。その話をゑり子ちゃんにしたら…。

From：空ちゃん　Date：2014年9月19日（金）00：12　..・＊.・＊ー
その頃は純情だったんだね、その頃は。話をしたら…？

From：うっちぃ　Date：2014年9月19日（金）00：17　..・＊.・＊ー
今も純情、今も。で、同窓会の時にその話をしたら、ゑり子ちゃんは俺が送っていったことを覚えてなかった…。

From：空ちゃん　Date：2014年9月19日（金）00：22　..・＊.・＊ー
昔の記憶は、案外、幸せな記憶ほどすぐ忘れちゃうものかもね。

From：うっちぃ　Date：2014年9月19日（金）00：28　..・＊.・＊ー
同窓会の二次会は、男女５人ずつのテーブルで、中学生の時は誰が好きだったかを順番に発表することになったんだ。

From：空ちゃん　Date：2014年9月19日（金）00：32　..・＊.・＊ー
私とは違うテーブルだったね。そんな話をしてたんだ。

From：うっちぃ　Date：2014年9月19日（金）00：37　..・＊.・＊―
俺は本人の前でゑり子ちゃんと告白し、ゑり子ちゃんは俺のことが好きだったと言うかな～と期待やら念やらを込めて待ってた。

From：空ちゃん　Date：2014年9月19日（金）00：41　..・＊.・＊―
ゑり子ちゃんは、誰って言ったの？

From：うっちぃ　Date：2014年9月19日（金）00：47　..・＊.・＊―
中学の先輩の名前を挙げてた（💔）。こんな言葉知ってる？　男の恋愛はフォルダ分け保存で、女の恋愛は上書き保存。

From：空ちゃん　Date：2014年9月19日（金）00：50　..・＊.・＊―
男性脳と女性脳の違いだね。私はフォルダ分け保存タイプだと思うよ。

From：うっちぃ　Date：2014年9月19日（金）01：02　..・＊.・＊―
この言葉がしっくりと腹に落ちた同窓会の日。もっとも、俺のＰＣのフォルダは、徳川家の家系図なみの複雑なフォルダ階層にファイルがたくさんありすぎて、どこに何があるか自分でもわからず、魔界の迷宮に散りばめたびっくり箱状態だけど…。

2014年9月19日（金）23：13　サザエさん症候群（フライング）

From：うっちぃ　Date：2014年9月19日（金）23：13　..・＊.・＊―
空ちゃんは金曜日から、俺のように誰よりも早くサザエさん症候群に陥ってたりしてない？　昔、中２の時に、４人で交換日記をしてたんだ。男２人、女２人で。＼(^^)／㊙📔＜交換日記

From：空ちゃん　Date：2014年9月19日（金）23：18　..・＊.・＊―
（気が早いな）中学の時って交換日記って流行ってたよね。

From：うっちぃ　Date：2014年9月19日（金）23：30　..・＊.・＊―
中２だから1982年。まだ、インターネットを知らなかった時代。今ならほとんどの中学生が携帯電話を持ってて、メールでも電話でも誰とでも１対１ですぐに繋がることができるのに、あの時代の通信手段といった

ら一家に一台ある黒電話と街じゅうにある公衆電話か手紙だった。あとは中学の時には使えたテレパシー。

From：空ちゃん　Date：2014年9月19日（金）23：34　..・＊.・＊ー
（テレパシーは小学生の頃には使えなくなってたような…。🙄）パソコンもまだ普及していなかった頃だね。

From：うっちぃ　Date：2014年9月19日（金）23：43　..・＊.・＊ー
そして、中学生の俺たちのもう一つの通信手段が「交換日記」。書きたいことを書いて、次の日、次の人の机にノートを入れる。自分の机にノートが入ってるかドキドキするのも、誰にも見られないように次の人の机にそっとノートを入れるときにそわそわするのも、いいんだ、これが。

From：空ちゃん　Date：2014年9月19日（金）23：47　..・＊.・＊ー
青春だね。昭和の風物詩だね～。教室の風景が浮かんでくるわ。😄

From：うっちぃ　Date：2014年9月19日（金）23：52　..・＊.・＊ー
素子、広樹、ゑり子ちゃん、俺と４人で交換日記をやってた。素子が広樹とやりたくて、俺と広樹は親友だったからおまけで誘われた。俺もそれなりに交換日記を楽しんでた。で、この前の同窓会で「４人で交換日記をしていた」という話をしたら、ゑり子ちゃんは…

From：空ちゃん　Date：2014年9月19日（金）23：54　..・＊.・＊ー
ゑり子ちゃんは…！？

From：うっちぃ　Date：2014年9月19日（金）23：56　..・＊.・＊ー
俺がいたことを覚えてなかった…。💔

From：空ちゃん　Date：2014年9月20日（土）00：01　..・＊.・＊ー
好きだった人の記憶に全然残ってなくて、かわいそうなうっちぃ…。

From：うっちぃ　Date：2014年9月20日（土）00：09　..・＊.・＊ー
中２の時だから、同じクラスには空ちゃんもいた頃。

From：空ちゃん　Date：2014年9月20日（土）00：13　..・＊.・＊ー

？？　中学２年は同じクラスだった？　私も！？

From：うっちぃ　Date：2014年9月20日（土）00：20　..・＊.・＊—
違ったっけ？　広樹と空ちゃんが付き合ってた時、俺も同じクラスだった。あれ何年生？

From：空ちゃん　Date：2014年9月20日（土）00：29　..・＊.・＊—
２年生。ごめん、うっちぃのこと、全然覚えてなかった…。m(__)m
でもさ、同じクラスで私におしとやかそうなイメージを持ってたわけ？

From：うっちぃ　Date：2014年9月20日（土）00：33　..・＊.・＊—
あはは。同じクラスになってなかったら、空ちゃんは俺のことを知らないはず。同窓会の日は、初対面だと思ってた！？　好きだった人の記憶に全然残ってなくて、ホント、かわいそうなうっちぃ…。(^^;)＼

From：空ちゃん　Date：2014年9月20日（土）00：38　..・＊.・＊—
同じクラスだったことは覚えてないけど、ちゃんとうっちぃのことは知ってたよ。今日は新たな発見がいっぱい。＼(^.^)／

From：うっちぃ　Date：2014年9月20日（土）00：45　..・＊.・＊—
空ちゃんが、中２の時は俺と同じクラスだったということを知らずに、今までずっと話してたことが近年最大の発見だけどね。おかしい。今度、もっとおもしろいネタ、話してあげる。＼(^^)／

2014年9月20日（土）23：16　サザエさん症候群（予行演習）

From：うっちぃ　Date：2014年9月20日（土）23：16　..・＊.・＊—
ヤッホー。空ちゃんは土曜日から、俺のように連日早めのサザエさん症候群に陥ってたりしてない？　昨日、空ちゃんの新たな発見は、俺とクラスが同じだったことを知ったこと。／(^^;)

From：空ちゃん　Date：2014年9月20日（土）23：21　..・＊.・＊—
そう。うっちぃは私のことずっと知ってたんだよねえ。イジワル。😛

From：うっちぃ　Date：2014年9月20日（土）23：30　..・＊.・＊—

空ちゃんは俺のこと全く覚えてなかったんだよね。イジワル。フォルダ分け以前に、保存されてなかったに違いない。＜WRITE　ERROR

From：空ちゃん　Date：2014年9月20日（土）23：37　..・＊.・＊―
同じクラスなら、うっちぃは空ちゃんのことを「おしとやか」なんて勘違いしなくていいはずなんだけどな～。

From：うっちぃ　Date：2014年9月20日（土）23：42　..・＊.・＊―
同じクラスだった記憶もない人の発言とは思えない…。昔の記憶って、自分の失敗した場面とか、恥ずかしかった記憶とか、そんな場面ばかり思い出される。

From：空ちゃん　Date：2014年9月21日（日）00：46　..・＊.・＊―
嫌な記憶ばかり思い出しちゃうわね。昔のことだから、どんな大失敗してもどんな恥ずかしいことしても、時効のはずだけど…。

From：うっちぃ　Date：2014年9月21日（日）00：59　..・＊.・＊―
きっと、脳には短期記憶庫と長期記憶庫のほかに、印象に残ったことを記憶するハプニング記憶庫があって、そこの記憶はすぐ思い出すように特別なシナプスで高速アクセスが可能になっているに違いない。パソコンに例えると、短期記憶庫がCPUの中のワーキングメモリで長期記憶庫がＨＤＤで、ハプニング記憶庫が拡張メモリみたいなものだ。

From：空ちゃん　Date：2014年9月21日（日）01：05　..・＊.・＊―
恥ずかしい記憶や辛い記憶なんて、思い出さないように自分で消去できたらいいのにね、パソコンみたいに。

From：うっちぃ　Date：2014年9月21日（日）01：13　..・＊.・＊―
脳の記憶は、目や耳からインプットされると追加されるか上書きされるか、どこに記憶されてどんな記憶が消されるかは、自分の意志では操作できない。記憶することも消すことも自分の思いどおりにならない。努力で短期記憶庫のデータを長期記憶庫にコピーしたり、シナプスの可塑性によってアクセスしやすくすることはできるけど。楽しい記憶をたくさんインプットして、少しずつ辛い記憶を消していくしかない。

From：空ちゃん　Date：2014年9月21日（日）01：17　..・＊.・＊—
楽しい記憶をインプットすると、嫌な記憶は消えるかな？

From：うっちぃ　Date：2014年9月21日（日）01：24　..・＊.・＊—
うん。記憶庫は容量が限られているから、たくさんの楽しい記憶で満たされると、そこにあった嫌な記憶は上書きされて消されるはず。

2014年9月21日（日）22：53　飲み会

From：空ちゃん　Date：2014年9月21日（日）22：53　..・＊.・＊—
今日ね、飲みに行ったんだけど、嫌なことがあってうっちぃの優しさに甘えたい気分…。＼(^.^)／

From：うっちぃ　Date：2014年9月21日（日）23：11　..・＊.・＊—
指定席を空けて待ってるから、俺の胸の中で甘えて、甘えて。d=(^^)=b

From：空ちゃん　Date：2014年9月21日（日）23：15　..・＊.・＊—
男の人に甘えようなんて感情は、ず〜っと忘れてた。でも、うっちぃにはなんか甘えてみたくなった。うっちぃはそんな人…。

From：うっちぃ　Date：2014年9月21日（日）23：18　..・＊.・＊—
辛いときは、涙を流して甘えて。(/_;)＜胸の中ですりすり

From：空ちゃん　Date：2014年9月21日（日）23：21　..・＊.・＊—
それはできない…。私は自分のことでは泣かない。＼(^.^)／

From：うっちぃ　Date：2014年9月21日（日）23：26　..・＊.・＊—
「泣かぬなら泣かせてみせよう、ほおにキス」チュッ。毎日、生きていれば、雨の日も晴れの日もあるさ。雨もいつかは上がるし、雨の後には虹が見えるかもしれないし。＼(^^)／＜泣け

From：空ちゃん　Date：2014年9月21日（日）23：29　..・＊.・＊—
うるっ。秀吉型だね。キスはうれしいけど、自分のことでは絶対に泣かないの。＼(^.^)／

From：うっちぃ　Date：2014年9月21日（日）23：36　..・＊.・＊—
「泣かぬならコロコロしよう、ほおにキス」チュッ。「辛い」と「幸せ」はすぐ近くにあって、線一本あるかないかの違いでしかない。人生は一つのきっかけで、突然幸せが訪れることもある。

From：空ちゃん　Date：2014年9月21日（日）23：39　..・＊.・＊—
信長だ。うっちぃの胸に顔をうずめた～い。おやすみ～。

From：うっちぃ　Date：2014年9月21日（日）23：43　..・＊.・＊—
朝まで俺の胸の中でおやすみ。ここが空ちゃんの指定席。「泣かぬなら、泣くまで待とう、ほおにキス」＜家康

2014年9月22日（月）23：15　3連休終わり

From：空ちゃん　Date：2014年9月22日（月）23：15　..・＊.・＊—
今日は3連休の最終日。今月は3連休が2回もあって、うっちぃの分まで空ちゃんが休みを頂いちゃったみたいで申し訳ないわ。

From：うっちぃ　Date：2014年9月22日（月）23：18　..・＊.・＊—
気にしなくていいぞ。いずれ俺の仕事もあげるから（倍返しだ！）。

From：空ちゃん　Date：2014年9月22日（月）23：22　..・＊.・＊—
じぇじぇじぇ、無理無理。👋

倍返し：「倍返し」と「じぇじぇじぇ」は2013年の流行語大賞。

From：うっちぃ　Date：2014年9月22日（月）23：27　..・＊.・＊—
俺は3連休が出社で、明日が休みの変則勤務。何が変則って、休日出勤が3日あるのに休みが1日だけってのが変則だよね！？

From：空ちゃん　Date：2014年9月22日（月）23：31　..・＊.・＊—
あはは。じゃあ、今夜は少しのんびりできるかしら…。ねえねえ。同窓会の日、何で私を抱きたいと思った？

From：うっちぃ　Date：2014年9月22日（月）23：49　‥・＊.・＊—
あの日の空ちゃんは、シャワー上がりでバスローブのようなパジャマ姿で、部屋でビールを飲んで、シングルベッドで腕や足がぶつかるように横たわっていると体の温もりが伝わってきて、恋人同士のようにもっと体に触れたいという衝動にかられた。何もないと「私って魅力ないのかなあ」と勘違いさせてしまうようなシチュエーションだった。

From：空ちゃん　Date：2014年9月22日（月）23：56　‥・＊.・＊—
私の家って普段はカギもかけてなくて、私がいなくても、いろんな友達が来て勝手にお酒飲んでたりしてるんだ。私は胸も小さいし、自分の体はちっとも魅力ないし、男友達が多くてもそういう関係は全くないから、油断してた…。

From：うっちぃ　Date：2014年9月23日（火）00：03　‥・＊.・＊—
昔から空ちゃん、モテモテ。魅力がなかったら、みんなからいっぱいラブレターをもらってないでしょ。＼(♡♡)／💕　／(^.^;)＜モテモテ

From：空ちゃん　Date：2014年9月23日（火）00：08　‥・＊.・＊—
私が言ってるのは女性としての魅力。私は自分の体にコンプレックスを持ってる。胸はぺしゃんこだし、お尻は大きく、脚は太いし…。中学生の時は、そういうことは考えてないでしょ。

From：うっちぃ　Date：2014年9月23日（火）00：19　‥・＊.・＊—
空ちゃんは女性として、穏やかな曲線を描く胸も、健康的な脚も、脂の乗ったボリューミーで食べ応えのあるお尻も魅力的なのに…。胸がぺしゃんこでお尻が大きく脚が太いっていうけど、もし、顔がぺしゃんこでお腹が大きくて腕が太いと…、ドラえもんってあだ名されるぞ。

2014年9月23日（火）23：39　おもしろい話ってなあに？

From：空ちゃん　Date：2014年9月23日（火）23：39　‥・＊.・＊—
そういえば、前にもっとおもしろい話をしてあげるって言ってたよね。中学の時の話？

From：うっちぃ　Date：2014年9月23日（火）23：35　‥・＊.・＊—

ほかの人の話をすると、いろんな人の心を傷つけちゃうかもしれないからなぁ。どうしよう…（ともったいぶる）。＼(^^)／<ヒミツ

From：空ちゃん　Date：2014年9月23日（火）23：39　..・＊.・＊ー
はい、もったいぶらないの！　楽しみ 、楽しみ。絶対話したくてうずうずしてるでしょ。

From：うっちぃ　Date：2014年9月23日（火）23：45　..・＊.・＊ー
広樹からもらったラブレターってどんな内容だった？
＼(^^)／<全身うずうず、かゆかゆ

From：空ちゃん　Date：2014年9月23日（火）23：48　..・＊.・＊ー
やだ。教えてあげな～い。

From：うっちぃ　Date：2014年9月23日（火）23：54　..・＊.・＊ー
内容は覚えてる？

From：空ちゃん　Date：2014年9月23日（火）23：58　..・＊.・＊ー
覚えてるよ。印象的だったから。

From：うっちぃ　Date：2014年9月24日（水）00：02　..・＊.・＊ー
最初のデートは４人で映画に行くお誘いじゃなかった？

From：空ちゃん　Date：2014年9月24日（水）00：10　..・＊.・＊ー
うん。映画のお誘いだったわ。

From：うっちぃ　Date：2014年9月24日（水）00：20　..・＊.・＊ー
広樹はラブレターにどんなこと書くか、俺に相談してた。俺はこんなこと書けとか書くなとか、それはそれは自分ことのように親身になって、茶化してた。自分ではラブレターを書いたこともないのに。how-to

From：空ちゃん　Date：2014年9月24日（水）00：24　..・＊.・＊ー
ははは。そんなことまで話してたんだ。＼(^.^)／

From：うっちぃ　Date：2014年9月24日（水）00：31　..・＊.・＊ー

印象的なそのラブレターを読んで、広樹と付き合ってもいいかもって思ったんだよね？　ラブレターには20パーセントくらいは俺の意見が入ってると思うんだけどな。つまり、俺が空ちゃんに書いたラブレターみたいなもんだ、20％くらいは。💌＜👬🎬映画　＼(^.^)／＜ＯＫ～

2014年9月24日（水）21：50　広樹の思い出

From：うっちぃ　Date：2014年9月24日（水）21：50　..・＊.・＊—
広樹は空ちゃんにラブレターを渡す前から俺とか素子に相談してた。

From：空ちゃん　Date：2014年9月24日（水）22：03　..・＊.・＊—
うんうん。うっちぃと素子は、何て言ってたの？

From：うっちぃ　Date：2014年9月24日（水）22：13　..・＊.・＊—
素子はデートは喫茶店がいいとか、コンサートに誘えと言ってた。俺は４人で映画に行こう、コンサートならみんなが好きなキョンキョンに４人で会いに行こうと、あ～だこ～だと自分のことのように親身になって、子供みたいなことを言ってた（子供だったけど)。

From：空ちゃん　Date：2014年9月24日（水）22：16　..・＊.・＊—
自分の方が行きたいみたいね。結果的に広樹と付き合うことになった。

From：うっちぃ　Date：2014年9月24日（水）22：19　..・＊.・＊—
空ちゃん、かわいいな～。デートはどこに行くのがいいと思う？

From：空ちゃん　Date：2014年9月24日（水）22：21　..・＊.・＊—
次回のデート？

From：うっちぃ　Date：2014年9月24日（水）22：25　..・＊.・＊—
って、広樹が交換日記に書いてた。　📔＜かわいいな～　by　広樹

From：空ちゃん　Date：2014年9月24日（水）22：28　..・＊.・＊—
あはは、照れるな。もしかして、そのノートってまだ持ってるの？

うっちぃは交換日記の１ページを写メに撮って、メールで送りました。

From：うっちぃ　Date：2014年9月24日（水）22：43　..・＊.・＊―
そう。ノートは最後に俺がもらって、まだとってある。空ちゃん、広樹の書いたページを読んで鼻の下が伸びてる！？　<交換日記

From：空ちゃん　Date：2014年9月24日（水）22：56　..・＊.・＊―
わ～、懐かしい。広樹の字。ずっと忘れてた中学校の頃のことをいろいろ思い出しちゃって、涙が出てきそうだわ。＼(^.^#)／

From：うっちぃ　Date：2014年9月24日（水）23：04　..・＊.・＊―
好きですって言うだけじゃなくて、かわいいイラストをラブレターに書けと、俺は好き勝手な戯言を言ってた。さっきの広樹のページにあった、男の子と女の子が手を繋いだイラストと同じ物が空ちゃんのラブレターにも描いてなかった？

From：空ちゃん　Date：2014年9月24日（水）23：20　..・＊.・＊―
ラブレターにも同じイラストがあって、かわいいと思った。

From：うっちぃ　Date：2014年9月24日（水）23：25　..・＊.・＊―
そのイラストって、俺が描いたんだ！　<by　うっちぃ

From：空ちゃん　Date：2014年9月24日（水）23：28　..・＊.・＊―
ホントに！？　ラブレターの文章は、広樹が書いたんだよね。

From：うっちぃ　Date：2014年9月24日（水）23：39　..・＊.・＊―
そう。文書は広樹が書いた。俺が書いたのはイラストだけ。こんな風に描けって見本のつもりで便箋に描いたのを、広樹が後から文書を書いて、そのまま使った。文書は20％くらい俺の意見が入ってるから合わせて51％くらい俺のラブレターだな（過半数確保）。<by　うっちぃ

2014年9月25日（木）23：36　求む、ラブレター

From：うっちぃ　Date：2014年9月25日（木）23：36　..・＊.・＊―
次は空ちゃんがラブレターを書く番。俺に書いてくれてもいいよ。♡

From：空ちゃん　Date：2014年9月25日（木）23：44　..・＊.・＊―
うっく。ラブレター書いたことないし。どうやって書いたらいいかわかんないから、お手本頂戴。

From：うっちぃ　Date：2014年9月25日（木）23：59　..・＊.・＊―
グルグルする。ラブレターの書き方。＜google先生
「もし良かったら４人でキョンキョンに会いに行きませんか？」

From：空ちゃん　Date：2014年9月26日（金）00：15　..・＊.・＊―
ググったらたくさん出てきた。へえ～。
「あなたを初めて見た時からずっと気になってました」
違う、初めて会った時のことはすっかり忘れてた。
「いつもあなたのことばかり考えています」
暇だね～。集中して仕事しないといろいろ事故るぞ。
「○○君が好きです。これからもずっと一緒にいたいな」
妻子持ちだから無理だね～。
「君のいない天国よりも、君のいる地獄を選ぶ」
起きえないことに例える男は信用できない。考えたら眠れなくなってきた。どれでも書いてほしいのリクエストしてくれていいよ。(#^.^)／

From：うっちぃ　Date：2014年9月26日（金）00：24　..・＊.・＊―
自分に出すラブレターのアドバイスまでしたくない…。１％だって俺の意見を入れたくない。ラブレター、頂戴。お昼にラブレターもらったら、午後も眠くならずに仕事を頑張れるかも。

From：空ちゃん　Date：2014年9月26日（金）00：34　..・＊.・＊―
そうだなあ、ラブレターね。お昼にメールするわ！　明日も寝むゴンと格闘しようね。明日も頑張ってね。

From：うっちぃ　Date：2014年9月26日（金）00：40　..・＊.・＊―
うゎ。ラブレター、期待！　明日も一日頑張るぞ、睡魔との戦いを（仕事を頑張る気がないわけではない)。／(^^;)

2014年9月26日（金）12：21　♡

From：空ちゃん　Date：2014年9月26日（金）12：21　..・＊.・＊―
しっかり仕事してる？　今日は午前中、忙しすぎて眠くなる暇が全くなかったけど、午後からが危ない…。
うっちぃに会って、平凡だった毎日がとても楽しくなった。夜、うっちぃの帰り時間が待ち遠しくって、うっちぃとメールしている時は、何よりも安らぎの時間。メールであなたと中学校の時の話をしていると、もう一度あの頃に戻って、そこから人生をやり直したいなって思うわ。なんかねえ、うっちぃと話していると、忘れていた昔の楽しかった出来事が少しずつ思い出せて、私の記憶が繋がっていく気がするの。空ちゃんはうっちぃを覚えてなくてごめんね。生まれ変わったら、ちゃんと中学生のうっちぃとも友達になるからね。空ちゃんが話しかけたら、硬派ぶって無視しちゃダメだよ。来世では大人になっても、絶対に中学生のうっちぃを忘れずにいるから。
同窓会の日、ホテルに帰ってエレベーターの中でうっちぃが部屋に誘ってくれなかったら今の私たちはなかったよね。その日は後悔はしてなかったけど、今みたいな気持ちはなかった。最初にホテルに泊まった日、2人ともはだかんぼで私が「のど乾いたね」って言ったら、うっちぃは服を着て、販売機までお茶を買いに行ってくれたでしょ。あの時に、あなたは優しい人だな～って思った。うっちぃが岡山に来てくれてデートして手を繋いで散歩して、私はだんだんあなたに惹かれていった。ありがとう。こんな気持ちにさせてくれて。
今は誰よりもあなたが好き。♡
午後からも仕事頑張ろうね。宇宙怪獣寝むゴン、やっつけろー！ 

From：うっちぃ　Date：2014年9月26日（金）12：53　..・＊.・＊―
ラブレターをもらえて、願いが叶って感激。俺の良さは付き合わないとわからない（付き合ってもわからない場合も多い）。俺もメールしている時間も、夜、眠りにつく時間も毎日わくわく、幸せな気分で過ごしてる。空ちゃんと出会って、空ちゃんがいてくれるからだ。また会いに行くから手を繋いで散歩しよう。メールをもらったから、午後からは安心して眠れそう…。＿(＿)＿zzz

From：空ちゃん　Date：2014年9月26日（金）12：58　..・＊.・＊―
こらこら、寝ちゃダメでしょ！　寝むゴンとしっかり闘わないと…。

第3話　神様 ⛩

「お客様は神様です」（三波春夫）

三波春夫：演歌歌手。1923-2001。代表曲は『チャンチキおけさ』、『桃太郎侍の歌』、『世界の国からこんにちは』。ステージトークで「お客様は神様だと思います」と話したことで、お笑いトリオ「レッツゴー三匹」が「三波春夫でございます。お客様は神様です」というフレーズを流行（はや）らせた。

2014年9月26日（金）23：21　次回のデート

From：うっちぃ　Date：2014年9月26日（金）23：21　..・＊.・＊―
今度、たくさん東海道線デートしよ〜。大阪、京都、名古屋、小田原…、いろんなとこに行こう。京都か神戸か大阪だったらどこ行きたい？

From：空ちゃん　Date：2014年9月26日（金）23：34　..・＊.・＊―
京都！　修学旅行以外で行ったことないから。

From：うっちぃ　Date：2014年9月26日（金）23：37　..・＊.・＊―
京都ならどこを散歩しても楽しそう。ずっと手を繋いで話さない。

From：うっちぃ　Date：2014年9月26日（金）23：38　..・＊.・＊―
話さない→離さない、と書きたかった。／(^^;)

From：空ちゃん　Date：2014年9月26日（金）23：44　..・＊.・＊―
話してくれないのかと思った…。(/_;)

From：うっちぃ　Date：2014年9月26日（金）23：47　..・＊.・＊―
普段から誤変換が多いのに見直さないやつっているよね（拙者）。何度も死ぬほど反省したのに治らない。お客様向けマニュアルの「保存し退避する」が「保存死体秘する」となってた時は殺されるかと思った…。

From：空ちゃん　Date：2014年9月26日（金）23：50　..・＊.・＊―
ぎゃはは。怒られた？　＼(^.^)／

From：うっちぃ　Date：2014年9月26日（金）23：53　..・＊.・＊―
運良く「発行年月日」を「犯行年月日」と書いたやつがいたから、俺の単独犯とならずに済んだ…。空ちゃんとなら、金閣寺のようなお寺より、映画村や、鹿におせんべいあげたりする方が楽しいかも。🎬🐮

From：空ちゃん　Date：2014年9月26日（金）23：56　..・＊.・＊―
（この会社、大丈夫かしら。💦）活動的な女の子と褒めてもらったと捉えておこう。鹿は京都までは来てくれないかも。🐮・・・🔭👀

From：うっちぃ　Date：2014年9月26日（金）23：59　..・＊.・＊―
鹿は奈良公園か…。中学の修学旅行で行ったのは、清水寺と二条城と法隆寺とかだっけ？

From：空ちゃん　Date：2014年9月27日（土）00：10　..・＊.・＊―
清水の舞台から紅葉が見たいわ。法隆寺は京都からは見えないかも。

From：うっちぃ　Date：2014年9月27日（土）00：23　..・＊.・＊―
法隆寺も奈良か…。いろいろ有名どころの神社仏閣をはしごして、たくさん願い事して周らねば。居眠りしても社長に見つかりませんように、会社で怒られませんように、少しは賢くなりますようにと、たくさんの神様仏様に拝し奉れば、この先の人生は安泰だ。(^ ^)人⛩

2014年9月27日（土）21：42　神様の手なずけ方

From：うっちぃ　Date：2014年9月27日（土）21：42　..・＊.・＊―
神様仏様に願い事を叶えさせるために、二重三重の万全の策を立てて行こう。タスクを決めメンバにやらせるのが俺の仕事だから、得意分野。

From：空ちゃん　Date：2014年9月27日（土）21：45　..・＊.・＊―
どんな策を立てるのかしら？

From：うっちぃ　Date：2014年9月27日（土）21：59　..・＊.・＊―
秘策その１、まずはお賽銭に５円玉をたくさん用意しておく。５円は良い人、良い幸運と「ご縁がありますように」と語呂がいい。お札だとフワフワ軽くて賽銭箱に届かず、神様は「そんな大層な物いらないよ。」と受け取ってくれないかもしれない（本当は金銭節約のためだけど、理由をこじつけて自分を納得させようとしている)。

From：空ちゃん　Date：2014年9月27日（土）22：05　‥・＊.・＊—
神様にやる気を出してもらうためには、お賽銭は必須だね。

From：うっちぃ　Date：2014年9月27日（土）22：11　‥・＊.・＊—
お賽銭をあげる一番の理由は、お金を払って「俺はお客様だ」と認識させることにある。日本のサラリーマンは、お客様の言うことは例外なく聞かないといけないと教育されているから、俺の願いを叶えぬ神には「お客様は神様です」という言葉を教育してあげる。
＼(^^)／＜こら神、我はお客様　＼(ネ。申)／＜なんだクレーマー

From：空ちゃん　Date：2014年9月27日（土）22：18　‥・＊.・＊—
５円でこき使われる神様に同情しちゃうわ…。

From：うっちぃ　Date：2014年9月27日（土）22：24　‥・＊.・＊—
秘策その2、例えば、八坂神社で願い事をしたら、貴船神社では、八坂神社の神様が忘れずに願い事を叶えてくれるようにサポートをお願いします、とお願いする。で、下鴨神社では、八坂神社と貴船神社の神様が約束を守らないときは、罰をお与えください、とチェック体制も万全にして、タスクに漏れがないようにしておく。プロジェクトの成功には、バックアップ体制も含めてきちんと体制を整備しておかないと。

From：空ちゃん　Date：2014年9月27日（土）22：29　‥・＊.・＊—
大きな仕事をうまく進めるために、体制と役割分担を明確にするのね。チェック、チェック、ダブルチェックで確認することも大切。

From：うっちぃ　Date：2014年9月27日（土）22：33　‥・＊.・＊—
秘策その３、「もし願い事が叶わなかったらネットで晒すぞ」と言い添えておく。神様はAKBとかジャニーズと同じ人気商売だから、あることないこと風評被害を受けるのが何より困るはず。八百万の神というくらい商売敵は多いから、変な噂を立てられたら商売上がったりだもん。

From：空ちゃん　Date：2014年9月27日（土）22：40　..・＊.・＊ー
うっちぃは、返ってバチが当たらないように気をつけてね～。

2014年9月28日（日）20：01　京都行こうね

From：空ちゃん　Date：2014年9月28日（日）20：01　..・＊.・＊ー
京都は伏見稲荷に行ってみたい。朱色の鳥居がずっと続いてるんだよ～。それから、嵐山の竹林を散策するの。あとは、天橋立。写真で見て、のそのそ渡りたいと思ってた。一緒に股のぞきをしたい。

From：うっちぃ　Date：2014年9月28日（日）20：07　..・＊.・＊ー
いいね。天橋立ってよく聞くけど、見たことないから行きたい。「人にはつげよ～天のはしだて～」って百人一首になかったっけ？

From：空ちゃん　Date：2014年9月28日（日）20：18　..・＊.・＊ー
人には告げよは、あまの釣り舟だと思うよ。
「わたの原　八十島（やそしま）かけて　漕ぎ出でぬと　人には告げよ　海人（あま）の釣り舟」（参議篁：さんぎたかむら）　島流しになっちゃったけど、広い海のたくさんの島を目指して、私の船が漕ぎ出たとみんなに伝えてね、漁師さん、みたいな意味。「まだふみも見ず天橋立」

From：うっちぃ　Date：2014年9月28日（日）20：31　..・＊.・＊ー
まだふみも見ず天橋立って、どういう意味だ？　天橋立は踏んだことがない＝渡ったことがありませんとか？

From：空ちゃん　Date：2014年9月28日（日）20：38　..・＊.・＊ー
「大江山　いく野の道の　遠ければ　まだふみも見ず　天橋立」（小式部内侍：こしきぶのないし）　遠く大江山に嫁いだら、お母さまからの手紙も来ないし、名所の天の橋立もまだ見たことがありませ～ん、っていう平安時代の歌。

From：うっちぃ　Date：2014年9月28日（日）20：44　..・＊.・＊ー
へえ。ふみ＝文＝手紙だ。お～、平安時代にはメールがあったんだ。平安時代は手紙一通届けるのも大変なこったろうに。＼(^^)／

From：空ちゃん　Date：2014年9月28日（日）20：49　..・＊.・＊—
昔、中学の時とか、よく雑誌に文通相手の募集欄があったわよね？

From：うっちぃ　Date：2014年9月28日（日）20：59　..・＊.・＊—
あった、あった。平凡とか明星とかいろんな雑誌に、ペンパル募集コーナーみたいなのがあった。今でいう出会い系だ！

From：空ちゃん　Date：2014年9月28日（日）21：09　..・＊.・＊—
あはは。懐かしい。平凡と明星。たのきんトリオや聖子ちゃんが表紙を飾ってたわ。時代は昭和だね。📘👯

From：うっちぃ　Date：2014年9月28日（日）21：20　..・＊.・＊—
その頃は携帯電話も電子メールもなかったから、待ち合わせに遅れたりしたら大変だった。俺は子供の頃から約束と時間だけは守る男だから、一度たりとて人を待たせた記憶はないけど。

From：空ちゃん　Date：2014年9月28日（日）21：52　..・＊.・＊—
昔の記憶を忘れただけだよ。最初の岡山のデートから遅れてきてたし。

From：うっちぃ　Date：2014年9月28日（日）21：56　..・＊.・＊—
お〜、そうだった。不都合な記憶だけ都合良く忘れていやがる、俺。「一度たりとて」などと、調子こいて大法螺を奏でるんじゃなかった。深く反省。よく考えたら、宿題でも夏休み帳でも、子供の頃から納期を守れなかった習慣が大人になっても抜けてないのかも…。／(o|o;)

From：空ちゃん　Date：2014年9月28日（日）22：02　..・＊.・＊—
不都合な記憶だけ平気で忘れられるのも、偉大な才能よ。

2014年9月29日（月）23：35　京都旅行の夢

From：うっちぃ　Date：2014年9月29日（月）23：35　..・＊.・＊—
一緒に京都に行くのが夢だけど、簡単に叶えられると夢がなくなっちゃいそうで寂しいから、京都に行く夢をずっと持っていながら、ほかのいろんな所に行こうか？　で、余命３か月と告げられたときに、病院の空ちゃんを背負って、約束した京都の地に旅立つのであった。

From：空ちゃん　Date：2014年9月29日（月）23：49　..・＊.・＊—
感動的…。余命３か月になったら、背負って連れてってくれるんだね。約束ね。ぽっくり逝かないようにだけ気をつけなきゃ。😄

From：うっちぃ　Date：2014年9月30日（火）00：18　..・＊.・＊—
最後の京都旅行は当分先にとっておいて、次はどこに行こうか？　大阪とか神戸って、行ったことある？

From：空ちゃん　Date：2014年9月30日（火）00：25　..・＊.・＊—
あるわよ。大阪は２回ほど。大阪だったらどこ行きたい？　＼(^.^)／

From：うっちぃ　Date：2014年9月30日（火）00：39　..・＊.・＊—
空中庭園とか、通天閣とか。

From：空ちゃん　Date：2014年9月30日（火）00：43　..・＊.・＊—
空中庭園って大阪だっけ？　それ行ったことないから行きたい！　テレビでやってたけど、高層ビルの屋上みたいな屋外から夜景が一望できるんだよね。一緒に夜景が見た〜い。大阪にしよう。決定！

From：うっちぃ　Date：2014年9月30日（火）01：04　..・＊.・＊—
おっ、即決。仕事も決断力も早いプロジェクト・リーダーみたい。子分になって、ついて行きたくなる。＼(^.^)／　👀✨＜尊敬

From：空ちゃん　Date：2014年9月30日（火）01：11　..・＊.・＊—
私は休みは割と自由に決められるから、いつでもお誘いを待ってるわ。

2014年9月30日（火）22：28　誕生日プレゼント

From：うっちぃ　Date：2014年9月30日（火）22：28　..・＊.・＊—
明日は空ちゃんの誕生日だろ。手帳に日の丸が書いてある。欲しい物があったら、うっちぃ神様にお願いするといいぞ。＼(o|o)／ ✨＜カミ

From：空ちゃん　Date：2014年9月30日（火）22：32　..・＊.・＊—
神様、うっちぃを独り占めさせてください。(＾.^)人　〜⑤＜チャリン

From：うっちぃ　Date：2014年9月30日（火）22：41　..・＊.・＊—
じゃあ、来月の３連休に会いに行こうっと。ほかに欲しいもん、ない？

From：空ちゃん　Date：2014年9月30日（火）22：50　..・＊.・＊—
ホント！？　うれしい。私はいつでも大丈夫。予定を空けて待ってる。ほかに欲しい物はない。それだけでいい。独り占めして離さない。ぎゅ～っと抱きしめてもらう。手を繋いでいろんなとこを歩きたい。♡

From：うっちぃ　Date：2014年9月30日（火）23：09　..・＊.・＊—
今日も空ちゃんと一緒に寝る。抱っこしてぎゅ～と抱きしめていい子いい子して、時々、唇にキス。チュッ。＼(^^)／(^.^)／＜抱っこ

From：空ちゃん　Date：2014年9月30日（火）23：11　..・＊.・＊—
今夜もいい夢が見れそう。ぎゅ～っと抱っこ。チュッ。おやすみ。

　毎晩のように２人は、抱っこ、いい子いい子、キスして眠るのですが、それを素面（しらふ）で読むとイラっとし、酩酊して読むと殺意を催す恐れがあるので極力割愛します。メールもダイジェストで載せています。

2014年10月1日（水）23：09　ハッピバースデー

From：うっちぃ Date：2014年10月1日（水）23：09　..・＊.・＊—
お誕生日、おめでとう！　＜パーン！　神様からのお誕生日プレゼント。11～13日にデートしよう。大阪のホテルを予約した。

From：空ちゃん Date：2014年10月1日（水）23：12　..・＊.・＊—
えっ、ホントに？　うれしい。＼(^.^)／

From：うっちぃ Date：2014年10月1日（水）23：17　..・＊.・＊—
忙しくても連休は大阪に行くぞ。土曜日は仕事があるから、20時頃に出る新幹線に乗れたらいいな。

From：空ちゃん Date：2014年10月1日（水）23：47　..・＊.・＊—
期待して待ってる。早く会いたいけど無理しなくていいからね。

From：うっちぃ Date：2014年10月1日（水）23：52　..・＊.・＊—
大阪なら美味しい物を食べ歩きしよう。食い倒れるんだったら道頓堀がいいかな、それとも黒門市場がいいかな～？

From：空ちゃん Date：2014年10月2日（木）00：01　..・＊.・＊—
う～ん…、両方行こう！　＼(^.^)／

From：うっちぃ Date：2014年10月2日（木）00：43　..・＊.・＊—
昼間は海遊館で子供のようにはしゃいで、観覧車から大阪湾と大阪の街並みを眺めて目を丸くして感激して、黒門市場で参ったという顔をして食い倒れて、夜は空中庭園でうっとりと夜景を見て感動しよう。☆彡

From：空ちゃん Date：2014年10月2日（木）00：53　..・＊.・＊—
そのプランいいな～。＼(^.^)／

2014年10月9日（木）23：32　台風接近

From：空ちゃん　Date：2014年10月9日（木）23：32　..・＊.・＊—
デートの連休は、大阪辺りは台風が直撃みたいだよ。記録的な最強クラスの台風が日本に向かって進んでて、週末は大荒れらしい…。

From：うっちぃ　Date：2014年10月9日（木）23：58　..・＊.・＊—
え～っ、全然知らなかった。最近、ニュース見てない。台風はこの前来たばっかりなのにまた来てる？　友達がいなくて暇なんだな…。最強クラスって、よっぽどストレスが溜まって、暴れてるってことだ。
(V)(💢(Θ￥Θ)(＜)三🌀三🌀三　～～＼(;o|o)／＜最恐

From：空ちゃん　Date：2014年10月10日（金）00：21　..・＊.・＊—
ははは。大事なデートの予定があるんだからニュースくらい見なさい。

From：うっちぃ　Date：2014年10月10日（金）00：44　..・＊.・＊—
今、見た。そのやる気がみなぎったhPaを少し分けてくれたら、俺の仕事も進みそうなんだが。最近、やる気が底をついてるというか、やる気が枯れてるというか、知らぬ間にそいつが俺のＨＰを奪ったのかも…。

・hPa（hectopascal）：圧力の単位。気象の大気圧に使われる。
・ＨＰ（HitPoint）：ゲームでキャラクターが備える生命力。０になる前に、宿で休む、薬を塗るなどの方法で回復する。

From：空ちゃん　Date：2014年10月10日（金）00：52　..・＊.・＊—
やる気を出す唯一の方法って、やる気を出そうと思ったときにやり始めることだよね。１分やってやる気がでなかったら、一度やめて、またやる気を出そうと思ったときにやり始める。これを繰り返すと、しばらく乗ってないバイクのキックペダルを踏みこんだときのように、そのうちエンジンがかかることがある。台風は弱まってくれるといいなあ～。

2014年10月10日（金）23：07　明日はデート

From：うっちぃ　Date：2014年10月10日（金）23：07　..・＊.・＊—
昼間はわくわくして、仕事が手につかなかった（わくわくしなくても、ボケっ～として仕事に手をつけないのはいつものことだけど）。

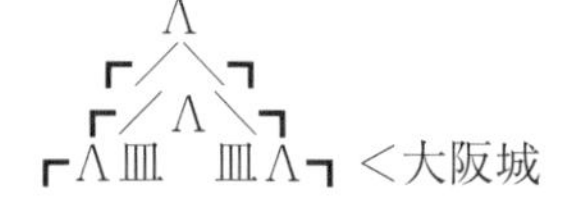

From：空ちゃん　Date：2014年10月10日（金）23：13　..・＊.・＊—
ホント、明日が楽しみで、仕事してても旅行のことを考えちゃってソワソワしてたわ。ホテルのチェックインの時間は、何時頃にしたの？

From：うっちぃ　Date：2014年10月10日（金）23：35　..・＊.・＊—
23時頃になるかもと言っといた。15時にはチェックインできる。せっかくだから、それまで空ちゃん、一人で大阪を満喫するといいぞ。

From：空ちゃん　Date：2014年10月10日（金）23：39　..・＊.・＊—
う～ん、22時頃めがけて行くか。夜の大阪は一人じゃ少し不安。

From：うっちぃ　Date：2014年10月10日（金）23：57　..・＊.・＊―
空ちゃんは何時でもいいぞ。明日休みなら、昼間にチェックインして、一人で食べ歩きするのもいい。もちろん、飲み歩きでも。<ウイッ

From：空ちゃん　Date：2014年10月11日（土）00：02　..・＊.・＊―
酔ったままホテルでうっちぃを迎えるのもいいかも。でも、明日はうっちぃ、仕事が終わらなくて来れないかもしれないしなあ…。

From：うっちぃ　Date：2014年10月11日（土）00：35　..・＊.・＊―
もし俺が行けなかったら、一人の寂しさは酒でまぎらわすしかない。

2014年10月11日（土）19：27　大阪に移動

From：うっちぃ　Date：2014年10月11日（土）19：27　..・＊.・＊―
仕事やめ～。これから行く。23時頃着く予定。ホテルで待ってて。
～　<コラ、待て

From：空ちゃん　Date：2014年10月11日（土）19：35　..・＊.・＊―
やった～～！！　私は22時に着く。待ってる。　＼(^.^)／～♡

From：うっちぃ　Date：2014年10月11日（土）20：22　..・＊.・＊―
新幹線乗った。携帯の目覚ましをセットしとく。アラームの止め方がわからず、新幹線の中であたふたしてる俺を想像して。”<起きろ

From：空ちゃん　Date：2014年10月11日（土）20：40　..・＊.・＊―
きゃはは。それうけちゃうわ。うれしいなあ～。もうじき会える！

From：うっちぃ　Date：2014年10月11日（土）20：45　..・＊.・＊—
アラームが鳴らずに、目を覚ますと広島だったりして。⏰💤　👨💤

From：空ちゃん　Date：2014年10月11日（土）20：49　..・＊.・＊—
乗り過ごすと上りの新幹線がなくなっちゃうよ～。＼(^.^;)／

From：うっちぃ　Date：2014年10月11日（土）22：47　..・＊.・＊—
⏰💢📢ピピピピ。ピピピピ！＜スライド、タップ。止まらん。アラーム、どうやって止める！？　あたふた、あたふた。💦

From：空ちゃん　Date：2014年10月11日（土）22：49　..・＊.・＊—
きゃはは。アラーム止まった？

From：うっちぃ　Date：2014年10月11日（土）22：52　..・＊.・＊—
駅に着いた。顔とスーツのヨレヨレが気になる。会うのが待ち遠しい。

　大阪旅行の最終日は、本州を台風が縦断し、中国地方や関西地方で電車が止まっているというニュースが流れていました。大阪は新幹線は動いているもののＪＲの在来線が夕方から全面運休する事態で、早めに17時でデートを切り上げ、それぞれ新幹線で岡山と神奈川に向かいました。

2014年10月13日（月）19：03　ありがとう

From：うっちぃ　Date：2014年10月13日（月）19：03　..・＊.・＊—
見送り、ありがと。台風じゃなかったら夕ご飯を一緒に食べられたのに、ちょっと予定が早まっちゃって残念。また、会いに行く。

From：空ちゃん　Date：2014年10月13日（月）19：10　..・＊.・＊—
来てくれて、ホント、ありがとう！　岡山も在来線は止まってるわ。仕方ないから、タクシーで帰ろっかな…。

From：うっちぃ　Date：2014年10月13日（月）19：13　..・＊.・＊—
タクシーだといくらかかる？　息子、迎えに来てくれない？

From：空ちゃん　Date：2014年10月13日（月）19：20　..・＊.・＊―
１万円は超える。息子は連絡取れたけど、大雨だから行かないって言われた。肝心なときに役にたたない…。

From：うっちぃ　Date：2014年10月13日（月）19：24　..・＊.・＊―
大雨だから来てほしいのに。肝心なときも肝心じゃないときも役に立たない俺よりは、肝心なときに役に立たない息子の方が、俺の５倍は役に立つ…。あ、思い出した！　神様が「この子はタクシーに乗るじゃろう」って言って、カバンの名札のとこにお金を入れてた。

From：空ちゃん　Date：2014年10月13日（月）19：29　..・＊.・＊―
もう、バカ！　何やってんのよ。そんなことされたら、もううっちぃに会いに来て、なんて言えなくなっちゃうでしょ…。＼(^.^;)／

From：うっちぃ　Date：2014年10月13日（月）19：32　..・＊.・＊―
だから、神様が…（俺、し～らない）。＼(^^)／

うっちぃは、誕生日プレゼントと言って、旅行のホテル代や食事代を空ちゃんの分まで出そうとするのですが、空ちゃんはお金を受け取らずに、２人でお金のやり取りを繰り返していました。そして、空ちゃんが見ていない隙に、神様が空ちゃんのカバンにそのお金を入れました。

2014年10月11日（土）空ちゃんの回想日記

22時、無事ホテルに到着。うっちぃをどうやって出迎えよっかなあ。やっぱ、ドアから入って来た瞬間、うっちぃにダ～イブだよね。

23時、ピンポーン。わっ、来てくれてありがとう！！　うっちぃに抱っこ。抱きしめられると、幸福感に包まれる。誕生日プレゼントに買ってきてくれたスイートポテトもしっとりして美味しい。今夜は私の指定席、うっちぃの胸の中で一緒に夢を見る～。＼(^.^)／♡

2014年10月12日（日）空ちゃんの回想日記

午前中はベッドの中でうっちぃの背中に寄り添ったままテレビを見たり、胸に頬をすりすりしてずっとまとわりついてた。

午後は強い台風が近づいてたけど、幸い雨はほとんど降らなかった。日本橋でえび焼き（たこ焼きのタコの代わりにエビが入っている）を食べて、黒門市場で磯の香りがする、とげとげの殻に入った新鮮なウニをスプーンですくい頬ばり、ふっくらと肉厚の鰻のかば焼きをつまみ、うっちぃはビールを頼んでくれて昼間から一緒に飲んだ。

大阪城の天守閣や広い敷地をずっと手を繋いでお散歩して、日が暮れ始めた頃、梅田スカイビルの空中庭園へ。トンネル式の長いエスカレータで屋上に出ると大阪の街並みを360度望める。私は夜景やイルミネーションを見るのが大好き。星が埋め込まれたように光り輝く周回廊は、空を散歩しながら地上を眺めているようだったわ。

晩ご飯は梅田の創作串揚げのお店へ。海老詰めシイタケ、牛肉アスパラ、湯葉レンコン、日向若鳥などを、塩、レモン、甘たれ、みそたれで冷え冷えのビールとともに頂いた。熱々の串揚げは、一品一品がどれも工夫が凝らされていて美味しいね。うっちぃの食べるペースが早くて、私も負けじと大急ぎでたくさん食べちゃった。

一日中うっちぃを独り占めできて、うれしくて胸がいっぱいになった。

2014年10月13日（月）空ちゃんの回想日記

残念ながら台風のため、時折、強い雨風が吹きつける。明日からしばらくお別れだから、私の代わりにお空が泣いてくれてるのかなあ。

チェックアウトの時間をお昼まで延ばし、ベッドの中でぬくぬくしてから、ランチを食べて、海遊館（水族館）へ。お魚さんたちは優雅に泳いでる。ペンギンさんは直立不動だけど何考えてるのかなあ（🐧）？隣の観覧車は台風で営業中止なのは残念だけど、しょうがないね。

夕方、ちょっと早めに切り上げて駅に行ったら、電車のダイヤが乱れまくってる。台風の影響で全国各地で電車が止まっていて、早めに帰らないとマズイみたい。ショック。仕方ない。新幹線で帰路へ。

「また会えるのを楽しみにしてるからね～」(t_;)／~~

うっちぃはちゃんと帰れるかな…なんて心配しながら岡山に着いたら、え？　岡山も台風のため、在来線全線運休。マジか。ここから帰れないじゃない。もうバスもないし…。神様がカバンにお金を入れてくれたから、ホテルに泊まって明日の朝帰ろうか…。タクシーじゃもったいないし。でも、朝慌ただしいのは嫌だなあ。なんて迷ってたら、友達が迎えに来てくれて家までたどり着けた。うっちぃも新幹線はだいぶ遅れたけど無事到着したみたいで良かった、良かった。
　最高のお誕生日プレゼントをありがとう。次はいつ会えるかなあ。

「長からむ　心も知らず　黒髪の　乱れて今朝は　ものをこそ思へ」（待賢門院堀河：たいけんもんいんのほりかわ）　あなたは心変わりせずに、ずっと私を好きでいてくれるのかな〜。髪が乱れるように、心配で私の心も乱れてるわ。

2014年10月14日（火）23：56　週末はありがとう

From：うっちぃ　Date：2014年10月14日（火）23：56　..・＊.・＊—
昨日は、空ちゃんが無事に帰れて良かった。神様のことはあんまり怒んないであげよう。俺からも、よ〜く言っておくから。

From：空ちゃん　Date：2014年10月15日（水）00：06　..・＊.・＊—
怒るわけないでしょ。神様は、私のためにしてくれたのに。お金には困ってるけど、まあうちは子供も学生じゃないんだから何とかなるのよ。それよりも、うっちぃのために使ってほしいって思っただけ。

From：うっちぃ　Date：2014年10月15日（水）00：19　..・＊.・＊—
お金のことは気にしないで。息子が５万円もするＦ１のチケットを買ってプレゼントしてくれるのも、彼氏がテレビを買ってプレゼントしてくれるのも、神様がホテル代を出すのも同じようなもので、みんな自分がやりたいからやってるだけで、誰も無理してないんだと思う。

**　空ちゃんにはうっちぃとは別の彼がいて、自分の部屋にテレビがあればいつでも見れるという話をしたら、買ってくれたことがありました。**

From：空ちゃん　Date：2014年10月15日（水）00：28　..・＊.・＊—
なかなかそんなふうには考えられないけど、そういうことにしておく。今朝、会社に行ったら「大阪から帰って来れたんだ。電車が止まってたから、帰れなくて休むと思ってたのに」って言われた。大阪に行くって話をしてたから「しまった、休めば良かった」って思っちゃった。

From：うっちぃ　Date：2014年10月15日（水）00：37　..・＊.・＊―
「ですよね。やっぱり、大阪から帰って来れなかったことにして休みます…」って言って帰れば良かったのに。

From：空ちゃん　Date：2014年10月15日（水）00：44　..・＊.・＊―
神様から頂いたタクシー代をどうしようか考えてた。神様だったら「うっちぃに会いたいと思うんだったら、次に会えるときまでとっておきなさい。そのデート代に使いなさい」って言うんじゃないかなと思った。だから空ちゃん、そうすることにしたわ。

From：うっちぃ　Date：2014年10月15日（水）00：51　..・＊.・＊―
そう伝えたら、神様はヨレッとした顔をニコリとしておられた。次のデートも楽しみ～。とおっしゃっておられた。v(ｶ‿ﾐ)／♪＜ご機嫌

2014年10月18日（土）22：50　１週間前に戻りたい

From：空ちゃん　Date：2014年10月18日（土）22：50　..・＊.・＊―
ただいま。今、帰ったとこ（🍺）。先週のこの時間は、めっちゃドキドキしてた。ドラえも～ん、タイムマシンで１週間前に連れてってよ～。

From：うっちぃ　Date：2014年10月18日（土）22：55　..・＊.・＊―
🚪＼(ﾐﾟ⊥ﾟﾐ)／＜どこでもドア＆タイムマシン付
(◆１週間前、新大阪駅に着いたところ…◆)
コンビニにシャンパンない。ケーキ屋、この時間は開いてない。誕生日ケーキがない。ホテルに急げ、急げ。🏨💨　　🏃💨＜コラ、待て

From：空ちゃん　Date：2014年10月18日（土）22：59　..・＊.・＊―
もうすぐうっちぃが来る。ドキドキ。

From：うっちぃ　Date：2014年10月18日（土）23：04　..・＊.・＊―
ホテルの部屋の前。トントン。スーツのヨレヨレが気になるけど顔のヨレヨレとコーディネートされててちょうどいいか。ヽ(^.^)ノ＜ヨレヨレ

From：空ちゃん　Date：2014年10月18日（土）23：08　..・＊.・＊―

うっちぃ、来た！（ドアを開けた瞬間にうっちぃにダイブしちゃおう）

From：うっちぃ　Date：2014年10月18日（土）23：13　..・＊.・＊ー
「会いたかった。ちょっと見ないうちにますます美人になったね」。深いキスをしたいけど、歯磨きしてないから軽くチュ。

From：空ちゃん　Date：2014年10月18日（土）23：19　..・＊.・＊ー
わ〜い。本物のうっちぃだ。とってもとっても会いたかった。スーツ姿、初めて見た。おしゃれで素敵。抱っこ。ぎゅ〜。でへへ。このまま時間が止まっちゃえばいいのに。（あっ、ダ〜イブし忘れた！）

From：うっちぃ　Date：2014年10月18日（土）23：22　..・＊.・＊ー
ぎゅ〜。＼(^^)／(^.^)／　しばらく時間が停止…。＜コワレタ

From：空ちゃん　Date：2014年10月18日（土）23：25　..・＊.・＊ー
３日間、ずっと一緒にいられる。無理して時間を作ってくれたんじゃない？　空ちゃんにとって最高の誕生日プレゼント。ありがとう！

From：うっちぃ　Date：2014年10月18日（土）23：29　..・＊.・＊ー
「誕生日プレゼント。ケーキの代わりにスイートポテト買ってきた」

From：空ちゃん　Date：2014年10月18日（土）23：33　..・＊.・＊ー
「誕生日プレゼントは、空ちゃんが一番欲しかったうっちぃの独り占め。ほかには何もいらないよ。このスイートポテト、しっとりした食感で美味しい」

From：うっちぃ　Date：2014年10月18日（土）23：37　..・＊.・＊ー
「シャワーを浴びてくる。ちょっと待ってて」。早く歯磨きして、いっぱいキスしたい。

From：空ちゃん　Date：2014年10月18日（土）23：42　..・＊.・＊ー
「うん！　私はもうお風呂に入った」

From：うっちぃ　Date：2014年10月18日（土）23：49　..・＊.・＊ー
シャコシャカ、シャコシャカ、歯磨き。シャワーで汗を流して、全身、

石鹸でゴシゴシ。頬ずりしても痛くないように髭を入念に剃る。顔のヨレヨレを入念に洗い落すとボケ～っとしたいつもの顔に戻る。あまり変わらない。「お待たせ～」　ヽ(^.^)ノ＜ボケっ～

From：空ちゃん　Date：2014年10月18日（土）23：54　..・＊.・＊—
「待ってた。ぎゅ～」

From：うっちぃ　Date：2014年10月18日（土）23：59　..・＊.・＊—
「会いたかった。ちょっと見ないうちにますます美人になったね」。ぎゅ～。唇にチュッ。空ちゃんの舌にもタッチ。＜再び時間停止

From：空ちゃん　Date：2014年10月19日（日）00：07　..・＊.・＊—
チュッ。うっちぃの舌を空ちゃんの舌で愛撫する。ず～っと長い時間抱きしめられて、し・あ・わ・せ。＼(^.^)／

From：うっちぃ　Date：2014年10月19日（日）00：11　..・＊.・＊—
ベッドの中で空ちゃんをぎゅ～っと抱っこながら、いっぱいキス。パジャマのボタンをはずして、ブラもずらして胸にもいっぱいキスする。「空ちゃんの胸、大好き」

From：空ちゃん　Date：2014年10月19日（日）00：14　..・＊.・＊—
メールじゃない本物のうっちぃに抱かれて、幸福感に全身が包まれる。

From：うっちぃ　Date：2014年10月19日（日）00：17　..・＊.・＊—
空ちゃんのズボンを脱がせて、下着だけの姿にする。野球拳ならこれ以上のハンディはない。素肌の足と足を絡めると温かくて心地いい。

From：空ちゃん　Date：2014年10月19日（日）00：19　..・＊.・＊—
「あ～ん…」

From：うっちぃ　Date：2014年10月19日（日）00：26　..・＊.・＊—
下着の上からお尻をいい子いい子。そのまま下着の中に侵入し、お尻とパンTに挟まれた右手で、サンドウィッチのハムの気分を味わいながら㊙部の侵攻を試みるも、両足の防御が固く侵入を阻まれる…。

From：空ちゃん　Date：2014年10月19日（日）00：28　..・＊.・＊ー
「イヤ…♡」。うっちぃの胸の中に顔をうずめる。ここが空ちゃんの指定席。

From：うっちぃ　Date：2014年10月19日（日）00：33　..・＊.・＊ー
大本営の攻撃は諦め（たと油断させて）、空ちゃんの頭を両腕で抱きしめる。緊張してコチコチのマイケルが空ちゃんのお腹に当たる。

From：空ちゃん　Date：2014年10月19日（日）00：36　..・＊.・＊ー
胸の中で抱擁されているのが切ないほど幸せなの。

From：うっちぃ　Date：2014年10月19日（日）00：42　..・＊.・＊ー
空ちゃんをうつ伏せにして、キスの爆弾を耳や頬や首に投下して、南下しながら背中にも一斉空爆して、一気にパンTを脱がせてお尻も攻撃する。桃の割れ目を舌でなぞって地上戦攻撃。はだかんぼの空ちゃんの全身にキスすると、ほのかに石鹸の香りがして、ぬくぬくして美味しい。

From：空ちゃん　Date：2014年10月19日（日）00：45　..・＊.・＊ー
「や～ん、エッチ。お尻は恥ずかちぃじゃない…、見ちゃダメ」(^.^;

From：うっちぃ　Date：2014年10月19日（日）00：53　..・＊.・＊ー
「見ない」（ウソ！）。仰向けにして空ちゃんの唇にキスして舌で舌を攻めながら、再び右手は大本営に攻撃を試みると、空ちゃんは防御不能となり一切の抵抗を諦める（我が軍の勝利宣言！　▶）。

From：空ちゃん　Date：2014年10月19日（日）00：56　..・＊.・＊ー
あなたになら抱かれてもいい。「うっちぃ、大好き…」

From：うっちぃ　Date：2014年10月19日（日）01：00　..・＊.・＊ー
「空ちゃん、大好き」。ユリの蕾を口に含んでくりくり舐めると湿ってくる。お腹の中を指で摩ると、ぴちゃぴちゃ水が溢れだしてくる。そいえば、台風が来てるんだった。

From：空ちゃん　Date：2014年10月19日（日）01：03　..・＊.・＊ー
あ～ん、エッチ…。そんなとこ舐めちゃダメでしょ…。＼(#^.^#)／
「もう、だめぇ…」。うっちぃに愛撫されて、魂が吸い取られそう。

From：うっちぃ　Date：2014年10月19日（日）01：05　‥・＊.・＊―
わがままマイケルがダンスを披露するって言ってる。「中に入れるよ」

From：空ちゃん　Date：2014年10月19日（日）01：06　‥・＊.・＊―
「うん、きて…」。強く抱きしめて。

From：うっちぃ　Date：2014年10月19日（日）01：15　‥・＊.・＊―
しっとりと温かい空ちゃんのお腹の中に入ると、空ちゃんは両手で体を抱き寄せて、密着させてくる。何度も何度も空ちゃんの中に入れると漏れ出る声も大きくなる。今日は夢のような日。ずっと空ちゃんに会いたくて、こんなふうに抱きたかったんだ。

From：空ちゃん　Date：2014年10月19日（日）01：18　‥・＊.・＊―
「あ～ん♡」。悦びで満たされる…。

From：うっちぃ　Date：2014年10月19日（日）01：22　‥・＊.・＊―
濡れたお腹に入る間隔がどんどん早くなって、いっそう激しく何度も犯すように奥深く叉し入れる俺は、優しくないかも。「痛くない？」

From：空ちゃん　Date：2014年10月19日（日）01：28　‥・＊.・＊―
「気持ちいい…」。奥に当たるのが心地いいの。心と体の至福が重なって、感じたことのないような世界に導かれて蕩けそう。

From：うっちぃ　Date：2014年10月19日（日）01：32　‥・＊.・＊―
マイケルがはじけたいと言ってる。空ちゃんのお腹の中でいくよ。もうこの年だから赤ちゃんができることもないよね。「中に出していい？」

From：空ちゃん　Date：2014年10月19日（日）01：38　‥・＊.・＊―
それはだめ。私、高校の時にレイプされて、子供ができて堕ろした。あの時の気持ちは２度と味わいたくない。たぶんもう赤ちゃんはできない。でも、お腹の中は絶対に嫌。ごめん…うっちぃ。「外に出して…」

From：空ちゃん　Date：2014年10月19日（日）02：23　‥・＊.・＊―
うっちぃ、寝ちゃったかな？　ごめんね。もう寝るわ。明日の朝も早い

から…。おやすみ。いい夢見てね。(^_-)-☆

2014年10月19日（日）12：51　ＲＥ：１週間前に戻りたい

From：うっちぃ　Date：2014年10月19日（日）12：51　..・＊.・＊ー
昨日、空ちゃんが大事な話をして、俺はメールの返信をどう書こうか考えていたら、返信する前に寝落ちしちゃった。気が利いた慰めの言葉が思いつかないダメダメうっちぃウルトラマン。＼(+|+)／
空ちゃんとのメールは、毎日の唯一の楽しみで、俺のヨレヨレの心を癒してくれる。仕事の失敗や、家庭での嫌な出来事を思い出して鬱になる時間を、空ちゃんと昔の懐かしい思い出を話したり、一緒に旅に行って景色を見たり美味しい物を食べたりする夢を語る愉悦の時間に代えてくれた。メールの向こうにいる空ちゃんを抱きしめながら眠ると安らかな気持ちになれる。おかげで、不安な気持ちで明日のことを考えながら眠ることが少なくなった。空ちゃんとのデートは、日常の何もかも忘れ、心から癒される時間で、俺の生きがいなんだ。
過去に何があっても、俺は今の空ちゃんが大好き。俺が空ちゃんにしてあげられることはメールを書くことくらい。毎日楽しいメールを書いて、空ちゃんを笑顔にしてあげたい。空ちゃんを元気にしてあげたい。空ちゃんを応援してあげたい。今は会社。また、夜メールする。

2014年10月19日（日）21：45　今から帰宅

From：うっちぃ　Date：2014年10月19日（日）21：45　..・＊.・＊ー
本日は帰宅が早いぞ（いつもの帰りに比べたら）。
💻📚[仕事] 💥　三Ｚ三Ｚ三Ｚ 七(o|o)＜必殺技

From：空ちゃん　Date：2014年10月19日（日）23：13　..・＊.・＊ー
お疲れさま～。今週はうっちぃは土日とも仕事だったんだね。先週、連休をとらせて、無理させちゃったんじゃないかしら。私もやっと打ち上げが終ってさっき帰ってきて、メールを送ろうとしてたとこ。会場で気が張ってた分、家に帰って一息ついたら酔いがまわってきた感じ。結構酔ってる。文章変だったらごめん。
昼間、メールくれてありがとう。昔の話は前の旦那にも言ったことがなかった。聞いてもいい気持ちはしないだろうし、軽蔑されるかもしれないし、私の心の中だけに一生しまっておこうと思っていた。
でも、高校生のあの日のことも、そのあとにあったいろいろな辛い出来事も何かにつけ思い出しちゃう。あれは恐怖と地獄の体験で、あの日以来、生活も人生も何もかもが一変した。
毎日、死にたいと思い、何もやる気が起きなかった。そんな私に、何で高校に行かない、何でピアノをやらない、お前がふしだらだからだ、などと家族からも残酷な言葉を投げかけられてショックだった。その時は家族のことも恨んだ。今はもう恨んではないけど、私の家族も被害者で、辛くて人の気持ちを考える余裕もなくなっていたんだと思う。高校の友達に、冗談で「ふしだら」と言われて、突き飛ばして怪我をさせてしまった。その時、私は自分を世界で一番価値のない人間だと思った。当時、付き合ってた彼とも、だんだん距離をおくようになって、結局別れてしまった。家族や友達やピアノなど、これまで私に幸せを与えてくれたもの全てを失った気がした。もう、自分が生きている理由を見つけられなかった。「もし神様がいたら私を早く天国に連れていってください」と毎日お願いしていた。人生経験のない高校生の私には、地獄から抜け出す術がわからず辛すぎた。私は毎日、涙を流さない日がなくて、1か月くらいたったある日、あ、今日は涙を流してない、とふと思った日があった。そして、もう自分のことでは決して人前で涙を出すのはやめようって決めたんだ。それ以来、私は本気で誰かを好きになることはなかった。
慰めはいらないし、うっちぃが気を遣う必要はない。どうして今まで誰にも打ち明けなかったことをうっちぃに話したのか、自分でもよくわからないけど、なんだか正直に言った方がいいような気がした。たとえそれで嫌われたとしても、どっちみち遠距離恋愛。会わなくなってもそれで終わり、と割り切れたからかもしれないわね。うっちぃはそれでも私を好きだと言ってくれたのは、涙が出るくらい嬉しかったよ。
うっちぃが重く感じちゃいけないと思って今まで聞けなかった。
「今度、いつ会える？」
うっちぃに会いたくて、会いたくてたまらない。そんなに会えないことは、わかってる。半年に1回？　1年に1回？　それとももっと先かな…。ごめん、酔ってて自制心きかないかも。

From：うっちぃ　Date：2014年10月19日（日）23：37　..・*.・*—
酔っぱらってる空ちゃんも大好き。当事者でないとわからないことだけど、言葉にできない絶望感に苛まれていたんだろうね。今度会えるのがいつか、今はまだ約束できないけど、会いたいときにたくさん会っておこう。毎日、タイムマシンで1週間前に戻れたらいいのに。

From：空ちゃん　Date：2014年10月19日（日）23：41　..・*.・*ー
タイムマシンがあって一度だけ過去に戻れるなら、高校生に戻ってあの出来事を消したい…。なんで「今度いつ会える？」って聞けなかったかっていうとね…、うっちぃはあんまり物事にのめり込まないタイプに思えた。「何度もデートしたから、もうしばらく会わなくてもいい」って言われそうで怖かった。何回も会ったらだんだん、男の人って好きな気持ちが冷めちゃうような気がして。うっちぃも…。

From：うっちぃ　Date：2014年10月19日（日）23：50　..・*.・*ー
長い関係を続けるには、頻繁に会うよりも、たまに会う方がいいのかもしれないけど、会いたくて我慢できずに会いに行くと思う。

From：空ちゃん　Date：2014年10月20日（月）00：08　..・*.・*ー
待ってるわ！　っていうか、空ちゃんが会いに行っちゃうかも…。

From：うっちぃ　Date：2014年10月20日（月）00：15　..・*.・*ー
会いにおいで。先週は空ちゃんを抱きしめながら眠りについて、深い安らぎと幸せを感じた。メールよりも本物の空ちゃんが欲しい。

From：空ちゃん　Date：2014年10月20日（月）00：19　..・*.・*ー
行きたい！　うっちぃに抱かれて寝たい。＼(^.^)／

2014年10月20日（月）22：52　大阪旅行の帰り

From：空ちゃん　Date：2014年10月20日（月）22：52　..・*.・*ー
ちょっとだけ空ちゃんの愚痴聞いて。結局、大阪に行ったあの日はタクシーにも乗らなかったの。彼が迎えに来た。コーヒー飲みながら時間潰してたら、電話がかかってきて、どこにいるんだって聞くから 岡山駅って言ったら、すぐに迎えに来た。「大阪で電車が止まってたら、高速とばして迎えに行くつもりだった」と。そんなこと望んでないけど、なんか罪悪感を感じた。大阪に同級生に会いに行くと言っておいたから、ウソはついてないんだけど、男の人とは言えなかった。でも、私の気持ちは変わらない。うっちぃのことを好きになっちゃったから、前にも増して彼の気持ちは重すぎて、もう彼と会うのはやめにしたい…。少し落ち込んでる空ちゃんでした。ごめん…こんなことうっちぃに言うべきことじゃないんだけど、誰にも言えないから聞いてほしかった。すぐ忘れて！

From：うっちぃ　Date：2014年10月20日（月）23：38　..・＊.・＊—
彼も俺も２人とも大切にするってのは、どう？　俺は空ちゃんを独占できないし、彼の好きなとこもいっぱいあるだろうから。ところで、俺はデリカシーがなくて、悪気なく失礼なことを言うことがあるけど、たぶん俺の最大の欠点だから、あんまり怒んないであげよう。

From：空ちゃん　Date：2014年10月20日（月）23：46　..・＊.・＊—
怒んないよ。ぜ〜んぜん気になんないもん。私には２人ともは無理。いいよ、もうその話はおしまい。一緒に寝よ！

From：うっちぃ　Date：2014年10月21日（火）00：13　..・＊.・＊—
ある意味贅沢な悩みだし、急いで結論を出す必要ないし。さ、空ちゃんをはだかんぼうにしてぎゅうして、寝る〜。胸の中の指定席においで。

From：空ちゃん　Date：2014年10月21日（火）00：18　..・＊.・＊—
は〜い。飛んでく。＼(^.^)／＜シュワッチ

2014年10月21日（火）23：31　ＲＥ：大阪旅行の帰り

From：うっちぃ　Date：2014年10月21日（火）23：31　..・＊.・＊—
最近、彼とキスした？　(^3^)

From：空ちゃん　Date：2014年10月21日（火）23：38　..・＊.・＊—
彼とはキスもしたことない。もう、彼と会っても楽しくない…。彼も何か感じるものがあるのかな？「なんかあった？」とよくメールや電話してくる。たぶん、私があまりにそっけないからかな…。

From：うっちぃ　Date：2014年10月21日（火）23：54　..・＊.・＊—
空ちゃんに彼がいても、誰かとキスしても、俺は全然平気だよ。俺は独占欲がない。あと、物欲もない…。＼(^^)／

From：空ちゃん　Date：2014年10月21日（火）23：59　..・＊.・＊―
私も結構そういうタイプ。独占欲もないし、別にキスしたいとも思わない。物欲はちょっとある。でも、全然平気という気持ちはわからない。

From：うっちぃ　Date：2014年10月22日（水）00：12　..・＊.・＊―
自分に冷たくされると嫌だけど、空ちゃんから毎日、愛情たっぷりのメール頂いてるから、ほかに空ちゃんが何していても全然平気。

From：空ちゃん　Date：2014年10月22日（水）00：16　..・＊.・＊―
何していてもか…。なんかそれもちょっと寂しい感じ。でも、束縛されるよりずっといいか。

From：うっちぃ　Date：2014年10月22日（水）00：40　..・＊.・＊―
俺は、自分が一番好きな人が自分のことを一番好きでいてくれなかったら、寂しいと思う。二番とか、三番だったら。でも、自分のことを一番好きでいてくれたら、ほかの男の人とキスしても平気…だと思う。

From：空ちゃん　Date：2014年10月22日（水）00：48　..・＊.・＊―
うっちぃの言う、自分のことを一番好きでいてくれたらほかの男の人と…って気持ちはわからない。たかが不倫だもんね。私は自分が一番じゃなくてもいいけど、一緒にいるときは私のことだけ考えてほしい。ほかの女の人とキスしてたら、もう会いたくなくなっちゃうかも。

From：うっちぃ　Date：2014年10月22日（水）00：57　..・＊.・＊―
もちろん、ほかの女の人のことを考えたりはしない。俺は、空ちゃんが俺のことを一番好きでいてくれたら幸せ。二番目だったら、さみしぃ。

From：空ちゃん　Date：2014年10月22日（水）01：00　..・＊.・＊―
私はうっちぃが一番好きよ。

2014年10月25日（土）20：18　温泉旅行

From：うっちぃ　Date：2014年10月25日（土）20：18　..・＊.・＊―
冬は温泉旅行をしたいね。年末年始はちょっとお宿もお高いか…。

From：空ちゃん　Date：2014年10月25日（土）22：07　..・＊.・＊—
ごめん、ごめん。友達来てたから。温泉宿でまったりしたいな！

From：うっちぃ　Date：2014年10月25日（土）22：17　..・＊.・＊—
友達来てるのにメールなんてしてちゃダメじゃん。いつもの彼！？

From：空ちゃん　Date：2014年10月25日（土）22：35　..・＊.・＊—
いいのよ。もう彼じゃない。彼には前から、しばらく距離を置きたいという話をしてた。彼にはもう会わないって言った。前に話したとおり、うちは結構人の出入りが多い。みんな勝手に家に上がり込んでるほど気を遣わない家。だから、別に私が何してたってお構いなし。

From：うっちぃ　Date：2014年10月25日（土）22：43　..・＊.・＊—
やっぱり、か、か、か、彼が来てたんだ！？　俺は、ぜ、全然気になんないんだけどね。きょ、距離をおかなくても、今までと同じ距離でもいいのに。彼の方がちょっと近くに寄りすぎたか！？　＼(^^;)

From：空ちゃん　Date：2014年10月25日（土）22：58　..・＊.・＊—
あはは。動揺してる？　私は、うっちぃに会う前から考えてたことだから、うっちぃが気にするとかしないとかは問題じゃないんだ〜。彼とは一緒にご飯を食べたりドライブした。泊りがけの旅行をしたこともあるけど、キスとかは一切なかったの。私がそういうのは好きじゃないと言ったから、宿ではもちろん布団も別々。

From：うっちぃ　Date：2014年10月25日（土）23：13　..・＊.・＊—
プラトニック・ラブ！？

From：空ちゃん　Date：2014年10月25日（土）23：34　..・＊.・＊—
この前、私がちょっと彼のことを愚痴った時、彼からいろんな誘いを受けるのをうっちぃは贅沢な悩みだって言ったでしょ。でもね、毎日、お昼休みと晩に２回電話がかかってくる。私が休みの日なんて、２時間おきくらいにかかってくる。「何してる？」って。なんだか監視されているみたいで、窮屈で嫌だった。うっちぃに会って、ますますその気持ちが強くなって、無理だと思った。もう、家に来ないでと話した。

From：うっちぃ　Date：2014年10月25日（土）23：40　..・＊.・＊―
それ、無理。彼と別れることに賛成！　彼とはしばらく、永遠に距離をおこう。俺は毎日１回、電話がかかってきたら電話にでるのが嫌になるタイプ。メールは楽しい。俺からのメールはすぐに返信しなくても、好きな時に読んで、次の日曜日でも好きな時に返信すればいいよ。
＼(^_^)／＜彼　　・・・・・～＼(^.^)＜距離をオク

From：空ちゃん　Date：2014年10月25日（土）23：47　..・＊.・＊―
うん、ありがと。＼(^.^)／

2014年11月1日（土）23：18　仕事の区切り

From：うっちぃ　Date：2014年11月1日（土）23：18　..・＊.・＊―
本日は１年半かけて開発したシステムのカットオーバーの日。「システムを使うユーザーがこの先ただただ平穏無事な人生が送れますように」と神様に念じ、ついでに一足早くご冥福をお祈りする日。(^^)人＜合掌

From：空ちゃん　Date：2014年11月1日（土）23：21　..・＊.・＊―
ご苦労さま。これで、少しは早く帰れるようになるのかな。😄

From：うっちぃ　Date：2014年11月1日（土）23：33　..・＊.・＊―
俺は未来の危機を予知する能力を備えていて、何か悪いことが起きそうだなあ～と思うと必ず起きるから、まだしばらくは気が休まらない。この業界は「バグの噂も75日」という格言があり、バグがあってもこれくらい経てば直るか、諦められるかのどちらかで、年末までがヤマだ。で、年が明ける頃には落ち着いていると思うから、旅行する？

From：空ちゃん　Date：2014年11月1日（土）23：36　..・＊.・＊―
落ち着いたら旅行した～い。日常を忘れられる、ゆるゆるできる所に行きたいな。暖かい南の島で時間を気にせず、海辺で空と海とうっちぃだけを眺めていたい…。😄

メールは大幅に割愛して、ダイジェストで紹介しています。2014年はあっ

という間に終わり、新年を迎えようとしていました。

2014年12月29日（月）22：49　もういくつ寝るとお正月

From：うっちぃ　Date：2014年12月29日（月）22：49　..・＊.・＊—
年賀状、かきかき。何とか年内には投稿せねば。φ(..)、φ(..)。
明けましておめでとうございます。今年も空ちゃんを応援しています。
年末にあわてて書き始めるのは、もう絶対今年限りにする（反省）。

From：空ちゃん　Date：2014年12月29日（月）23：10　..・＊.・＊—
明日は朝、早いから寝るね。友達と長崎のハウステンボスに行くんだ〜。
車で５時間。年越し花火とカウントダウンコンサート見てくるの。

From：うっちぃ　Date：2014年12月29日（月）23：17　..・＊.・＊—
西日本は雪が降ってて天気が悪いから、安全第一で時間は気にせず、雪道は車の運転に気をつけるんだよ。いってらっしゃ〜い。
👋(^^)／＜一に安全、二に時間、三枝は文枝、五二十

2015年1月1日（木）22：23　帰ってきた

From：空ちゃん　Date：2015年1月1日（木）22：23　..・＊.・＊—
おめでとう。ただいま〜。＼(^.^)／

From：うっちぃ　Date：2015年1月1日（木）22：39　..・＊.・＊—
おかえり〜。おめでとう。長崎は楽しんだかい？　＼(^^)／

From：空ちゃん　Date：2015年1月1日（木）22：48　..・＊.・＊—
ハウステンボスは、光の王国っていうイルミネーションが良かった。少し雨が降ったけど夕方には雨が上がって、イルミも花火もコンサートもちゃんと見れた。帰りは雪だったけど。⛄

From：うっちぃ　Date：2015年1月1日（木）22：57　..・＊.・＊—
光の王国でイルミネーションと花火とコンサートなんて、正月と盆とクリスマスが一緒にスキップしながらやって来たみたいで、ウルトラ楽しそう。光の王国は故郷の匂いがする。⭐✨＼(o|o;)／〜＜懐かしい感じ

From：空ちゃん　Date：2015年1月1日（木）23：35　..・＊.・＊—
大晦日は特設会場で一日中イベントやってて、見たのは22時からのストリートダンスセッションと、ＤＡ　ＰＵＭＰのライブ。23時からライブが始まって、カウントダウンで00時と同時に花火が30分くらい上がって、その後もライブが続いた。ストリートダンスは世界の大会で優勝した子とか、クオリティーが高くておもしろかったよ。

From：うっちぃ　Date：2015年1月1日（木）23：40　..・＊.・＊—
ライブも花火もドライブも俺とのデートより楽しそうで恨めしい…。

From：空ちゃん　Date：2015年1月1日（木）23：52　..・＊.・＊—
うっちぃと行きたかった。うっちぃはお正月は何して過ごすの？

From：うっちぃ　Date：2015年1月2日（金）00：13　..・＊.・＊—
お正月は毎年恒例の部屋掃除。大掃除をしてないから昨年の分の大掃除をする。隅から隅まで南船北馬、横の物を縦にする。ほかに予定はないから一足早く今年の大掃除を済ませて、ついでに来年の分の大掃除もする。端から端まで東奔清掃、縦の物を横にして、あとは寝てる。今年も一年中ぐうたらしていそう。 &

・南船北馬（なんせんほくば）：あちらこちらと絶え間なく旅を続けること。転じて、あちらこちらと忙しく動きまわること。
・横の物を縦にもしない：面倒くさがって何もしないことの喩え。
・東奔西走（とうほんせいそう）：あちこち忙しくかけまわること。

From：空ちゃん　Date：2015年1月2日（金）00：18　..・＊.・＊—
元旦からそんなこと言ってちゃダメじゃん。一年の計は元旦にあり、って言うでしょ。家族のためにもまだまだしっかり稼せがないと。

第2章

熊太郎とメリーちゃん

第4話　無人島

「人が想像することは、人は必ず実現できる」（ジュール・ヴェルヌ）

ジュール・ガブリエル・ヴェルヌ：フランスの小説家。1828-1905。代表作は『地底旅行』、『海底二万里（かいていにまんまいる）』、『十五少年漂流記』。『十五少年漂流記』は、15人の少年を乗せた船が難破し、漂着した無人島の洞窟で生活する話。

2015年1月11日（日）20：05　石垣島

From：うっちぃ　Date：2015年1月11日（日）20：05　..・＊.・＊—
石垣島、テレビでやってる。空ちゃんちで一緒に見よう。青く煌めく海に面したホテルで心を休める旅行なんて最高だろうね。

From：空ちゃん　Date：2015年1月11日（日）20：14　..・＊.・＊—
テレビを付けて…、川平湾、懐かしいなあ。ソーセージを持って海に入ると、グッピーとか熱帯魚がたくさん寄ってくるんだよ。石垣島は3月には海開きなんだ。

空ちゃんは、石垣島に5年ほど住んでいたことがありました。

From：うっちぃ　Date：2015年1月11日（日）20：27　..・＊.・＊—
魚になって、沖縄の温かい海で気楽に過ごしたい。
～～＞＞))／(^^)__　＜ウッチィ・グッピー

From：空ちゃん　Date：2015年1月11日（日）20：32　..・＊.・＊—
波照間島も石垣以上にのんびりしてて良かったな。大きなウミガメやエイを乗船場で見れる。西表島は熱帯雨林のジャングルのようで、隣の由布島には水牛車で行けるんだよ～。＜

From：うっちぃ　Date：2015年1月11日（日）20：44　..・＊.・＊—
石垣島の真っ青な海に浮かんだボートの上で、冷たいビールを飲んで、どんぶらこ揺られながら一緒にお昼寝する～。

From：空ちゃん　Date：2015年1月11日（日）20：49　..・＊.・＊—
ボートでぷかぷか揺られながらお昼寝なんて、いいね。

From：うっちぃ　Date：2015年1月11日（日）20：55　..・＊.・＊—
波の音を聞きながらゆりかごのようにゆらゆら揺られると、アルファ波が出てきて夢の中に引き込まれる。会議の社長の声と同じ周波数だ。目が覚めたら陸地が見えなくなってたりして…。

2015年1月13日（火）22：14　気持ち良くてまだお昼寝中

From：うっちぃ　Date：2015年1月13日（火）22：14　..・＊.・＊—
(^^)／＼(^.^)　＜ZAZAZA～

From：空ちゃん　Date：2015年1月13日（火）22：19　..・＊.・＊—
ぱちくり。あれ、陸が見えない。うっちぃ、起きて！

From：うっちぃ　Date：2015年1月13日（火）22：26　..・＊.・＊—
（びっくりして起きる）わ、申し訳ございません。つい会議中にうとうとしてました。もう（本日は）二度といたしません…。

From：空ちゃん　Date：2015年1月13日（火）22：37　..・＊.・＊—
会議中はいつも寝れるという図太い神経を空ちゃんにも少し分けてほしいわ…。そうじゃないの。ボートが沖まで流されちゃったみたい。

From：うっちぃ　Date：2015年1月13日（火）23：13　..・＊.・＊—
（会議中でなくて一安心。神は我に味方した）俺の神経は誰よりも繊細。普通の人の神経の太さを綱引きの綱に例えるなら、俺の神経の太さは釣り糸くらい細い。

From：空ちゃん　Date：2015年1月13日（火）22：20　..・＊.・＊—
釣り糸ならかなり丈夫だね…。360度、海しか見えないよ。

From：うっちぃ　Date：2015年1月13日（火）23：25　..・＊.・＊—
日本がどっちかわからない。のど乾いた。お腹空いた～。何か飲み物とか食べ物、空ちゃんのカバンに入ってない？

From：空ちゃん　Date：2015年1月13日（火）23：32　..・＊.・＊―
私のカバンは…、ハンカチ、ティッシュ、裁縫道具、かっぱえびせん、折り畳み傘、手鏡、携帯電話、ライターとタバコが入ってるわよ。

From：うっちぃ　Date：2015年1月13日（火）23：36　..・＊.・＊―
さすが空ちゃん、不測の事態に備えていつも完璧にサバイバル道具を持ち歩いてる。それだけあれば海で遭難しても助かりそうだ…。✌

From：空ちゃん　Date：2015年1月13日（火）23：40　..・＊.・＊―
サバイバル道具、一つも見当たんないわよ。うっちぃのカバンになんか入ってないの？　＼(^^;)／

From：うっちぃ　Date：2015年1月13日（火）23：49　..・＊.・＊―
俺のカバンは…、まず、飲みかけのペットボトルと食べかけのチョコ。これで一日は大丈夫。名刺、ノートパソコン、電卓、ペン、手帳。ここからがすごい。ハブラシ、髭そり、ゴミ袋が３枚。ゴミは持ち帰ろう。ねえ、空ちゃんのカバンに携帯用のテントとか井戸が入ってたの思い出したでしょ！？　🎪⛲

From：空ちゃん　Date：2015年1月13日（火）23：53　..・＊.・＊―
ごめん。今日に限って、テントも井戸も入れ忘れたみたい…。／(^.^;)

2015年1月14日（水）22：13　本日も快晴

From：空ちゃん　Date：2015年1月14日（水）22：13　..・＊.・＊―
壮大でいいね。毎日、海からの日の出と海に沈む日の入りが見れる。夜は満点の星。のど乾いたよ。雨降んないかな～。🌞✨＜ギンギン

From：うっちぃ　Date：2015年1月14日（水）22：35　..・＊.・＊―
空ちゃんのハンカチとティッシュがあれば雨を降らせることができる。こうやって、てるてる坊主を逆さにして吊るす。俺は普段から功徳を積んでいるから、きっと神様が気付いて雨を降らしてくれるに違いない。

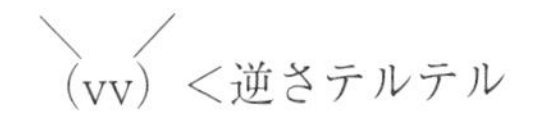
(vv) ＜逆さテルテル　　　　　　(^^;)＼＜テレテル

From：空ちゃん　Date：2015年1月14日（水）22：55　..・＊.・＊ー
いったいどんな徳を積んでるのかしら？　f(^.^)?

From：うっちぃ　Date：2015年1月14日（水）23：16　..・＊.・＊ー
朝は、電車が混んでみんなが困らないように、自分だけ始業時間の30分遅く出社して、昼は、食堂が混んでみんなが困らないように、自分だけ休憩時間の30分早く行って、無駄な会議が長引かなりように、いつも何の意見も言わずに気配を消して静かに目を閉じてる。(~_~)

From：空ちゃん　Date：2015年1月14日（水）23：20　..・＊.・＊ー
ははは…。神様は逆さまのてるてる坊主だけじゃなく、うっちぃの徳にもちゃんと気付いてくれるといいね。＼(^.^;)／

From：うっちぃ　Date：2015年1月14日（水）23：26　..・＊.・＊ー
（◆２日後…　＜ギンギラギン◆）
雨降らない…。俺の徳は積み上げすぎて崩れちゃったのかも。神様は徳に気付いてないならまだしも、俺の存在に気付いてなかったりして…。

2015年1月15日（木）21：53　求む、松坂牛

From：うっちぃ　Date：2015年1月15日（木）21：53　..・＊.・＊ー
もう何日ご飯食べてない？　何でもいいから食べた～い。Ａ５ランクの松坂牛、泳いでないかな。

From：空ちゃん　Date：2015年1月15日（木）22：16　..・＊.・＊ー
こんな海の真ん中にはいないと思うよ。

From：うっちぃ　Date：2015年1月15日（木）22：22　..・＊.・＊ー
さすがに海にＡ５ランクはいないか…。／(~_~メ)

From：空ちゃん　Date：2015年1月15日（木）22：26　..・＊.・＊ー
海には牛がいないんだよ。＼(^.^;)

From：うっちぃ　Date：2015年1月15日（木）22：35　‥・＊.・＊—
由布島にはＡ５ランクの牛で渡るって言ってなかったっけ！？　その牛が急な荒波に流されて、偶然、目の前を泳いでいたりして…。ふぐちりでもフカヒレでもキャビアでも何でもいい。贅沢は言わない。

From：空ちゃん　Date：2015年1月15日（木）22：51　‥・＊.・＊—
ふぐちり？　毒にやられて最後の晩餐になるかも。フカヒレとキャビア？食べるより先にうっちぃが食べられてアーメン…。

From：うっちぃ　Date：2015年1月15日（木）22：54　‥・＊.・＊—
裁縫道具を持ってるよね。針をモリ代わりにしてお魚獲ろう。＼(^^)／

From：空ちゃん　Date：2015年1月15日（木）23：12　‥・＊.・＊—
裁縫用の針で獲れる魚っていったら、せいぜいグッピーくらいだね。

From：うっちぃ　Date：2015年1月15日（木）23：29　‥・＊.・＊—
(^.^)／　～＞＞))／(^^)__＜逃げろ、ウッチィ・グッピー！

針を借りて、シャキーン。釣り針完成。裁縫用の糸の先に釣り針つけて、エサにかっぱえびせんつけて。さ、お魚さん寄っといで。

From：空ちゃん　Date：2015年1月15日（木）23：41　‥・＊.・＊—
エビなら鯛が釣れるかも。裁縫用の糸じゃ、お魚がかかってもプッツン切れそう。うっちぃの神経は釣り糸代わりになるんじゃなかったっけ？

From：うっちぃ　Date：2015年1月15日（木）23：53　‥・＊.・＊—
俺の神経はクモの糸よりも貧弱。そよ風でも切れる。空ちゃんの裁縫用の糸なら大きな魚がかかっても切れないんじゃない？　（空ちゃんに催眠術をかけながら）鯨でも糸は切れない、糸は切れない…。

2015年1月16日（金）22：12　魚釣り

From：うっちぃ　Date：2015年1月16日（金）22：12　‥・＊.・＊—
ゴミ袋を膨らませて、浮き代わりにつけとく。（催眠術をかけながら）

鯛が釣れる、大きなマダイが釣れる…。 ｡o○（ ）

From：空ちゃん　Date：2015年1月16日（金）22：17　..・＊.・＊—
あ、糸引いてる。きてるきてる。

From：うっちぃ　Date：2015年1月16日（金）22：25　..・＊.・＊—
さすが空ちゃん。何が釣れた？　[●""●]＜来てマス、来て鱒

From：空ちゃん　Date：2015年1月16日（金）22：28　..・＊.・＊—
すごい力で引っ張られる。何がかかってるんだろ？　〜㊙／ ＼(^.^)

From：うっちぃ　Date：2015年1月16日（金）22：31　..・＊.・＊—
生活がかかってる。頑張れ。ファイト、オー。(^^)／

From：空ちゃん　Date：2015年1月16日（金）22：37　..・＊.・＊—
わ、ザブーン。魚に引っ張られて海に落ちたよ〜。＼(^.^;)／〜

From：うっちぃ　Date：2015年1月16日（金）22：41　..・＊.・＊—
さすが空ちゃん。糸が強力で安心した！　＼(^^)／

From：空ちゃん　Date：2015年1月16日（金）22：44　..・＊.・＊—
安心してないで、助けてよ〜。

From：うっちぃ　Date：2015年1月16日（金）22：47　..・＊.・＊—
アワワ、大変。俺より先に、サメに空ちゃんを食べさせてなるものか。
＜「お〜い、空ちゃん。水、冷たくないかい？」

From：空ちゃん　Date：2015年1月16日（金）22：50　..・＊.・＊—
水冷たい。助けて。（ボートの上で微動だにしないうっちぃ）そうだ、うっちぃは泳げないんだった…。空ちゃん、ピンチ、どうする！？

From：うっちぃ　Date：2015年1月16日（金）22：58　..・＊.・＊—
すぐに助ける！　ラジオ体操第一よ〜い。腕を前から上にあげて大きく背伸びの運動〜。（３分間入念にラジオ体操完了。服を脱いで、３・２・１）ポチャーン。このズボンに掴まれ！　〜＼(^.^;)／

From：空ちゃん　Date：2015年1月16日（金）23：06　..・＊.・＊—
ポチャーンって、飛び込まないで、ズボンを投げてくれたのね…。

From：うっちぃ　Date：2015年1月16日（金）23：12　..・＊.・＊—
水が冷たいって言うから飛び込むのはやめて、ロープ代わりにズボンを投げた。ポチャーンじゃなくて、ズッボ～ンの方が良かった？　👖～

From：空ちゃん　Date：2015年1月16日（金）23：17　..・＊.・＊—
ズボンに掴まって、お魚にも引っ張られて、手がちぎれちゃいそう。
～🐟🎣＼(^.^;)／👖～

From：うっちぃ　Date：2015年1月16日（金）23：21　..・＊.・＊—
ピンチ！　空ちゃ～ん、絶対に離すなよ、魚！　＼(^^)／

From：空ちゃん　Date：2015年1月16日（金）23：27　..・＊.・＊—
え～！？　手がちぎれそうだから、お魚、放しちゃおうと思ったのに…。うっちぃは空ちゃんより、お魚の方が大事なのね…。(／_;)💔

From：うっちぃ　Date：2015年1月16日（金）23：33　..・＊.・＊—
魚の方が大事なわけがない。空ちゃんだって魚と同じくらい大事。
🐟＝⚖＝👧（魚と釣り合ってる）

From：空ちゃん　Date：2015年1月16日（金）23：35　..・＊.・＊—
お魚に負けてなくて良かったわ…。💔

From：うっちぃ　Date：2015年1月16日（金）23：39　..・＊.・＊—
それよりも命が大事。久しぶりの食糧。♡🐟

From：空ちゃん　Date：2015年1月16日（金）23：42　..・＊.・＊—
やっぱりお魚の方が大事なのね…。(-〝-〆)💔

2015年1月17日（土）20：33　空ちゃんを救助

From：うっちぃ　Date：2015年1月17日（土）20：33　..・＊.・＊—

空ちゃんをボートに引き上げて…、救助完了。折り畳み傘を伸ばして、魚をポカ。もう１回ポカ。何が釣れた？　🌂💥🐟😵＜痛い、い鯛

From：空ちゃん　Date：2015年1月17日（土）21：09　..・＊.・＊―
鯛が釣れた。人が想像することは、人は必ず実現できるのね。🐟

From：うっちぃ　Date：2015年1月17日（土）21：15　..・＊.・＊―
リクエストどおり鯛を釣ってくれるなんて、すぐに催眠術にかかっちゃう空ちゃんの素直な性格、大好き。裁縫用のハサミで魚をさばく。

From：空ちゃん　Date：2015年1月17日（土）21：19　..・＊.・＊―
裁縫用のハサミは刃が２㎝くらいしかなくて、捌くのも大変…。

From：うっちぃ　Date：2015年1月17日（土）21：38　..・＊.・＊―
空ちゃんのカバンにいつも、のこぎりとか斧が入ってたよね！？

WWWW￣￣￣￣￣＝のこぎり　□□□￣￣￣￣＝斧　＼(^.^メ)

From：空ちゃん　Date：2015年1月17日（土）21：42　..・＊.・＊―
（ジェイソンじゃあるまいし）今日に限って、忘れたみたい。(^.^ゞ

From：うっちぃ　Date：2015年1月17日（土）21：48　..・＊.・＊―
10倍速の早送りで捌く…。はい、おまたせ。獲れたての鯛の刺身は美味しいね。今度は針に鯛を付けて、豊潤でとろけるようなＡ５ランクの松坂牛が釣れる、松坂牛が釣れる…。👆⌚👧（空ちゃんに催眠術）

From：空ちゃん　Date：2015年1月17日（土）21：52　..・＊.・＊―
（手鏡で）反射の術。👆⌚👦.。o○（🐄）＞＞＞○✨👧

From：うっちぃ　Date：2015年1月17日（土）21：58　..・＊.・＊―
わお、松坂牛が釣れた。空ちゃんの持ち物があればサバイバルは完璧。スペシャルアイテムの携帯電話も持ってたよね？　🎣🐄＆📱

From：空ちゃん　Date：2015年1月17日（土）22：03　..・＊.・＊―
海の真ん中はアンテナ立ってないから救助の電話は通じないわよ。📱

From：うっちぃ　Date：2015年1月17日（土）22：09　..・＊.・＊ー
えっ、何で立てとかないの！？　釣れた松坂牛をインスタに上げたかったのに…。空ちゃんの持ち物は一つも無駄がない。🐄📱🌟＜カシャ

From：空ちゃん　Date：2015年1月17日（土）22：12　..・＊.・＊ー
ライターとタバコは何に使う？

From：うっちぃ　Date：2015年1月17日（土）22：17　..・＊.・＊ー
松坂牛をステーキにして、ＳＯＳののろしを上げよう…。🔥🥩🚬

2015年1月20日（火）22：01　陸地はどっち？

From：うっちぃ　Date：2015年1月20日（火）22：01　..・＊.・＊ー
陸地が見える、陸地が見える。👆⌚👧（空ちゃんに催眠術）

From：空ちゃん　Date：2015年1月20日（火）22：05　..・＊.・＊ー
あれ、遠くにぼんやり島影が見える気がする。ここは、日本かしら？

From：うっちぃ　Date：2015年1月20日（火）22：14　..・＊.・＊ー
急いでそっちに向かって船を進める。沖縄でもハワイでも暖かければどこでもいい。「船員に告ぐ、帆を張れ！」＼(^^)／

From：空ちゃん　Date：2015年1月20日（火）22：18　..・＊.・＊ー
「帆は付いてませ〜ん」。空ちゃん、ボートの漕ぎ方、よく知らない。

From：うっちぃ　Date：2015年1月20日（火）22：23　..・＊.・＊ー
こぎこぎ。「船長、誘導をお願いしま〜す」🌊🚣〜＜アヘアヘ

From：空ちゃん　Date：2015年1月20日（火）22：28　..・＊.・＊ー
「よろしい。しっかり漕ぐんだぞ！」

From：うっちぃ　Date：2015年1月20日（火）22：39　..・＊.・＊ー
「アイアイサー」。こぎこぎ、ぴちゃぽこ、どんぶらこ。「船長、島はまだですか〜？」。波に煽られて全然進まない。次回お昼寝するときはモー

ターボートの上にしようっと（反省）。🌊🚣💦〜＜ヒーヒーフー

From：空ちゃん　Date：2015年1月20日（火）22：47　..・＊.・＊—
「う〜ん、進んでないぞ…」。うっちぃ息切れしてる。島までもうすぐよ。頑張れ。エネルギー注入。チュッ！　(^ ε ^)-☆Chu!!

From：うっちぃ　Date：2015年1月20日（火）22：58　..・＊.・＊—
ＨＰ回復。ターボエンジン点火。真っ白なしぶきを跳ね上げ、波を砕いてボートは驀進する。こぎこぎこぎこぎ。「船長、島はまだですか〜？」
🌊🚣💨💨💨＜キャッチロー、キャッチロー、ローアウト、パドル

From：空ちゃん　Date：2015年1月20日（火）23：32　..・＊.・＊—
やった〜！　島に着いた。陸だ。🏝🚣

From：うっちぃ　Date：2015年1月20日（火）23：35　..・＊.・＊—
パーフェクト。さすが空ちゃん。「船員に告ぐ、錨を下せ〜」
🏝🚣💫💫＜イージオール

From：空ちゃん　Date：2015年1月20日（火）23：38　..・＊.・＊—
「錨は付いてませ〜ん」。ボートを陸に上げとかなきゃ。

From：うっちぃ　Date：2015年1月20日（火）23：42　..・＊.・＊—
「はい、船長！　ボートを陸に上げておきま〜す」

2015年1月21日（水）23：11　ここはどこ

From：うっちぃ　Date：2015年1月21日（水）23：11　..・＊.・＊—
手を繋いで島を探検にいく？　👫

From：空ちゃん　Date：2015年1月21日（水）23：19　..・＊.・＊—
行く行く！　＼(^.^)／

From：うっちぃ　Date：2015年1月21日（水）23：23　..・＊.・＊—
ずいぶん大きい島だ。熱帯雨林のジャングルが広がっている。ジェラシックパークに出てきた、恐竜たちが繁殖してた島みたい。誰か人はいるか

なあ。熊とか出てこないかなあ…。てくてく。＼(^^;)／＜ソワソワ

From：空ちゃん　Date：2015年1月21日（水）23：28　..・＊.・＊—
（熊が出たらうっちぃより早く走って逃げちゃおうっと！）この森、蛇とか飛び出してこないよね？　ブルッ。＼(^.^;)／

From：うっちぃ　Date：2015年1月21日（水）23：32　..・＊.・＊—
わざわざ飛び出してくるんなら松坂牛とか特選朝日豚がいいよね。びっくりしてあわててよけたら、松坂牛が木に頭をぶつけて、「美味しく食べてね♡」って顔して、倒れてたりして。

From：空ちゃん　Date：2015年1月21日（水）23：39　..・＊.・＊—
うっちぃ、たまには、お姫さま抱っこしてよ。＼(^.^)／

From：うっちぃ　Date：2015年1月21日（水）23：52　..・＊.・＊—
は～い。空ちゃんをお姫さま抱っこする。よいしょっと。ピキッ！　うっく、腰が折れたかも…。俺の足腰はすっかりおじいちゃんになってる。きっと足腰だけ年に２～３回誕生日があるんだな。その分、頭の中は小学生でバランスが保たれてるぞ！

From：空ちゃん　Date：2015年1月22日（木）00：00　..・＊.・＊—
体はお爺ちゃんで頭脳は小学生。コナンの逆バージョンね！

From：うっちぃ　Date：2015年1月22日（木）00：06　..・＊.・＊—
真実はいつもひみ～つ。(^^)＜シー

From：空ちゃん　Date：2015年1月22日（木）00：11　..・＊.・＊—
次はもうちょっとダイエットして、お姫さま抱っこをおねだりする～(思っても実行するのは当分先のＯ型)。

From：うっちぃ　Date：2015年1月22日（木）00：19　..・＊.・＊—
いやいや。最近、食べ物を食べてないから、俺が弱ってるだけ。反省して、体を鍛えとく（反省しても改善した試しがないＢ型)。

2015年1月23日（金）20：07　お昼寝中のうっちぃにいたずら

From：空ちゃん　Date：2015年1月23日（金）20：07　..・＊.・＊ー
うっちぃは寝てるのかな。いたずらしちゃおう。ペロペロ。

From：うっちぃ　Date：2015年1月23日（金）20：13　..・＊.・＊ー
むにゃむにゃ。ポチ、くすぐったい。
＼(^^)／　＜ペロペロ（犬に舐められている夢の中）

From：空ちゃん　Date：2015年1月23日（金）20：28　..・＊.・＊ー
犬にペロペロされている夢でも見てるのかなあ。起きてよ、うっちぃ。

From：うっちぃ　Date：2015年1月23日（金）20：45　..・＊.・＊ー
起きた。この島には人なつこくて愛くるしい、ポチっていう犬がいる。夢に出てきた。ほかに食べ物がなかったら、捕まえて食べちゃおう。

From：空ちゃん　Date：2015年1月23日（金）21：11　..・＊.・＊ー
(それ、犬じゃないし…）うっちぃ残酷。人なつこくて愛くるしい犬を食べちゃうんだ！？　空ちゃんは遠慮しとくわ！

From：うっちぃ　Date：2015年1月23日（金）21：31　..・＊.・＊ー
＜キャン、キャン。

From：空ちゃん　Date：2015年1月23日（金）21：35　..・＊.・＊ー
(あっ、犬だ。だめだよ、ポチ。こっちに来ると食べられちゃうよ）うっちぃ、あっちの方、歩いてみよ。グイっと。～～(;^^)／～～

From：うっちぃ　Date：2015年1月23日（金）21：44　..・＊.・＊ー
あっちから犬の鳴き声が聞こえなかった！？　(^^)／～

＜熊さん、バア～。＼(^[ｪ]^#)／＜熊さんはベアー

From：空ちゃん　Date：2015年1月23日（金）21：51　..・＊.・＊ー
犬？　気のせいじゃない？　わっ、熊だ！（そっと、うっちぃの陰に隠れて、走って逃げちゃお）

From：うっちぃ　Date：2015年1月23日（金）21：55　..・*.・*—
🐻<何か食わせろ。何もなかったら、お前っちを食べちゃうぞ。

From：空ちゃん　Date：2015年1月23日（金）22：03　..・*.・*—
犬はどこに行ったのかしら。🏃💨<急げ、急げ

From：うっちぃ　Date：2015年1月23日（金）22：43　..・*.・*—
お、お〜い。そ、空ちゃんのこと、く、熊さんが呼んでるぞ…。お、俺を食べちゃうと、い、今、お腹が膨らむだけだけ、だけど、い、いか、いか、生かしておくと、あとでいいこと、あるかも、かも、かもしれないぞ。と、と、とり、とりあえず俺は、食べるなよ。💦

From：空ちゃん　Date：2015年1月23日（金）22：47　..・*.・*—
🐻💢<烏賊でも鴨でも鳥でもいいから、何か食わせろ。🦑🦆🐓

From：うっちぃ　Date：2015年1月23日（金）22：54　..・*.・*—
チョ、チョコ食べな。🐻🍫

From：空ちゃん　Date：2015年1月23日（金）23：01　..・*.・*—
🐻<食べ物をくれたから、今は食べないでおく。犬、見なかったか。

From：うっちぃ　Date：2015年1月23日（金）23：05　..・*.・*—
見た、見た。こんなの（🐩）。後で一緒に探したげる。空ちゃん、どこ行っちゃった？　見かけたら教えて。さよなら〜。〜〜＼(;^^)／💦

2015年1月24日（土）22：39　熊

From：うっちぃ　Date：2015年1月24日（土）22：39　..・*.・*—
昨日は熊の声が聞こえた途端、空ちゃんの姿が見えなくなった。友達ならお縄にして熊に召し出すところだけど、空ちゃんなら許そう。

From：空ちゃん　Date：2015年1月24日（土）22：43　..・*.・*—
ごめん、ごめん。犬がいたから追いかけてた。うっちぃ、熊さんと仲良しになってよ。美味しいお店を教えてもらえるかもよ。

From：うっちぃ　Date：2015年1月24日（土）23：08　..・＊.・＊—
熊に美味しいお店を教えてもらうより、美味しく食べられる確率の方が高いと思うぞ。🐻🍴.。o○（👦💦）

From：空ちゃん　Date：2015年1月24日（土）23：15　..・＊.・＊—
ポチを追いかけてこの辺、グルグル回ったけど、何もなかった。

From：うっちぃ　Date：2015年1月24日（土）23：27　..・＊.・＊—
何も？　俺と空ちゃんと熊と犬だけ！？　無人島によくある、使い古しのほったて小屋（冷暖房完備、バストイレ付、３ＬＤＫ、敷礼０）とか、自販機（壊れててお金を入れなくてもビールが出る）とかコンビニ（店員がボケてて、払ったお金よりもおつりが多い）もなかった？

From：空ちゃん　Date：2015年1月24日（土）23：30　..・＊.・＊—
うん。何にもなかった。そういえばさあ、うっちぃはウルトラマンになって空を飛べたんじゃなかったっけ？　＼(o|o)／

From：うっちぃ　Date：2015年1月25日（日）00：03　..・＊.・＊—
昔持ってたウルトラマンスーツは、寝むゴンに全敗したことが評価されて、ウルトラマン免許と共に剥奪された…。＼(o|o;)／💦←免停中

2015年1月28日（水）21：44　家探し

From：うっちぃ　Date：2015年1月28日（水）21：44　..・＊.・＊—
家は洞窟がいい。贅沢は言わない。夏は涼しく冬は暖かく、蒸留された冷たい湧き水が出て、奥には40℃くらいの清潔な循環式の泉があって、中で火を燃やしても煙が逃げていってくれる煙突のような竪穴と、冷蔵庫代わりの永久凍土の部屋とシステムキッチンが付いてる洞窟。もちろん、コウモリやネズミがいない清潔感のある所。こんな洞窟を見つけられるのは、もちろん素直な空ちゃんしかいない。👆⌚👧（催眠術）

From：空ちゃん　Date：2015年1月28日（水）21：53　..・＊.・＊—
そんなとこで暮らしたら、もうお家に帰りたくなくなっちゃう。自然と同居して暮らすのが空ちゃんの理想。絶対見つける。👀

From：うっちぃ　Date：2015年1月28日（水）22：23　..・＊.・＊—
🐩＜キャン、キャン。

From：空ちゃん　Date：2015年1月28日（水）22：52　..・＊.・＊—
あっ、ポチがいる。洞窟まで案内してくれるかもね。🐩

From：うっちぃ　Date：2015年1月28日（水）23：29　..・＊.・＊—
ポチ、ほら、チョコ食べな（🍫🐩）。冷暖房完備でシャワー付きの洞窟に案内してけろ。うしし（食べ物がなくなったらポチを食べちゃお）。

From：空ちゃん　Date：2015年1月28日（水）23：35　..・＊.・＊—
🐩💨＜キャンキャン。　🏃💨

ほら、向こうに洞窟が見えるよ。

From：うっちぃ　Date：2015年1月28日（水）23：41　..・＊.・＊—
エクセレント。ポチ、でかしたぞ。後で褒美をつかわすぞ。🐩💯

From：空ちゃん　Date：2015年1月28日（水）23：45　..・＊.・＊—
わお！　大きな洞窟。中も広そう。いい子いい子してあげる。

From：うっちぃ　Date：2015年1月28日（水）23：52　..・＊.・＊—
（俺の頭を差し出して）いい子いい子、準備よ～し。＼(^^)／

From：空ちゃん　Date：2015年1月28日（水）23：55　..・＊.・＊—
はい、ポチ。いい子いい子。👏🐩

2015年1月30日（金）21：52　空ちゃん、熊に襲われる

From：うっちぃ　Date：2015年1月30日（金）21：52　..・＊.・＊—
🐻＜ペロペロ。旨そうだっち。👅👧💦

From：空ちゃん　Date：2015年1月30日（金）21：58　..・＊.・＊—
あっ、く、熊さん、こんばんは。（ブルブル…え～い、怖がっちゃいけ

ない…自然な笑顔、笑顔）😁＜ニカッ

From：うっちぃ　Date：2015年1月30日（金）22：01　‥・＊.・＊ー
🐻＜何か食わせろ。何もなかったら、お前っちを食べちゃうぞ。

From：空ちゃん　Date：2015年1月30日（金）22：05　‥・＊.・＊ー
（ほよよ。言葉通じた…びっくり）おやつ、残ってたかなあ？　あった。かっぱえびせん。熊さん、これ、美味しいから食べてみて。🦐

From：うっちぃ　Date：2015年1月30日（金）22：09　‥・＊.・＊ー
🐻＜俺っちの家に無断で入って、何してるんだっち？　🦐♡

From：空ちゃん　Date：2015年1月30日（金）22：15　‥・＊.・＊ー
ここ、熊さんのお家だったの？　ちょっと相談なんだけど…。カッコ良くて優しい熊さん。空ちゃんたち、船が通るの待ってるの。船が来るまでの間、ここに居候させてもらえませんか？

From：うっちぃ　Date：2015年1月30日（金）22：21　‥・＊.・＊ー
🐻＜（でへへ。カッコ良くて優しいなんて俺っち照れちゃう。♡）食べ物くれたから、ここに居ていいもん。犬、見なかったか？

From：空ちゃん　Date：2015年1月30日（金）22：24　‥・＊.・＊ー
犬は見かけたけど…。探してどうするの？　🐩

From：うっちぃ　Date：2015年1月30日（金）22：36　‥・＊.・＊ー
🐻＜犬は俺っちの彼女でメリーちゃんっていうんだっち。この前、喧嘩して家から飛び出てったんだっち。

（👨＜トトロみたいな化け物がいる…。空ちゃん、ガンバレ。ファイト、オー、と一人で心の中で言ってる。うっちぃ、恐くて死んだふり）

From：空ちゃん　Date：2015年1月30日（金）22：43　‥・＊.・＊ー
（空ちゃん頑張って仲良くなる）本当は犬を見かけたんじゃなくて、ここまで案内してくれたの。ほら、隠れてないで出ておいで。この子が熊さんの彼女のメリーちゃん？

🐩＜キャン、キャン。

From：うっちぃ　Date：2015年1月30日（金）22：52　‥・＊.・＊—
🐻＜ぎゅ～。心配したぞ。ごめんな「何時に寝る？　汝は？」なんて、くだらないおやじギャグ言って…（🍂～）。

🐩＜熊太郎が悪いんだワン。

（👨＜それは熊太郎が悪い。弁解の余地なし！　うっちぃ、起きるタイミングがなく、鳴りを潜めて死んだふり続く…。＼(^^;)／💦)

2015年1月31日（土）22：42　うっちぃ、起きろ～

From：空ちゃん　Date：2015年1月31日（土）22：42　‥・＊.・＊—
熊太郎さん、メリーちゃん、仲直りできて良かったね。ここに寝てるのは空ちゃんの彼、うっちぃ。いい男でしょ。🐻♡🐩／👨💤

From：うっちぃ　Date：2015年1月31日（土）22：48　‥・＊.・＊—
🐻＜この男、知ってる。チョコくれた。

🐩＜私もチョコをもらったワン。

（👨＜起きるタイミングを計ってるうっちぃ。固唾を飲んで死んだふり続く…。＼(^^;)／💦)

From：空ちゃん　Date：2015年1月31日（土）22：51　‥・＊.・＊—
うっちぃ、起きて！　熊さんが、ここにいてもいいってさ。

From：うっちぃ　Date：2015年1月31日（土）22：59　‥・＊.・＊—
👨＜おっ、熊太郎、また会ったな。

🐻＜なんで俺っちの名前、知ってるんだっち！？

👨＜え、あっ、この前、な、な、名前、き、き、聞かなかったっけ！？

🐻＜言ってないもん…。

From：空ちゃん　Date：2015年1月31日（土）23：05　…・＊.・＊—
（うっちぃのドジ。死んだふり、バレバレじゃん）うっちぃ、ポチはメリーちゃんっていって、熊太郎さんの彼女なんだって。＼(^.^)／

From：うっちぃ　Date：2015年1月31日（土）23：11　..・＊.・＊—
👦＜ただ今からここを我が居城とする。わしを「殿」とお呼びせよ。家臣のポチと熊太郎は、しばらく下がっておれ。～👋(^^)＜シッ、シッ

From：空ちゃん　Date：2015年1月31日（土）23：15　..・＊.・＊—
🐩💢＜メリーちゃんだワン。

🐻＜ひとん家きて、ずうずうしいやつだな。こいつ、見かけによらず頭が悪そうなやつだっち。

From：うっちぃ　Date：2015年1月31日（土）23：25　..・＊.・＊—
👦＜人じゃないだろ、熊～。殿に対して、頭が悪そうとは捨て置けない💢。でも、間違ってないし、見かけどおり頭が悪そうと言わなかったから、開城したことに免じで許してつかわすとするか…。

From：空ちゃん　Date：2015年1月31日（土）23：34　..・＊.・＊—
うっちぃ、熊さんと喧嘩しないでね。うっちぃがメリーちゃんのこと食べようとしてたのバレたら、熊さんに食べられちゃうよ。＼(^.^)／

From：うっちぃ　Date：2015年1月31日（土）23：43　..・＊.・＊—
メリーちゃんを食べたりしない、しない。熊太郎君、俺なんて食べても美味しくないから、変な気、起こすなよ。会社でも毎日「まずいな、お前」って言われてるんだから…。おやすみ～。＼(^^;)／💦

2015年2月1日（日）21：35　無人島かしら

From：空ちゃん　Date：2015年2月1日（日）21：35　..・＊.・＊—
👧＜ここって、どこなの？　この島は無人島？

From：うっちぃ　Date：2015年2月1日（日）21：41　‥・＊.・＊—
🐻＜この島は日本から南に水行10日ばかり離れた所だっち。昔は邪馬台国と呼ばれていた。この島には人はいない。

From：空ちゃん　Date：2015年2月1日（日）21：53　‥・＊.・＊—
👧＜へえ、びっくり。だから、熊さんは日本語が喋れるんだ。

From：うっちぃ　Date：2015年2月1日（日）21：59　‥・＊.・＊—
👦＜島民をみんな熊太郎が食べ尽くしたのか？

From：空ちゃん　Date：2015年2月1日（日）22：01　‥・＊.・＊—
🐻＜俺っちがそんなことをするわけないだろ。いい熊さんなんだもん。

From：うっちぃ　Date：2015年2月1日（日）23：06　‥・＊.・＊—
👦＜いい熊さんが「何もなかったら、お前っちを食べちゃうぞ」なんて、言うわけないだろ。自分をいい人と言うやつに限って、心の中では悪いことを考えているもんだ。

From：空ちゃん　Date：2015年2月1日（日）23：09　‥・＊.・＊—
🐻＜島の自然を破壊する、悪い人を追い払うために言ったんだもん。

From：うっちぃ　Date：2015年2月1日（日）23：12　‥・＊.・＊—
👦＜邪馬台国ってことは、金印とか銅鏡とか卑弥呼のお宝はあるか？

From：空ちゃん　Date：2015年2月1日（日）23：14　‥・＊.・＊—
🐻＜悪いやつに盗まれないように、俺っちが管理してるんだっち。

From：うっちぃ　Date：2015年2月1日（日）23：18　‥・＊.・＊—
👦＜（土産にもらって帰ろ）ホントにあるか、ちょっと見せてみろ。

From：空ちゃん　Date：2015年2月1日（日）23：22　‥・＊.・＊—
🐻＜お前っちは信用できないから見せない。場所も教えない。お前っちになんか教えたら盗まれそうな気がするもん。

From：うっちぃ　Date：2015年2月1日（日）23：31　..・＊.・＊—
👦＜俺が盗むわけないだろ。いい人なんだから。お前の代わりに俺が守ってあげるから、安心して、ただちに冬眠していいぞ。

From：空ちゃん　Date：2015年2月1日（日）23：36　..・＊.・＊—
🐻＜俺っちは冬眠しないんだっち。やっぱり、お前っちは信用できない！

2015年2月7日（土）19：25　食料探し

From：うっちぃ　Date：2015年2月7日（土）19：25　..・＊.・＊—
👦＜家臣の熊とポチ、食べ物を採りに行くぞ。案内いたせ。🐻🐩

From：空ちゃん　Date：2015年2月7日（土）19：31　..・＊.・＊—
🐩💢＜メリーちゃんだワン。ガブ！　💢

🐻💢＜メリーちゃんが怒ってる。食べ物の場所、教えてやらない。

From：うっちぃ　Date：2015年2月7日（土）19：38　..・＊.・＊—
👦💦＜痛～。噛まないで、ポチ…、じゃなくて、メリーちゃん。２人ともチョコ、あげただろ。怒るなよ熊太郎。ポチもいじけるな…。（涙）

From：空ちゃん　Date：2015年2月7日（土）19：44　..・＊.・＊—
👧＜あ～ぁ。完全にメリーちゃん怒っちゃった…。ねぇ、熊太郎さん。今日は二手に分かれて、食べ物を採りにいかない？

From：うっちぃ　Date：2015年2月7日（土）20：09　..・＊.・＊—
🐻＜じゃあ、裏手の森に果物の木があるから取ってきてくれるかい？俺っちは魚を獲ってくる。熊さんだから魚を獲るのは得意だっち。

From：空ちゃん　Date：2015年2月7日（土）21：44　..・＊.・＊—
は～い、じゃあ、うっちぃ、一緒に行こう。👬

From：うっちぃ　Date：2015年2月7日（土）21：51　..・＊.・＊—
👦＜魚を獲るのはホントに得意か？　問題です。「魚を獲るのが得意なのにいつも『何か食わせろ』と言ってるのは、こはいかに？」。あ～、

怒んない。行こう、空ちゃん。果物の木を探しに。👀？（疑いの眼）

2015年2月8日（日）21：35　熊さん

From：うっちぃ　Date：2015年2月8日（日）21：35　..・＊.・＊—
👦＜熊ってこんな小さな魚しか獲れないよね？　こんな、こんな、こ～んな、こんな小さいの。👌（親指と人差し指で５㎝を表現）

From：空ちゃん　Date：2015年2月8日（日）22：21　..・＊.・＊—
👧＜うっちぃは熊さんのこと嫌いなの？　居候させてくれて、いい熊さんだと思うけど。きっと大きなお魚獲って、私たちにも分けてくれるわ。

From：うっちぃ　Date：2015年2月8日（日）22：31　..・＊.・＊—
👦＜だって「何か食わせろ。何もなかったらお前っちを食べちゃうぞ」なんて言うんだもん。向こうから宣戦布告してきたんだから、いつか隙を見つけて召し取ってやる。人間を舐めるなよ。いわんや食べるなをや！

From：空ちゃん　Date：2015年2月8日（日）22：56　..・＊.・＊—
👧＜熊さん、果物の木があるって言ってたよね。パイナップルの木が見つかるといいなあ。👆⌚👦.。o〇（🍍）（うっちぃに催眠術）

From：うっちぃ　Date：2015年2月8日（日）23：03　..・＊.・＊—
👦＜都合良くパイナップルなんてあるわけないって…、あれパイナップルの木じゃない？　🌳🍍（👆⌚👦←素直）

From：空ちゃん　Date：2015年2月8日（日）23：06　..・＊.・＊—
👧＜あれ？　わ～い。パイナップルＧＥＴだぜ！　🍍＼(^.^)

From：うっちぃ　Date：2015年2月8日（日）23：15　..・＊.・＊—
👦＜えらい、えらい、空ちゃん。尖った石にぶつけて固い皮をむいて。ちょっと味見。うん、酸味と甘味のバランスが絶妙で瑞々しい。こんな美味しいパイナップル食べたの初めて。🍍👏＜パチパチ

From：空ちゃん　Date：2015年2月8日（日）23：39　..・＊.・＊—
👧＜美味しい～。熊さんたちの分もとってこよっと！　🍍🍍🍍

2015年2月15日（日）20：25　求む、シーフードカレー

From：うっちぃ　Date：2015年2月15日（日）20：25　..・＊.・＊—
＜シーフードカレーの木とか生えてないかな？

From：空ちゃん　Date：2015年2月15日（日）20：29　..・＊.・＊—
＜いいね、シーフードカレー。うっちぃが見つけるんだよ。ガンバレ～。（素直なうっちぃに催眠術）

From：うっちぃ　Date：2015年2月15日（日）20：56　..・＊.・＊—
＜都合良くシーフードカレーの木なんてあるわけないって…、あ、あれか！　シーフードカレーの木って！？　タコがなってる。

From：空ちゃん　Date：2015年2月15日（日）21：00　..・＊.・＊—
＜タコがなってる！？　行ってみよ～。あ、タコが木登りしてる。

From：うっちぃ　Date：2015年2月15日（日）21：30　..・＊.・＊—
＜俺は、タコ八ってんだ。

＜足をがぶっ。空ちゃん、たこ焼きにして食べる？　＜捕獲

From：空ちゃん　Date：2015年2月15日（日）22：08　..・＊.・＊—
＜たこ焼き食べたいけど、かわいそうだからやめとく。

From：うっちぃ　Date：2015年2月15日（日）22：11　..・＊.・＊—
＜神はそなたの命をお助けになられるとおっしゃっておられる。

From：空ちゃん　Date：2015年2月15日（日）22：14　..・＊.・＊—
＜俺を食べたら、代わりにお前が俺の妻と２人の子供を養えよな。

From：うっちぃ　Date：2015年2月15日（日）22：17　..・＊.・＊—
＜うっ、家族の話を持ち出すとは、俺の弱い痛いとこを攻めるな。家族を養わなきゃいけないなら食べないでおく。お土産に一つパイナップルを持って帰っていいぞ。近いうちにみんなで遊びに来いよ。忘れず

に来るんだぞ、家族みんなで。🐙🍍

From：空ちゃん　Date：2015年2月15日（日）22：23　..・＊.・＊—
👧＜うっちぃ、優しいじゃん。

From：うっちぃ　Date：2015年2月15日（日）22：33　..・＊.・＊—
👦＜当たり前だろ。うっちぃだぞ～。d=(^^)=b（←斎藤さんのようにスーツを左右に開く）俺は誰にでも優しく、特に自分には誰よりも人一倍優しいんだ。

From：空ちゃん　Date：2015年2月15日（日）22：42　..・＊.・＊—
👧＜まさか家族全員、生け捕りにして食べようなんて考えてる！？

From：うっちぃ　Date：2015年2月15日（日）22：49　..・＊.・＊—
👦💦＜な、ない、ない！（なんで、女の子はみんな勘が鋭いんだろ）＼(#^^)／.｡o○（🔥🐙🐙🐙🐙）

2015年2月21日（土）21：50　ただいま

From：うっちぃ　Date：2015年2月21日（土）21：50　..・＊.・＊—
👦＜ただいま。殿のご帰城をただちにお出迎えいたせ。熊太郎いるか？ポチいるか？　＼(^[ｴ]^)／＜イラナイ　＼(^ᴥ^)＼＜イヌ～

From：空ちゃん　Date：2015年2月21日（土）22：02　..・＊.・＊—
🐻＜おっ。帰ってきたな。食べ物は見つかったか？

From：うっちぃ　Date：2015年2月21日（土）22：42　..・＊.・＊—
👦＜この大きなパイナップルは、２個とも空ちゃんが採ったんだ。すごいだろ。今度、空ちゃんの爪の垢を煎じて、熊太郎に飲ませてあげるぞ（空ちゃんとパイナップルを食べたことはナイショ）。🍍🍍

From：空ちゃん　Date：2015年2月21日（土）22：52　..・＊.・＊—
🐻＜空ちゃん一人にパイナップルを採らせて、お前っちは何してたんだっち？

From：うっちぃ　Date：2015年2月21日（土）23：00　..・＊.・＊―
👨＜聞いて驚くなよ！　俺は、えらい、えらいって感心してた。拍手もしたぞ（👏）。熊太郎は、魚、獲れたのか？

From：空ちゃん　Date：2015年2月21日（土）23：13　..・＊.・＊―
🐻＜ホラ、大漁だ（メリーちゃんとつまみ食いしたのはナイショ）。

>*))))>< ◆ (_*)))<<E ◆ >*))))))=<<
<°))) 彡 ◆ (Q))> = < ◆ (>*))))< ヨヨ
(>*))=< ◆ (> *))><< ◆ >*))))==<<
<*)))>=< ◆ >*))) = 彡 ◆ <*))>>>=<

From：うっちぃ　Date：2015年2月21日（土）23：24　..・＊.・＊―
👨＜小粒だな。👌（5㎝を表現）

From：空ちゃん　Date：2015年2月22日（日）00：01　..・＊.・＊―
＜じゃあ、火をおこして、お魚焼くのはうっちぃの係だワン。

From：うっちぃ　Date：2015年2月22日（日）00：10　..・＊.・＊―
👨＜火！？　最近、見てないぞ。空ちゃんのポケットに魔法の道具、入ってない？　(^^)／.。○＜アブラカダブラ、油に火がつけ。🔥

From：空ちゃん　Date：2015年2月22日（日）00：13　..・＊.・＊―
👧＜あるよ！　ライター持ってるもん。🔥

From：うっちぃ　Date：2015年2月22日（日））00：21　..・＊.・＊―
👨＜さすが空ちゃん。パチパチ（👏）。魚を串に刺して火のそばに立てて、香ばしく焼けるまで、しばしお待ち。🐟🔥＜パチパチ

From：空ちゃん　Date：2015年2月22日（日）00：24　..・＊.・＊―
🐻＜クンクン。いい匂い。上手に焼けてるな。🐟🔥

From：うっちぃ　Date：2015年2月22日（日）00：31　..・＊.・＊―
👨＜美味そうだろ。俺のことを賞賛するなら今しかないぞ。褒められて伸びるタイプの俺を伸ばすことができる千載一遇のチャンスを逃さず、

速やかに褒め称えよ。プヤ・ライモンディの開花なみの奇跡だぞ。

プヤ・ライモンディ：100年に１度開花するといわれる花で、別名「アンデスの女王」。

From：空ちゃん　Date：2015年2月22日（日）00：37　..・＊.・＊—
🐻＜（うっちぃが褒められるのは100年に１回か！？）お前っちは褒められて伸びるタイプというより、甘えて、つけ上がるタイプだろ？

2015年2月26日（木）23：10　求む、ビール

From：うっちぃ　Date：2015年2月26日（木）23：10　..・＊.・＊—
👦＜ところで熊太郎、ビール持ってないか。

From：空ちゃん　Date：2015年2月26日（木）23：19　..・＊.・＊—
🐩＜ビールの木があるから、空ちゃんと取りに行くワン。

From：うっちぃ　Date：2015年2月26日（木）23：23　..・＊.・＊—
👦＜メリーちゃん、ビールの木ってなんだ？

From：空ちゃん　Date：2015年2月26日（木）23：27　..・＊.・＊—
🐩＜瓢箪みたいな形の実がなってて、中身はビールと同じ味。すぐそこになってるワン。🍐

From：うっちぃ　Date：2015年2月26日（木）23：35　..・＊.・＊—
👦＜ってらっしゃい。小さい魚が焦げないうちに早く帰っておいで。

From：空ちゃん　Date：2015年2月26日（木）23：42　..・＊.・＊—
👧🐩＜は〜い。行ってきま〜す。

From：うっちぃ　Date：2015年2月26日（木）23：47　..・＊.・＊—
👦＜熊太郎も一緒に焼くか？　火にかけてしばし休憩。🔥🐟＆🐻

From：空ちゃん　Date：2015年2月26日（木）23：51　..・＊.・＊—
🐻💦＜俺っちは焼かれないぞ。魚だけだよな、火にかけられるのは！？

From：うっちぃ　Date：2015年2月26日（木）23：59　..・＊.・＊―
＜ところで、空ちゃんがいないから言うけど、空ちゃんって美人だろ？ホレるなよ、熊太郎。でへへ。

From：空ちゃん　Date：2015年2月27日（金）00：22　..・＊.・＊―
＜ああ。美人で優しくて上品で、うらやましいぞ。ちょっと聞くけど、うっちぃは空ちゃんのどこが好きなんだ？　／(^.^#)＜でへへ

From：うっちぃ　Date：2015年2月27日（金）00：35　..・＊.・＊―
＜空ちゃんの好きな所？　抱っこすると、あったかくって柔らかくて気持ちいいんだ。寒い日なんて手放せない。いつも笑顔で愛嬌があって、気が利いて聡明で恭しく、おしゃれでもブランド品には興味がなくて、漫画本が好きで少しエッチな所も。ご飯を食べる所作が凛々しく、いつも両手を合わせて「いただきます」って言うし、茶碗にお米の一粒も残さず上品に食べるんだ。空ちゃんほど上手にナイフとフォークを使う人は見たことないぞ。どこのカフェでも店員に笑顔で「ごちそうさま」って言うとこなんて、いいだろ。あとは、美人で優しいとこかな。俺がこんなこと言ってたのは、空ちゃんにはくれぐれもナイショだぞ。空ちゃんは俺のどこが好きなんだろうなあ？　きっと全部って言うだろうなあ。熊太郎、照れるじゃないか、でへへ。／(^^#)

From：空ちゃん　Date：2015年2月27日（金）00：47　..・＊.・＊―
＜ところで、空ちゃんは、うっちぃのどこが好きなんだワン？

From：うっちぃ　Date：2015年2月27日（金）00：52　..・＊.・＊―
＜うっちぃの好きな所？　もう、決まってるじゃない、メリーちゃんたら、エッチなんだから…。でへへ。／(^.^#)

From：空ちゃん　Date：2015年2月27日（金）00：55　..・＊.・＊―
＜なんでエッチなんだワン？　うっちぃってそんなにすごいだワン！？優しいとか、ご飯を御馳走してくれるとか、ほかに何かないんだワン？

2015年2月27日（金）22：50　魚を焼こう

From：うっちぃ　Date：2015年2月27日（金）22：50　..・＊.・＊—
👨＜熊太郎、魚を一緒に焼くか！？　小さいからすぐ焼けるぞ。焦げやすいから気をつけろよ、小さいから。👌

From：空ちゃん　Date：2015年2月27日（金）22：54　..・＊.・＊—
🐻💢＜いちいち小さい小さいってうるさい。小さいのが嫌なら食べなくていいぞ。魚の代わりにお前っちを焼いてやろうか？

From：うっちぃ　Date：2015年2月27日（金）23：12　..・＊.・＊—
👨＜やればぁ〜（クレヨンしんちゃんのモノマネで）。でも、俺を焼く前にビールくらい飲ませろ。空ちゃんにお別れだって言ってないし、それに京都旅行だって、まだ連れてってあげてないんだぞ。(^^)／🍺

From：空ちゃん　Date：2015年2月27日（金）23：23　..・＊.・＊—
🐻＜じゃあ、ビールを飲んで、空ちゃんにお別れ言ったらお前っちを焼いて食っていいんだな。安心しろ。空ちゃんは俺っちとメリーちゃんでちゃんと面倒みて、船が来たら乗せてやるから。もちろん、京都旅行は俺っちが連れてってやるもん。＼(^[ｪ]^)／

From：うっちぃ　Date：2015年2月27日（金）23：33　..・＊.・＊—
👨＜俺なんか美味しくないぞ、食べたことないけど。俺を焼いたら、空ちゃんは三日三晩泣きはらして…、いや、一晩くらいかなあ、泣いてるのは。で、復讐の鬼になって、熊太郎を丸焼きにする。それとも「意外といける、美味しいわ」とか言いながら、３人で俺をビールのツマミにしてるのかなあ…。熊太郎はどう思う？

From：空ちゃん　Date：2015年2月27日（金）23：37　..・＊.・＊—
🐻＜たぶん、ずっとなんか泣いてないと思うぞ。せいぜい3分くらいじゃないか。俺っちとメリーちゃんがいれば、きっとうっちぃのことなんてすぐに忘れるさ。だから安心してみんなのツマミになってくれ。

From：うっちぃ　Date：2015年2月27日（金）23：41　..・＊.・＊—
👨💦＜やっぱり、すぐに忘れられちゃうのか…。かわいそうなうっちぃ。もう魚が小さいって言わないから、俺を焼こうなんて思うなよ。

From：空ちゃん　Date：2015年2月27日（金）23：44　..・＊.・＊ー
＜ビール収穫完了！　メリーちゃん、あの２人のことが心配で、なんか胸騒ぎがするから、早く帰ろ～。＼(^.^)／

From：うっちぃ　Date：2015年2月27日（金）23：48　..・＊.・＊ー
＜あ、あっ！　熊太郎が変な話してる間に、魚が焦げたじゃないか。小さいんだから、もう～。／(-_-#)

From：空ちゃん　Date：2015年2月27日（金）23：51　..・＊.・＊ー
＜小さいって言わないって言って、もう小さいって、言ってるじゃないか。＼(ヽ . ノ＃)／＜ガオー

From：うっちぃ　Date：2015年2月27日（金）23：55　..・＊.・＊ー
＜熊太郎の欠点は、単純で怒りっぽいんだワン。

From：空ちゃん　Date：2015年2月27日（金）23：59　..・＊.・＊ー
＜喧嘩してなきゃいいけど。メリーちゃん、急ごう。

2015年3月1日（日）21：30　小さい魚が焦げちゃった

From：うっちぃ　Date：2015年3月1日（日）21：30　..・＊.・＊ー
＜小さいからすぐに焦げちゃうな。ホラ、熊太郎。小さい魚、あ～ん（毒見）。～　＼(^[O]^)／

From：空ちゃん　Date：2015年3月1日（日）21：36　..・＊.・＊ー
＜小さいって文句言うなら、代わりにお前っちを焼いてやる。焦げたとこばかり俺っちに食わせやがって。うっちぃの口にもあ～ん。

From：うっちぃ　Date：2015年3月1日（日）22：04　..・＊.・＊ー
＜炭のように焦げた魚を無理やり口に押し込むな！
～～　＼(^0^;)／＜あ～ん

From：空ちゃん　Date：2015年3月1日（日）22：09　..・＊.・＊ー
＜メリーちゃん。早く、早く～。うっちぃと熊さん、仲良くしてるかなあ？　喧嘩なんかしてないかなあ？　不穏な空気を感じるわ。

From：うっちぃ　Date：2015年3月1日（日）22：16　..・＊.・＊—
＜熊太郎が「小さいって文句言うなら、代わりにお前っちを焼いてやる」、なんて言ってなきゃいいワン…。

From：空ちゃん　Date：2015年3月1日（日）22：32　..・＊.・＊—
＜熊さん、うっちぃを焼いたりしないよね！？　うっちぃも熊さんを焼いて食べてやろう、なんて思ってないよね。どう見ても熊さんの方が 強そうだもん。さあ、お家に着いた。どうなってる、あの２人…。

From：うっちぃ　Date：2015年3月1日（日）22：38　..・＊.・＊—
＜熊太郎に、あ～ん。～＼(ｸ^O^ﾏ)／＜あ～ん

＜うっちぃにも、あ～ん。～＼(^0^)／＜あ～ん

From：空ちゃん　Date：2015年3月1日（日）22：44　..・＊.・＊—
＜ただいま。熊さんとうっちぃ、仲良さそ～じゃん。心配して損した…。うっちぃと熊さんは、どんなお話ししてたの？

From：うっちぃ　Date：2015年3月1日（日）22：54　..・＊.・＊—
＜ん！？　まあ、さ、魚はこれくらいの（小さい）サイズが食べやすいとか、（小さいから）焦がさないようにしなきゃとか…。

＜か、代わりに俺っちが（うっちぃを）焼いてやろうかとか…。

From：空ちゃん　Date：2015年3月1日（日）22：58　..・＊.・＊—
＜気のせいか、なんか隠し事してない？　仲良くなったんなら、良かった良かった。メリーちゃんとちょっと心配してたんだ。

2015年3月4日（水）21：19　いただきま～す

From：空ちゃん　Date：2015年3月4日（水）21：19　..・＊.・＊—
＜俺っちの獲った魚と、空ちゃんの採ったパイナップルと、メリーちゃんの取ったビールを頂こう。あれ、うっちぃが採った物が見当たらないけど、どこにあるんだい？

f (^[ｴ]^)＼＜あれ、あれあれ？（ひふみん風に） 🐟🍍🍺

From：うっちぃ　Date：2015年3月4日（水）21：23　..・＊.・＊―
👦＜皆の者、殿のために大儀であった。いつか、わしは助けたタコに竜宮城に招かれ、土産にもらった玉手箱を褒美として貴公に贈呈たてまつるぞ。苦しゅうない、苦しゅうない。　🎁.。o○＼(;^[只]^)／

From：空ちゃん　Date：2015年3月4日（水）21：28　..・＊.・＊―
👧＜（助けた…？　食べようとしなかったっけ！？）熊さん、メリーちゃん、うっちぃ、かんぱい。わ〜い。お魚、お魚。🐟＼(^.^)／

From：うっちぃ　Date：2015年3月4日（水）21：35　..・＊.・＊―
👦＜パイナップルは、酸味と甘味のバランスが絶妙で瑞々しくて美味しいよ。あ、まだ食べてないから、ただの想像だけど。特製ビールも美味だな。空ちゃんとメリーちゃんもビールをどうぞ。🍺＼(^^#)

From：空ちゃん　Date：2015年3月4日（水）21：50　..・＊.・＊―
🐩＜メリーちゃんはアルコールが苦手なんだワン。／(^ᴥ^#)❌🍺

From：うっちぃ　Date：2015年3月4日（水）21：55　..・＊.・＊―
👦＜じゃあ、メリーちゃんは無理せず、軽く、ビールを飲む練習だけにしておこう。はい、一口だけどうぞ。🍺＼(^ᴥ^)

From：空ちゃん　Date：2015年3月4日（水）22：03　..・＊.・＊―
🐩＜じゃあ、ちょっとだけ。ペロペロ。🍺＼(^ᴥ^#)＜ウイッ

From：うっちぃ　Date：2015年3月4日（水）22：36　..・＊.・＊―
👦＜メリーちゃん、もうちょっと練習してみる？　はい、一杯だけどうぞ。わあ、全部飲んじゃって、無理しなくていいのに。練習の次は本番。おっ、いい飲みっぷりだね。飲めるだけでいいから、断っちゃダメ。もう一杯、もう一杯。意外と飲むね〜。最後に一杯だけどうぞ。練習の成果が遺憾なく発揮されている。もう一杯どうぞ。無理しなくていいから、飲めないなんて言っちゃダメ。さあ、もう一杯だけ。わ、すぐに空いちゃった。遠慮しないで、もう一杯。あっという間にビールが空になっちゃって、底なし沼もビックリ！　🍺🍺🍺🍺🍺🍺🍺

🐩＜一杯だけだワン。グビグビ。ぷふぁ。お代わり！　🍺＼(^ᴥ^#)

From：空ちゃん　Date：2015年3月4日（水）23：04　‥・＊.・＊—
👧＜ビールの実って、どんな仕組みでビールができるんだろうね…？

From：うっちぃ　Date：2015年3月4日（水）23：09　‥・＊.・＊—
🐩🍺💫＜焼き肉のタンパク質とビールのアルコールが化学変化を起こし、エナジーと不要物が生成される反対の相変態でビールが醸成されるんだワン。化学式は🌳＋🍺＋🥩＝💪＋💩＋CO2。ウイッ。

From：空ちゃん　Date：2015年3月4日（水）23：14　‥・＊.・＊—
👧💦＜う～ん（確かに難しい化学変化が起こっていそうだけど…）。

From：うっちぃ　Date：2015年3月4日（水）23：22　‥・＊.・＊—
👦＜つまり、この島には焼き肉の木もあるってことだな！

第5話　落とし穴 🌊

「貴様に神を見せてやる」（高橋和希）

高橋和希（たかはしかずき）：漫画家、イラストレーター。1961-2022。代表作は『遊☆戯☆王』。沖縄の海で、沖に流された親子３人を救助した後、不幸にも波にのまれ事故死した。カードゲームの遊戯王（ゆうぎおう）は、モンスターカードでポイントを奪い、魔法カードで攻撃力をアップさせ、罠カードで相手を貶（おとし）め、０ポイントになると負けるゲーム。罠カードの「落とし穴」には、底なしの落とし穴、串刺しの落とし穴、狡猾（こうかつ）な落とし穴、姑息（こそく）な落とし穴、煉獄（れんごく）の落とし穴などがある。

ＧＷは東京でデートしました。

2015年4月26日（日）21：21　ホテル予約完了

From：うっちぃ　Date：2015年4月26日（日）21：21　..・＊.・＊―
ホテルとった。新橋駅近く。浜離宮庭園に近いよ。浅草、行こう。俺も25年前に一度行ったきり。

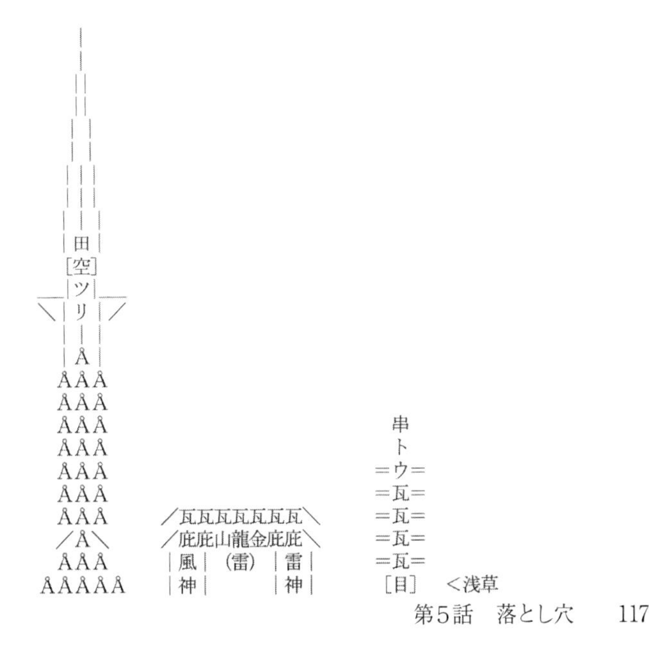

From：空ちゃん　Date：2015年4月26日（日）21：25　..・＊.・＊—
了解よ。わくわく！

2015年5月4日（月）空ちゃんの回想日記

11時、羽田空港に着陸。飛行機は早くていいなあ。うっちぃ、こんなとこまで迎えに来てくれてありがとう。新橋のホテル近くのお寿司屋で食べたランチは、玉子、さわら、たい、さざえ、中トロ、白海老のかき揚げ、デザートのさくらんぼなどどれも新鮮で美味しかった。

ホテルに荷物を預けて、急ぎ足で連れていかれたのは、「サバイバル・ゲーム」。レンタルの迷彩服に着替え、ＢＢ弾が発射できる拳銃を受け取り、使い方や注意事項やルールを聞いてから、１チーム10人くらいの２チームに分かれて戦闘開始。ビルの中が壁や車で仕切られ、いくつかのルートができており、敵に撃たれないように敵の陣地にある旗を先にＧＥＴしたら勝利というチーム戦の戦争ゲーム。弾に当たったら、自己申告で死亡となり、そのゲームからは抜ける。１ゲームが10〜15分くらいで、死亡しても次のゲームには復活できる。廊下の向こう側には敵が潜んでいるとわかっているから、なかなか進めない。拳銃を持っていても、無鉄砲に飛び出せばすぐに撃たれてしまう。私とうっちぃは、服装から拳銃から全てレンタルで参加しているけど、自前の服装で拳銃、ライフルを持って参加している兵士も多い。車の陰に隠れて、敵の姿が見えたら銃撃する。２人銃殺して先に進み、後ろを向いている敵兵を撃ち、別のルートから来た味方兵と挟み撃ちで敵を射撃する。隙を見て前に進み、ついに私は旗をGETして勝利した。３チームが交代で、３時間で計10ゲームくらいサバイバルゲームに奮闘した。私好みの、闘争本能を刺激するアクティブなスポーツだ。

夜景を見に汐留へ。日没直後の琥珀色の空は優美だね。居酒屋で夕ご飯を食べた後、ホテルでチーズや生ハムをつまみにのんびりとお酒を飲んで、酒色に溺れた空ちゃんでした。

2015年5月5日（火）空ちゃんの回想日記

目が覚めて隣にうっちぃがいる。背中にぴとっ。うん、極上の幸福感。こんな日はすりすりしながら、たっぷり寝坊しよっと。zzz

お昼にパスタを食べた後、浜離宮へ。天気が良くて、散歩にはちょうどいい気候。浜離宮恩賜庭園は、1709年、６代将軍徳川家宣によって大規模に整備され、将軍家の別邸とし、「浜御殿」と呼ばれた。明治以降は皇室の離宮となり名前を「浜離宮」と改称し、1945年（昭和20年）11月３日、東京都に下賜され都立庭園として公開されている。太平洋に繋がる「潮入りの池」は水門によって水位を調整でき、東京湾の魚が入ってくる。中島にあるベンチに腰掛け、風に揺らぐ池の文様とどこからともなく飛び跳ねる魚をもぐら叩きの気分で眺める。潮の香りが流れ、カモメが寄せる。江戸時代から続く茶室もあり、松や榎が鬱蒼と茂る風流な庭と、新橋、汐留の無機質で近代的な高層ビル群のコントラストを鑑賞しながら、長閑に散歩する。

浜離宮から浅草まで遊覧船で移動。隅田川に架かるいくつもの名橋を手が届きそうなくらい間近にくぐり、ひび割れたコンクリート造りの古いビル、光沢のある壁と窓ガラスで鏡のように景色を反射させるモダンなビル、楕円曲線のビル、東京タワー、両国国技館、うっちぃいわく「心が清い人には筋斗雲に見え、幼児と心が汚れている人にはウ◯チに見えるオブジェのビル」など船から眺める景色は飽きることがない。

浅草寺は聖観世音菩薩をご本尊（信仰の対象として安置される仏像）とし、建立は645年、東京都で最古と呼ばれる歴史あるお寺だ。財運福徳の神様、大黒天も祀られている。松下幸之助の寄進により再築された雷門は、「ここを通してなるものか」と、わなわなと目と口に露骨に怒りを表す、風袋を持つ風神と連鼓を持つ雷神の間に、広げた両腕よりも大きい赤提灯に「雷門」、「風雷神門」と描かれ、底には木彫りの竜が潜んでいる。初めて来た浅草はさすがにＧＷは人で大混雑。仲見世通りは土産物屋、和菓子屋などのお店が並び、おだんごや揚げ饅頭が笑顔で「こっちにおいで」と手招きしてくれると、足が勝手に「あいよ」と返事をし、向かっていく。浅草といったらおだんごだね。

常香炉の煙を浴びると体の悪い所を治し、邪気を払ってくれるらしい。隣には、煙をかき集めた帽子をかぶり、むせてる人もいる（他人のふり）。本堂でお参りして、おみくじを引いたら、気分は大吉なのに、大凶…。なんで？？　おみくじに大凶って無いんだと思ってた。せいぜい凶までだと。こんなのは運だから気にしない、気にしない。

あそこで紙芝居をやってる。珍しい。懐かしい。たくさん歩いたら少し暑くなってきた。アイスクリーム屋さんでちょっと休憩。

夕ご飯は、うっちぃが予約したお店でコース料理を頂いた。ずっと、Ａ５ランクの牛ステーキが食べたいと洗脳されていたからね。メインディッシュは、伊勢海老とヒレステーキ。カウンター席で、手際良く焼き上げるシェフの洗練された動きを見ているだけでも魅了される。フランベ（お肉にお酒をかけて火をつけて焼く）って、目の前で見るのは初めて。口の中で溶けるって、こういうお肉のことをいうんだね。キレのある辛口で芳醇（ほうじゅん）なアサヒビールは口当たりが良く、豊潤（ほうじゅん）で柔らかなお肉との相性は抜群だ。デザートはいろんなスイーツから２品を選べ（もしくは、〆のご飯１品とデザート１品を選べる）、ショコラムースとメロンプリンを、うっちぃの栗のタルトとイチゴケーキとシェアして頂いた。どのスイーツも最高に美味。コク深いコーヒーも今まで飲んだ中で一番美味しかった。もう、私の人生でこの先、こんな極上の料理を味わう機会はないかもね、なんて思っちゃった。お誕生日でもないのに、こんなに高そうな物を御馳走になっていいのかな！？

2015年5月6日（水）空ちゃんの回想日記

鎌倉も初めて来たけどわんさわんさといっぱいの人。「いいくに作ろう鎌倉幕府」は1192年、源頼朝が征夷大将軍となり、京都から遠く離れた鎌倉に幕府を開いた頃が鎌倉時代の始まりと昔、習ったけれど、今では「いいはこ作ろう鎌倉幕府」の1185年、頼朝が全国に守護・地頭をおいた頃を始まりとしている。鎌倉は四方を山と海で囲まれた要塞で、敵からの攻撃を受けづらい地形である。

鎌倉駅から鶴岡八幡宮に向かうため、二之鳥居から若宮大路（わかみやおおじ）という参道を直進し三之鳥居をくぐり、61段の石段を上がる。荘厳（そうごん）な流権現造（ながれごんげんづくり）（屋根が飛び出たように作られているのが流れ造り、本殿と拝殿を連結した造りが権現造り）で「八幡宮」と記された額がかかる本宮（ほんぐう）でお参りする。この「八」の字は、２羽の鳩が表現されており、名産「鳩サブレー」のモデルになっているらしい。鳩は神の使いで、鎌倉時代に編纂（へんさん）された歴史書「吾妻鏡（あづまかがみ）」には、鳩が現れたのち35年もの長い間続いた源平の合戦で勝利したことや、鳩の死後に頼家が病に倒れたことなどが日記のように記されている。

おみくじを引いて、え〜？　大凶。2日連続で大凶って。これは確実に私の運勢は大凶ってことだね…。しゅん、しゅん。でも、大凶っていうのは今が最悪で、これからはどんどん運気が上がって、これからはバラ色の人生が待ってるってことだ（それとも今が最高で、これから不幸なことが立て続けに起きるってことか！？）。

鎌倉駅から海を見ながら江の島まで行こうと思ってたのに、電車は混雑のため60分待ち。マジか。都会は電車さえも１時間待ちか。「大凶だからしょうがないよ」と慰められ（？）、電車は諦め、30分ほどのそのそ歩いて大仏のある高徳院（こうとくいん）に行く。高さ11.39m、薄浅葱色（うすあさぎいろ）と錆納戸色（さびなんどいろ）にあせた青銅で、雨ざらしの境内に背を丸め、うつむき加減に上品上生印（じょうぼんじょうしょういん）（仏様のとる９種類の手の形のうち最も高尚な型で、親指と人差し指で輪を作り膝の上で手を組む）の阿弥陀如来が鎮座する。真青眼相（しんしょうげんそう）（仏様の持つ優れた32の特徴の一つで、紺青色（こんじょういろ）の瞳を持つ）の半眼（はんがん）は全ての物事の真実を見通すことができ、口元凛々しく、悟りを開いた穏やかな表情をしている（だから、うっちぃは会議にはいつも猫背の半眼で臨んでいるらしい）。

夕方になり、新横浜駅まで見送りしてもらった。またしばらくお別れだね。今回もたくさんの美味しい物と幸せを御馳走してくれてありがとう。かけがえのない思い出もたくさんできた。素敵な旅行が終わって別れるのって、失恋したときのように悲しくて辛い。でもしょうがないよね。うっちぃには帰る家庭があるんだから。シクシク。＼(^.；)／

「浅茅生（あさぢふ）の　小野（をの）の篠原　しのぶれど　あまりてなどか　人の恋しき」（参議等：さんぎひとし）　野に生える篠のように、恋しい気持ちを耐え忍んでいるわ～。

> あるホームページの記事によると、浅草寺のおみくじには大凶は入っていない、とありました。記憶違いだったのか、記事の誤りか、この時には入っていたのか、真偽が定かでありませんが、全てフィクションの小説なので、細部は気にしないことにします。なお、文責は熊太郎にあります。

2015年5月6日（水）21：19　ありがとう

From：空ちゃん　Date：2015年5月6日（水）21：19　..・＊.・＊―
今回も素晴らしい時間が過ごせて、たくさん幸せを頂いて、ありがとう。

新幹線はもうすぐ岡山に着く。

From：うっちぃ　Date：2015年5月6日（水）21：30　..・＊.・＊—
遠くまで来てくれて、こちらこそありがとう。仕事が待ってる現実に戻るのは辛い。夢のような時間を過ごした後は、とてつもなく寂しい時間が襲ってくる。ニュートンのゆりかごのように、感じた幸せが大きければ大きいほどその反動も大きい。
(V)(Θ￥Θ)(＜) 三鬱三鬱三鬱三鬱　💥＼(;o|o)／＜撃たれた

ニュートンのゆりかご：運動量保存則と力学的エネルギー保存の実演に作られた装置。衝突球（しょうとつきゅう）、カチカチ玉とも呼ばれる。右にぶつかると、当たった先の球が大きく弾かれ、反動で戻ってくると反対側の左側の球が弾かれる運動を繰り返す。イメージは↓を繰り返す。

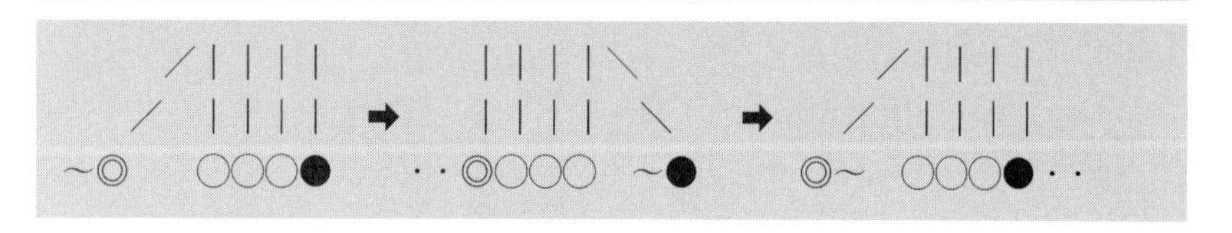

From：空ちゃん　Date：2015年5月6日（水）21：47　..・＊.・＊—
いっぱい抱擁してもらったから、空ちゃんは大満足。どこも人が大勢だったのは辟易したけど、浅草も鎌倉も行けた。夜景もロマンチックだった。本当はいけないのに３日間、うっちぃを独り占めしたから神様が怒って、空ちゃんのおみくじは大凶だった…。でもいっぱい感動をもらったから平気。ありがとう。幸福感に満ちたあっという間の時間だった。空ちゃんね、男の人に抱かれたいって思ったのは、この年になって生まれて初めてだった。うっちぃには抱いてほしいって思った。

季節は夏です。（💪🌞✨＜元気ですか～）

2015年7月24日（金）22：40　海水浴シーズン

From：空ちゃん　Date：2015年7月24日（金）22：40　..・＊.・＊—
👧＜うっちぃ、海に行こ～よ～。🌊

From：うっちぃ　Date：2015年7月24日（金）23：03　..・＊.・＊—
＜おでかけ、おでかけ。久しぶりの海水浴。無人島の澄んだ海を存分に味わっておこっと。く～ま～、乗っけてってけろ。

From：空ちゃん　Date：2015年7月24日（金）23：06　..・＊.・＊—
＜熊さんは、まだ、おやすみ中みたい。

From：うっちぃ　Date：2015年7月24日（金）23：16　..・＊.・＊—
＜熊太郎君は安らかなお顔で眠っておられる。人(^^)＜チーン
じゃあ、熊太郎が目を覚ましたら、メリーちゃんと一緒に海においでよ。熊太郎君がビールを忘れないように、今のうちに背中に積んどいてあげよっと（気くばり）。待ってるから。（←待ってる）

From：空ちゃん　Date：2015年7月24日（金）23：26　..・＊.・＊—
＜さすがにこれは熊さんがかわいそうだ…。さあ、熊さんの代わりにうっちぃがビールを担いで空ちゃんをおんぶして、出発！

From：うっちぃ　Date：2015年7月24日（金）23：31　..・＊.・＊—
＜（熊太郎は力持ちで活躍する姿をみんなにひけらかして、さりげなく自慢するのが好きなのになあ…）ビールと空ちゃんをおんぶする～。よろよろ…。

From：空ちゃん　Date：2015年7月24日（金）23：46　..・＊.・＊—
＜うっちぃは泳げないんだっけ？

From：うっちぃ　Date：2015年7月24日（金）23：56　..・＊.・＊—
＜魚の気持ちになり切れば泳げるはず。背エイ、ヒラメ泳ぎ、バフラタイ。～～　＞＞=))／(;^^)__＜アヘアヘ

From：空ちゃん　Date：2015年7月25日（土）00：04　..・＊.・＊—
＜あはは。お魚みた～い。

From：うっちぃ　Date：2015年7月25日（土）00：09　..・＊.・＊—
＜とっても苦労～ルよ。

From：空ちゃん　Date：2015年7月25日（土）00：13　..・＊.・＊—
👧<海に着いたら、先ずは海でバチャバチャして、それから、砂浜でお城作って…そのあと、うっちぃを砂で埋めちゃお。🏰

From：うっちぃ　Date：2015年7月25日（土）00：18　..・＊.・＊—
👦<砂浜でお城作る～。＼(^^)／　ん、何を埋めるって！？　f(^^;)?

From：空ちゃん　Date：2015年7月25日（土）00：24　..・＊.・＊—
👧<ほらほら、砂浜に寝そべってさ、顔だけ出して体を砂で埋めるヤツ。砂風呂みたいな…。やったことない？

From：うっちぃ　Date：2015年7月25日（土）00：35　..・＊.・＊—
👦<俺も同じこと考えてた。砂で作ったお城の前におっきな落とし穴を作って、顔だけ出して熊太郎を埋めるんでしょ。で、満潮が近づくにつれて波がだんだん顔に近づいて、顔まで到達したところで出してあげようと砂を掘るんだけど、砂が海水で固められていて掘れなくて、しょうがないから救出は諦めるやつ。🌊＼(·[ｪ]·#)／<砂で動けない…

From：空ちゃん　Date：2015年7月25日（土）00：44　..・＊.・＊—
👧💦<うっく…。おんぶは楽ちんでいいね。うっちぃ、重くない？　ビールが重かったら、少し飲んであげようか。

From：うっちぃ　Date：2015年7月25日（土）00：53　..・＊.・＊—
👦<熊太郎に持たせるつもりでいっぱい積んだから特別重い。よいしょ。空ちゃんがビールを飲めば、その分軽くなる。おんぶされている空ちゃんがビールを持ってくれたら、俺はその分軽くなるのと同じ原理。

From：空ちゃん　Date：2015年7月25日（土）00：56　..・＊.・＊—
👧<背負われてる空ちゃんがビールを持っても、うっちぃは空ちゃんを背負ってるから重さは変わんないと思うよ。ういっ。🍺

From：うっちぃ　Date：2015年7月25日（土）01：01　..・＊.・＊—
👦<空ちゃんが持って「重い」と感じた分は、俺が「軽い」と感じないと質量保存の法則と計算が合わないだろ？　ん、なぜ、酔ってる！？

2015年7月25日（土）22：48　海まだかな？

From：空ちゃん　Date：2015年7月25日（土）22：48　..・＊.・＊ー
<早く海につかないかな。ういっ（）。海が見える、目の前に大海原が広がっている…。.。o○（）（うっちぃに催眠術）

From：うっちぃ　Date：2015年7月25日（土）23：08　..・＊.・＊ー
<わっ。森を抜けたら、あっという間に海に着いた。無人島だけあって、エメラルドブルーとコバルトグリーンの透き通った海だ。

From：空ちゃん　Date：2015年7月25日（土）23：12　..・＊.・＊ー
<（コバルトブルーとエメラルドグリーンでは！？）ホント、青くて緑色の煌めく海ね。お城を作る前にひと泳ぎ。あっ、そうだ（うっちぃは泳げないんだ）。波打ち際でバチャバチャしよ～よ。

From：うっちぃ　Date：2015年7月25日（土）23：21　..・＊.・＊ー
<白い砂浜でクロールのイメージトレーニング。
へ(^^) ➡ ＼(^0)へ(息継ぎ) ➡ ＼(^0^;)／<海水飲んだ、アワワ

From：空ちゃん　Date：2015年7月25日（土）23：25　..・＊.・＊ー
<あはは。うっちぃったらエアークロールで溺れてるし…。うっちぃに波をかけて、水と戯れて貝殻も拾う。＼(^.^)／

From：うっちぃ　Date：2015年7月25日（土）23：29　..・＊.・＊ー
<うんうん。たくさん貝殻拾って、この島で銀行を始めよう。俺のことは、殿から頭取に呼び方、変えてくれてもいいよ。＼(^^)／

From：空ちゃん　Date：2015年7月25日（土）23：34　..・＊.・＊ー
<海で泳いで貝殻いっぱい拾ったから、お城、作ろうか。

From：うっちぃ　Date：2015年7月25日（土）23：39　..・＊.・＊ー
<それそれ。待ってました。俺は落とし穴係り。熊太郎に神の力を見せてやる。<ヘナッ

From：空ちゃん　Date：2015年7月25日（土）23：44　..・＊.・＊ー

👧＜(ずいぶん姑息な神だなあ…)よ～し。じゃあ、先ずは穴を掘ろうよ。その砂でお城を作る。でもさ、もしホントに熊さん落っこちちゃったらかわいそうだけど…。＼(^.^;)

From：うっちぃ　Date：2015年7月25日（土）23：49　..・＊.・＊—
👦＜砂浜の落とし穴なら大丈夫。ドッキリの初級編だから。それとも、落とし穴の中に先を鋭く尖らせた木を剣山のように何本も仕掛けて、そのまま焼き肉にしちゃう？　⚔🐻→🔥🐻

From：空ちゃん　Date：2015年7月25日（土）23：52　..・＊.・＊—
👧💦＜うっく、残酷…。穴だけでいいよ。穴を掘って、その砂をこっちに頂戴。砂のお城を水で濡らして固めるために、空ちゃんがさっき用意した空のビールの実に海水汲んでくる。ウイッ。🍐

2015年7月31日（金）21：44　落とし穴

From：うっちぃ　Date：2015年7月31日（金）21：44　..・＊.・＊—
👦＜掘り、掘り、穴、穴。掘り、掘り、穴、穴。落とし穴を掘った砂でお城を作るなんて一石二鳥だ。上がれないように、深く深～く、大き～く掘ろう。絶対にあいつをぎゃふんと言わせてやる。で、俺の子分になるんなら熊太郎を穴から出してあげる。こんなに汗水垂らして一生懸命働くのは人生で初めての経験だ。＼(^^;)💦＜エッサ、ホイサ

From：空ちゃん　Date：2015年7月31日（金）21：49　..・＊.・＊—
👧💦＜すごいスピードで大きな穴が掘られてく…。うっちぃじゃないみたい。一生懸命に穴を掘ってくれるから、その砂でお城もすぐできそう。お城に海水をバチャバチャかけて、しっかり固めて…。ふう。うっちぃ、穴掘りはしんどくない？

From：うっちぃ　Date：2015年7月31日（金）21：55　..・＊.・＊—
👦＜しんどくないし、むしろ壮快。人生に大きな夢と目標を持つって大事だ。「すごいスピードで、うっちぃじゃないみたい」って空ちゃんの俺の評価って、やっぱりそんなに低かった！？　p(^^)v＜正解！

From：空ちゃん　Date：2015年7月31日（金）22：01　..・＊.・＊—

👧💦＜（あはは。穴は大きいけど、人生の夢と目標はずいぶん小さいな）すっごい、うっちぃ。もうできちゃった。こっちも頑張んなきゃ。どんどん砂を積んでしっかり固めて…。重厚な形になった。入口と窓をつけて。煙突もつけよう。できた、お城！　🏰

From：うっちぃ　Date：2015年7月31日（金）22：15　..・＊.・＊―
👦＜えらい。パチパチ（👏）。ノンシュバンシュタイン城みたい。小枝と葉っぱで覆って、軽く砂をかけて落とし穴も完成。パチパチ（👏）。ノーベル賞の受賞ってこれくらいの達成感に違いない。「人事を尽くして天命を待つ」ってこういうときに使う言葉だ。早く天命がひょこひょこ走ってやってこないかな。＼(^[ｪ]^)／💨

```
－…－…－…－…－…－…－
　　　　　▲
　　　　　▲
　　　買　▲
　　A／■■S■■＼　　　A
　　窓┏田田S田田田┓A　回
　　窓┏田田S田田田┓目　四
　　田┏田城S城田田┓目木目
　　　＃＃＃＃＃＃＃＃
　　　＃＃＃＃＃＃＃＃　　　お城＆落とし穴
　　　＃＃＃＃＃＃＃＃　　　by空ちゃん＆うっちぃ　💯💮
－…－…－…－…－…－…－
```

From：空ちゃん　Date：2015年7月31日（金）22：58　..・＊.・＊―
👧＜わ～い。完成だ！　来るかなあ？　熊さんとメリーちゃん。

From：うっちぃ　Date：2015年7月31日（金）23：05　..・＊.・＊―
👦＜お城に旗を立てて、垂れ幕もつける「熱烈歓迎熊太郎様」。こうしておけば、熊太郎も喜んでお城に跳んでくる。カメラの準備もしとこう。早く来ないかな。家まで迎えに行って、熊太郎の手を引いて連れてきてあげようかな。＼(^^)／＼(^[ｪ]^)💨＜急げ、急げ

From：空ちゃん　Date：2015年7月31日（金）23：11　..・＊.・＊―
👧💦＜やめといた方がいいと思うよ。熊さんの家に着くとうっちぃは

「疲れた～、熊太郎、乗せてってけろ」って言うでしょ…。

From：うっちぃ　Date：2015年7月31日（金）23：17　..・＊.・＊—
👦＜うっちぃらしいや。それから「空ちゃんがもう少しビールを飲みたいって言ってた」って言いながら熊太郎にビールを積んじゃいそう。

From：空ちゃん　Date：2015年7月31日（金）23：23　..・＊.・＊—
👧＜で、「海に着いたら起こしてくれよな」って言って、すぐに寝ちゃう。うっちぃを目にしたら、のび太君でも自信を持っちゃうわね。

From：うっちぃ　Date：2015年7月31日（金）23：35　..・＊.・＊—
👦＜さすが空ちゃん、うっちぃのことをよくわかってる。そのうっちぃってやつは、みんなに自信と優越感を与えるかけがえのない存在ってことで理解しとく。うっちぃみたいなのがいるから、ほかの社員が良い評価がもらえることに、全社員はうっちぃってやつに感謝状かお中元を贈ってあげてもいいのに。
＼(-OO)／＼(OO-)／💦＜ドラえも～ん（ライバルはのび太君）

2015年8月1日（土）18：47　求む、熊太郎

From：うっちぃ　Date：2015年8月1日（土）18：47　..・＊.・＊—
👦＜熊太郎たち早く、のこのこやって来ないかなあ。手薬煉引いて待ってるのに。（海に向かって）📢＜熊太郎のバカヤロー。

From：空ちゃん　Date：2015年8月1日（土）19：14　..・＊.・＊—
👧＜何でバカヤローなの？　f(^.^;)?

From：うっちぃ　Date：2015年8月1日（土）19：22　..・＊.・＊—
👦＜海に「ヤッホー」って言わないでしょ。バカヤローって叫ぶと、どんなに遠くにいても熊太郎の耳に届く気がした。

From：空ちゃん　Date：2015年8月1日（土）19：33　..・＊.・＊—
👧＜熊さん、悪口には地獄耳っぽいもんね。📢＜早くおいで～

From：うっちぃ　Date：2015年8月1日（土）19：38　..・＊.・＊—

👨📢＜（海に向かって）

熊太郎のバカヤロー。

これだけ大きな声なら、地球の裏側にいても届いたはず。

From：空ちゃん　Date：2015年8月1日（土）19：44　..・＊.・＊—
🐻＜👀（起床）ん？　バカヤローって言ううっちぃの失礼な声が聞こえた気がしたが…。

From：うっちぃ　Date：2015年8月1日（土）19：52　..・＊.・＊—
👨＜馬鹿は失礼だったか（反省）。熊より馬の方が足が早いし、鹿の方が人懐っこいよな。馬と鹿より熊が勝ってるとこは馬鹿力くらいだ。

バカ熊～、バカ熊～、アホ熊～、バカ熊。

エコーをかけてみた。

From：空ちゃん　Date：2015年8月1日（土）19：58　..・＊.・＊—
🐻💢＜メリーちゃんを背中に乗せて、海まで走るぞ。空ちゃんたちはどっちに行ったんだっち？　＼(ク●マ#)／💨＜ターボエンジン点火

🐩＜空ちゃんの匂いは、こっちに続いてるワン。👉

From：うっちぃ　Date：2015年8月1日（土）20：05　..・＊.・＊—
🐻＜メリーちゃんに催眠術をかけると、どうなるかな？　すぐに海に着く、海に着く。👆⌚🐩（メリーちゃんに催眠術）

From：空ちゃん　Date：2015年8月1日（土）21：12　..・＊.・＊—
🐩＜👆⌚🐻○✨（鏡で反射の術）すぐに海に着くワン。

From：うっちぃ　Date：2015年8月1日（土）21：19　..・＊.・＊—
🐻＜森を抜けて、あっという間に海に到着だっち（🐻←素直）。🌊

2015年8月2日（日）21：47　キター！！

From：うっちぃ　Date：2015年8月2日（日）21：47　..・＊.・＊—
👨＜やっと熊太郎が、うかうか跳んで来た。メリーちゃんも一緒だ。

From：空ちゃん　Date：2015年8月2日（日）21：51　..・＊.・＊―
🐻＜おっ、さすがメリーちゃんのナビは間違いないな。

From：うっちぃ　Date：2015年8月2日（日）22：04　..・＊.・＊―
👋👨＜お～い。早くこっちにおいで。お城の中だぞ。🏰

From：空ちゃん　Date：2015年8月2日（日）22：10　..・＊.・＊―
🐻＜おう、わかった（今、あそこに行ったら悪いことが起きる予感がするなあ。クンクン、なんか臭う。「熱烈歓迎熊太郎様」ってのが、うさん臭さが充満してて、火をつけたら爆発しそうだもん）。🔥→💥

From：うっちぃ　Date：2015年8月2日（日）22：21　..・＊.・＊―
👨＜熊太郎く～ん、早く走っておいで！　～＼(^^)／～

From：空ちゃん　Date：2015年8月2日（日）22：24　..・＊.・＊―
🐻＜（うっちぃが「熊太郎君」と言うときは要注意）
＼(^[ｴ]^)／💨＜タッタッタ

From：うっちぃ　Date：2015年8月2日（日）22：28　..・＊.・＊―
👨＜（落とし穴まで）もう少し。p(^^)／"＜おいで、おいで。♡

From：空ちゃん　Date：2015年8月2日（日）22：34　..・＊.・＊―
🐻＜お城まで大ジャーンプ。ピョ～ン。立派なお城じゃないか。
🏰＼(^[ｴ]^)／💨💨💨

From：うっちぃ　Date：2015年8月2日（日）22：40　..・＊.・＊―
👨💦＜うっく。熊太郎は、（危険を察知する能力が）ホントに驚異的だな。それにしても、（落とし穴を跳び越えて）城まで跳んで来るなんて、見事なジャンプ力だ（文字どおり動物的勘ってやつだ…）。／(^^;)

From：空ちゃん　Date：2015年8月2日（日）22：43　..・＊.・＊―
🐻＜はっはっは。見たか？　俺様のジャンプ力。P(^[ｴ]^)v

From：うっちぃ　Date：2015年8月2日（日）23：02　..・＊.・＊―

＜記念写真撮ろう（全身全霊をかけて熊太郎をお城の前の落とし穴に誘導せねば）。主役の熊太郎君は、お城の前で真ん中にどうぞ。
＜無人島ではただの電卓・時計機能付き携帯カメラ

From：空ちゃん　Date：2015年8月2日（日）23：34　..・＊.・＊—
＜おう！（うっちぃが「熊太郎君」て言うときは、用心しよっと。真ん中に寄らないように端っこで）ポーズ。＜ムキッ

From：うっちぃ　Date：2015年8月2日（日）23：49　..・＊.・＊—
＜（うっく。動物的勘の鋭さは、さすが野生だけのことはあるな）は〜い。みんなで「チーズ」。5・4・3・2…。＜カシャ

From：空ちゃん　Date：2015年8月3日（月）00：04　..・＊.・＊—
＜いい写真が撮れた！？

From：うっちぃ　Date：2015年8月3日（月）00：17　..・＊.・＊—
＜思った構図の写真が撮れなかったから、また近々挑戦する。

—…—…—…—…—…—…—

▲
▲
買　▲
A／■■S■■＼　　A
窓┏田田S田田田┓A　回
窓┏田田S田田田┓目　四
田┏田城S城田田┓目木目
＃＃＃＃＃＃＃
＃＃＃＃＃＃
＃＃＃＃＃＃＃

—…—…—…—…—…—…—

From：空ちゃん　Date：2015年8月3日（月）00：19　..・＊.・＊—
＜今日はふかふかの熊さんベッドで寝よっと。

From：うっちぃ　Date：2015年8月3日（月）00：21　..・＊.・＊—
＜俺も熊さんベッドで寝る〜。

From：空ちゃん　Date：2015年8月3日（月）00：27　‥・＊.・＊ー
🐻＜空ちゃん、おいで、おいで。うっちぃは俺っちの悪口言ってただろ。熊太郎のバカヤローって聞こえたのは、間違いなくうっちぃの声だった。

From：うっちぃ　Date：2015年8月3日（月）00：31　‥・＊.・＊ー
👦＜ほら、ちゃんと熊太郎まで俺の声が届いてた。でも熊太郎、優しい俺は心で思ってることの100分の１も悪口を言ってないんだぞ…。

From：空ちゃん　Date：2015年8月3日（月）00：34　‥・＊.・＊ー
🐻💢＜もっと悪い。うっちぃは、砂のお布団、確定！

2015年8月7日（金）22：48　熊さんボートで遊覧

From：空ちゃん　Date：2015年8月7日（金）22：48　‥・＊.・＊ー
👧＜海、海～。うっちぃも、熊さんも、みんなで海で遊ぼう。「熊さんボート」に乗せてくれる？

From：うっちぃ　Date：2015年8月7日（金）23：12　‥・＊.・＊ー
🐩＜メリーちゃんは熊太郎に乗船してるワン。メリーちゃんと熊太郎は、愛の糸で繋がってるんだワン。＼(^[ｪ]^)_🐩👧_／

From：空ちゃん　Date：2015年8月7日（金）23：18　‥・＊.・＊ー
🐻＜メリーちゃんと空ちゃんを乗せてると、両手に花って感じで気持ちいい。喩えるなら陽気なひまわりと可憐なユリの花。🌻🌷(^.^#)＼

From：うっちぃ　Date：2015年8月7日（金）23：25　‥・＊.・＊ー
👦＜お～い、枯れ椿も仲間に入れてくれ。🏃💨

From：空ちゃん　Date：2015年8月7日（金）23：28　‥・＊.・＊ー
👧＜うっちぃも早く、早く。👋

From：うっちぃ　Date：2015年8月7日（金）23：33　‥・＊.・＊ー
👦＜熊さんに乗船完了。今から俺と熊さんは、愛の手綱と首輪で繋げておく。もう、置いてきぼりくわない。＼(^[ｪ]^;)◎～～＼(^^)

From：空ちゃん　Date：2015年8月7日（金）23：43　..・＊.・＊—
🐻💢＜俺っちの背中は女性専用なのに、勝手に乗ってこんなものまで付けやがって…。＼(╰ ● ╯#)／＜ムカッ💢

From：うっちぃ　Date：2015年8月7日（金）23：49　..・＊.・＊—
👦＜あはは。そんなお茶目な顔で笑わせるなよ、熊太郎。こうやって逆さに見ると…。／(# ´ ●')＼＜テレテレ

From：空ちゃん　Date：2015年8月7日（金）23：54　..・＊.・＊—
🐻＜きゃはは。なかなか俺っち、愛嬌があるじゃないか。／(#^●^)

From：うっちぃ　Date：2015年8月8日（土）00：08　..・＊.・＊—
🐻＜出発！　波を乗り越えて、水平線のかなたまで泳ぐぞ。さあ、海の中に潜るから、しっかり掴まってるんだぞ。🌊＼(^[ｴ]^)／__／

From：空ちゃん　Date：2015年8月8日（土）00：15　..・＊.・＊—
👧＜さすが熊さん。うっちぃって、潜水しても大丈夫だったっけ？

From：うっちぃ　Date：2015年8月8日（土）00：20　..・＊.・＊—
👦💦＜熊太郎く～ん。水平線のかなたで乗客一人死んじゃうぞ。

From：空ちゃん　Date：2015年8月8日（土）00：25　..・＊.・＊—
🐻＜文句言うなら降ろしてあげよ～か～。ここなら、うっちぃの大好きなキャビアやふかひれが、お腹を空かせて牙を研いで、待ってるぞ！

From：うっちぃ　Date：2015年8月8日（土）00：33　..・＊.・＊—
👦＜生のジョーズは口に合わないから、遠慮しとく。🦈🍴 👦💦

2015年8月8日（土）21：26　海中遊覧

From：うっちぃ　Date：2015年8月8日（土）21：26　..・＊.・＊—
（◆いったん、浜辺に帰還◆）
🐻＜俺っちはもう少し海の中を潜ってくるけど、うっちぃは降りたきゃ、ここで降りろ。早くしないと、もっと深く海の中に潜るぞ。今度は、本

格的に海の中のお魚を見に行くんだもん。🐟🦐🐚🐙🦀

From：空ちゃん　Date：2015年8月8日（土）22：02　..・＊.・＊—
👧＜海の中のお魚さんも魅力的。うっちぃも行こ～よ。熊さんにしっかり掴まってれば、溺れないよ。ね、熊さん。

From：うっちぃ　Date：2015年8月8日（土）22：06　..・＊.・＊—
🐻＜ああ。まだ俺っちの背中で死んだ男はいないから、大丈夫だぞ！

From：空ちゃん　Date：2015年8月8日（土）22：12　..・＊.・＊—
👧＜さっすが熊さん、頼りになる～。きっと、熊さんの背中は女性専用だから、死んだ男はいないんだよね。行こ、行こ。

From：うっちぃ　Date：2015年8月8日（土）22：28　..・＊.・＊—
👦💦＜俺が記念すべき第一号になるかも！？　自慢じゃないが、俺はシーウォーカーのヘルメットを被ったまま、酔って、海の底で吐きそうになったことがあるんだぞ。何とか船に戻るまで、吐くのを持ちこたえたけどな。あのまま海の底でヘルメット被ったまま吐いてたとこ想像すると、ぞっとするぞ。空ちゃんは、海底見物に行ってきな。

From：空ちゃん　Date：2015年8月8日（土）22：31　..・＊.・＊—
👧＜空ちゃんも降りる。熊さん、メリーちゃん、いってらっしゃ～い（👋）。帰ってくるまで、うっちぃ、お城でお昼寝しよっか？

From：うっちぃ　Date：2015年8月8日（土）22：50　..・＊.・＊—
👦＜お城で空ちゃんとお昼寝する。ダッシュ。🏃💨＜急げ、急げ

From：空ちゃん　Date：2015年8月8日（土）22：53　..・＊.・＊—
👧💦＜あ～ん、待ってよ～。＼(^.^;)／💨＜コラ、待て

From：うっちぃ　Date：2015年8月8日（土）23：01　..・＊.・＊—
👦＜タッタッタ…。🏃💨

ズボッ。💥

だ、誰だ、こんなとこに落とし穴掘ったやつ！　＼(^^#)／💢

From：空ちゃん　Date：2015年8月8日（土）23：07　..・＊.・＊―
👧💦＜あ～あ。結局、自分で落っこちちゃった…。

From：うっちぃ　Date：2015年8月8日（土）23：11　..・＊.・＊―
👦＜先を鋭く尖らせた木を剣山のように仕掛けておかなくて良かった…。神は邪念のない道徳の鑑のような我をお助け賜れた。(;^^)人

2015年8月9日（日）21：47　深海遊覧

From：うっちぃ　Date：2015年8月9日（日）21：47　..・＊.・＊―
(◆熊太郎とメリーちゃんは、海の中を遊泳中◆)
🐻＜水深20m、エビ太郎、こんにちは。

🦐＜エビが笑った顔を何と言う？　へ(^￥^)へつつつ＜恵比須顔

From：空ちゃん　Date：2015年8月9日（日）21：56　..・＊.・＊―
🐩＜海の中は透明で、フラダンスしているサンゴや、かけっこしている熱帯魚が見れるワン。🐢🐠🐟

From：うっちぃ　Date：2015年8月9日（日）22：08　..・＊.・＊―
🐻＜タコ坊、タ子（たこ）、タ子（ゆうこ）、タコ八、たこ焼きにされてないか？　タコ八は足を怪我でもしたか？　🐙🐙🐙🐙

From：空ちゃん　Date：2015年8月9日（日）22：11　..・＊.・＊―
👧＜お～い、うっちぃ、大丈夫？　足、怪我してない？

From：うっちぃ　Date：2015年8月9日（日）22：21　..・＊.・＊―
👦＜足は怪我してない。幸いけがしてるのは心だけ。上手に作ってあるからまるきし気付かなかった。

＃＃＃＃＃＃＃＃＃
＃＃＼(^^)／＃＃　＜落とし穴
＃＃＃＃＃＃＃＃＃

From：空ちゃん　Date：2015年8月9日（日）22：27　..・＊.・＊—
👧＜きゃはは。さすが…って言いたいとこだけど、自分が落ちてりゃ世話ないわ。引き上げてあげよっか？

From：うっちぃ　Date：2015年8月9日（日）22：32　..・＊.・＊—
👦＜人命救助、宜しく。＼(^^;)／

From：空ちゃん　Date：2015年8月9日（日）22：41　..・＊.・＊—
👧＜空ちゃんに掴まって！　よいしょ、よいしょ。うっちぃ、結構重いなあ。ズルッ。あ、足が滑った。きゃっ、ドッシ～ン。💥

From：うっちぃ　Date：2015年8月9日（日）22：44　..・＊.・＊—
👦💫👧💫＜…。＼(@@;)／💫＼(@.@;)／💫✨＜アワワ

From：空ちゃん　Date：2015年8月9日（日）23：09　..・＊.・＊—
（◆熊太郎ご一行様、遊泳からご帰還◆）
🐻＜メリーちゃん、見てごらん。お城の前に大きな池なんてセンスがいい。さすが空ちゃん。今は２人とも、疲れて寝てるみたいだけど…。

```
—…—…—…—…—…—…—
          ▲
          ▲
      買  ▲
  A／■■S■■＼        A
  窓┏田田S田田田┓ A  回
  窓┏田田S田田田┓ 目  四
  田┏田城S城田田┓ 目木目
  ##########
  ##＼(@@)／💫##
  ##＼(@@)／💫##
  ##########
—…—…—…—…—…—…—
```

From：うっちぃ　Date：2015年8月9日（日）23：14　..・＊.・＊—
🐩＜大きなお池で捕まえたお魚を泳がせようって考えたんだワン。で

も２人共こんな大きな穴に入ったら、上がれなくなっちゃうワン！？

2015年8月14日（金）22：02　流星群

From：空ちゃん　Date：2015年8月14日（金）22：02　..・＊.・＊―
👧＜今夜はね、ペルセウス座流星群が輝いてるよ。＼(^.^)／

From：うっちぃ　Date：2015年8月14日（金）23：22　..・＊.・＊―
ペルセウス座流星群…グルってみる。💻＼(^^)
７月20日頃から８月20日頃にかけて出現し、８月13日前後に極大を迎える。１月のしぶんぎ座流星群、12月のふたご座流星群と並んで、年間三大流星群の一つ。観測は概ね22時以降が良い。全天にまんべんなく流れ、特にどちらの方角を見なければならないということはない。ギリシャ神話の髪の毛一本一本が蛇で、その顔を見ると石になるという魔女メドゥーサを退治したのが英雄ペルセウス。ペルセウスがメドゥーサを倒すと、天馬ペガサスが誕生し、それに乗って空を飛んで帰った。

From：空ちゃん　Date：2015年8月14日（金）23：31　..・＊.・＊―
👧＜流れ星が見えた。☆彡

From：うっちぃ　Date：2015年8月14日（金）23：35　..・＊.・＊―
👦＜なんかお願い事した？　人(^.^)＜落とし穴から出してたもう

From：空ちゃん　Date：2015年8月14日（金）23：41　..・＊.・＊―
👧＜お金持ちになりますよ～に。＼(^.^)／

From：うっちぃ　Date：2015年8月14日（金）23：47　..・＊.・＊―
👦＜はは、空ちゃんらしくない。早く無人島から日本に帰れますようにって、お願いしなかった？

From：空ちゃん　Date：2015年8月14日（金）23：51　..・＊.・＊―
👧＜私はこの生活、気に入ってるよ。ず～と暮らしていたいくらい。

2015年8月15日（土）22：43　求む、救助

From：うっちぃ　Date：2015年8月15日（土）22：43　..・＊.・＊ー
🐻＜ヤホホ。落とし穴から出してあげようか～。

From：空ちゃん　Date：2015年8月15日（土）22：49　..・＊.・＊ー
👧＜熊さん待ってた～。落とし穴じゃなくてお池ね。雨で水が溜まって池みたいになっちゃった。ほら、うっちぃは半分溺れかかってる…。

From：うっちぃ　Date：2015年8月15日（土）22：55　..・＊.・＊ー
👦＜余裕、余裕♪　へ(**#)／💦＜（アワワ、本当は必死）

From：空ちゃん　Date：2015年8月15日（土）23：01　..・＊.・＊ー
👧💦＜ははは。顔が余裕じゃない（ひざより浅いのに、うっちぃたらよく泳げるな）。熊さん、うっちぃから引き上げてあげて！

From：うっちぃ　Date：2015年8月15日（土）23：09　..・＊.・＊ー
👦＜熊太郎く～ん。「うっちぃから引き上げてあげて」って空ちゃんが言ってる。へ(^^;)／　➡　＼(^0)へ（息継ぎ）

From：空ちゃん　Date：2015年8月15日（土）23：14　..・＊.・＊ー
🐻＜情けないヤツだなあ。ホントはレディファーストだけど空ちゃんがそう言うなら…。俺っちの子分になるなら引き上げてやるぞ。

From：うっちぃ　Date：2015年8月15日（土）23：22　..・＊.・＊ー
👦＜かたじけない。空ちゃんも後で必ず救出に来るからね（子分になるのは聞こえなかったことにしよ）。(／_;)／～＜今生の別れ

From：空ちゃん　Date：2015年8月15日（土）23：50　..・＊.・＊ー
🐻＜ほら、掴まれ。✋

From：うっちぃ　Date：2015年8月15日（土）23：56　..・＊.・＊ー
👦＜熊太郎はホント、いつも頼りになるやつだな。手に掴まって、ナイスショット、じゃない、よいしょっと。(^[ｪ]^)／＼(^^)＜ホイ

From：空ちゃん　Date：2015年8月16日（日）00：00　..・＊.・＊ー
👧＜うっちぃの足に掴まって…。　＝＝つ＼(^.^)＜よいしょっと

From：うっちぃ　Date：2015年8月16日（日）00：09　..・＊.・＊ー
＜ん、熊太郎と空ちゃんに引っ張られてるぞ！？

(^[ｴ]^)／＼(>゜3)(／　)＝＝つ＼(^.^)　←引っ張られるノ図

From：空ちゃん　Date：2015年8月16日（日）00：18　..・＊.・＊ー
＜思ったよりも重っ。ズルッ。足が滑った。

ドーン。

＼(@[ｴ]@)／　＼(@@)／　＼(@.@)／

From：うっちぃ　Date：2015年8月16日（日）00：27　..・＊.・＊ー
＜ぎゃふん…。お前まで落ちて、ど～すんだよ！　熊太郎はホント、いつも頼りにならないなやつだな。お前が俺の子分だからな！

2015年8月16日（日）20：35　熊さんベッド

From：うっちぃ　Date：2015年8月16日（日）20：35　..・＊.・＊ー
＜久しぶりによく寝た。熊太郎の背中は一味違うな。アイダーダックダウンのダブルベッドなみ。一味っていっても、まだ食べてないぞ。

From：空ちゃん　Date：2015年8月16日（日）20：40　..・＊.・＊ー
＜そうそう、熊さんの背中はふかふかで寝心地がいいのよね。熊さん、まだ寝てる？

From：うっちぃ　Date：2015年8月16日（日）20：48　..・＊.・＊ー
＜熊太郎！　＼(@[ｴ]@)／（し～ん）
熊太郎はホント、いつもふがいないやつだな。(^^)人＜黙祷

From：空ちゃん　Date：2015年8月16日（日）21：27　..・＊.・＊ー
＜熊さん、大丈夫かな。目を回してるんじゃない！？

From：うっちぃ　Date：2015年8月16日（日）21：46　..・＊.・＊ー

＜熊太郎につん、つん。「お前はもう死んでいる」。
目の前に気絶した熊太郎が大の字で寝てるなんて、いたずらする大チャンス！　トランプの貧民に例えると、Ａと２が８枚手元に揃ったようなもんだ。熊太郎を白いペンキでシロ熊かパンダにしてみたかったんだ！

From：空ちゃん　Date：2015年8月16日（日）21：49　..・＊.・＊―
＜＜熊さん、大丈夫～？　＼(@[ｴ]@)／

From：うっちぃ　Date：2015年8月16日（日）21：57　..・＊.・＊―
＜目を丸くして完璧に寝てる。「バ～カ」＜＼(ﾏ[ｴ]ﾙ;)／

From：空ちゃん　Date：2015年8月16日（日）21：59　..・＊.・＊―
＜　パチッ。にょき。なんだと！　ん、ここはどこだっち？

From：うっちぃ　Date：2015年8月16日（日）22：04　..・＊.・＊―
＜わっ、革命が起きた、じゃない。熊太郎が起きた！　こ、ここは熊太郎の落とし穴…、じゃない。お城の前のお池。

From：空ちゃん　Date：2015年8月16日（日）22：07　..・＊.・＊―
＜うっちぃ、太ったのか？　思ったよりもちょっと重かったぞ。

＜でへへ。ゴメンなさい…。／(^.^;)

From：うっちぃ　Date：2015年8月16日（日）22：33　..・＊.・＊―
＜今だって熊太郎の上にいるのに、俺は風船のように軽いだろ。

From：空ちゃん　Date：2015年8月16日（日）22：44　..・＊.・＊―
＜さっさと降りろ！

＜一人で残されるのが心細かったから、うっちぃの足にしがみついちゃった。そしたら、熊さんも落っこちてきちゃうんだもん…。

From：うっちぃ　Date：2015年8月16日（日）22：47　..・＊.・＊―
＜熊太郎はだらしないな。空ちゃんは悪くない。
(^.^)／＼(^^)＜味方

From：空ちゃん　Date：2015年8月16日（日）22：49　..・＊.・＊━
<どうやってここから出ようか？

From：うっちぃ　Date：2015年8月16日（日）23：09　..・＊.・＊━
<熊太郎の背中を踏み台にして、俺と空ちゃんが落とし穴から出た後に、熊太郎をみんなで引き上げてやるぞ（俺の子分になればな）。スタコラさっさ。ほら、脱出できた。熊太郎も俺の手に掴まれ。～

From：空ちゃん　Date：2015年8月16日（日）23：13　..・＊.・＊━
<俺っちは手を借りなくてもジャ～ンプ。ほら、簡単に上がれた。

From：うっちぃ　Date：2015年8月16日（日）23：19　..・＊.・＊━
<熊太郎はすさまじい脚力だな。次はもっともっと深い落とし穴、掘ろっと（反省）。めでたくみんな助かって良かった。／(^^;)

From：空ちゃん　Date：2015年8月16日（日）23：23　..・＊.・＊━
<お～い、みんな。空ちゃんのこと置いてかないでよ～。

From：うっちぃ　Date：2015年8月16日（日）23：26　..・＊.・＊━
<おい、大事な空ちゃんを忘れるなよ。熊太郎はホント、友達思いのない人でなしだな～。

From：空ちゃん　Date：2015年8月16日（日）23：29　..・＊.・＊━
<（お前っちが忘れてたんだろ）俺っちは人じゃないもん。ほら、掴まれ。

<恐悦至極に存じます。ガシッ（）。置いてかれるかと思った。
(／_;)／＼(^[ｴ]^)

メリーちゃんとうっちぃは熊太郎の背中でおやすみしながら、空ちゃんと熊太郎はお話ししながら、無事に熊太郎の家に帰りましたとさ。

第6話　別れ 💔

「ほどほどに愛しなさい。長続きする恋のためには」(シェイクスピア)

ウィリアム・シェイクスピア：イングランドの劇作家、詩人。1564-1616。代表作は『ロミオとジュリエット』、『ハムレット』、『マクベス』。

2015年8月17日（月）22：30　セミナー

From：空ちゃん　Date：2015年8月17日（月）22：30　..・*.・*—
週末はセミナーがあって、東京に行くことにした。＼(^.^)／

From：うっちぃ　Date：2015年8月17日（月）22：42　..・*.・*—
いつ？　何のセミナー？　＼(^^)／

From：空ちゃん　Date：2015年8月17日（月）22：48　..・*.・*—
セミナーは21日の金曜日。家でできてお金を稼げるライターのセミナー。前から物を書く仕事に興味があって、申し込んだの。今のお仕事を続けながら、アルバイト感覚でできる仕事がないかな～と思って。自宅で字を書いて何かに載る仕事って、楽しそうじゃない？　うっちぃがデートできるんなら21日に行って、23日に帰ろっかな。

From：うっちぃ　Date：2015年8月17日（月）22：55　..・*.・*—
自宅で字を書く仕事、いいね。いつも会社で恥をかいてるやつにも、そのセミナーの内容を易しく教授してあげて。土曜は一緒にどこかに出かけてご飯食べよう。翌日は休みだけど泊まれないので、その日に帰る。

From：空ちゃん　Date：2015年8月17日（月）22：59　..・*.・*—
了解。会議中にいつも、いびきをかいてる人のことかしら？　＼(^.^)

From：うっちぃ　Date：2015年8月17日（月）23：06　..・*.・*—
そうそう。「外で汗を掻き、内で字を書き、風格ある人格者たれ」という親父の教えを全て欠いてるその人、その人。会社で毎日、冷や汗掻いて、吠え面かいて、人間失格なその人のこと。ヽ(^。^)ノ＜ほげ～

2015年8月18日（火）22：28　週末の予定

From：うっちぃ　Date：2015年8月18日（火）22：28　‥・＊.・＊—
予定を変えて金曜日に一緒にご飯を食べて、そのままホテルに泊まろうっかな。まだ空いてたら、ツインかダブルに変更できる？　週末が待ち遠しい。たまには、週末が平日を追い抜いて、早く来ればいいのに。
[ニュース]＜新記録です。中４日で金曜日が来ました！

From：空ちゃん　Date：2015年8月18日（火）22：48　‥・＊.・＊—
ホント？　うれしい。まだ、空いてると思うよ。金曜日に会えると思うと、わくわくしてセミナーなんてうわの空で、頭に入んないかも。

From：うっちぃ　Date：2015年8月18日（火）22：51　‥・＊.・＊—
俺が会議中はいつもうわの空で、頭に入ってないのと同じだ。

From：空ちゃん　Date：2015年8月18日（火）22：55　‥・＊.・＊—
それは、いつもお昼寝してるからじゃないかしら！？　f(^.^)?

From：うっちぃ　Date：2015年8月18日（火）22：59　‥・＊.・＊—
空ちゃんたら、見てもないのにいい加減なこと言って…。
[クイズ番組]＜正解です。うっちぃは「会議中に寝るのが悪いのではなく、眠くなる時間に会議を開くのが悪い。眠くなる生理現象は、おしっこやくしゃみと同様、止められないので、寝ている本人は悪気も罪もない」と常識を欠いたことを言って、ポリポリ頭を掻いていました。

2015年8月21日（金）空ちゃんの回想日記

セミナーを受講するために上京。デートのことばかり考えてうわの空ちゃん、セミナーどころじゃないわ。早く終わらないかなあ。やっと終わって、即行で待ち合わせのホテルへ。うっちぃの方が早く来てた。

夕ご飯は赤坂のホテル近くにある、フレンチのコース料理を頂きテーブルごとにマジックを30分くらい見れるお店に連れていってもらった。マジックって遠くで見てるからタネがわからないって思ってたけど、こんな近くで見てもぜ〜んぜんわからない。自分の選んだカードが思いもしない場所から出てきたり、トランプのケースを両手で挟んで、ポンと手を叩かれると透明な箱に変わったり…。信じられない。不思議。お店の雰囲気も料理の味もマジックの演出も全部素敵で感激した。最初は土曜日にデートできたらいいなあって思ってたけど、一泊してくれるって言うんだもん。セミナーに感謝しちゃう。

2015年8月22日（土）空ちゃんの回想日記

新宿御苑をそぞろ歩き。夏ももうすぐ終わりなのに、暑くて日に焼けちゃったわ。短い時間だったけど、うっちぃとだったら何もしなくても一緒にいられるだけで幸せ。

うっちぃは、帰っちゃうんだ…。またしばらく会えないね。明日は日曜日でうっちぃもお休みなのに、おうちに帰らなきゃならないって言われちゃった。当たり前だよね、うっちぃには家族がいるんだから。ちょっと期待してダブルを２泊予約しておいたから、もう一泊していく、なんて言わないかなあ。「もう一晩、泊まっていって」って言っちゃおうか…。いや、無理だ。最初は泊まれないって言ってたのに、一泊してくれたんだもん。さすがに２泊もしたら奥さんに怪しまれちゃうよね。でも、わがまま言ってもいいかなあ。いろんな思いが頭の中をよぎっていくけど、何も言えなかった。そんなことを考えてるうちに、うっちぃは帰り支度を始めて、結局、言い出せずにそのまま見送った。

夜、一人でホテルに泊まるのは寂しいな。デートが夢のように心地よかったから、一人でいるのはよけい、悲しい。いつもうっちぃとのデートが終わると悲しくなるんだ。デートが終わってお別れするのが悲しいんじゃなくて、結局、あなたは奥さんの元に帰って行くことが悲しいの…。この気持ち、うっちぃにわかるかな～？

今回でうっちぃに会うのは最後にしよう…。好きになりすぎちゃったみたい。今まで付き合ってきた男の人のように友人として付き合えたら良かったんだけど、うっちぃはそうじゃなかった。本気で好きになると不倫は辛くて悲しい。会わなければ、だんだん冷めていくだろうし諦められる。ここら辺が潮時だ。だから終わりにしよう…。「来年の夏は花火を見に行こう」、「一緒に行けるといいね…」。そう答えるのが精いっぱいだった。嫌いだから別れるんじゃない。好きになりすぎて、でもあなたにはやっぱり奥さんがいることが辛いの。

「逢うことの　絶えてしなくは　なかなかに　人をも身をも　恨みざらまし」（中納言朝忠：ちゅうなごんあさただ）　会いたいときに会えないと辛いし、お別れするのがいいのかしら。

2015年8月23日（日）19：21　ありがとう

From：空ちゃん　Date：2015年8月23日（日）19：21　..・＊.・＊─
家に着いた～。一緒に過ごした時間は心がほっこりする、癒しの時間だった。いつもいつも、ありがとう。美味しい物もたくさん頂いた。
でも、うっちぃに会うのはこれで終わりにしようと思うの。うっちぃの「来年の夏は一緒に花火を見に行くぞ」の言葉に気持ちが揺らいで言い出せなかった。けれど、やっぱりうっちぃには大事な家庭があるってことを改めて思い知った。大事っていったらニュアンスが違うのかもしれないけど、休みなのに泊まれない、家に帰るのにドキドキしなきゃ帰れない、そんなあなたを私は見たくはない。最初からわかっていたことだけど、いそいそと帰り支度をするあなたを引き止めたいけど引き止められない。「帰らないで」の一言が素直に言えない。会うたびにこんな気持ちになるんだろうな…、と思ったらたまらなく辛い。メールで「休みだけど泊まれない」って言われた時、やっぱり会うのをやめておくべきだったんだよね。でも、あなたに会いたい気持ちに勝てなかった。あなたとは、たまの旅行と会話を楽しむだけのそんな付き合いができれば良かった。私は人にのめり込むようなタイプじゃなかったからできると思ってた。でもうっちぃを好きになればなるほど、自分がどんどん辛くなって。はは。いい年にもなって…、笑っちゃうよね。
昨日の夜は悲しくって眠れなかったんだ。うっちぃにとっても、何事もないうちにやめといた方がいいと思うしね。だから、もう会うのは終わりにしようと思うの。これ以上、私がわがままにならないうちに。文章下手だから、思ってたことずらずら書いちゃった。長々とごめん。

From：うっちぃ　Date：2015年8月23日（日）20：42　..・＊.・＊─
また俺からメールすると思うけど、空ちゃんが暇なとき、気が向いたらメールを返してくれればうれしいよ。デートに誘うこともあると思うけど、空ちゃんが気が変わったら来てくれればいい。空ちゃんが来てくれなければ、一人で花火を見るかメリーちゃんでも誘ってみるから…。

From：空ちゃん　Date：2015年8月23日（日）20：56　..・＊.・＊ー
ははは。メリーちゃんは来ないと思うよ…。おやすみ。

From：うっちぃ　Date：2015年8月23日（日）21：05　..・＊.・＊ー
(空ちゃんが指定席に飛んでこないかなあ…）おやすみ～。

2015年8月29日（土）22：54　起きてるかな

From：空ちゃん　Date：2015年8月29日（土）22：54　..・＊.・＊ー
まだ 起きてる？　ちょっとだけ、お話ししよう。

From：うっちぃ　Date：2015年8月29日（土）23：08　..・＊.・＊ー
は～い。＼(^^)／

From：空ちゃん　Date：2015年8月29日（土）23：12　..・＊.・＊ー
うっちぃに一言謝りたかったの。ごめんなさい。<(_ _)>
私、あなたの気持ちも聞かないで、自分の気持ちを一方的に押し付けちゃったよね。うっちぃは私からのメールを読んで、どう思った？

From：うっちぃ　Date：2015年8月29日（土）23：18　..・＊.・＊ー
もう空ちゃんに会えないと思うと、悲しくて涙が出そうになった。空ちゃんが会いたくないなら仕方ないけど。これからも友達の一人として付き合ってくれればいいよ。メールの返信もデートも、気が向いたらしてくれればいいし…、気が向かなかったら放っておけばいい。出会った頃のような気持ちで、１週間後でも１か月後でも、たまにメールをくれたらうれしいから。

From：空ちゃん　Date：2015年8月29日（土）23：23　..・＊.・＊ー
うっちぃにとって、私ってどんな存在だったのかな…。メールもデートも、気が向いたら…でいいわけ？　そうだよね。うっちぃは前からそう言ってたもんね。私は「自分は二番目でいいよ」って言ってたくせに、いつの間にか一番を望んじゃったみたい。

From：うっちぃ　Date：2015年8月29日（土）23：30　..・＊.・＊ー

空ちゃんは、俺にとって一番大切な友達以上の存在だった。毎日メールして何度もデートして、忘れられない思い出もたくさんできた。空ちゃんは、俺が一番好きなのは空ちゃんだって知ってるでしょ。だからといって、毎日メールが欲しいとか、毎日会ってほしいとは思わない。束縛したくないし、何より空ちゃんがメールを送りたいとか、会いたいと思ってるかどうかが大事だから。メールもデートも気が向いたらと言ってるのは、無理してわざわざ時間を作らなくてもいいという意味で、どうでもいいという意味ではない。好きならメールを送りたいと思うしデートもしたいと思うから、そういう気持ちのときはメールを返してほしいし、デートに来てほしい。俺は妻とは疎遠だけど、離婚はしてないのに、空ちゃんに「俺のことだけ好きでいてほしい」とは言えない。

From：空ちゃん　Date：2015年8月29日（土）23：38　..・＊.・＊―
私はうっちぃと奥さんの離婚を望んでいるわけではない。でも「俺のことだけ好きでいてほしい」って言って欲しかった。たぶん、こういう気持ちって、うっちぃにはわからないでしょうね…。この前、最初は泊まれないって言ってたのに、一緒に泊まってくれた。うっちぃは精一杯頑張ってくれたんだと思う。それなのに私は勝手なことばっかり言ってごめんね。それも気になって謝りたかったんだ。でも、もうあなたに会うと辛くなるから、お別れした方がいいかなって思う気持ちは変わらない。遅くまでありがとう。おやすみ～。

From：うっちぃ　Date：2015年8月29日（土）23：48　..・＊.・＊―
「俺のことだけ好きでいてほしい」とは、思っても今は言えない。今日も空ちゃんの指定席、空いてるのにな～（俺の胸の中）。おやすみ。

2015年8月30日（日）22：24　熊太郎、ご機嫌

From：うっちぃ　Date：2015年8月30日（日）22：24　..・＊.・＊―
🐻＜わっ！　うっちぃが泣いてたぞ…。／(ﾟ[ｴ]ﾟ)／＜ビックリ

From：空ちゃん　Date：2015年8月30日（日）22：47　..・＊.・＊―
👧＜そうなんだ…。熊さん、うっちぃとお話ししてたの？

From：うっちぃ　Date：2015年8月30日（日）22：55　..・＊.・＊―

＜いや。うっちぃを見かけただけ。もしかして、空ちゃんも泣いてる？
＼(^[ｪ]^)／＜熊さんはなぜか笑顔

From：空ちゃん　Date：2015年8月30日（日）22：58　..・＊.・＊—
＜泣いてないよ。心身良好。空ちゃんは毎日、笑ってる。

From：うっちぃ　Date：2015年8月30日（日）23：01　..・＊.・＊—
＜それは良かった。俺っちは空ちゃんさえ笑顔なら、うっちぃが泣いてても気にしな〜い。＼(^[ｪ]^)／＜いつもよりゴキゲン

From：空ちゃん　Date：2015年8月30日（日）23：05　..・＊.・＊—
＜はは。ちょっとは気にしてあげたら。空ちゃんはうっちぃと、もう会わないことにしたの。空ちゃんを慰めてくれる？

From：うっちぃ　Date：2015年8月30日（日）23：19　..・＊.・＊—
＜かわいそうな空ちゃん。今日から熊さんの胸の中が空ちゃんの指定席だよ。はだかんぼになって、飛び込んでおいで！
(;^.^)＼(^[ｪ]^#)（←満面の笑顔）＜ヨシヨシ。いい子いい子。

From：空ちゃん　Date：2015年8月30日（日）23：22　..・＊.・＊—
＜熊さんにはメリーちゃんがいるから、遠慮しとくわ。＼(^.^;)

2015年8月31日（月）22：25　8月も終わり

From：うっちぃ　Date：2015年8月31日（月）22：25　..・＊.・＊—
＜熊太郎。8月末にドキドキするのって昔のトラウマかな。目下、どれだけ多くの若者たちが夏休みの宿題をどうごまかそうか、悩んでいることか。俺が神様だったら、希望に燃えてた1学期の終業式に時間を戻してあげるのに。希望って燃やすからなくなるのかな！？

From：空ちゃん　Date：2015年8月31日（月）22：29　..・＊.・＊—
＜宿題をやらなかったんだから、正々堂々と怒られればよろしい。

From：うっちぃ　Date：2015年8月31日（月）22：35　..・＊.・＊—
＜怒られるなんてかわいそうに。子供はそれでもいいかもしれない

けど、大人はそうはいかないだろ。

From：空ちゃん　Date：2015年8月31日（月）22：39　..・＊.・＊―
🐻＜さては、うっちぃも夏休みの宿題が残ってるのか？

From：うっちぃ　Date：2015年8月31日（月）22：42　..・＊.・＊―
👨＜見てもないのによくわかるな…。さては、お主が増やしたな？　８月末納期の仕事が、７月の終わりに見た時はあと一歩だと思ったんだけど、８月の終わりに見たら、あとひとっ飛びくらいの量があった。

From：空ちゃん　Date：2015年8月31日（月）22：46　..・＊.・＊―
🐻＜俺っちがそんなことをするわけないだろ。どうせ、夏は暑いからって、毎日、昼寝でもしてたんだろ？

From：うっちぃ　Date：2015年8月31日（月）22：55　..・＊.・＊―
👨＜見てもないのによくわかるな…。さては、お主、見たな？　俺が人知れず、陰でどんな努力をしてるか特別に熊太郎にだけ教えるけど、会議の開始時間は午前中の遅い時間に設定して、10時頃自宅を出てお客様の会社に直行したり、午後の微妙な時間に設定して、16時頃にはお客様の会社を出て自宅に直帰したり、自社に戻る前にマックのアイスコーヒーで頭を冷やして課題をつぶそうと思うと時間だけがつぶれて、人知れず（特に社長に）、できるだけ陰で努力してるんだ。

From：空ちゃん　Date：2015年8月31日（月）23：02　..・＊.・＊―
🐻＜それは陰で努力してるんじゃなくて、社長に見つからないように陰に隠れてるだけだ。そんなに困ってるなら手伝ってあげたいけど、俺っちにできることなんかなさそうだしな。＼(^[ｴ]^)／

From：うっちぃ　Date：2015年8月31日（月）23：12　..・＊.・＊―
👨＜俺は暇だから見つかっても平気だけど、社長は忙しいのにわざわざ怒る時間をとらせるのは悪いだろ。知恵を絞って広大な宇宙を一生懸命探せば、一つくらいは知恵の無い熊太郎にできることだってあるさ。

From：空ちゃん　Date：2015年8月31日（月）23：19　..・＊.・＊―
🐻💢＜俺っちのことを知恵がないなんて失礼なやつだな。

From：うっちぃ　Date：2015年8月31日（月）23：25　..・＊.・＊―
👨＜俺の知恵も、夏の炎天下で干からびたタオルくらい、絞っても何にも出てこないから、そんなに頬も期待も大きく膨らませるなよ。

From：空ちゃん　Date：2015年8月31日（月）23：29　..・＊.・＊―
🐻＜期待は膨らませてないけど…。うっちぃの力では無理でも、俺っちの力でうっちぃを「ぎゅ～」と絞り上げれば、知恵の一つくらい出てくるんじゃないか？　＼(💢^[ｴ]^)✊👨💫＜ぎぇ～

From：うっちぃ　Date：2015年8月31日（月）23：35　..・＊.・＊―
👨＜俺を絞り上げて出そうなものといったら、昨日飲んだビールか、脂汗か、断末魔の叫びか、はたまた反省の弁か…。どれがいい？

From：空ちゃん　Date：2015年8月31日（月）23：39　..・＊.・＊―
🐻＜ろくなもんが出てこないな…。

From：うっちぃ　Date：2015年8月31日（月）23：45　..・＊.・＊―
👨＜熊太郎も俺の苦労が少しはわかっただろ？

From：空ちゃん　Date：2015年8月31日（月）23：52　..・＊.・＊―
🐻＜こんな社員がいる社長さんの苦労はわかったけど…。

From：うっちぃ　Date：2015年8月31日（月）23：57　..・＊.・＊―
👨＜毎日、仕事もしないで遊び呆けている熊太郎に、今度、アリとキリギリスの話を聞かせてあげるぞ。📕＜夏の間、昼寝をして仕事をさぼっていたうっちぃは、冬になって食べ物がなくなると冬眠しました💤。春になって目が覚めると、会社をクビになっていました😱。

2015年9月6日（日）18：35　熊太郎、仕事だぞ

From：うっちぃ　Date：2015年9月6日（日）18：35　..・＊.・＊―
👨＜仕事がピリピリしてくると、日曜日の夕方って憂鬱になるよな。今週は仕事に行きたくな～い。得体の知れない不吉なプレッシャーに圧し潰されそう。力持ちで優しくていい男の熊太郎君、会社に爆弾仕掛け

て、社員が出社できないように脅迫電話をかけてきてくれ。💣

From：空ちゃん　Date：2015年9月6日（日）18：49　..・＊.・＊―
🐻＜知恵を絞って出てきた結果がそれか！？　広大な宇宙の片隅には、ほかにもう少しまともに熊さんができる仕事はなかったのか？

From：うっちぃ　Date：2015年9月6日（日）18：55　..・＊.・＊―
👦＜それしか出てこなかった！　頭から煙は出そうだったけど…。

From：空ちゃん　Date：2015年9月6日（日）19：08　..・＊.・＊―
🐻＜俺っちはいい熊さんなんだから、そんなことするわけないだろ。

From：うっちぃ　Date：2015年9月6日（日）19：20　..・＊.・＊―
👦＜熊太郎は、デビルベアーズという組織の総統にしてやるぞ。世界平和を目指す正義の軍団、ＮＰＯ法人デビルベアーズ。普段の仕事は、俺の会社に爆弾を仕掛けて、社員が出社できないように会社を休みにする。NPOってのは、Non-Peace　Organizationのことだ。
(^[ｪ]^)／📱＜「会社ヲ休ミニシナイト、爆弾ドカンダゾ。💣💥」

From：空ちゃん　Date：2015年9月6日（日）19：33　..・＊.・＊―
👧＜まるで世界征服を狙う悪の軍団みたいな名前だね。熊さん、うっちぃに騙されて悪の道に手をそめちゃダメだよ。

From：うっちぃ　Date：2015年9月6日（日）19：39　..・＊.・＊―
👦＜熊太郎、後で報酬やるから、空ちゃんには内緒で頼んだぞ。
(^^)／💣→＼(^[ｪ]^)／💣→＼(^ᴥ^)＼💣＜エッサ、ホラサ

From：空ちゃん　Date：2015年9月6日（日）19：45　..・＊.・＊―
🐻＜空ちゃんにはナイショで配備完了！　礼金はたんまりはずめよ。

From：うっちぃ　Date：2015年9月6日（日）19：57　..・＊.・＊―
👦＜任せとけ。ほら！　💰💰💰＜中身は貝殻

2015年9月13日（日）19：22　休日

From：うっちぃ　Date：2015年9月13日（日）19：22　‥・＊.・＊―
今日はつつがなく平穏に過ごせた～？　＼(^^)／

From：空ちゃん　Date：2015年9月13日（日）19：43　‥・＊.・＊―
昼まで友達が来てて、午後は洗車して掃除したらあっという間に一日が終わった。愛車のミニ、ピカピカになった。一緒にビール飲もっか。

From：うっちぃ　Date：2015年9月13日（日）19：49　‥・＊.・＊―
カンパーイ。(^^)／🍺

From：空ちゃん　Date：2015年9月13日（日）19：55　‥・＊.・＊―
カンパーイ。☆🍺＼(^.^)

From：うっちぃ　Date：2015年9月13日（日）20：04　‥・＊.・＊―
どうしてこの車にした、ミニ。🚗💨

From：空ちゃん　Date：2015年9月13日（日）20：09　‥・＊.・＊―
ミニは自分だけの一台にカスタマイズできて趣がある。車はクラシックカーかスポーツカーが好き。さ、ぐぃっと一杯。おつまみ、あったっけ？
🍺

From：うっちぃ　Date：2015年9月13日（日）20：25　‥・＊.・＊―
つまみは焼き鳥があるよ。どんなふうにカスタマイズされているの？

```
    ￣￣￣￣￣￣￣
  ∠ﾉ__qξ_____~\p__
 (__|___L_(@ \ . \ @)
 (✪) (✪)(⊆ミ昌ニ⊇)　＜カスタム・ミニ
```

From：空ちゃん　Date：2015年9月13日（日）20：37　‥・＊.・＊―
タイヤはサイズアップしてオーバーフェンダー組んで、ワタナベのホイールはいて、モリタのウッドステアリングハンドルで、スピーカーは…って感じだけど、きっとミニオーナーじゃないとわからないよね。ミニはいろんなパーツが市販されてて、組み合わせで細部までお好みの自分だけの車が作れるの。🚗“＼(^.^)＜よしよし、いい子いい子

From：うっちぃ　Date：2015年9月13日（日）20：43　..・＊.・＊ー
わかる、わかる。やっぱりミニは大きなホイールで、木のハンドルに限る。焼き鳥もホイール焼きがいい？　皮、レバー、ももなどいろんなパーツを木の串にハンドルして、好きなたれとの組み合わせで、お好みの自分だけの味が作れるよ。🐓🔥🍴＼(^^)（←さっぱりわかってない）

2015年9月25日（金）22：28　電車運転見合わせ

From：うっちぃ　Date：2015年9月25日（金）22：28　..・＊.・＊ー
あ～、電車が止まっちゃった。　～))🚃🚃"✋(^^;)／

From：空ちゃん　Date：2015年9月25日（金）22：31　..・＊.・＊ー
手のひらに？　何で電車が止まっちゃったの？

From：うっちぃ　Date：2015年9月25日（金）22：46　..・＊.・＊ー
そこまで懐いてない…（🦋）。どこかの駅でちんちん事故が起きたって、車内放送で言ってた。賃貸電車でもないのに、どんな事故だ！？

From：空ちゃん　Date：2015年9月25日（金）22：57　..・＊.・＊ー
何、その事故？？　／(^.^;)?

From：うっちぃ　Date：2015年9月25日（金）23：08　..・＊.・＊ー
運転見合わせだって。あ、今度は「人身事故」って言い直してた。車掌さんは勘違いしてたんだな。ドンマイ、ドンマイ。

From：空ちゃん　Date：2015年9月25日（金）23：12　..・＊.・＊ー
あはは。絶対、うっちぃの聞き間違えだと思うけど。＼(^.^)／

From：うっちぃ　Date：2015年9月25日（金）23：18　..・＊.・＊ー
最初は聞き間違えかと思ったけど、車掌さんが「ご迷惑をおかけして大変申し訳ありません」と何度も謝って自分の非を認めてたから、言い間違いみたい。空ちゃんもあんまり車掌さんを責めないであげよ～。

2015年9月30日（水）22：20　森の中をお散歩

From：空ちゃん　Date：2015年9月30日（水）22：20　..・＊.・＊—
＜♪歩こう、歩こう（空ちゃん一人でお散歩中）。お家に帰ろう。あれっ、お家はどっちだっけ？　来た道を帰ればいいだけだよね。確かこっちから来たはず。ふえ～ん。なんかますます、わかんなくなってきた。うっちぃ～。（涙）

From：うっちぃ　Date：2015年9月30日（水）22：29　..・＊.・＊—
＜空ちゃんが道に迷ってる夢。　ガバッ（⊙⊙）。空ちゃんのピンチかも。何だか、すごく嫌な予感がするんだ。みんなで協力して空ちゃんを助けにいくぞ。

From：空ちゃん　Date：2015年9月30日（水）23：06　..・＊.・＊—
＜お～！

From：うっちぃ　Date：2015年9月30日（水）23：22　..・＊.・＊—
＜今日は時間が遅いからひと眠りして、明日の朝、寝坊してあわてて飛び起きて、大急ぎ仕度してダッシュで出発な。会社に行くときのいつものルーティン。

＜ガルルルー。ミ＼`[ェ]`／ミ　f (^.^;) ？（つづく）

2015年10月2日（金）22：19　空ちゃん、狼に襲われるの巻

From：うっちぃ　Date：2015年10月2日（金）22：19　..・＊.・＊—
＜ガルルルー。ミ＼`[ェ]`／ミ。oO＜エモノノニオイ

From：空ちゃん　Date：2015年10月2日（金）22：23　..・＊.・＊—
＜鳴き声が聞こえるのは、うさぎさんかな、カメさんかな？

From：うっちぃ　Date：2015年10月2日（金）22：28　..・＊.・＊—
＜**ガルルルー。**狼の鳴き声だよ。聞こえた？

From：空ちゃん　Date：2015年10月2日（金）22：37　..・＊.・＊—
＜「奥山に　紅葉踏み分け　鳴く鹿の　声聞く時ぞ　秋は悲しき」（猿丸太夫：さるまるだゆう）　秋に山奥でもみじを踏みしめて鳴く声を

聞いていると、こころ寂しくなるな。鹿さんの鳴き声かな？

From：うっちぃ　Date：2015年10月2日（金）22：42　..・＊.・＊—
<みんな、力を合わせて、大急ぎでに空ちゃんを助けにいくぞ。

From：空ちゃん　Date：2015年10月2日（金）22：46　..・＊.・＊—
<面倒くさいから、うっちぃ一人で助けに行ったらどうだ？

From：うっちぃ　Date：2015年10月2日（金）22：52　..・＊.・＊—
<そんなこと言うなよ。犬の鼻と熊の馬鹿力だけが頼りなんだから。空ちゃんの救出には、俺なんてただのポーズで、俺の力を合わせても合わせなくても合計は誤差の範囲だってことくらい知ってるだろ？

From：空ちゃん　Date：2015年10月2日（金）22：58　..・＊.・＊—
<俺様のすごさにようやく気付いたか。＼(^[ｪ]^)／

From：うっちぃ　Date：2015年10月2日（金）23：15　..・＊.・＊—
<メリーちゃんは道案内、熊太郎は全速力で捜索、俺は救出プランを熊太郎の背中で横になって、練る。／(^^) <ふんがっ

From：空ちゃん　Date：2015年10月2日（金）23：20　..・＊.・＊—
<練るんじゃなくて、横になって寝るのか…。

From：うっちぃ　Date：2015年10月3日（土）00：16　..・＊.・＊—
< こっちだワン。着いたら起こしてほしいワン。

From：空ちゃん　Date：2015年10月3日（土）00：24　..・＊.・＊—
<もう２人とも寝てる…。俺が空ちゃんを助けてあげたら、お礼にチューしてくれるかもな。でへへ。２人とも寝てるから、道の真ん中に降ろしていこ。ヒョイ。

From：うっちぃ　Date：2015年10月3日（土）01：11　..・＊.・＊—
< 俺たち、置いてかれたのかなあ。こんなときはあわてないでひと休み、ひと休み。＼(^^)／&＼(^ᴥ^)＼<チームネボスケ

＜ガルルルー。ミ＼☆[ェ]☆／ミ＜ギラリ　＼(^.^;)／＜大ピンチ

From：空ちゃん　Date：2015年10月3日（土）01：18　..・＊.・＊―
＜空ちゃん、ここで狼さんに食べられて、安らかに死ねるのかな。うっちぃの胸の中、幸せだったなあ。熊さん優しかったなあ。メリーちゃん、かわいかったなあ。みんな、さよなら。アーメン。(^.^;)

2015年10月3日（土）21：12　置いてきぼり

From：うっちぃ　Date：2015年10月3日（土）21：12　..・＊.・＊―
＜熊太郎のやつ、俺はともかくメリーちゃんまで置いてくなんて…。空ちゃんを助けて、お礼にチューしてもらおうって考えてるに違いない。メリーちゃんの鼻だけが頼りのはずだったんだけどなあ。

From：空ちゃん　Date：2015年10月3日（土）21：18　..・＊.・＊―
＜クンクン。悪党の狼の寝床は確かここら辺だったよな。お～い、空ちゃんいるか～。

From：うっちぃ　Date：2015年10月3日（土）21：25　..・＊.・＊―
＜そ、その声は、熊太郎親分じゃないっすか！？　ご無沙汰しておりやす。　くミ^[ェ]^／ミ"＜ど～も、ど～も、頭ペコペコ

From：空ちゃん　Date：2015年10月3日（土）21：31　..・＊.・＊―
＜よう！　久しぶりじゃないか。生きてたか？　ところで、ここら辺で女の子、見かけなかったか？　こんな子。＼(^.^)／

From：うっちぃ　Date：2015年10月3日（土）21：39　..・＊.・＊―
＜そ、そう、そう。珍しい獲物を捕まえたんで、今、親分のとこに届けようかと。　ミ＼^[ェ]^;／ミ＜貢物　（気絶）

From：空ちゃん　Date：2015年10月3日（土）21：44　..・＊.・＊―
＜おっ、空ちゃん！　寝てるのか？　＼(^.^)／

From：うっちぃ　Date：2015年10月3日（土）21：50　..・＊.・＊―
＜空ちゃん、熊さんの腕の中にいる夢。

From：空ちゃん　Date：2015年10月3日（土）22：15　‥・＊.・＊—
🐩＜熊太郎の臭いを追いかけるワン。こっちこっち。早く〜。🐩💨

From：うっちぃ　Date：2015年10月3日（土）22：22　‥・＊.・＊—
👦＜クンクン。　🐩💨　　🏃💨＜ヘロヘロしながら急げ、急げ。

From：空ちゃん　Date：2015年10月3日（土）22：35　‥・＊.・＊—
🐻＜おやすみ中の空ちゃんをぎゅ〜（うっとり）。＼(^[ｪ]^)／👧💤

From：うっちぃ　Date：2015年10月3日（土）22：52　‥・＊.・＊—
🐩＜空ちゃんをぎゅ〜してる熊太郎みっけ！

From：空ちゃん　Date：2015年10月3日（土）23：02　‥・＊.・＊—
📺👀[ＴＶのナレーション]＜空ちゃんをぎゅっと抱っこしている熊太郎。それを見たメリーちゃん。さあ、続きはどうなる！？（つづく）

2015年10月4日（日）21：01　熊太郎発見

From：うっちぃ　Date：2015年10月4日（日）21：01　‥・＊.・＊—
（◆熊太郎の匂いを辿ってメリーちゃん登場◆）
🐩＜空ちゃんをぎゅ〜っと抱きしめている熊太郎みっけ！

From：空ちゃん　Date：2015年10月4日（日）21：10　‥・＊.・＊—
（◆鳩が豆鉄砲を食ったようにびっくりしている熊太郎◆）
🐻＜ドキッ！　あっ、メ、メリーちゃん。こ、こ、これは違うんだ…。そ、空ちゃんは、怖かったのか、気を失ってるんだもん。

From：うっちぃ　Date：2015年10月4日（日）21：16　‥・＊.・＊—
（◆そこに空ちゃんの芳醇でとろけるような甘い声◆）
👧💤＜💤熊さんの胸の中、気持ちいいわ。💤

From：空ちゃん　Date：2015年10月4日（日）21：25　‥・＊.・＊—
（◆０点のテストが見つかったのび太君のように焦る熊太郎◆）
🐻💦＜こ、こら、空ちゃん。そ、空ちゃんはきっと何か夢でも見てるんじゃないか？　ま、まだ意識が戻ってないんだもん。

From：うっちぃ　Date：2015年10月4日（日）21：32　..・＊.・＊―
(◆メリーちゃんの怒りがベスビアス火山のように爆発する◆)
🐩💢＜どうして熊太郎は、大事なメリーちゃんを置いていったんだワン。メリーキックだワン。＼(^ᴥ^)＼__🐾　～💥(^[ｪ]^;)／＜アワワ

From：空ちゃん　Date：2015年10月4日（日）21：58　..・＊.・＊―
(◆メリーちゃんが機嫌を直す言い訳を考える熊太郎◆)
🐻＜う、うっちぃとメ、メリーちゃんは２人とも寝ちゃったから、俺っち一人の方が速いと思ったんだもん。お、狼の所へ空ちゃんが一人で歩いて行ったらま、まずいだろ。う、うっちぃだけ降ろそうと思ったんだけど、うっちぃまで探すハメになったら困るし、メ、メリーちゃんがいたら一緒に家に帰れるだろ。そ、そ、それに、メ、メリーちゃんを狼の所につ、連れてくるのは、き、き、き、危険だし…。

From：うっちぃ　Date：2015年10月4日（日）22：07　..・＊.・＊―
(◆メリーちゃんの匂いを辿って、だいぶ遅れてうっちぃ登場◆)
👨＜空ちゃ～ん、迎えに来たよ。🏃💦💨＜２位じゃダメですか

From：空ちゃん　Date：2015年10月4日（日）22：16　..・＊.・＊―
(◆タイミング良くうっちぃが現れ、話をそらす熊太郎◆)
🐻＜遅いじゃないか。空ちゃんは狼のヤツに食べられそうになって、俺っちが着いた時にはもう気絶してたんだもん。メリーちゃんに誤解されて、困ってたんだ。後はお前っちに任せた！

From：うっちぃ　Date：2015年10月4日（日）22：28　..・＊.・＊―
(◆ショートしている回路が珍しく繋がり、何かひらめく。💡✨◆)
👨＜そうか。ずっと空ちゃんは気絶してたのか。じゃ、俺が狼に右ストレートを当てて、空ちゃんを助けたことにしとこっと。👊💥🐺💫

From：空ちゃん　Date：2015年10月4日（日）22：41　..・＊.・＊―
(◆怒りたいのをこらえて、メリーちゃんの機嫌をとる熊太郎◆)
🐻💦＜（絶対無理だろ）ああ、わかった、わかった。メリーちゃん、誤解は解けたかい？（これで丸く収まればよしとしよう。うっちぃとメ

リーちゃんは、しばらくは起きないと思ったのにちょっと早すぎ。俺が空ちゃんを助けて「ありがとう。熊さんはなんて男らしいの。空ちゃんの命の恩人だわ。チュッ」ってなるはずだったんだがなあ…)

From：うっちぃ　Date：2015年10月4日（日）22：50　..・＊.・＊ー
(◆それをCTスキャンのように見透かしているメリーちゃん◆)
🐩💢＜きっと「命の恩人だわ。チュッ」なんてのを期待して、私を置いてったんだと思うワン。＼(^ᴥ^#)＼＜ブレインダイブ

From：空ちゃん　Date：2015年10月4日（日）23：12　..・＊.・＊ー
(◆そこに現れた狼男◆)
🐺＜どうしたんすか。ミ＼^[ェ]^／ミ

From：うっちぃ　Date：2015年10月4日（日）23：18　..・＊.・＊ー
(◆狼を見て、空ちゃんを置いて一目散にダッシュで逃げる◆)
👨💦＜ひぇ〜、狼だ。🏃💨💨＜急げ、急げ　　　👧💫

From：空ちゃん　Date：2015年10月4日（日）23：24　..・＊.・＊ー
(◆メリーちゃんは、狼に驚いて熊太郎の背中に隠れる◆)
🐩💦＜あ、うっちぃったら、空ちゃんを放り出して逃げてったワン。

From：うっちぃ　Date：2015年10月4日（日）23：30　..・＊.・＊ー
(◆子分を紹介する熊太郎◆)
🐻＜こいつは「よしお」ってんだっち。漢字だと「狼男」って書く、山賊暮らしをしてる悪党だ…。ミ＼^[ェ]^／ミ＜悪い子のヨシオ

From：空ちゃん　Date：2015年10月4日（日）23：38　..・＊.・＊ー
(◆熊太郎親分の前では調子のいい狼男◆)
🐺＜悪党だなんて人聞きの悪い…。後ろにいるワンちゃんは親分の彼女ですかい？　こんなキュートな彼女がいるんすから、もう一人の女の子はおいらが頂いちゃってもいいっすか？　ミ＼^[ェ]^／ミ　🍴👧💤

From：うっちぃ　Date：2015年10月4日（日）23：44　..・＊.・＊ー
(◆それを聞いた熊太郎親分は、再び機嫌を損ねる◆)
🐻💢＜ボカッ。俺っちの空ちゃんをやるもんか。〜🐾💥🐺💫

From：空ちゃん　Date：2015年10月4日（日）23：50　‥・＊.・＊━
（◆それを聞いたメリーちゃんは、もっと機嫌を損ねる◆）
🐩💢＜「俺っちの空ちゃん」って言ったワン！　熊太郎にメリーキック！
もう、知らないワン。＼(^ᴥ^)＼＿🐾💥(@[ｴ]^;)💫

From：うっちぃ　Date：2015年10月4日（日）23：56　‥・＊.・＊━
（◆メリーちゃんには頭が上がらない熊太郎◆）
🐻💦＜い、いやあ、それは、その、勢いというか言葉のあやというか…。
熊さん、ダウン…。＼(@[ｴ]@)／💫

From：空ちゃん　Date：2015年10月5日（月）00：00　‥・＊.・＊━
（◆何も知らず地面ですやすや寝ている空ちゃん◆）
👧💤＜💤お布団固いな。うっちぃは遅いな～。💤

From：うっちぃ　Date：2015年10月5日（月）00：18　‥・＊.・＊━
（◆みんなの様子◆）
🐻💫＜＼(@[ｴ]@)／💫（ダウン中）

🐺💫＜ミ＼@[ェ]@／ミ💫（ダウン中）

👧💤＜💤＼(~.~)／.｡oО💤（おやすみ中）

👦💦＜＼(^^;)／💨＜急げ、急げ（逃走中）

🐩＜私だけ起きててもしょうがないから寝るワン。💤（おやすみ中）

From：空ちゃん　Date：2015年10月5日（月）00：21　‥・＊.・＊━
📺👀[ＴＶの視聴者]＜うっちぃたら、空ちゃん置いて逃げちゃった。

From：うっちぃ　Date：2015年10月5日（月）00：33　‥・＊.・＊━
📺[ＴＶのナレーション]＜この物語はフィクションで登場人物は実在の人物、性格とは一切関係ありません。自分の命を投げ出しても空ちゃんを守る男らしい実在のうっちぃと無人島の虚構のうっちぃを一緒にしないでね（👦💦）。

2015年10月7日（水）21：41　星空

From：空ちゃん　Date：2015年10月7日（水）21：41　‥・＊.・＊―
👧＜毎日天気がいいから、ちょっと星空眺めに行こっと。☆彡

From：うっちぃ　Date：2015年10月7日（水）21：47　‥・＊.・＊―
🐺＜この辺は悪党が多いっすから、おいらがお供しやす（グへへへ。熊太郎親分の見てない隙に、この子を頂いてやるでやんす）。

From：空ちゃん　Date：2015年10月7日（水）21：56　‥・＊.・＊―
👧＜ありがと。狼さんってホントは優しいのね。大丈夫、すぐそこでお空を見てるだけ。うっちぃが迎えに来てくれるかもしれないし…。
⭐

From：うっちぃ　Date：2015年10月7日（水）22：02　‥・＊.・＊―
👦＜うっちぃ、登場。空ちゃん、発見！　🏃💨＜タッタッタ

From：空ちゃん　Date：2015年10月7日（水）22：06　‥・＊.・＊―
🐺＜誰だ、お前は！　＼(^^;)／

From：うっちぃ　Date：2015年10月7日（水）22：12　‥・＊.・＊―
👦＜狼さん、発見！　踵を返して急いで走り去る。
＼(^^;)／💨＜急げ、急げ　　ミ＼^[ェ]^／ミ💢

From：空ちゃん　Date：2015年10月7日（水）22：16　‥・＊.・＊―
👧💦＜えっ、え〜〜！　うっちぃ、空ちゃん置いて行っちゃうの！？

From：うっちぃ　Date：2015年10月7日（水）22：19　‥・＊.・＊―
👦💦＜ビックリした。狼と空ちゃんの２人きりだったぞ。熊太郎も食べられちゃったかな？

From：空ちゃん　Date：2015年10月7日（水）22：24　‥・＊.・＊―
👧＜ぐすん…。うっちぃたら空ちゃん置いて、どこかへ行っちゃった。狼さん、一緒に寝る？　(/_;)💔

2015年10月9日（金）22：49　お腹を空かせた狼さん

From：うっちぃ　Date：2015年10月9日（金）22：49　..・＊.・＊―
🐺＜おいらのソファのようなお腹でおやすみするでやんす。おいらはホントは優しいんでやんす（お腹に入れば証拠は残んないから、熊太郎親分の見てない隙に食べちゃうでやんす）。ミ＼^[ェ]^／ミ＜笑顔

From：空ちゃん　Date：2015年10月9日（金）22：52　..・＊.・＊―
👧＜は～い。ありがと。狼さん。一緒に寝る。

From：うっちぃ　Date：2015年10月9日（金）23：01　..・＊.・＊―
🐺＜おいらは狼男（よしお）だから「よっちゃん」と呼ばれてやす。疲れたでしょ。早くおやすみするでやんす（この娘の命も眠るまで…）。

From：空ちゃん　Date：2015年10月9日（金）23：05　..・＊.・＊―
👧＜は～い。おやすみ～、よっちゃん。💤

From：うっちぃ　Date：2015年10月9日（金）23：11　..・＊.・＊―
📺👀[ＴＶの視聴者]＜命を狙われている空ちゃんはどうなる！？

From：空ちゃん　Date：2015年10月9日（金）23：15　..・＊.・＊―
ところでね、明日、明後日と、ここ、お祭りなんだ。明日の夜、お祭りに行って綿あめとたこ焼き食べよっと。一緒にお神輿見よ～よ。

From：うっちぃ　Date：2015年10月9日（金）23：30　..・＊.・＊―
お祭り行く～。お祭りで十字架とニンニク買って狼と戦う。神社で安全祈願して、おみくじ引いて大吉が出たら空ちゃん助けに行く～。

From：空ちゃん　Date：2015年10月9日（金）23：37　..・＊.・＊―
ドラキュラじゃないから狼には十字架もニンニクも効かないかも。置いてかれてかわいそうな空ちゃんは、大吉が出なかったら食べられちゃうね…。十字架持って神様にお祈りする。✝人(^o ^#)＜オオ、カミよ

From：うっちぃ　Date：2015年10月9日（金）23：40　..・＊.・＊―

十字架やめて、お面と鉄砲にする。あと、「三匹の子ブタ」と「赤ずきんちゃん」の本を買って狼に読み聞かせてあげる。＼(^^)／

2015年10月10日（土）18：28　お祭り

From：空ちゃん　Date：2015年10月10日（土）18：28　..・*.・*—
お祭り行こう。神社に到着～。わ～い。夜店がたくさん出てる。うっちぃ、こっちこっち。早く。たこ焼き食べた～い。＼(^.^)／

From：うっちぃ　Date：2015年10月10日（土）18：45　..・*.・*—
たこ焼きとコーラを買う。あとで武器商店に案内してね。鉄砲買うから。＼(^^)＜バキュン、バキュン

From：空ちゃん　Date：2015年10月10日（土）18：54　..・*.・*—
うん。うっちぃ、鉄砲の腕前は？

From：うっちぃ　Date：2015年10月10日（土）18：58　..・*.・*—
狼に当たる確率と空ちゃんに当たる確率がハーフ&ハーフだね…。
ミ＼^[ェ]^／ミ or＼(^.^)／・・・＼(^^;)

From：空ちゃん　Date：2015年10月10日（土）19：02　..・*.・*—
ダメよ、ダメダメ。　＼(^.^)／・・・

ハーフ&ハーフ：「ハーフ&ハーフ」は2014年の流行語大賞にノミネートされ、「ダメよ～ダメダメ」は大賞に決まりました。

From：うっちぃ　Date：2015年10月10日（土）19：06　..・*.・*—
威嚇だけにする。ミ＼^[ェ]^／ミ　＼(^^)＜手を挙げろ

From：空ちゃん　Date：2015年10月10日（土）19：23　..・*.・*—
鉄砲に怯まず襲ってきたらどうするの？　ミ＼`[ェ]`／ミ＜ガルル～

From：うっちぃ　Date：2015年10月10日（土）19：27　..・*.・*—
空ちゃんと俺とどっちが美味しいと思うか聞いてみる。そしたら、俺は食べられない気がする。あとは話し合いかじゃんけんで、何とか平和的

に解決しないと。ミ＼^[ェ]^／ミ🐾＜挙げたけど足だぞ

From：空ちゃん　Date：2015年10月10日（土）19：59　..・＊.・＊ー
あ、これこれ。いいライフルあるじゃん。うっちぃ、これ買う？

From：うっちぃ　Date：2015年10月10日（土）20：08　..・＊.・＊ー
ライフルゲット。これで、空ちゃんの救出に行ける。ほかにも手りゅう弾とか戦車とか、大陸間弾道ミサイルがあると心強いんだけど…。
ミ＼^[ェ]^／ミ🐾　🔫＼(^^)🚩＜♪足挙げないで赤上げる

From：空ちゃん　Date：2015年10月10日（土）20：22　..・＊.・＊ー
戦車はあるけど、ちょっと小さくて乗れないかも。ほかにも何か買う？　お面屋さんがあるよ。

From：うっちぃ　Date：2015年10月10日（土）20：26　..・＊.・＊ー
お面屋さんで狼が見た途端、逃げ出してしまいそうなやつ買う。鬼のお面とか、ライオンのマスクとか。🐺＜＜👹／🦁

From：空ちゃん　Date：2015年10月10日（土）20：37　..・＊.・＊ー
どれもかわいい～。アンパンマンにする？　キティちゃんにする？　鬼のお面はない。ウルトラマンのお面ならあるよ。＼(o|o)／

From：うっちぃ　Date：2015年10月10日（土）20：41　..・＊.・＊ー
それ、それ。ウルトラマンのお面と、ついでにウルトラ兄弟と仮面ライダー兄弟のお面も揃えておく。
＼(●●●)＜アンパンチ　＼(=^・^🎀=)　＼(o|o)／　＼(0￥0)／

2015年10月11日（日）20：05　子守歌

From：うっちぃ　Date：2015年10月11日（日）20：05　..・＊.・＊ー
🐺＜♪眠れ～、ね～むれ～、よっちゃんのお腹で～。おいらの大きな口は、子守歌を奏でて安らかに眠らせるためにあるんでやんす。

From：空ちゃん　Date：2015年10月11日（日）20：12　..・＊.・＊ー
👧💤＜💤くぴ～、くぴ～。狼さんのお腹、ふさふさで気持ちいい…。💤

From：うっちぃ　Date：2015年10月11日（日）20：16　..・＊.・＊ー
🐺＜ガルルルー。ペロペロ。がぶっ。ミ＼^[ェ]^／ミ🍴💥＼(^.^;)／

From：空ちゃん　Date：2015年10月11日（日）20：19　..・＊.・＊ー
👧＜きゃ、痛っ！　なになに？？

From：うっちぃ　Date：2015年10月11日（日）20：25　..・＊.・＊ー
🐺＜おいらの大きな口は、獲物を食べて、お腹の中で安らかに眠らせるためにあるんでやんす。

From：空ちゃん　Date：2015年10月11日（日）20：37　..・＊.・＊ー
👧＜えっ？　えっ？　♪オオカミヨ、我をすくいたまえ～。

From：うっちぃ　Date：2015年10月11日（日）20：40　..・＊.・＊ー
🔫(o|o;)＜（ブルブル。大丈夫、あれは幻だ）そ、そ、空ちゃんに、て、て、手を出すな。て、て、手を、あ、上げろ！

From：空ちゃん　Date：2015年10月11日（日）20：43　..・＊.・＊ー
👧＜うっちぃ～。助けて。(／_;)

🐺＜挙げたけど、足だぞ。🐾

From：うっちぃ　Date：2015年10月11日（日）20：46　..・＊.・＊ー
🔫(o|o;)＜（ガクガク）う、う、うっちぃじゃなくて、ウ、ウ、ウルト、ト、トラマン、だぞ。　ミ＼`[ェ]`／ミ　🔫＼(o|o;)＜撃つぞ

From：空ちゃん　Date：2015年10月11日（日）20：51　..・＊.・＊ー
👧💦＜ウルトト・トラマン、助けて（どう見てもうっちぃだよなあ…。でも、手足が震えてるし、この間は一目散に逃げてったから空ちゃん、助かんないかも）。ミ＼`[ェ]`／ミ　VS　＼(o|o)／

From：うっちぃ　Date：2015年10月11日（日）20：57　..・＊.・＊ー
🔫(o|o;)＜（ワナワナ）は、は、早く、空ちゃんを離さないと、ひ、ひどい目に合わせるぞ。＼(o|o)／＜改名：ウルトト・トラマン

From：空ちゃん　Date：2015年10月11日（日）21：14　‥・＊.・＊—
🐺＜👅べ〜。せっかくの獲物を離すわけないでやんす。お前も食べてやる（おもちゃのライフルにはだまされないでやんす）。

From：うっちぃ　Date：2015年10月11日（日）21：23　‥・＊.・＊—
🔫(o|o;)＜（ガタガタ）そ、空ちゃんを離したら、た、たこ焼きやる。

🐙🐙🐙🐙＜超特大獲れたて新鮮タコ入りたこ焼き、４個セット

From：空ちゃん　Date：2015年10月11日（日）21：36　‥・＊.・＊—
🐺＜おっ！　美味そうな物持ってるでやんす。それ、よこせ！

From：うっちぃ　Date：2015年10月11日（日）21：42　‥・＊.・＊—
🔫（o|o;)＜（ヘナヘナ）う、美味そうだろっ。そ、空ちゃんを離したらあげるぞ。は、早くしないと、た、たこ焼き食べちゃうぞ。

From：空ちゃん　Date：2015年10月11日（日）21：58　‥・＊.・＊—
👧＜白熱してるなあ。今のうちに逃げちゃえ！　🏃💨＜急げ、急げ

From：うっちぃ　Date：2015年10月11日（日）22：04　‥・＊.・＊—
🐺💢＜あっ。逃げやがったでやんす。

From：空ちゃん　Date：2015年10月11日（日）22：10　‥・＊.・＊—
👧＜ウルトト・トラマン、怖かったよ。抱っこ。チュッ。♡

From：うっちぃ　Date：2015年10月11日（日）22：22　‥・＊.・＊—
🔫(o|o)＜ＨＰ回復！　空ちゃんの前に、俺から食べろ！

From：空ちゃん　Date：2015年10月11日（日）22：27　‥・＊.・＊—
👧＜うっちぃ、男らしい！　ホレボレ。＼(^.^)／

From：うっちぃ　Date：2015年10月11日（日）22：34　‥・＊.・＊—
🔫(o|o)＜その前に、美味しいたこ焼き食べろ。🐙🐙🐙🐙

From：空ちゃん　Date：2015年10月11日（日）22：38　..・＊.・＊—
<お～お～、いい覚悟じゃね～か。みんな食ってやるでやんす！　たこ焼きガブッ。

From：うっちぃ　Date：2015年10月11日（日）22：43　..・＊.・＊—
<ひえ～。辛い！　水、水…。

＼(o|o)／<たっぷりカラシ入りたこ焼きだもん。ほら、コーラを飲め（中身は醤油だけど)。

From：空ちゃん　Date：2015年10月11日（日）22：47　..・＊.・＊—
<ごくん。アワワ…。　ミ＼×[ェ]×／ミ.。o○

From：うっちぃ　Date：2015年10月11日（日）22：53　..・＊.・＊—
<たこ焼きの中からタコ一家登場。32本足で狼の体を縛って、タコ坊、夕子、夕子、狼に総攻撃だ！

From：空ちゃん　Date：2015年10月11日（日）23：06　..・＊.・＊—
<わ～い。タコさんありがとう。＼(^.^)／

From：うっちぃ　Date：2015年10月11日（日）23：10　..・＊.・＊—
<パイナップルの恩返しです！　(ﾀΘｺ)

From：空ちゃん　Date：2015年10月11日（日）23：16　..・＊.・＊—
<ひぇ～。グルグルに縛られて、手も足も出ないでやんす。

From：うっちぃ　Date：2015年10月11日（日）23：20　..・＊.・＊—
＼(o|o;)<今のうちに空ちゃん、一緒に逃げよ～！

From：空ちゃん　Date：2015年10月11日（日）23：33　..・＊.・＊—
<うっちぃ、ちょっと待って。狼男にパンチ。も１回、パンチ。急所をキック！　～　～ミ＼@[ェ]@／ミ

From：うっちぃ　Date：2015年10月11日（日）23：41　..・＊.・＊—
<ミ＼@[ェ]@／ミ <お目目がク～ルクル

＼(o|o;)／＜（怖っ）そ、空ちゃん、え、えらい。＜パチパチ

From：空ちゃん　Date：2015年10月11日（日）23：52　..・＊.・＊—
＜うっちぃ、ありがと。もう遅いから早くおやすみ～。今日はうっちぃに抱きついて寝ちゃおっと！

From：うっちぃ　Date：2015年10月11日（日）23：55　..・＊.・＊—
＜（夢の中）スペシウム光線発射。地球の平和は俺が守る。空ちゃんの星に帰ろ～。シュワッチ。(o|o)ナ　三Z三Z三

2015年10月17日（土）22：42　ごめんなさい

From：空ちゃん　Date：2015年10月17日（土）22：42　..・＊.・＊—
今晩、空席ありますか？　前に指定席をキャンセルしたけど、やっぱり、うっちぃのことが大好きで、会いたい気持ちが抑えられないの。

From：うっちぃ　Date：2015年10月17日（土）22：47　..・＊.・＊—
は～い。指定席、空ちゃん１枚っと。＼(^^)／♡＼(^.^)／

From：空ちゃん　Date：2015年10月17日（土）23：01　..・＊.・＊—
危ない、危ない。うっちぃに謝りたいんだけどね…。夏に、もううっちぃに会いに行くのはやめようって言ったんだけど、取り消したくて。私は、これ以上うっちぃに何を望んでいたんだろうね。たくさん幸福を頂いたのに…。前に言ったように私は一番じゃなくていい。だから、この前言ったことは忘れてもらえませんか？　やっぱり、うっちぃからのメールが欲しいし、うっちぃと美味しい物を食べたり、デートしたいわ！（身勝手な空ちゃん）ごめんなさい。m(__)m

From：うっちぃ　Date：2015年10月17日（土）23：07　..・＊.・＊—
は～い。この前言ってたこと忘れた～。ヽ(^o^)ノ＜ほげ～（←元々記憶力の存在が火星人の存在並みにあやしいやつ）

From：空ちゃん　Date：2015年10月17日（土）23：19　..・＊.・＊—
本当にごめんなさい。一緒にご飯を食べたり、手を繋いで散歩をしたり、

あなたと過ごした時間はかけがえのない私の思い出。あなたが無理をしない範囲でデートのお誘いを待ってるわ。m(__)m

第７話　お正月

「稽古は本場所のごとく、本場所は稽古のごとく」（双葉山）

双葉山（ふたばやま）：大相撲力士で第35代横綱。1912-1968。大相撲記録の69連勝を持つ。２位は白鵬の63連勝。

今年も冬将軍が北風や寒波、師走、クリスマス、バレンタインデー、みかん、木枯らし、大雪などの家来をぞろぞろ引き連れてやってきました。（冬将軍：冬の厳しい寒さのこと）

2015年12月26日（土）19：45　初詣

From：うっちぃ　Date：2015年12月26日（土）19：45　..・＊.・＊―
＜ねえ、男らしくて優しい熊さん。今度、４人で初詣に行こうよ。熊さんの背中なら冬でも温かいと思うし。そのときは、うっちぃも忘れずに乗せるんだよ。空ちゃんと約束ね。はい、指切りげんまん。♡

From：空ちゃん　Date：2015年12月26日（土）19：48　..・＊.・＊―
＜いいぞ。空ちゃんと指切り（空ちゃんたら、こんなことして俺っちの手を握りたいんだな…。でへへ）。♡

From：うっちぃ　Date：2015年12月26日（土）20：02　..・＊.・＊―
＜寒くないように熊さんの背中にこたつをセットしよっと。火鉢も積んで、お餅を焼こうか、それとも鍋にしようかしら。冷たいビールが飲めるように冷蔵庫も積んだ方がいいわね。熊さんはまさに「宴の下の力持ち」。

From：空ちゃん　Date：2015年12月26日（土）20：08　..・＊.・＊―
＜（縁の下！）空ちゃんたら、俺っちをキャンピングカーか何かと勘違いしてないか。背中に火鉢って、俺っち火傷しなきゃいいけど！？

From：うっちぃ　Date：2015年12月26日（土）20：17　..・＊.・＊―
＜初詣に行くことも決まったことだし、安心して寝よ～。熊太郎の背中で空ちゃんと寝る。寒い冬は、熊さんの温かい毛皮、大好き。

From：空ちゃん　Date：2015年12月26日（土）20：20　..・＊.・＊—
🐻＜うっちぃが俺っちの好きなとこって毛皮だけかよ…。

From：うっちぃ　Date：2015年12月26日（土）20：31　..・＊.・＊—
👦＜実（み）も好きだぞ。今度、お前の試食会、開いてけろ。🍴🐻

From：空ちゃん　Date：2015年12月26日（土）20：40　..・＊.・＊—
🐻💢＜誰がそんなもん開くか。

From：うっちぃ　Date：2015年12月26日（土）20：53　..・＊.・＊—
👧💢＜こら、うっちぃ。「熊さんの試食会開いて」なんて言っちゃダメでしょ💢。うっちぃは、熊太郎のバ〜カとか、へっぽこ熊さん、熊のぷう太郎、熊太郎は進化の失敗作、熊の幼稚園からやり直してこいとか、頭がパーだからじゃんけんもパーしか出せない、おたんちん、いも顔、左巻き、のうたりんなんて、熊さんの悪口は思っていても言っちゃダメでしょ💢。これだけきつく言えば、うっちぃも少しは反省するかしら。ねえ、熊さん。もし、熊さんが亡くなったら、形見に毛皮は私に頂戴ね。うっちぃも欲しがってたから楽しみ、楽しみ…。

From：空ちゃん　Date：2015年12月26日（土）20：58　..・＊.・＊—
🐻💦＜空ちゃんは、うっちぃの邪悪な心に憑りつかれてるんじゃないか！？　初詣に行ったら、空ちゃんのお祓いをしてあげなきゃ…。

2015年12月29日（火）19：22　もういくつ寝るとお正月

From：うっちぃ　Date：2015年12月29日（火）19：22　..・＊.・＊—
👦＜年賀状、かきかき。何とか年内には投稿せねば。φ(. .　)、φ(..)。年末にあわてて書き始めるのは、もう絶対今年限りにする（反省）。

From：空ちゃん　Date：2015年12月29日（火）19：26　..・＊.・＊—
👧＜ファイト、ピッピ。がんばれ、がんばれ！

From：うっちぃ　Date：2015年12月29日（火）19：35　..・＊.・＊—

👦<次は空ちゃん宛て。「あけましておめでとう。空ちゃんはかわいいし優しくて、うっちぃは大好きです。空ちゃんが元気に笑顔で過ごせますように。今年も空ちゃんを応援しています。＼(^^)／」っと。年賀状というより、ラブレターだな、これは。＼(^^#)／<でへへ。

From：空ちゃん　Date：2015年12月29日（火）20：28　..・＊.・＊—
👧<寝る前に空ちゃん宛ての年賀状をちょっと覗き見…。あはは。よしよし。うっちぃはいいやつだ。「かわいいし」っていう所を「世界で一番かわいいし美人で」って、赤ペンで書き直してあげよっと。明日、早いから寝るね。おやすみ〜。／(^.^#)<でへへ。💤

2016年1月1日（金）20：47　おめでとう

From：空ちゃん　Date：2016年1月1日（金）20：47　..・＊.・＊—
あけましておめでとう。いい元旦を過ごした？　お正月は何してる？

From：うっちぃ　Date：2016年1月1日（金）20：59　..・＊.・＊—
あけましておめでとう。元旦は一年の疲れを取るために寝てるに限る。明日はカレンダーを買いに行こっと。よ〜く見比べて、一番休日の多いカレンダーを買ってくる〜。空ちゃんは、何してた？　＼(^^)／

From：空ちゃん　Date：2016年1月1日（金）21：09　..・＊.・＊—
十数年振りに山形の実家に帰って、病気の父を見舞って、美味しい物を頂いてぬっくりしてたわ。もう、余命が1年もないの。父が生きている間に話ができるのは、最後かもしれない。

From：うっちぃ　Date：2016年1月1日（金）21：15　..・＊.・＊—
空ちゃん、病気のお父さまを背負って、京都に連れていかねば。今やれることを今やらないと、やりたくてもできなくなる。

From：空ちゃん　Date：2016年1月1日（金）21：25　..・＊.・＊—
父は外に出たいとか、何かをしたいという気力もなくなっちゃってる。ベッドの横にいても、辛そうにして話したがらないし、時々、ぼそっとお話しするくらい。トイレにも行けないので、下の世話なんかをしてる。

From：うっちぃ　Date：2016年1月1日（金）21：40　..・＊.・＊—
横にいてあげることが何よりも親孝行なんだと思う。ずっと昔にあなたを嫌いだった時もあったけど、恨んでないよ、感謝してるよ、と一人娘が思っていることが伝われば、それが一番の親孝行だ。ありがとうという気持ちが伝われば、美味しい物を食べたり京都旅行をするよりも、きっと父は幸福と感じてくれると思う。

実家からの帰路、東京に寄り、イルミネーションを見て、初詣に行きました。

2016年1月9日（土）空ちゃんの回想日記

読売ランドの「ジュエルミネーション」を見に行った。毎年、全国のイルミランキングで上位に入っていて、一度見たいって思ってたんだ。ゴンドラに乗って丘を登るとすぐに、ジュエルの名前のごとく園内の木々や建物やアトラクションがブルー、ピンク、グリーンなどバリエーション豊かに光り輝く宝石で着飾った様子が目に入る。噴水ショーは、カラーライトに照らされた「水」が音楽に合わせて姿を変え、大勢のパフォーマーが一団となって躍動感あふれる技を披露しているようで興奮しながら魅入っちゃった。寒いし手も冷たいし仲良く手を繋いで歩こう、と思ってたんだけど、うっちぃは手を繋いでくれない雰囲気。よそよそしくていつもと違う。後から聞いたら、家からも近いし知り合いに会わないかドキドキしてたんだって。ごめんね、私はうっちぃの気持ちも知らずに一人ではしゃいでた。最初に言ってくれたら良かったのに。でも、刺激的で素敵な時間だった。ありがとう！
ホテルは調布。外は寒かったから、一緒に広いお風呂でぬくぬく温まってから寝よう。

「住の江の　岸による波　夜さへや　夢の通ひ路人目よくらむ」（藤原敏行朝臣：ふじわらのとしゆきあそん）　あなたは夜でも夢の中でも会ってくれず、人目を避けているのね～。

2016年1月10日（日）空ちゃんの回想日記

ブランチ代わりにデザートを食べて、渋谷のどやどやとした人混みをかき分け、落語独演会の会場に到着。

その落語を聞いてびっくり。落語って、おじいちゃん向けの与太話のようなものかと思っていたけど、扇子片手に座布団に座って話しているだけなのに、まるで役者が舞台で演劇をくりひろげているようで、場面がビジュアルに想像でき、感激しちゃった。古典落語は江戸時代を舞台にした涙がこぼれる人情噺を、新作落語は小説をモチーフに創作したコメディで、喜劇を見ているようなコミカルなストーリーと軽妙な語り口で、こんなに笑ったのは何十年振りっていうくらい笑った。お話を聞いているだけでこんな楽しい気持ちになれるんだって、不思議な感じだった。同じ物を見ても、楽しいと感じる人もいれば、楽しいと感じない人もいる。長い間、私は、楽しいと感じることができずに毎日を過ごしていた気がするけれど、今は楽しいものを楽しいと感じることができるんだなあ～と気付かせてくれた、そんな感動があった。笑うと心がポジティブになるよね。生きていて良かった、また観たいと思う高座だった。うっちぃはこんな新作落語のネタになる小説を書きたいと言っていた。

電車で移動して、相模湖イルミリオンへ。昨日のよみうりランドもすごかったけど、こっちもルンルン気持ちが舞い上がる！　観覧車からイルミネーションの全景を眺めることができ、丘陵一面が煌びやかに光り輝いていた（観覧車の待ち時間は風がビュービュー吹いて、めっちゃ寒かったけど）。お城を形どった宝飾や、プロジェクションマッピングによる演出など、おとぎの国に迷い込んだみたい。「うっちぃとイルミが見たい」っていう願いが２日連続で叶っちゃった。今年は幸先いいスタートだね。

2016年1月11日（月）空ちゃんの回想日記

初詣に高尾山へ。それにしても、都会って山でもこんなに混んでるんだ。だから都会は嫌。ケーブルカーを降りると、さすが名所って感じでお土産屋やお食事処も多い。20分ほど歩くと薬王院に着く。薬王院は、烏天狗の姿をした戦勝の神様・飯縄権現を祀り、役行者が興した修験道（山に籠って厳しい修行をする山岳信仰を取り入れた仏教思想で、修行者を山伏または修験者という）の道場とされ、毎年、修験者が火のついた炭の上を歩く「火渡り祭」が執り行われる。大勢の人の波に流されながらようやく御本堂に辿り着きやっと参拝。「今年もうっちぃとたくさんデートができますように…」

2016年1月16日（土）22：56　もういくつ寝ると寝正月

From：うっちぃ　Date：2016年1月16日（土）22：56　..・＊.・＊—
(◆お酒を飲んで、夢の中◆)
👨💤＜💤お正月はお餅を食べて寝てるに限る。💤

From：空ちゃん　Date：2016年1月16日（土）23：02　..・＊.・＊—
👧💤＜💤うっちぃは運動しないと、お腹が鏡餅になっちゃうぞ。💤

From：うっちぃ　Date：2016年1月16日（土）23：08　..・＊.・＊—
👨💤＜💤運動しよっと。熊太郎、空ちゃんを賭けて勝負だ。💤

From：空ちゃん　Date：2016年1月16日（土）23：11　..・＊.・＊—
🐻💤＜💤俺っちはこの島で一番強いんだから、うっちぃが敵うわけないだろ。で、何の勝負をするんだ？　💤

From：うっちぃ　Date：2016年1月16日（土）23：18　..・＊.・＊—
👨💤＜💤俺の得意な相撲で勝負だぞ。💤

From：空ちゃん　Date：2016年1月16日（土）23：24　..・＊.・＊—
🐻💤＜💤相撲か。それは楽勝。俺っちは立ってるだけで、うっちぃは勝手にぶつかって、弾き飛ばされて場外。俺っちの勝ち！💤

From：うっちぃ　Date：2016年1月16日（土）23：38　..・＊.・＊—
👨💤＜💤相撲は日本の国技だから、スポーツマンシップを忘れずに、正々堂々と勝負するんだぞ。💤

From：空ちゃん　Date：2016年1月16日（土）23：42　..・＊.・＊—
🐻💤＜💤俺っちは正義感の塊。いつでも正々堂々と勝負するさ。💤

From：うっちぃ　Date：2016年1月16日（土）23：51　..・＊.・＊—
👨💤＜💤熊太郎は、勝負に負けないコツって何か知ってるか？💤

From：空ちゃん　Date：2016年1月16日（土）23：56　‥・＊.・＊—
🐻💤＜💤負けないコツなんて簡単、簡単。稽古は本場所のごとく、本場所は稽古のごとく。練習では150％の力を出して、本番では120％の力を出すのさ。💤

From：うっちぃ　Date：2016年1月17日（日）00：11　‥・＊.・＊—
👨💤＜💤100％の力を出せば十分だろ。相変わらず欲張りなやつだなあ。そういう精神論も悪くはないが、負けないコツは強いヤツとは戦わないことだ。孫の生兵法という本に書いてあったぞ。ついでに勝つコツは、勝つまで何度でも立ち上がって勝負することだ。📕＜孫武著💤

From：空ちゃん　Date：2016年1月17日（日）00：18　‥・＊.・＊—
🐻💤＜💤まさか「孫子の兵法」が読めないのか？　うっちぃの頭は猿並みだな。💤

From：うっちぃ　Date：2016年1月17日（日）00：24　‥・＊.・＊—
👨💤＜💤猿並みなんて失礼なこと言って、聞き捨てならない。撤回しないと、猿が怒っても知らないぞ💢。さあ、空ちゃんを賭けて相撲の勝負。はっけよ～い、残った。💤

From：空ちゃん　Date：2016年1月17日（日）00：28　‥・＊.・＊—
🐻💤＜💤（猿の方が怒るのか…）ポーン。ほら、俺っちの勝ち！
👐💥＼(^^;)／＜アワワ💤

From：うっちぃ　Date：2016年1月17日（日）00：37　‥・＊.・＊—
👨💤＜💤熊太郎、四本足で立ってたら相撲は負けなんだ（熊太郎は４つ足でハイハイしている赤ん坊みたいなもんだ）。とりあえず、俺っちの勝ち。もう１回、熊太郎にチャンスをやろう。💤

From：空ちゃん　Date：2016年1月17日（日）00：44　‥・＊.・＊—
🐻💤＜💤そうか、地面に手をつかなきゃいいかと思った。付いてるのは４本とも足だもん。次は２本足で勝負。俺っちは２本足でダンスだって踊れるんだっち。うっちぃには無理だろうけど。💤

From：うっちぃ　Date：2016年1月17日（日）00：54　‥・＊.・＊—
👨💤＜💤俺の夢の中でごちゃごちゃうるさいぞ。熊太郎、相撲の基本は四股を踏むっていって、中腰になって両手を膝に乗せてから、片手、片足を大きく、大きく上げて、もう片方の脚で自分の体重を支えるんだ。大地を力強く踏みしめ、豊作を祈願する意味がある。何で片足を大きく上げるかというとな、両足をいっぺんにあげたら相撲じゃなくて新体操になっちゃうからだぞ。さ、四股をやってみろ。💤

From：空ちゃん　Date：2016年1月17日（日）01：08　‥・＊.・＊—
🐻💤＜💤四股を踏むなんて、簡単。足を大きく上げて、こうか…。

From：うっちぃ　Date：2016年1月17日（日）01：12　‥・＊.・＊—
👨💤＜💤片足で立ってるその隙に、はっけよ〜い、体当たり！💤

From：空ちゃん　Date：2016年1月17日（日）01：18　‥・＊.・＊—
👧💤＜💤汚な。スポーツマンシップはどこ行った！？　💦💤

From：うっちぃ　Date：2016年1月17日（日）01：21　‥・＊.・＊—
👨💤＜💤片足の熊太郎にドーン。🐻💥🏃💨💤

From：空ちゃん　Date：2016年1月17日（日）01：24　‥・＊.・＊—
🐻💤＜💤びくともしない熊さん。ポーンとうっちぃは弾き飛ばされて俺っちの勝ち！💤

From：うっちぃ　Date：2016年1月17日（日）01：29　‥・＊.・＊—
👨💤＜💤…と思った瞬間にひらりと体をかわすうっちぃ。熊太郎の右手を取って一本背負い。勝負あり、俺の勝ち！　＼(@[ｴ]@)／💫💤

From：うっちぃ　Date：2016年1月17日（日）02：08　‥・＊.・＊—
👨💤＜💤熊太郎、気絶してるのかぁ。大丈夫か？　まあ、夢の中く

らい、俺に勝たせろ。がはは。空ちゃんはうっちぃのもの。💤

From：うっちぃ　Date：2016年1月17日（日）02：17　..・＊.・＊─
👨💤＜💤熊太郎に勝負に負けない必殺技を伝授してやる。ヒーローはみんな決めのポーズと決め台詞を持ってるだろ。「この紋所が目に入らぬか」、「桜吹雪を知らないとは言わせね」、「ドラえも～ん」。ピンチになってもこの台詞が出てきたら、次はどういう展開になるか予想できる。熊太郎もヒーローなんだから、ピンチのときに大逆転する決め台詞とポーズがあるとカッコいいだろ。
＼(-OO)／＼(OO-)／💦＜ドラえも～ん＝逆転の決め台詞💤

From：うっちぃ　Date：2016年1月17日（日）02：34　..・＊.・＊─
👨💤＜💤熊太郎はピンチになったら、①後ろを向いて、キリっと顔だけこちらに向ける、②お尻を突き出し、両手の人指し指でお尻を指し示す、③格さんになりきり「この紋所が目に入らぬか！」💤

From：うっちぃ　Date：2016年1月17日（日）02：53　..・＊.・＊─
👨💤＜💤さ、空ちゃんと一緒に寝よっと。お正月も半ばなのに、酔っぱらったうっちぃの頭の中だけは一年中おめでたいな～って、空ちゃん、呆れてるかな！？　ん、まずい。送信したメールってどうすると取り消せるんだろう。明日の朝、目覚めた空ちゃんが、そういえば昨日はメールの途中で寝落ちしちゃったと思って、メールを確認したら、朝から熊太郎にお尻を向けられて「この紋所が…」って言われたら、一日気分が悪いぞ。どうしよ、どうしよ。しまった。墓穴を掘った。明日も仕事がないと思うと、つい羽目を外してしまった。反省…（反省しても改善した試しがないB型）。おやすみ。夢の中だけど。💤

From：うっちぃ　Date：2016年1月17日（日）03：04　..・＊.・＊─
👨💤＜💤メリーちゃんの場合は「この政所が目に入らぬか！」ってのはどうだ。性事の中心と洒落てるんだぞ。がはは。💤

From：うっちぃ　Date：2016年1月17日（日）03：09　..・＊.・＊─
👨💤＜💤わ、またしても勝手に指が送ってはいけないメールを送ってしまった。メールを取り消せ。時間よ戻れ。冷静になれ。下品な男と思われてはいけない。墓穴を広げてどうする。リカバリしてもっと品のあるメールにしろ。メリーちゃんは女の子らしく上品にかわいく、「この万華鏡が目に入らぬか！」ってのはどうだ。

From：うっちぃ　Date：2016年1月17日（日）03：17　..・＊.・＊—
＜しまった。墓穴を深くしてどうする。うっちぃは猛省して墓穴に入って、もう二度とこの世に現れるな。もしタイムマシンで一度だけ人生をやり直せるなら、60分前に戻ってメールを削除したい…。

深夜の２時を過ぎており、空ちゃんは疲れて先に寝てしまったようです（それとも呆れて先に寝ちゃったのでしょうか？）

2016年1月17日（日）20：56　熊太郎と相撲の勝負

From：うっちぃ　Date：2016年1月17日（日）20：56　..・＊.・＊—
＜熊太郎、空ちゃんをかけて、俺の得意な相撲で勝負だ（イメージトレーニング、ばっちり。）

From：空ちゃん　Date：2016年1月17日（日）21：00　..・＊.・＊—
＜俺っちはこの島で一番強いんだから、うっちぃが敵うわけないだろ。
♪〜＼(^[ε]^)＜余裕、余裕。楽勝。

From：うっちぃ　Date：2016年1月17日（日）21：17　..・＊.・＊—
＜相撲は日本の国技だから、稽古をつけてやるぞ（四本足の動物が相撲で勝てるはずないもん）。

From：空ちゃん　Date：2016年1月17日（日）21：23　..・＊.・＊—
＜寝言は寝てから言え。俺っちは相撲は得意だぞ！　＜ムキッ

From：うっちぃ　Date：2016年1月17日（日）21：35　..・＊.・＊—
＜寝言は昨日たっぷり、言ってはいけないことまで言ったぞ。

From：空ちゃん　Date：2016年1月17日（日）21：41　..・＊.・＊—
＜じゃあ、空ちゃん、行司さんする〜。

From：うっちぃ　Date：2016年1月17日（日）22：05　‥・＊.・＊―
👦＜俺の空ちゃんを賭けて、１回勝負だぞ。熊太郎、勝負に勝つコツって何か知ってるか？

From：空ちゃん　Date：2016年1月17日（日）22：10　‥・＊.・＊―
🐻＜勝つまで何度でも立ち上がって、勝負することか？

From：うっちぃ　Date：2016年1月17日（日）22：19　‥・＊.・＊―
👦💢＜だから、１回勝負って言ってるだろう。勝つコツは、練習では150%の力を出して本番では120%の力を出すのさ。心に響くいい言葉だろ。毎日、コツコツ、コツを掴むまで練習することが大事なんだ。

From：空ちゃん　Date：2016年1月17日（日）22：24　‥・＊.・＊―
🐻＜がはは。全然練習してないやつの言葉は、全然心に響かない。

From：うっちぃ　Date：2016年1月17日（日）22：31　‥・＊.・＊―
👦＜ホント、言ってる本人もそう思う。お前のその的を得た言葉の方がよっぽど俺の心に響く。いざ、勝負だ。はっけよ～い。

From：空ちゃん　Date：2016年1月17日（日）22：34　‥・＊.・＊―
🐻＜熊さん、蹲踞の姿勢から２本足で華麗な立ち合い。

From：うっちぃ　Date：2016年1月17日（日）22：40　‥・＊.・＊―
👦💦＜く、熊太郎君。に、２本足じゃなくて、い、いつものように４本足で立たないのかい！？

From：空ちゃん　Date：2016年1月17日（日）22：43　‥・＊.・＊―
🐻＜お前っちは日本人のくせに相撲のルールも知らないのか？

From：うっちぃ　Date：2016年1月17日（日）22：58　‥・＊.・＊―
👦💦＜じゃ、四股の踏み方、教えてやるぞ。こうやって、片足を大きく、大きく上げて…。やってみろ。

From：空ちゃん　Date：2016年1月17日（日）23：01　..・＊.・＊—
🐻＜片足で立ってるその隙に、はっけよ〜い、体当たり！

From：うっちぃ　Date：2016年1月17日（日）23：11　..・＊.・＊—
👦💦＜汚な、熊太郎！　あっ、スポーツマンシップの訓示を垂れて、油断させるの忘れてた…。／(^^#)

From：空ちゃん　Date：2016年1月17日（日）23：16　..・＊.・＊—
🐻＜ポーン。俺っちの勝ち！　✋　〜💥＼(^^;)／＜アワワ

From：うっちぃ　Date：2016年1月17日（日）23：24　..・＊.・＊—
👦＜その瞬間にひらりと体をかわすうっちぃ（夢の中のイメージトレーニングでは、ここから俺の華麗な一本背負いが決まった)。

From：空ちゃん　Date：2016年1月17日（日）23：32　..・＊.・＊—
🐻＜どうした？　投げてもいいんだぞ。動くわけないけど。俺っちは２本足でダンスだって踊れるんだっち。うっちぃには無理だろうけど(うっちぃは、ようやく立ち上がった赤ん坊みたいなもんだな)。

From：うっちぃ　Date：2016年1月17日（日）23：38　..・＊.・＊—
👦💦＜自慢話だけはイメージトレーニングどおりだな…。く、熊太郎、び、び、びくともしない…。

From：空ちゃん　Date：2016年1月17日（日）23：44　..・＊.・＊—
🐻＜この凛々しい仁王立ち姿、ほれぼれするだろ！？　さて、ポーズも決まったし、ちょっとだけ力を出してみるか。

From：うっちぃ　Date：2016年1月17日（日）23：50　..・＊.・＊—
👦💦＜きょ、今日はこれぐらいで勘弁してやるぞ！（二度としない）

From：空ちゃん　Date：2016年1月17日（日）23：55　..・＊.・＊—
👧＜は〜い 。じゃあここまで。２人ともお疲れさま〜。
（うっちぃが負ける前に止めるのが、行司の空ちゃんの仕事）

From：うっちぃ　Date：2016年1月18日（月）00：06　..・＊.・＊ー
🐻＜なんだよ、これからがいいとこだったのに（華麗な投げ技が決まって、空ちゃんが俺に惚れ直すとこだったのにな）。

From：空ちゃん　Date：2016年1月18日（月）00：09　..・＊.・＊ー
👧＜挨拶は時の氏神って言うでしょ。仲良く引き分け～。

挨拶は時の氏神：揉め事の仲裁をしてくれる人の言葉は、氏神様のように素直に聞き入れなさいってこと。

From：うっちぃ　Date：2016年1月18日（月）00：16　..・＊.・＊ー
👦＜（空ちゃんが止めてくれなかったら、熊太郎に投げ飛ばされて、生兵法は怪我のもとを実践してるとこだった…。）

2016年2月1日（月）22：16　おめでとう

From：空ちゃん　Date：2016年2月1日（月）22：16　..・＊.・＊ー
👧＜うっちぃ、お誕生日おめでとう。

🐻＜おめでとう。🎁

🐩＜おめでとう～だワン。🎁

From：うっちぃ　Date：2016年2月1日（月）22：23　..・＊.・＊ー
👦＜わお。みんな、ありがと。プレゼント、何かなあ？

From：空ちゃん　Date：2016年2月1日（月）22：27　..・＊.・＊ー
👧＜空ちゃんからのプレゼント。濃厚キス。(^ ε ^)-☆Chu！！♡

From：うっちぃ　Date：2016年2月1日（月）22：31　..・＊.・＊ー
👦＜ＨＰ回復。空ちゃんのプレゼント、全身の細胞が活性化された。

From：空ちゃん　Date：2016年2月1日（月）22：35　..・＊.・＊ー
🐩＜メリーちゃんからは、一番お気に入りの骨だワン。🎁→🦴

From：うっちぃ　Date：2016年2月1日（月）22：39　..・＊.・＊ー
👦＜骨！　最近カルシウム不足だから、毎日舐める。👅🦴

From：空ちゃん　Date：2016年2月1日（月）22：45　..・＊.・＊ー
🐻＜俺っちのプレゼントは、世界で１枚、俺っちのサイン入り色紙。
🎁→㊗「つまづいたっていいじゃないか、熊だもん　熊太郎🐾」

From：うっちぃ　Date：2016年2月1日（月）22：49　..・＊.・＊ー
👦＜熊太郎のサイン入り色紙、玄関に置いて悪いものが家に入ってこないように魔除けにする〜。みんなのプレゼント、最高！

2016年2月7日（日）20：00　誕生日

From：うっちぃ　Date：2016年2月7日（日）20：00　..・＊.・＊ー
👦＜熊太郎、メリーちゃん、全員集合（👏）。ところでお前たちの誕生日っていつだ？

From：空ちゃん　Date：2016年2月7日（日）20：12　..・＊.・＊ー
🐻🐩＜いつだろ？？

From：うっちぃ　Date：2016年2月7日（日）21：27　..・＊.・＊ー
👦＜知らないなら、俺が決めたげる。１月１日にしろ。

From：空ちゃん　Date：2016年2月7日（日）21：41　..・＊.・＊ー
🐻🐩＜どっちが？　何で？？

From：うっちぃ　Date：2016年2月7日（日）21：47　..・＊.・＊ー
👦＜どっちもだ。同じ日の方が便利だろ。ワンワンで１月１日。毎年、忘れずにみんなに、おめでとう、おめでとう、今年もよろしくって、祝ってもらえるぞ。

From：空ちゃん　Date：2016年2月7日（日）21：53　..・＊.・＊ー
🐻＜ワンワンはメリーちゃんだけだっち。俺っちはワンワンなんて言わないもん。

From：うっちぃ　Date：2016年2月7日（日）22：03　..・＊.・＊—
＜メリーちゃんと同じ日だったら、熊太郎の誕生日を忘れないだろ。そうじゃなかったら熊太郎の誕生日は、断固としてみんなに忘れられるぞ。自分だけ誕生日を忘れられるって寂しいだろ。ただでさえ俺は物忘れが激しいんだから。この親心がわかるか？　誕生日が欲しかったら鳴き声、変えろ。＼(^[ｴ]^)／＜ワン

From：空ちゃん　Date：2016年2月7日（日）22：21　..・＊.・＊—
＜でも２人の誕生日が同じだとバースデーケーキ食べられるのが１回分減っちゃうな。そうだ、熊さんの誕生日は９月３日にしよう。くまさんで９月３日！

From：うっちぃ　Date：2016年2月7日（日）22：57　..・＊.・＊—
＜覚え易くていいな。くまさん、くまさん、くさい、くさい…。

From：空ちゃん　Date：2016年2月7日（日）23：03　..・＊.・＊—
＜じゃあ、決まり。９月、10月と、１月、２月に ケーキ食べれるね。ところで熊さんって今、何歳なんだっけ？

From：うっちぃ　Date：2016年2月7日（日）23：08　..・＊.・＊—
＜俺っちは青春真っ盛りの４歳だぞ。人間齢で20歳くらい。

From：空ちゃん　Date：2016年2月7日（日）23：12　..・＊.・＊—
＜４歳、若～い！　熊さんは、タラちゃんやのび太君と同じで、毎年、毎年、年齢が変わらないパターンじゃないよね？

2016年4月1日（金）23：02　4月

From：うっちぃ　Date：2016年4月1日（金）23：02　..・＊.・＊—
＜俺の大好きな４月がやっと会いに来てくれた。１年振りの再会。決して冬には来てくれない。たぶん俺と同じで寒がりなんだ。

From：空ちゃん　Date：2016年4月1日（金）23：07　..・＊.・＊—
＜うっちぃの嫌いな冬が終わって暖かくなってきたね。桜も見頃。今度、温泉に浸かりながら、お花見した～い。

From：うっちぃ　Date：2016年4月1日（金）23：12　..・＊.・＊―
👨＜俺の大親友が無料のお花見ツアーをやってるから、すぐにコーディネイトする。じゃあ、空ちゃんには、またあとで連絡するから。

👨＜く～ま～。デートするぞ！　＼(^^)／

From：空ちゃん　Date：2016年4月1日（金）23：19　..・＊.・＊―
🐻＜何で俺っちがうっちぃとデートしなきゃいけないんだっち？　うっぷ、気持ち悪いこと言うなよ、うっちぃ。＼(^[ｪ]^#)／

From：うっちぃ　Date：2016年4月1日（金）23：26　..・＊.・＊―
👨＜何で俺っちが熊っちとデートしなきゃいけないんだっち？　気持ち悪いこと言うなっち。デートするのは、俺っちと空っちに決まってるだろっち。どこか、桜の花が華麗な温泉に連れてってけろっちっち。

From：空ちゃん　Date：2016年4月1日（金）23：31　..・＊.・＊―
🐻＜そうやって、俺っちを足代わりに使おうってか？　やなこった。

From：うっちぃ　Date：2016年4月1日（金）23：35　..・＊.・＊―
👨＜空ちゃんなら「👧＜熊太郎さんは力持ちで優しくて素敵」って言うと思うぞ。約束したんだ。お正月に、熊太郎が下品なせいで俺の品位を損ねたんだから、責任を取ってリカバリ頼むよ…。

From：空ちゃん　Date：2016年4月1日（金）23：39　..・＊.・＊―
🐻＜（何で俺っちのせいだ！？）俺っちは約束してないもん。どうせ、俺っちにビールをたくさん積んで、背中に乗ってすぐに寝るんだろ。

From：うっちぃ　Date：2016年4月1日（金）23：43　..・＊.・＊―
👨＜熊太郎もやっと大親友の気持ちがわかるようになったんだな。それとも熊太郎は、未来の出来事が見える予知能力でも持ってるのか？

From：空ちゃん　Date：2016年4月1日（金）23：47　..・＊.・＊―
🐻＜お前っちの頭の中は単純だからな。まあ、空ちゃんが温泉に行きたいって言ってるなら、連れてってあげるか…。ムフフ（♨🐻👧）。

From：うっちぃ　Date：2016年4月1日（金）23：51　..・＊.・＊—
👧＜おだんごとビールを積んで、メリーちゃんを積んで、うっちぃを積んで。熊さん、準備できたよ！　＼(^[ｴ]^)＿🍡🍺🐩👦👧＿／

From：空ちゃん　Date：2016年4月1日（金）23：58　..・＊.・＊—
🐻＜出発！（空ちゃんたら、あっという間に完璧な準備だな。結局、こうなるんだよなあ。なんて人がいい俺っち。トホホ…）

2016年4月2日（土）20：25　温泉に到着

From：うっちぃ　Date：2016年4月2日（土）20：25　..・＊.・＊—
🐻＜着いたぞ～。🌸♨

From：空ちゃん　Date：2016年4月2日（土）20：28　..・＊.・＊—
👧＜うっちぃ、メリーちゃん。さあ！　お花見しよ～。🌸

From：うっちぃ　Date：2016年4月2日（土）20：35　..・＊.・＊—
🐩＜メリーちゃんは花よりだんごだワン。🍡🍺

From：空ちゃん　Date：2016年4月2日（土）20：43　..・＊.・＊—
👧＜カンパーイ。🍺🍡
「久方の　光のどけき　春の日に　しづ心なく　花の散るらむ」(紀友則：きのとものり)　のどかな春の日なのに、どうして桜は急いで散ろうとするんだろうね。

From：うっちぃ　Date：2016年4月2日（土）20：49　..・＊.・＊—
👦＜乾杯。みんながだんごとビールばっかり夢中になってるから、桜も必死にアピールしてるんじゃない。＼(^^)／🍴🍡🍺　～🌸✨

From：空ちゃん　Date：2016年4月2日（土）20：55　..・＊.・＊—
👧＜熊さんが乗せてくれるから、いろんなとこに行けるんだもんね。熊さんに感謝だね。さあ、飲んで。🍺

From：うっちぃ　Date：2016年4月2日（土）21：15　..・＊.・＊—

👨＜ホント、熊太郎のおかげ。感謝のしるしだ、熊太郎。まあ飲め、飲め。ね、空ちゃん。牛にビールを飲ませると肉が柔らかくて美味しくなるんだって、知ってた？　熊さんもたくさんビール飲め、飲め。飲んで飲んで、お肉が柔らかくな～れ。👆⌚🐻（熊太郎に催眠術）

From：空ちゃん　Date：2016年4月2日（土）21：31　..・＊.・＊―
🐻💦＜感謝のしるしとか、飲め飲めって、ビールは全部俺が運んできたんだっち。飲みすぎると、うっちぃに襲われそうな気がしてきた…。

2016年4月3日（日）20：31　みんなでおやすみ中

From：うっちぃ　Date：2016年4月3日（日）20：31　..・＊.・＊―
🐻💤＜💤が～ご～。熊さんみんなのために走っちゃう。💤

👧💤＜💤熊さん、ガンバレ～。💤

👨💤＜💤空ちゃんにぎゅ～。一緒に寝る。💤

🐩💤＜💤眠いワン。💤

From：空ちゃん　Date：2016年4月3日（日）20：35　..・＊.・＊―
👧＜むくっ。👀　空ちゃん、温泉に入ってこよ～っと。♨

From：うっちぃ　Date：2016年4月3日（日）20：38　..・＊.・＊―
👨＜がばっ。👀　うっちぃ、温泉に入ってこよ～っと。♨

From：空ちゃん　Date：2016年4月3日（日）20：44　..・＊.・＊―
👧＜わ～い。うっちぃも起きた。一緒に温泉入ろ～。＼(^.^)／

From：うっちぃ　Date：2016年4月3日（日）21：11　..・＊.・＊―
👨＜純真無垢で微塵の邪念も節操もないうっちぃが仏様のようなお気持ちで空ちゃんの体を流す。石鹸つけてお背中ゴシゴシ。お肩ゴシゴシ、もみもみ。お胸ゴシゴシ、もみもみ。もみもみ。大きなお尻ゴシゴシゴシゴシ、もみもみもみもみ。お胸ゴシゴシ、もみもみ、もみもみ…。

From：空ちゃん　Date：2016年4月3日（日）21：17　‥・＊.・＊—
👧＜（節操もないのね…）イヤーン。お胸ばっかりゴシゴシ、もみもみしないの。温泉に浸かって桜を見ながら冷たいビールを飲む。ぐびぐび。ぽわ～ん。幸福感でのぼせちゃいそう。🍺＼(^.^#)／

From：うっちぃ　Date：2016年4月3日（日）21：21　‥・＊.・＊—
👦＜夜桜見ながら空ちゃんと２人きりで温泉に入るなんて感激。🌸🍺

From：空ちゃん　Date：2016年4月3日（日）21：27　‥・＊.・＊—
👧＜「花の色は　移りにけりな　いたづらに　わが身世にふる　ながめせしまに」（小野小町：おののこまち）　桜の花が色あせたように、私もすっかりおばさんになっちゃったわ。

From：うっちぃ　Date：2016年4月3日（日）21：35　‥・＊.・＊—
👦＜世界三大美女といわれた小野小町だね。三大美女はあと、オードリー・ヘプバーン、空ちゃんだっけ？　∮ヘζ(　ˋʃ')〆＜コマチ

From：空ちゃん　Date：2016年4月3日（日）21：40　‥・＊.・＊—
👧＜楊貴妃、クレオパトラ、空ちゃんじゃない？　／(^.^#)

2016年4月6日（水）21：36　温泉

From：うっちぃ　Date：2016年4月6日（水）21：36　‥・＊.・＊—
🐻＜わ、ちょっと寝てる間に、空ちゃんとうっちぃは２人で温泉に入ってる…。熊さんも大急ぎで行かなきゃ。＼(^[ｴ]^;)／💨＜急げ、急げ

From：空ちゃん　Date：2016年4月6日（水）22：20　‥・＊.・＊—
👧＜あ～、いいお湯だったね、うっちぃ。湯冷まし、酔い覚ましにお散歩しよう。あれ？　向こうから走ってくるの、熊さんじゃない？

From：うっちぃ　Date：2016年4月6日（水）22：27　‥・＊.・＊—
🐻＃＜ガーン！　空ちゃんはもう服着てる。空ちゃんと混浴の夢が…翔んでっちゃった。🐤（夢）💨＜バタバタ

From：空ちゃん　Date：2016年4月6日（水）22：31　‥・＊.・＊—

👧＜温泉、気持ち良かったよ。うきうきいってらっしゃ〜い。👋

From：うっちぃ　Date：2016年4月6日（水）22：45　..・＊.・＊—
🐻💦＜うっちぃは空ちゃんと一緒に温泉に入ってたのかあ！？　空ちゃんはすっぽんぽんだったのか？　背中流すとか言って違うとこばっかりゴシゴシ、もみもみしてないよな。まさか、温泉でエッチなこと、してないよな！？

From：空ちゃん　Date：2016年4月6日（水）22：52　..・＊.・＊—
👧＜ぜ〜んぶ、してもらったよ。ういっ。(^.^#)／🍺＜酔払い空ちゃん

From：うっちぃ　Date：2016年4月6日（水）22：55　..・＊.・＊—
🐻💢＜なに〜〜っ、ぜ、全部〜！？　熊さん、温泉で溺れて死んでくる…。♨＼(X[ｴ]X;)／.。o○＜アワワ

2016年4月22日（金）22：14　GW

From：うっちぃ　Date：2016年4月22日（金）22：14　..・＊.・＊—
GWはどんな予定？

From：空ちゃん　Date：2016年4月22日（金）22：19　..・＊.・＊—
家でのほほんとしてる。うっちぃは、家族で出かけたりしないの？

From：うっちぃ　Date：2016年4月22日（金）22：28　..・＊.・＊—
妻とは家庭内別居状態で一緒に出かけることはない。子供も親父とどこかに行くよりは、友達と遊ぶ方が好きだろうし。

From：空ちゃん　Date：2016年4月22日（金）22：35　..・＊.・＊—
テレビは不倫の話をやってたけど、うっちぃは不倫の罪悪感はないの？

From：うっちぃ　Date：2016年4月22日（金）23：02　..・＊.・＊—
妻に対する罪悪感はない。人に危害を加えてはいけない、人の物を盗んではいけないというのは、万国共通の価値観だけど、不倫はそれが違法としている国もあれば、合法な国もある。一夫一婦制の国もあれば、一

夫多妻制の国もある。何をいいとするかは価値観の問題だ。不倫は一般的に、妻の心に深い傷を負わせるからダメだと思う。名誉を棄損するとか、暴言を吐くのと同じように、心に傷を負わせた罪だ。不倫は暴言とか名誉棄損と違い、自分の気付かない所で行われている。一生知らなければ、心が痛むことはない。俺の場合は不倫がわかっても、妻は嫉妬するとか裏切られたという気持ちにならない。子供に対しては、不倫が悪いというのではないけれど、幸せな明るい楽しい家庭でなくて申し訳ないと思う。

From：空ちゃん　Date：2016年4月22日（金）23：07　..・＊.・＊―
不倫は女の人の方がのめり込み易いよね。男の人は体の関係と割り切ってる人が多く、女の人は心まで独占したいと思う人が多いのかも。

From：うっちぃ　Date：2016年4月22日（金）23：15　..・＊.・＊―
女性は一人の男性を深く愛し、男性は多くの女性を広く愛するのは、本能的なものなんだと思うけど、俺は空ちゃんだけを愛しているよ。空ちゃんは不倫に罪悪感がある？

From：空ちゃん　Date：2016年4月22日（金）23：23　..・＊.・＊―
私は罪悪感はない。奥さんのことは気になるけど、うっちぃが奥さんを傷つけることはないって言うなら、私も罪悪感はない。うっちぃが罪悪感があると私もあると思うんだけど、うっちぃがなければ私もない。

2016年4月23日（土）22：10　RE：GW

From：空ちゃん　Date：2016年4月23日（土）22：10　..・＊.・＊―
うっちぃは、どこからが不倫だと思う？

From：うっちぃ　Date：2016年4月23日（土）22：13　..・＊.・＊―
デートはいいけど、子供ができたら不倫だ。

From：空ちゃん　Date：2016年4月23日（土）22：16　..・＊.・＊―
はは。そこまで緩いラインは初めて聞いた…。＼(^.^;)／

From：うっちぃ　Date：2016年4月23日（土）22：34　..・＊.・＊―

俺の場合は、お互いに不倫をしていようと何していようと、相手を傷つけたりしない。人の心を傷つけなきゃ、不倫は罪じゃないと思っている。家庭がある人同士の不倫は、ずるい考えかもしれないけど、内緒で気付かれなければ不倫は許せると思ってる。旦那がほかの女性と食事をするだけでも切れる奥さんっているけど、その場合は、その家庭の定義では食事をするだけでも不倫だね。常識的にはどこからが不倫？　一緒に食事とか、エッチをしたらとか？

From：空ちゃん　Date：2016年4月23日（土）22：42　..・＊.・＊―
私は体の関係がなくても内緒にしている時点で、一緒に食事するだけでも不倫だと思ってる。公認で食事とかは全然問題ない。うっちぃは、家庭もうまくいけばいいのにな～なんて、空ちゃんは思ってるんだけどな。時間が解決してくれて、またうまくいくってことはないの？

From：うっちぃ　Date：2016年4月23日（土）22：48　..・＊.・＊―
うまくいくことはない。昔には戻りたくないし、思い出したくない。

From：空ちゃん　Date：2016年4月23日（土）22：52　..・＊.・＊―
その辺の事情はわからないけど、あなたの家庭の問題だから、私はあまり聞かない方がいいよね…。

From：うっちぃ　Date：2016年4月23日（土）23：41　..・＊.・＊―
妻は「お金がないから何にも買えない」、「テメーがやれっつってんだよ、クソ」、「文句あるか、ああ」、「（日曜日に仕事に行くと）また遊びに行って」、「（義両親のことを）来ても迷惑だ」などと罵詈雑言を吐いてた。子供の前でも俺のことを「最低のクズ。クソ親父」と罵ってた。子供に「死ね」、「産まなきゃ良かった」と切れてた。妻の探し物が俺の部屋にあると勝手に入り、俺が仕事後、家に帰った時に本棚や机の中身は、おもちゃ箱をひっくり返したようにぶちまけられていた。妻は子供を送る時間に寝坊した時、未明にいきなり俺の部屋に入り割れんばかりのがなり声で「早く行って。いいから送って行け。遅刻だから行けつってんだよ」と怒鳴ってた。俺はその予定を聞いてなかったけど、こんなふうに何か大問題が起こると、ヤクザのような口調で恫喝され、問題を押し付けられたことは何度もあった。自分の価値観を押し付け、思い通りにならないと、夜中でも戸外に響く大声で怒鳴り散らす。妻の激高した声を聞くと、子供の時に、激情した同級生に画鋲を刺された、戦慄と激痛の体験と重なり、体の震えが止まらなくなった。妻は怯えている俺に対して、延々と刃物のように怒号を突き立てた。家でも会社でも24時間、怒鳴られている場面ばかり頭に浮かんでくる。夜は恐怖感に苛まれ眠れず、日中はいつも眠い日が続いた。妻は話し合うという過程がなく、いきなり声を荒げ怒鳴り、俺が何か言うと逆切れするから、何も言えなくなった。俺から笑顔を見せることも、会話や挨拶をかわすこともなくなった。「無視すんじゃねえよ」と怒鳴られても何も話せず、いつも一方的に罵られる。朝、妻と顔を合わせずに家を出るとホッとする。仕事が終わると怯えながら家に帰り、家の電気が消えていると胸を撫で下ろした。休みの日も注意深く、家の中でも会わないようにしている。子供と話した内容で逆上され、実家の両親のことで文句を言われるから、子供や両親とも話をせず距離を置くようになった。俺の心は完全に折れ、人間らしさを失い、家にいるときはアンネ・フランクのように物音を立てずに自分の部屋に閉じこもる生活を送るようになった。いつも怯えている時間を過ごし、心の平和を感じることがなくなった。
子供が成長するにつれ、毎月多額の生活費を請求された。学校のイベントや何かにつけ、「〇日までに十万円ください。お願いします」とメモで命令され、言われるままにお金を渡した。早朝に起き深夜に帰り、会社でできるだけ残業をして残業代を当てにする生活になった。
妻なりの怒る理由はあると思うけど、感情に任せた怒り方、心を破壊する棘のある言葉を浴びせられ続けると、再び信頼関係を築くことはできなくなる。妻には、過去の出来事を謝ってほしいとか、自省してほしいという気持ちは全くない。ただ放っておいてほしい、関わらないでほしいと思うだけだった。俺が妻に対して抱く感情は、死にたいほど辛いいじめを受けている子供の心情に似ていると思う。いじめてる方は、単にその時間、感情的に馬鹿にしたり嫌がらせをしているだけでも、いじめられている方は、その時間が過ぎても、侮辱され自尊心が傷つけられた悔しい感情や虚しさや怒り、恐怖がいつまでも続き、授業中も夜寝るときも次の日もその次の日も何年もそのことが頭から離れずに、時間がたっても癒えずに、畏れ、憂鬱な気持ちでいる。対峙した時間は同じでも、いじめている者といじめられている者では、圧倒的に心に追うダメージが異なる。いじめっ子の方は、溢れる憎悪はあっても感じる痛みは一滴の涙にも満たない。いじめっ子は、自分が放った声を録音して10倍のボリュームで1000回聞き返してみれば、言われている側の心情が少しはわかると思うけど、それくらい言う側と言われる側は、精神的な痛みや後遺症が異なる。いじめられっ子はいじめっ子に対して、殴りたいとか仕返しをしたいという気持ちはなく、ただ顔を合わせたくない、関わりたくない、同じ世界にいたくないと思う。
砕け散ったグラスは二度と元に戻らないように、俺の心も元に戻らない。グラスの一つ一つの破片を繋ぎ合わせて修復しても、シルエットは似ていても元のグラスとは全然違うし、水を入れれば漏れ出すし、次は少しの衝撃でまたすぐに粉々に砕けてしまう。昔のことには触れずに、できるだけ思い出さないようにしたい。思い出すと、体の中に埋め込まれた得体の知れない何かが爆発して、少しずつ修復したグラスがまた砕け散りそうな不安と恐怖に襲われる。自分が砕けるのかもしれないし、周りの世界が砕け散るのかもしれない。受けた恐怖は時間とともに薄れるはずだけど、リミッターを超えた恐怖はいつまでも忘れられず、時々鮮明に思い出してしまう。早く忘れるように、できるだけ思い出さないようにしている。

From：空ちゃん　Date：2016年4月24日（日）00：02　..・＊.・＊―
ごめんね、辛い事を思い出すようなこと聞いちゃって…。

第3章

金打

金打（きんちょう）：固い約束

第8話　蜂蜜

「全ての夢は必ず実現できる」（ウォルト・ディズニー）

ウォルト・ディズニー：アメリカの映画製作者。1901-1966。アニメスタジオ「ウォルト・ディズニー・カンパニー」の創始者であり、『ミッキーマウス』、『くまのプーさん』、『白雪姫』などを制作した。『くまのプーさん』は、いつも蜂蜜を探す熊さんの話。

水無月陣が蚊、スイカ、アイスクリーム、夕立、七夕、猛暑などの家来をだらだら引き連れてやってきました。
（水無月尽（みなづきじん）：水無月の晦日）

2016年7月7日（木）23：23　七夕

From：空ちゃん　Date：2016年7月7日（木）23：23　..・＊.・＊—
<今日は七夕だ。彡

From：うっちぃ　Date：2016年7月7日（木）23：30　..・＊.・＊—
<♪キンギンざっくざく。今日は棚ぼただワン。

From：空ちゃん　Date：2016年7月7日（木）23：34　..・＊.・＊—
<きゃはは。空ちゃんも欲しい。「うっちぃが会議中に居眠りしませんよ〜に」って書いて吊るしておこっと。

From：うっちぃ　Date：2016年7月8日（金）00：10　..・＊.・＊—
<「会議中に居眠りしても見つかりませんように」ってのがいいんじゃないか。もしくは「居眠り中に会議を行いませんように」とか。

From：空ちゃん　Date：2016年7月8日（金）00：14　..・＊.・＊—
<会議中は夢を見ずに現実を見た方がいいと思うよ。メリーちゃんと熊さんは、何、願い事書いたのかしら？

From：うっちぃ　Date：2016年7月8日（金）00：38　..・＊.・＊—
🐩＜「みんなの願い事が叶いませんように！」。欲の塊の見本のような願い事は、なるべく叶わない方が世界平和になるんだワン。

From：空ちゃん　Date：2016年7月8日（金）00：43　..・＊.・＊—
🐻＜「大好きな蜂蜜と栗と鮭をお腹いっぱい食べられますように」って書いといた。(^[ｪ]^)／.｡o○（🍴🍯🌰🐟）

From：うっちぃ　Date：2016年7月8日（金）00：48　..・＊.・＊—
👦＜あれもこれもと食いしん坊なやつだな。欲の塊の見本のような願い事だ。

From：空ちゃん　Date：2016年7月8日（金）00：52　..・＊.・＊—
🐻＜長い間ずっと俺っ家に居候して、働きもせずに世話になってるお礼に、プレゼントしてくれてもいいんだっち。🎁

2016年7月9日（土）19：22　蜂蜜泥棒

From：うっちぃ　Date：2016年7月9日（土）19：22　..・＊.・＊—
👦＜空ちゃん、蜂蜜盗りに行く？

From：空ちゃん　Date：2016年7月9日（土）19：25　..・＊.・＊—
👧＜わっ、それいいねえ。みんなで蜂蜜採って、熊さんにプレゼントしてあげよう！　＼(^.^)／

From：うっちぃ　Date：2016年7月9日（土）19：34　..・＊.・＊—
👦＜熊太郎に空ちゃんとメリーちゃんとビールの実を積んで、うっちぃ積んで。準備ＯＫ。メリーちゃん、どっちに行けばいい？

From：空ちゃん　Date：2016年7月9日（土）19：38　..・＊.・＊—
🐩＜こっちから蜂蜜の美味しそうな匂いがするワン👉。すぐにハチの巣が見つかるワン。🐾⌚👦（うっちぃに催眠術）＞＼(^ᴥ^)＼

From：うっちぃ　Date：2016年7月9日（土）19：43　..・＊.・＊—
👦＜熊太郎、蜂蜜目指してダッシュ…、って言ってる間に、大きなハ

チの巣、発見！（＼(^^)／←スナオ）～

From：空ちゃん　Date：2016年7月9日（土）19：49　..・＊.・＊—
＜いっぱい蜂蜜が入ってそ～。でも蜂さんもたくさんいるよ。どうやって採ろうか…。

From：うっちぃ　Date：2016年7月9日（土）19：53　..・＊.・＊—
＜うしししし。美味しそうな蜂蜜いただき、いただき。ペロっ。美味い！

From：空ちゃん　Date：2016年7月9日（土）19：58　..・＊.・＊—
＜うわっ、いきなり！？　蜂さん、怒ってるんじゃないかしら？
うっちぃもあそこに行って盗ってこないと。～

From：うっちぃ　Date：2016年7月9日（土）21：32　..・＊.・＊—
＜こらこら、怒った蜂さんの前でそういうこと言わない。僕たちはここでビールを飲みながら見学したら帰るから刺さないでね。熊太郎は「ペロっ、美味い」って言ってたけど。

From：空ちゃん　Date：2016年7月9日（土）21：35　..・＊.・＊—
＜こら、友達を売るんじゃない。　＼(^^)／＜半額セール

From：うっちぃ　Date：2016年7月9日（土）21：38　..・＊.・＊—
（蜂の親分）＜みんなで熊を一斉攻撃しろ～。行け、ハッチ！
二(^"^#)二▶▶▶

From：空ちゃん　Date：2016年7月9日（土）21：41　..・＊.・＊—
＜わ、こっちに来るな。～

From：うっちぃ　Date：2016年7月9日（土）21：45　..・＊.・＊—
（蜂の子分）＜熊のお腹にチクッ、お尻もチクッ。
二(^"^#)二▶　～(;^[ｴ]^)／＜痛～

From：空ちゃん　Date：2016年7月9日（土）21：49　..・＊.・＊—
＜アイタタ…。こら、やめろ！　痛い、痛い。助けてくれ！

From：うっちぃ　Date：2016年7月9日（土）21：53　..・＊.・＊—
👦＜熊太郎のお尻やお腹の周りに、怖い顔した蜂さんがいっぱいいるから、関わらない方がいいよね…。街で友達が暴力団に絡まれても、この人、知り合いじゃありませんって顔するだろ？　（本物のうっちぃは、そんなことしないよ～）人助けより我が身の保身。⚔🐝💢

From：空ちゃん　Date：2016年7月9日（土）22：28　..・＊.・＊—
👧💦＜うっちぃ、人でなし…。熊さんを助けてあげなきゃ。＼(^.^;)／

From：うっちぃ　Date：2016年7月9日（土）22：36　..・＊.・＊—
👦＜大丈夫。熊太郎は「俺っちはこの島で一番強いんだ」って、この前言ってたもん。そんな強いやつに変に手を出して、かえって足手まといになって迷惑かけちゃいけない。

From：空ちゃん　Date：2016年7月9日（土）22：45　..・＊.・＊—
🐻💦＜ライオンだってサメだって大丈夫なんだけど、どうも体が小さいやつは苦手なんだもん。

From：うっちぃ　Date：2016年7月9日（土）22：55　..・＊.・＊—
👦＜熊太郎、ホームセンターで強力蜂スプレー買ってきてあげるから、２～３時間そのまま耐えてろ。

From：空ちゃん　Date：2016年7月9日（土）22：59　..・＊.・＊—
👧＜この島にはホームセンターはないし、強力蜂スプレーなんてかけたら、蜂蜜食べれなくなっちゃうじゃない。

From：うっちぃ　Date：2016年7月9日（土）23：15　..・＊.・＊—
👦＜♬ゆけゆけハッチ　みつばちハッチ♪

作詞：丘灯至夫、作曲：越部信義、「みなしごハッチ」から引用

(^^)／＜（合いの手）go、go、ハッチ、イケイケ、ハッチ！

From：空ちゃん　Date：2016年7月9日（土）23：22　..・＊.・＊—

🐻💢＜うっちぃは合いの手まで入れて歌うのやめろ。どっちの応援してるんだ！？　痛い。足刺された。バタン。俺っちはもう戦えない。

From：うっちぃ　Date：2016年7月9日（土）23：28　..・＊.・＊―
👨＜立て、立て、立つんだ熊太郎。立ち上がれ、立ち上がれ、熊太郎。諦めたら試合終了ですよ。熊が負け犬になってどうする。＼(^^)／

2016年7月10日（日）21：24　求む、救助

From：空ちゃん　Date：2016年7月10日（日）21：24　..・＊.・＊―
🐻💦＜あ～ん、蜂に刺されて痛い。うっちぃ、助けてけろ。
二(^"^#)二▶（蜂の子分）＜チクッ　💥＼(X[ｪ]@;)／＜痛～（涙）

From：うっちぃ　Date：2016年7月10日（日）21：43　..・＊.・＊―
👨＜俺はセコンドに徹する。熊太郎、ファイトだ。守りに入らずもっと攻めろ。蝶のように舞い、蜂のように刺すんだ。左右のパンチと左右のキックを全部同時に繰り出せ。いつもの気合はどうした。痛いなんて気のせいだ。ほら、ちっとも痛くない。痛いの痛いの飛んでいけ～。♪

From：空ちゃん　Date：2016年7月10日（日）21：52　..・＊.・＊―
👧＜何とか蜂さんをおびき寄せよう。蜂さんの好物って何だろう？　樹液に花蜜。近くの木に傷をつけて…。あ、出てきた、樹液。あそこのお花畑で花粉を集めておだんごにしよう…。よし、たくさん取れた。蜂さん、こっちに美味しい花粉だんごがあるよ～。🌼🍡

From：うっちぃ　Date：2016年7月10日（日）21：56　..・＊.・＊―
⚔🐝（蜂の親分）＜あんなだんごに騙されるな。蜂蜜を狙ってる熊を攻撃しろ～。　二(^"^#)二▶（蜂の子分）→　💥＼(^[ｪ]^;)／＜痛ッ

From：空ちゃん　Date：2016年7月10日（日）22：02　..・＊.・＊―
🐻💦＜あ～ん、痛い。お腹もお尻も腫れてきた。💥🐝💢

From：うっちぃ　Date：2016年7月10日（日）22：06　..・＊.・＊―
👨＜俺は、空ちゃんの作ってくれた美味しそうな花粉だんごを食べながら、作戦を考える。ぺろっ、美味い！　爆弾泥だんごを作ってハチか

ら救う、略してバクハ作戦なんてどうだ（本当は、バカなクマ太郎をハメル作戦の略)。＜ビール付き

From：空ちゃん　Date：2016年7月10日（日）22：12　..・＊.・＊—
＜もう、うっちぃが頼りにならないなら、え〜い、空ちゃんがズボンを脱いで、鞭のように振り回して、蜂さんを追い払う！　ビューン、ビューン。(^.^)／〜＜バシッ

From：うっちぃ　Date：2016年7月10日（日）22：18　..・＊.・＊—
＜わお、空ちゃん素敵、大活躍。えらい、パチパチ（）。

From：空ちゃん　Date：2016年7月10日（日）22：29　..・＊.・＊—
＜うっちぃったら手伝ってよ。熊さん、死んじゃうじゃない。ズボンをブンブン振り回して、蜂さんを撃墜。
〜〜＜バシッ、バシッ、バシッ

From：うっちぃ　Date：2016年7月10日（日）22：38　..・＊.・＊—
＜俺は熊さんと違って、蜂はもちろん、注射でも目薬でも後ろ指でも授業中でも、さされるのは幼少期から全般的に苦手なんだ。空ちゃんも刺されないように気をつけろよ。＜逃亡

From：空ちゃん　Date：2016年7月10日（日）22：52　..・＊.・＊—
（蜂の親分）＜あっちの花粉だんごも美味しそうだぞ。花粉だんごで食料調達だ〜！

From：うっちぃ　Date：2016年7月10日（日）23：05　..・＊.・＊—
＜わ、蜂、来るな。これは、空ちゃんが俺のために作ってくれただんごだぞ。人の物、盗っちゃいけないんだぞ。
＼(^^;)／＜アワワ　二(^"^#)二▶▶▶＜突撃だ〜

From：空ちゃん　Date：2016年7月10日（日）23：09　..・＊.・＊—
＜メリーちゃん、熊さんが蜂に刺されて大変なの。早く、助けてあげて。痛い！　空ちゃんも足、刺された〜。

From：うっちぃ　Date：2016年7月10日（日）23：13　..・＊.・＊—

＜熊太郎が蜂と戦っている隙にちょっと蜂蜜を味見。ぺろっ、美味いワン！　＜タニンノフコウハ、ミツノアジ

From：空ちゃん　Date：2016年7月10日（日）23：16　..・＊.・＊—
[ＴＶの視聴者]＜わ～、みんな大丈夫かな！？

2016年7月13日（水）22：15　蜂蜜泥棒を退治

From：空ちゃん　Date：2016年7月13日（日）22：15　..・＊.・＊—
（蜂の親分）＜犬が蜂蜜を盗ろうとしてるぞ。あの犬を攻撃だ。

From：うっちぃ　Date：2016年7月13日（水）22：20　..・＊.・＊—
＜わ～大変。うっちぃ、助けてほしいワン。メリーちゃんは刺されたことにして、死んだふりをするワン。＼(^ᴥ^)＼

From：空ちゃん　Date：2016年7月13日（日）22：25　..・＊.・＊—
＜空ちゃんも足、刺された～。痛い。うっちぃ、助けて～。

From：うっちぃ　Date：2016年7月13日（水）22：29　..・＊.・＊—
＜空ちゃんとメリーちゃんのピンチ！　ウルトト・トラマンに変身して（顔をお面で防御）、上着を手に巻き、空ちゃんを刺した蜂をパンチ。熊太郎を刺した蜂は、いい子いい子…するふりしてパンチ。
◀二(#^"^)二　三～～(o|o;)＜打つべし、打つべし

From：空ちゃん　Date：2016年7月13日（水）22：35　..・＊.・＊—
（蜂の親分）＜仲間がやられたぞ。一斉にあの変なお面をつけたヤツを攻撃だ～！　＼(o|o;)／

（蜂の子分）＜お～！　二(^"^#)二▶

From：うっちぃ　Date：2016年7月13日（水）22：42　..・＊.・＊—
＼(o|o;)／＜パンチ、パンチ。～　痛い！　熊太郎のせいで、腕を刺されちゃったじゃないか～。パンチ、パンチ。痛い。また刺された～（股じゃないよ）。二(^"^#)二▶　～／(;>_<)＜痛～

From：空ちゃん　Date：2016年7月13日（水）22：51　..・＊.・＊―
🐻💦＜俺っちはもうだめだ。頼んだぞ、ウルトト・トラマン。👋～

From：うっちぃ　Date：2016年7月13日（水）22：57　..・＊.・＊―
🐩＜メリーちゃんは刺されていないけど死んだふり継続中だワン。💤

From：空ちゃん　Date：2016年7月13日（水）23：02　..・＊.・＊―
👧💦＜空ちゃんもダメ。頼んだわ、ウルトト・トラマン。チュッ。♡

From：うっちぃ　Date：2016年7月13日（水）23：11　..・＊.・＊―
＼(o|o)／＜ＨＰ回復。ウルトト・トラマン、お面を変えて、３分間だけ頑張る！　パンチ、スペシウム光線、アイスラッガー！
七(o|o)　§　(0|0)ナ　§　／(回|回)＼（左からマン、帰マン、７）

From：空ちゃん　Date：2016年7月13日（水）23：15　..・＊.・＊―
🐻💦🐩💦👧💦＜あとは任せた…。バタン。～👋

From：うっちぃ　Date：2016年7月13日（水）23：21　..・＊.・＊―
＼(o|o)／＜よし。みんな、ウルトト・トラマンの後ろに隠れてろ！　パンチ、パンチ。痛い。腕刺された～。キック、キック。痛い。足刺された～。二(^"^#)二▶　～💥＼(o|o;)／＜アワワ

From：空ちゃん　Date：2016年7月13日（水）23：36　..・＊.・＊―
🗡🐝（蜂の子分）＜隊長、仲間が次々にやられています！

From：うっちぃ　Date：2016年7月13日（水）23：40　..・＊.・＊―
🗡🐝（蜂の子分）＜お面のやつは強すぎます。ここは撤退しましょう。

From：空ちゃん　Date：2016年7月13日（水）23：44　..・＊.・＊―
⚔🐝（蜂の親分）＜いや、何とか３分間は持ちこたえるんだ。やつの弱点は運動不足で３分間しか戦えないんだ。＼(o|o#)／：弱点＝体力

From：うっちぃ　Date：2016年7月13日（水）23：48　..・＊.・＊―
＼(o|o;)／＜ここまで俺の名声が知れ渡っていたとは感無量！
💥三Ｚ三Ｚ三　七(o|o)💦＜ピコン、ピコン（カラータイマー音）

From：空ちゃん　Date：2016年7月13日（水）23：52　..・＊.・＊—
⚔🐝（蜂の親分）＜ほら、もうあいつはヘロヘロだ。

From：うっちぃ　Date：2016年7月14日（木）00：04　..・＊.・＊—
＼(o|o;)／＜３分の間に敵の本陣に攻め入って、親分の首をとれば、我が軍の勝利間違いなし。仮面ライダーのお面に変えて、戦力補強。
＼(0￥0)＼　§　L(o￥o)L　§　／(0目0)／：１号、２号、Ｖ３

From：空ちゃん　Date：2016年7月14日（木）00：09　..・＊.・＊—
🐻🐩👧＜うっちぃ、頑張れ〜。👏(^[ｪ]^)　👏(^ᴥ^)　👏(^.^)／

2016年7月15日（金）23：21　蜂の総攻撃（😛）

From：空ちゃん　Date：2016年7月15日（金）23：21　..・＊.・＊—
⚔🐝（蜂の親分）＜あいつもすぐに逃げ出すさ。みんなで攻撃だ〜。

From：うっちぃ　Date：2016年7月15日（金）23：29　..・＊.・＊—
＼(o|o;)／＜俺が逃げれるわけないだろ！（逃げる体力が残っていない）パンチ、パンチ。痛い。お尻刺された〜。💦（涙）

🗡🐝（蜂の子分）＜３分たっても、変なお面のやつがパンチを繰り出してきます。ここは、休戦協定を結びましょう。二(^"^#)二▶

From：空ちゃん　Date：2016年7月15日（金）23：35　..・＊.・＊—
⚔🐝（蜂の親分）＜だめだ、だめだ。お面を変えても敵はたった一人だけだ。全員で総攻撃だ〜。二(^"^#)二▶　×100匹

From：うっちぃ　Date：2016年7月15日（金）23：57　..・＊.・＊—
＼(o|o;)／＜俺は最後まで戦うぞ。愛する空ちゃんのためなら俺の命も熊太郎の命も犠牲にできる。

From：空ちゃん　Date：2016年7月16日（土）00：01　..・＊.・＊—
🐻💦＜俺の命まで勝手に犠牲にするな！

From：うっちぃ　Date：2016年7月16日（土）00：06　..・＊.・＊—
＼(o|o;)／＜…ところで空ちゃん、そろそろ、カバンに強力殺虫剤が入ってたのを思い出したでしょ！？　👆⏰👧（空ちゃんに強力催眠術）

From：空ちゃん　Date：2016年7月16日（土）00：11　..・＊.・＊—
👧＜あ、思い出した！　💡✨「蜂に刺されたらおしっこをかけるといい」っておばあちゃんに聞いたことがある。殺虫剤の代わりに蜂におしっこかけたら効くんじゃない！？

蜂に刺された所におしっこをかけるのは、間違った俗説で、本当は良くありません。

From：うっちぃ　Date：2016年7月16日（土）00：15　..・＊.・＊—
＼(o|o;)／＜よし、蜂におしっこかけてやる！　じゃ、熊太郎君、あとは頼んだぞ。熊太郎に必殺技を教えてやっただろ。アレを出せ。決め台詞に続けて、おしっこをかけろ。顔とお尻を向けて、人差し指でお尻を指して…、これをいつやる？　今でしょ。

今でしょ：「今でしょ」は2013年の流行語大賞。

From：空ちゃん　Date：2016年7月16日（土）00：19　..・＊.・＊—
🐻💦＜顔とお尻を向けて、人差し指でお尻を指して…。

From：うっちぃ　Date：2016年7月16日（土）00：24　..・＊.・＊—
＼(o|o;)／＜「この紋所が…」だろ。ヒーローになるチャンスを逃すな。地球の平和はデビルベアーズに託された！

From：空ちゃん　Date：2016年7月16日（土）00：31　..・＊.・＊—
🐻💦＜こ、こ、この紋…。う～、はずかちくて言えない。やっぱり、俺っちはもうだめだっち。頼んだぞ、ウルトト・トラマン。👋～

From：うっちぃ　Date：2016年7月16日（土）00：34　..・＊.・＊—
＼(o|o;)／＜俺は小心者だから女の子の前で御珍棒を出すなんてできないんだ…。／(^^#)

From：空ちゃん　Date：2016年7月16日（土）00：40　..・＊.・＊―
🐻💦＜俺っちだって空ちゃんとメリーちゃんの前でおしっこなんて、恥ずかちぃじゃないか…。／(^[ｴ]^#)

From：うっちぃ　Date：2016年7月16日（土）00：43　..・＊.・＊―
👦🐻🐩＜…じゃあ、空ちゃん。頼んだぞ。もうズボンも脱いで、スタンバイしていることだし…。
＼(;^.^)／　　　・・・👀＜じ～　～＼(^^#)＼(^[ｴ]^#)＼(^ᴥ^#)

From：空ちゃん　Date：2016年7月16日（土）00：48　..・＊.・＊―
👧💦＜ん、なんだ、この３人の何かを期待している視線は…！？

From：うっちぃ　Date：2016年7月16日（土）00：51　..・＊.・＊―
📺[ＴＶのナレーション]＜明日の空ちゃんの活躍を乞うご期待！

2016年7月16日（土）21：23　空ちゃんの必殺技

From：うっちぃ　Date：2016年7月16日（土）21：23　..・＊.・＊―
👦🐻🐩＜空ちゃん、頼んだぞ。もうズボンも脱いで、スタンバイしてることだし…。(後ろで出囃子が流れている♪)
＼(o|o)／(^[ｴ]^)／(^ᴥ^)／🎌～　～～＼(^.^#)／

From：空ちゃん　Date：2016年7月16日（土）21：29　..・＊.・＊―
👧＜無理、無理（👏）。ウルトト・トラマン。最後にスペシウム光線よろしく。みんな向こう向いてるから、頑張れ～。(o|o)ナ 三Z三💦

From：うっちぃ　Date：2016年7月16日（土）21：37　..・＊.・＊―
🐩＜みんな、だらしないワン。手鏡で太陽光を反射させて蜂を攻撃。
二(^"^#)二▶▶▶　💥三三三三　〇✨＼(^ᴥ^)＼＜スペシウム光線

From：空ちゃん　Date：2016年7月16日（土）21：40　..・＊.・＊―
⚔🐝💦（蜂の親分）＜わ～、眩しくて目が見えない！　✨

From：うっちぃ　Date：2016年7月16日（土）21：46　..・＊.・＊―
🐩＜片足上げて、おしっこ、シャー。

＼(^ｪ^)__／＜コノ万華鏡ガ目ニ入ラヌカ、だワン！

From：空ちゃん　Date：2016年7月16日（土）21：52　..・＊.・＊─
（蜂の親分）＜わ～、おしっこがかかった。バッチイ。全員、撤退！　おしっこから逃げろ～。

From：うっちぃ　Date：2016年7月16日（土）21：58　..・＊.・＊─
＜は～い。ダッシュでおしっこから逃げる～！

From：空ちゃん　Date：2016年7月16日（土）22：03　..・＊.・＊─
＼(o|o;)／＼(^.^;)／＼(^[ｪ]^;)／＜逃げろ、逃げろ

From：うっちぃ　Date：2016年7月16日（土）22：08　..・＊.・＊─
＜あ～、ようやく蜂たちがいなくなった…。俺っちの自慢の体がボコボコに腫れ上がってる。空ちゃん、助けてくれてありがとう…って、なんてセクシーなお姿なんだっち。＼(♡[ｪ]♡)／

From：空ちゃん　Date：2016年7月16日（土）22：11　..・＊.・＊─
＜きゃ～っ！　熊さん見ちゃダメでしょ。ボカッ。～

From：うっちぃ　Date：2016年7月16日（土）22：17　..・＊.・＊─
＜あ～ん、蜂より痛い。＼(>[ｪ]<;)／（涙）

2016年7月17日（日）21：40　蜂蜜略奪完了

From：うっちぃ　Date：2016年7月17日（日）21：40　..・＊.・＊─
＜蜂蜜たくさん盗ってきた。みんな熊太郎に乗って、準備ＯＫだ。さ、熊さん、痛いの我慢して蜂が戻ってこないうちにダッシュ！

From：空ちゃん　Date：2016年7月17日（日）22：49　..・＊.・＊─
＜きゃきゃきゃ。それにしても、うっちぃが一番刺されている。

From：うっちぃ　Date：2016年7月17日（日）22：58　..・＊.・＊─
＜みんなが助かったから平気、平気（本当は猛烈に痛い。）。俺は全身刺されても顔だけはお面で守ったけど、熊太郎はこの世のものと

は思えない顔になっちゃったなあ。＼(^[ｪ]^)／

From：空ちゃん　Date：2016年7月17日（日）23：31　..・＊.・＊―
🐻💢＜俺っちも顔は刺されてないけど…。

From：うっちぃ　Date：2016年7月17日（日）23：33　..・＊.・＊―
👦＜一番活躍したのは、メリーちゃんだ。蜂蜜までみんなを案内して、メリーちゃんが大将を撃墜した！　🐩⛲💦

From：空ちゃん　Date：2016年7月17日（日）23：39　..・＊.・＊―
🐩＜うっちぃがみんなを助けてくれたんだワン。お礼に、この島に昔から伝わるお宝をあげるワン。功徳を積んで私欲のない人がピンチのときに、神様が助けてくれるという言い伝えのある魔鏡だワン。○✨

From：うっちぃ　Date：2016年7月17日（日）23：43　..・＊.・＊―
👦＜わお、ありがとう、メリーちゃん。これが邪馬台国に伝わるお宝なのか！？　勇者は伝説の鏡を手に入れた！（BGMが流れる♪）
＼(^[ｪ]^;)／💥　三Ｚ三Ｚ三✨○七(^^)＜太陽光を反射させて攻撃

From：空ちゃん　Date：2016年7月17日（日）23：44　..・＊.・＊―
🐻＜その鏡は徳のないお前っちが使っても何の効果もないんだもん。

2016年7月24日（日）22：02　もうすぐデート

From：空ちゃん　Date：2016年7月24日（日）22：02　..・＊.・＊―
来週の花火デートが待ち遠しい～。＼(^.^)／

From：うっちぃ　Date：2016年7月24日（日）22：10　..・＊.・＊―
ホント、待ちきれずウズウズする。空ちゃんはフリーの身なのに、俺には家庭があるというのが辛くない？

From：空ちゃん　Date：2016年7月24日（日）22：16　..・＊.・＊―
そう思わないでもないけど、今は割り切っているというか、諦めているというか、別に辛くはないわよ。うっちぃは辛いの？

From：うっちぃ　Date：2016年7月24日（日）22：24　..・＊.・＊―
俺は辛くない。不倫は女性は辛いと感じて、男性は幸せと感じてるケースも多いのかと思って聞いてみた。

From：空ちゃん　Date：2016年7月24日（日）22：36　..・＊.・＊―
女性は、好きな人とは一緒にいたい、結ばれたいって思う人が多いから、それができないとわかっている恋は辛いかもね。空ちゃんの場合は、もう若くもないし、今さら一緒の家庭を持ちたいとか、家族になりたいっていう欲はない。私はうっちぃが罪悪感を持ってると、私も奥さんに悪いとか、罪悪感を感じるのかもしれないけど、うっちぃが罪悪感がないなら私も平気なの。

From：うっちぃ　Date：2016年7月24日（日）22：41　..・＊.・＊―
空ちゃんは、もしできるなら、愛する人と一緒に暮らしたいと思う？

From：空ちゃん　Date：2016年7月24日（日）22：44　..・＊.・＊―
それは、それで幸福なことだと思うけど、うっちぃにそうしてほしいと望んでいるわけではない。

From：うっちぃ　Date：2016年7月24日（日）22：47　..・＊.・＊―
もし、できるなら、そう願う？

From：空ちゃん　Date：2016年7月24日（日）22：56　..・＊.・＊―
そうなれば、それはそれでいいんだけど、それを望んではいない。時々、旅行したりする関係でいい。うっちぃは、一緒になりたいなんて思ってるの？

From：うっちぃ　Date：2016年7月24日（日）23：02　..・＊.・＊―
ずっと一緒にいると嫌な所もたくさん見せて、うまくいかなくなりそうで心配。今の付き合いがバランスが良くて、お互いに長く幸せでいれると思う。

From：空ちゃん　Date：2016年7月24日（日）23：06　..・＊.・＊―
そうね、将来はわからないけど、私も今の関係が良好だと思ってる。

From：うっちぃ　Date：2016年7月24日（日）23：18　..・＊.・＊―
実はね、うちは、離婚したんだ…。

From：空ちゃん　Date：2016年7月24日（日）23：23　..・＊.・＊―
えっ、まじで！　ホントに～！？

From：うっちぃ　Date：2016年7月24日（日）23：41　..・＊.・＊―
これで不倫の疑いをかけられないし、現行犯で逮捕されることもない。不倫は良くないと、自分のことを棚に上げないで批判もできる。人生は我慢が大切なときもあれば、新たなチャレンジが大切なときもある。どちらを選ぶと正解かは誰にもわからないし、人生の選択に不正解はない。どちらを選んでも一つの選択の結果が証明できたという意味で正解なんだと思う。俺は空ちゃんが一番好きだし、空ちゃんは俺のことだけ好きでいてほしい。＼(^^)／＜無罪

愛知県豊田市のおいでん祭りの花火を見に行きました。

2016年7月30日（土）空ちゃんの回想日記

夏といったら花火だよね。昨年の夏はうっちぃとお別れしようと思ったから、大いに反省、反省。／(^.^;)

待ち合わせは11時に名古屋駅。朝食を食べてないから、ちょっと早いけどお昼を食べよう。ってことで、駅地下街にはたくさん飲食店があるね。味噌煮込みうどん、味噌カツ、ひつまぶし、手羽先、あんかけスパ、小倉トースト。名物の食べ物がたくさんあって迷っちゃう。味噌煮込みうどんを食べよう。人が並んでるからきっと美味しいんだ。うどんは平たくてきしめんみたい。私はきしめんが好きなんだ。濃厚でしつこくない味噌出汁が美味しい。ご満悦。
お腹が膨れたら、うっちぃが「星空見に行こう」って言うから、こんなまっ昼間から星空？、って思ったら、近くに世界最大のプラネタリウムがあるんだって。納得。プラネタリウムなんて、小学校の時見た以来だよ。へえ、プラネタリウムって座席もゆったりで座り心地がいいし、背もたれもこんなに深く倒せるんだ。ホールが次第に薄暗くなって、月が出てきた。真っ暗になり、星が浮かび上がってくる。幻想的で素敵って思った矢先に、ん？　「ぐ～zzz」。隣からいびきが聞こえる。ちょっと、

うっちぃ。私がロマンチックムードに浸っているのにそれはないでしょ…。なんか隣のいびきを聞いてたら私の瞼(まぶた)もだんだん重くなってきた…。「くぴ〜zzz」。はっ、いけない！　私まで寝坊助に感染してしまったか。もうプラネタリウムの終わりに近づいてる。これじゃあ星空を見に来たんじゃなくて、お昼寝しに来たみたい。うっちぃは最初からそのつもりの確信犯だったりして…。

真夏のカンカン照りの中、電車で豊田市駅に移動し、ホテルにチェックイン。一休みしてから駅前大通りに出てみると、歩行者天国になっていて、おいでん踊りが始まっていた。「おいでん」というのは、「おいで、おいで。来て〜」ていう意味なんだって。踊りは審査もあって、優勝チームは舞台で踊るらしい。スゴイ！　踊りの参加者の数もハンパなくって、こんなに盛大だとは思わなかった。盆踊りのようなもたもたした踊りではなく、ポップでリズミカルなミュージックにのって、弾むような踊りを各チームが個性的な振り付けで披露して、見てる方も気分が高揚する。「♪おいでん、みりん、おどろまい」（こっちに来て、見て、踊ろうよ）という歌詞が頭に残って、いつまでもリフレインする。愉快で爽快な気分になった。また見に来たいな。

2016年7月31日（日）空ちゃんの回想日記

日中はホテルでだらだら過ごして、夕方になって花火大会に出かけた。花火会場は、矢作川(やはぎがわ)に架かる豊田大橋の袂(たもと)の河川敷。ホテルからは歩いて10分くらいで、めちゃくちゃ近いじゃん。屋台でアメリカンドッグをつまんでから、デパ地下でお値段高めの二段重ねのお弁当とビールを買ってくれて、うっちぃが予約してくれた観覧席へ。椅子席だから楽ちん（でもうっちぃに寄りかかって見れない…）。外で食べるお弁当って、高級レストランでは味わえない美味しさがあるのはなんでかな？　近くで見る花火は迫力があって、鮮麗だね。夜空に輝く一瞬の光の芸術は、目で鑑賞するだけでなく、ドンとお腹に響く感触が心地いい。また来年も一緒に花火を見ようね！

2016年8月1日（月）空ちゃんの回想日記

デートの最終日。名古屋港で海と大型貿易船や南極観測船などの船を見てから、リニア鉄道館へ。昔懐かしいＳＬや客車、新幹線の旧型から最新型まであって、リニア新幹線の展示・解説もしている。ＳＬの機関室にも入れる。たくさんの列車が走る鉄道模型を見るのは、ファンタジーの世界に入り込んだようで心が躍るね。再現されている地形や街並みがリアルで、夕暮れから夜になって辺りが暗くなると、模型のビルや電車に明かりが灯り、本物の夜景を見ているみたい。

いつだって、お別れは名残惜(なごりお)しい。だから、もう一つ、一緒に夜景を見てからお別れしよう。スカイプロムナードはミッドランドスクエアにある高さ220mの屋上眺望台(ちょうぼうだい)。シースルーエレベーターはすごい速さで上がっていく。最上階まであっという間に着いちゃった。もうちょっと、エレベーターの中から外の景色を眺めたかったな〜。44階に着くと、スカイデッキになっていて天井が無い。周りにここより高いビルが無いから夜景の眺めも抜群だね。ダイヤモンドの輝きのように街の明かりが360°見えて、星空に繋がっている。30分ごとに光と霧による演出もあって、デートのフィナーレとしては最高のシチュエーションだね。今回も充実感に満ちた刺激的な旅行だった。毎年、うっちぃとこんな旅行ができたらいいな〜。

「ながらへば またこの頃や 忍ばれむ　憂しと見し世ぞ 今は恋しき」（藤原清輔朝臣：ふじわらのきよすけあそん）　生きていれば、いつか辛かった日のことが懐かしく思うことがあるのかな。

第9話　日本

「絶望の隣は希望です！」(やなせたかし)

やなせたかし：漫画家、絵本作家。1919-2013。代表作は『アンパンマン』、『やさしいライオン』、『手のひらを太陽に』(作詞)、『勇気の歌』(作詞)。

2016年8月19日（金）19：29　ヨット

From：うっちぃ　Date：2016年8月19日（金）19：29　..・＊.・＊ー
＜空ちゃん、見て、見て。ヨットを造った。無人島を脱出しよ～。マストを立てて、錨も用意した。
「船員に告ぐ、帆を張れ～！」「オー。」(一人で練習)

```
                    ∬|マ|
                   ∬ |ス|
                 ∬大漁|ト|
               ∬海賊船|マ|♪
             ∬穴☆☆穴|ス|  ♪
           ∬厄除兼生贄|ト|ジブ♪
         ∬ ＼(^[I]^)／|ベ|セール♪
       ∬　メインセール|タ|宇宙戦艦♪
     ∬ 観自在菩薩行深 |ー|ヤマト発進♪
   ∬般若波羅蜜多時照見|ベ|航海安全祈願♪
 ∬ 五蘊皆空度一切苦厄 |ス|航海先に立たず♪
∬ラーイラーハイッラララー|ト|＼　／　逆さ　　♪
∬オームシャンテイアーメン|マ| (vv)　テルテル　♪
∬大和信濃長門加賀赤城伊勢扶|ス|桑金剛大鳳翔鶴飛鷹大♪
∬〆〆〆〆〆〆〆〆〆〆〆〆〆〆|ト|♪♪♪♪♪♪♪♪♪♪♪♪
                        |  |
＼ |波動砲温水プール水鉄砲| ／
 ＼救命胴衣超合金Zハル船の取説おやつ食糧／
  ＼寝室台所どこでも付／
   ＼全部ミニ　＝KUMAMERI 1号（プロト）＝＝ ／
    ＼__波動エンジン装備穴★穴ガムテープ補強済__／
```

From：空ちゃん　Date：2016年8月19日（金）19：33　..・＊.・＊ー
＜いつの間に！　いきなり、ど～した？　＼(^.^)／

From：うっちぃ　Date：2016年8月19日（金）19：36　..・＊.・＊ー

👦＜若いうちにやれることやっとかないとね。そろそろ引っ越しもいいかなと。てわけで、熊太郎、元気でな〜。メリーちゃんもさよなら〜。
(^^)／〜〜　　　〜〜＼(^[ｪ]^)／〜＼(^ᴥ^)＼

From：空ちゃん　Date：2016年8月19日（金）20：55　..・＊.・＊—
🐻＜いきなりどうしたんだっち？

From：うっちぃ　Date：2016年8月19日（金）21：07　..・＊.・＊—
👦＜ず〜と考えてた。名残惜しいけど、俺は日本に帰ってどうしてもやらねばならないことがあるんだ。この島に来てからずっとこの城を防御して君たち２人を召しかかえて世話をしてあげてたけど、いつまでも君たちのような子供と遊んであげるわけにはいかないんだ…。

From：空ちゃん　Date：2016年8月19日（金）21：16　..・＊.・＊—
🐻＜（ずっと俺っちの家に居候させて、面倒みてあげてたんだけどな…）そうだったのか？　全然知らなかったなあ。空ちゃんと会えなくなるのは名残惜しいけど。いつでも遊びに来いよ。

From：うっちぃ　Date：2016年8月19日（金）21：23　..・＊.・＊—
👦＜熊太郎、お礼にお前の毛皮、くれっ。それだけが名残惜しい！

From：空ちゃん　Date：2016年8月19日（金）21：26　..・＊.・＊—
🐻💢＜誰がやるか！　ホント、最後まで失礼なヤツだなあ。

From：うっちぃ　Date：2016年8月19日（金）21：32　..・＊.・＊—
🐻🐩＜うっちぃ、さよなら〜。👋(^[ｪ]^)＼(^ᴥ^)＜笑笑

From：空ちゃん　Date：2016年8月19日（金）21：39　..・＊.・＊—
👧＜熊さ〜ん、メリーちゃ〜ん、いろいろありがと〜！　楽しかったよ〜。またいつか会おうね〜。👋(^.^)／

From：うっちぃ　Date：2016年8月19日（金）21：45　..・＊.・＊—
🐻🐩＜空ちゃん、行かないで〜。👋(；[ｪ]；)／＼(；ᴥ；)＜涙涙

From：空ちゃん　Date：2016年8月19日（金）21：52　..・＊.・＊—

👧＜空ちゃんとうっちぃは一心同体なの。いつも一緒。＼(^.^)／

From：うっちぃ　Date：2016年8月19日（金）22：04　..・＊.・＊―
👦＜聞いたか熊太郎。一心同体ってのは、心も体も一つで繋がってるってことだぞ。空ちゃんったら２人きりのボートで何を企んでるのか、でへへ。さ、食料積んで、水を積んで、ビールの木も１本積んどこ。空ちゃん積んで、準備完了。🌊⛵👋(^^)／～～＜バイバイ

2016年8月20日（土）21：01　大航海

From：うっちぃ　Date：2016年8月20日（土）21：01　..・＊.・＊―
(◆🌊⛵ボートの上◆)
👦＜空ちゃんと２人きり。🌊⛵＼(^^)(^. ^)／＜プカプカ

From：空ちゃん　Date：2016年8月20日（土）21：11　..・＊.・＊―
👧＜また、強い台風が近づいているみたいね。🌀

この日は日本に台風が接近し、明日にも本州に上陸するというニュースが流れていました。

From：うっちぃ　Date：2016年8月20日（土）21：16　..・＊.・＊―
(◆🌀🌊🌊⛵ボートの上🌊🌊◆)
👦＜心電図のような激しい高波で船が揺れる。このヨットは転覆するかな？　🌊⛵🌀

From：空ちゃん　Date：2016年8月20日（土）21：24　..・＊.・＊―
👧＜う～ん、転覆すると思えば転覆する、しないと思えば転覆しない。こっちの方は稲妻が光ってる。⚡＼(^.^;)／

From：うっちぃ　Date：2016年8月20日（土）21：29　..・＊.・＊―
👦＜♬いなずま光る黒い海　さかまく波はものすごく　マストもおれた舟の上　もう最後かとおもうとき♪

作詞：やなせたかし、作曲：藤家虹二、「勇気のうた」から引用

この嵐を鎮めるには、動物の生贄を捧げて天に祈るしかない。今こそ熊太郎の出番なのに…。⚔🐻

From：空ちゃん　Date：2016年8月20日（土）21：47　‥・＊.・＊—
👧＜うっく。恩知らずなうっちぃ…。船が難破しなきゃいいけどね。このヨット、大丈夫かな。大波に煽られて、ジェットコースターみたいに縦に横に揺れてるけど。絶対に転覆するね、このヨット。絶対に転覆する。そんな気がしてきた（👆👦⌚）。🌊🌊⛵🌊🌊

From：うっちぃ　Date：2016年8月20日（土）22：04　‥・＊.・＊—
👦💦＜ひぇ〜、俺が泳げないこと知ってたら転覆させちゃだめでしょ。空ちゃんが船から投げ出された時に海に飛び込まなかった記憶を、思い出した。今さら、深く反省する〜。スゴイ荒波。ヨットはビルの高さに急上昇。息つく暇なくフリーフォールのように急降下。🌊⛵

From：空ちゃん　Date：2016年8月20日（土）22：17　‥・＊.・＊—
👧💦＜こんな嵐で船が沈没する様子をパーフェクト・ストームっていう映画で見たことある。わあ〜、山脈のように高くそびえる波が迫ってる。もうダメ。このヨットは転覆する〜（👆👦⌚）。

From：うっちぃ　Date：2016年8月20日（土）22：24　‥・＊.・＊—
👦💦＜わ〜、波に煽られてヨットが転覆した〜。空ちゃんは天国に行けると思うけど、俺は地獄に行って、生き別れになっちゃうかな？　それだけが心配。空ちゃんは口では一心同体っていっても、自分だけ一人で天国に行こうと思ってない？　🌊🏊🏊🌊

From：空ちゃん　Date：2016年8月20日（土）22：31　‥・＊.・＊—
👧💦＜あの世に行ったら天国で一緒に暮らそうね。👋

From：うっちぃ　Date：2016年8月20日（土）22：37　‥・＊.・＊—
俺、泳げない。綿のように疲れた〜。熊太郎、俺が死んだら代わりに空ちゃんを幸せにしてくれ。パトラッシュ、一緒に少し眠ろう…。👋👼

2016年8月21日（日）22：37　大後悔

From：うっちぃ　Date：2016年8月21日（日）22：37　..・＊.・＊—
（◆あの世。三途の川◆）
＜空ちゃん、見て。三途の川がある。流れが早くて向こう岸に辿り着けそうにない。俺は泳ぎが苦手だから、俺だけ現世で待ってることにする。空ちゃんは気をつけて天国ツアーに行ってくるんだよ。

From：空ちゃん　Date：2016年8月21日（日）22：47　..・＊.・＊—
＜泳げない人も対岸に行けるように「渡し船」が用意されてる。

From：うっちぃ　Date：2016年8月21日（日）22：55　..・＊.・＊—
＜一人、6文か…。（1万円札を出して）「大人、往復2枚。お釣りはとっといていいぞ」っと。

From：空ちゃん　Date：2016年8月21日（日）23：03　..・＊.・＊—
＜片道切符しかないってさ。＼(^.^)／

From：うっちぃ　Date：2016年8月21日（日）23：11　..・＊.・＊—
＜じゃ、片道切符4枚と天国までの地図も買って、船が嵐で沈没しても溺れて死なないように救命胴衣と浮き輪も2人分購入する。
◎×2＜天国ツアーセット2人分

From：空ちゃん　Date：2016年8月21日（日）23：13　..・＊.・＊—
＜あとビール2本！　乗船完了。

From：うっちぃ　Date：2016年8月21日（日）23：16　..・＊.・＊—
＜三途の川を渡った後は、閻魔が地獄行きか天国行きか決めるらしい。向こう岸に着かないように、シージャックしちゃおうっか？

From：空ちゃん　Date：2016年8月21日（日）23：19　..・＊.・＊—
＜空ちゃんは、大人しくいい子で船に乗って、天国に行けるように閻魔様にいい印象を与えておくわ。＼(^.^)／

From：うっちぃ　Date：2016年8月21日（日）23：31　..・＊.・＊—
＜やっぱり自分だけ天国に行こうとしてるでしょ。閻魔みたいに名前に「魔」がつくやつは悪魔の仲間だよね？　まず、こいつを倒そう。

From：空ちゃん　Date：2016年8月21日（日）23：35　..・＊.・＊—
👧＜閻魔様は冥界の神様らしいよ。ゲームじゃないんだから、倒すというより、お裁きを受けるってとこじゃないかしら…？

2016年8月22日（月）21：16　閻魔様だよ

From：うっちぃ　Date：2016年8月22日（月）21：16　..・＊.・＊—
（◆閻魔様の北町奉行所◆）
（太鼓の連打とともに家来の声）「閻魔大王様の御出座～」
👿（閻魔）＜そのほうら、面（おもて）を上げ！

From：空ちゃん　Date：2016年8月22日（月））21：24　..・＊.・＊—
👦👧＜（土下座の頭を上げて）ははあ。

From：うっちぃ　Date：2016年8月22日（月）21：31　..・＊.・＊—
👿（閻魔）＜判決を申し渡す。この男はこれまで良いことをした記録が一つもない。地獄行き決定。空ちゃんはかわいいから天国行き決定！

From：空ちゃん　Date：2016年8月22日（月）21：39　..・＊.・＊—
👧＜（土下座をして）ははあ。御意。✌

From：うっちぃ　Date：2016年8月22日（月）21：45　..・＊.・＊—
👦＜わっ、見た目で決めちゃいけないんだ。閻魔が目をそらした隙に、俺がどれだけ多くの徳を積んでいたかも知らないで～。

From：空ちゃん　Date：2016年8月22日（月）21：53　..・＊.・＊—
👿（閻魔）＜わしは今までの行動を全て見ていた。そして、この閻魔帳に詳細に記録しておるのじゃ。📔＜㊙閻魔帳（絶対見ちゃダメ）

From：うっちぃ　Date：2016年8月22日（月）22：01　..・＊.・＊—
👦＜ちょっとくらい目を離したこともあるだろ。

From：空ちゃん　Date：2016年8月22日（月）22：07　..・＊.・＊—
👿（閻魔）＜い～や、わしは漏れなく見ていた。

From：うっちぃ　Date：2016年8月22日（月）22：18　..・＊.・＊ー
👨＜こんな遠くから見てたら見間違いもあるし、背中ごしに死角になって見えなかったかもしれないし、眠くてうとうとしたこともあるはず。100％絶対にないなんて言い切れるわけないだろ。そんな嘘こくとお前のような下級閻魔は、針千本飲ませられて閻魔大王に舌を抜かれるぞ。

From：空ちゃん　Date：2016年8月22日（月）22：29　..・＊.・＊ー
👿（閻魔）＜見たと言ったら、見た。だってわしは閻魔大王だもん。

From：うっちぃ　Date：2016年8月22日（月）22：41　..・＊.・＊ー
👨＜神様も仏様も完璧じゃないから、いろんな神様、仏様がいて、役割分担してるんだろ。閻魔がホントに正しいかどうかだって、最終的には泰山王様が決めるって話だし。変成王様だって、亡者の言い分を聞いてくれるって噂だし、それが閻魔が完璧ではない何よりの証拠だ。

From：空ちゃん　Date：2016年8月22日（月）22：53　..・＊.・＊ー
👿（閻魔）＜ううむ、少しくらいは見落としもあるかもしれんが…。

From：うっちぃ　Date：2016年8月22日（月）23：00　..・＊.・＊ー
👨＜でしょ。そしたら、せめて今の時代はビデオ判定くらいしてくれないと。昭和の時代じゃないんだから。まず言いたいのは、私は人も熊も犬もまだ殺していません。一切の殺生もしてないから無罪確定！

From：空ちゃん　Date：2016年8月22日（月）23：07　..・＊.・＊ー
👿（閻魔）＜でも、魚や牛や、蚊くらいは殺したことがあるだろ。

From：うっちぃ　Date：2016年8月22日（月）23：13　..・＊.・＊ー
👨＜魚や牛は殺されてた物を食べただけだし、蚊は俺の全身の血を吸い取ろうとしたのを、仕方なく正当防衛で返り討ちにしただけだもん。

From：空ちゃん　Date：2016年8月22日（月）23：18　..・＊.・＊ー
👿（閻魔）＜この閻魔帳に、ボートの上で魚を釣って食べた記録が残っておるぞ。📒＜㊙閻魔帳

From：うっちぃ　Date：2016年8月22日（月）23：25　‥・＊.・＊—
👦<あ、あれは、た、たぶん空ちゃんがつ、つ、釣った時には既に命が絶えていて…。（折りたたみ傘でポカっと殴ったことはナイショ）

From：空ちゃん　Date：2016年8月22日（月）23：29　‥・＊.・＊—
👧💦<こらこら、空ちゃんはせっかく天国行きが決まったんだから、空ちゃんのせいにしないの。

From：うっちぃ　Date：2016年8月22日（月）23：34　‥・＊.・＊—
👦<だって空ちゃんと離ればなれになるのは寂しいんだもん…。

From：空ちゃん　Date：2016年8月22日（月）23：39　‥・＊.・＊—
😈（閻魔）<まあ良い。殺生はしなかったことにしてやろう。これまでに盗みを働いたことはないか？

From：うっちぃ　Date：2016年8月22日（月）23：43　‥・＊.・＊—
👦<ない、ない、1回もなし。働くことは苦手だから、盗みを働くこともないし、仕事もいつもサボってた。✌

From：空ちゃん　Date：2016年8月22日（月）23：46　‥・＊.・＊—
😈（閻魔）<呆れたやつじゃ。酒と女に溺れていただろう？

From：うっちぃ　Date：2016年8月22日（月）23：52　‥・＊.・＊—
👦<（閻魔帳を取り上げて📔）わ〜、空ちゃんとの連名で酒色に耽った記録がびっしり。あの世にはエッチ動画がないからって、こんなの読んでニマニマしてるとは、閻魔も隅に置けない破廉恥なやつだ。

From：空ちゃん　Date：2016年8月22日（月）23：57　‥・＊.・＊—
😈（閻魔）<そうそう、これが趣味で…。いや、これがわしの仕事なのじゃ。

From：うっちぃ　Date：2016年8月23日（火）00：06　‥・＊.・＊—
👦<（筆を取り上げて🖌）閻魔が見てなかった時のも書いといてあげる。今までの酒色の記録を二重線で消し、これも消し。全部消し…。

From：空ちゃん　Date：2016年8月23日（火）00：11　‥・＊.・＊—

👿💢（閻魔）＜こら、勝手に書き換えてはならぬ！

From：うっちぃ　Date：2016年8月23日（火）00：15　..・＊.・＊―
👨＜ほら、もう、酒色の記録は一つもなくなった。✌

2016年8月23日（火）21：22　閻魔大王の判決はいかに

From：空ちゃん　Date：2016年8月23日（火）21：22　..・＊.・＊―
👿（閻魔）＜では聞くが、そなたは、現世で何か一つでも徳を積んだり、善い行いをしたことはあるか？

From：うっちぃ　Date：2016年8月23日（火）21：29　..・＊.・＊―
👨＜よくぞ聞いてくれた。死にそうになっている犬と熊に、自分が食べる代わりに食べ物をあげて、命を救ってあげた。証人としてすぐに2人をここに召し出そう！　それから、閻魔はよそ見して見てなかったと思うけど、夥しい数のクモを助けた（ウソ）。だから、クモの糸を垂らすときは、綱引きの綱くらい太いのを頼むよ。あとは、海でミミズが魚に食べられる前に引っ張って助けてあげたことは何度もある。🐟～🎣

From：空ちゃん　Date：2016年8月23日（火）21：39　..・＊.・＊―
👿（閻魔）＜ううむ、嘘八百を並べおって。最終判決を申し渡す。うっちぃは地獄行き決定！　温かく迎えられるぞ。次回割引券と地獄の釜の無料優待券もつけておく。これだけの歓待を受けるやつはめずらしい。うっちぃは残念ながら天国は出禁になっておった。ガハハハ。

From：うっちぃ　Date：2016年8月23日（火）21：48　..・＊.・＊―
👨＜温かく迎えられるより、灼熱の出迎えを受けそう…。天国の出禁が解けるまで現世で反省する…。（反省しても改善した試しがないB型）

From：空ちゃん　Date：2016年8月23日（火）21：55　..・＊.・＊―
👿（閻魔）＜現世には帰っちゃダメ～。これにて、一件落着！　解散。

From：うっちぃ　Date：2016年8月23日（火）22：10　..・＊.・＊―
👨＜（こうなったら最終手段。強行突破しかない）「地獄に行く前にお天道様を拝んで、これまでの行いを懺悔いたします」。伝説の鏡で太陽

光を反射させて、閻魔を攻撃。👿　三三三〇🌞＜悪魔は太陽が苦手

From：空ちゃん　Date：2016年8月23日（火）22：21　..・＊.・＊—
👿（閻魔）＜ガハハハ。わしは悪魔とはまるで違うし、その鏡は徳のない人が持っても、何の効果もないのだ。べ〜だ。😛

From：うっちぃ　Date：2016年8月23日（火）22：24　..・＊.・＊—
👨＜ううむ、空ちゃんに鏡を渡して、再び太陽光を反射させて閻魔を攻撃。👿💥　✨三三三三三〇七👧🌞✨＜ギラッ

From：空ちゃん　Date：2016年8月23日（火））22：27　..・＊.・＊—
👿✨（閻魔）＜うっ。ま、まぶしくて、目が見えない！　✨✨✨

From：うっちぃ　Date：2016年8月23日（火）22：45　..・＊.・＊—
👨＜メリーちゃんがいたら万華鏡攻撃を閻魔のやつにあびせて、とどめを刺せたのに…。（空ちゃんの手を握り）この隙に逃げよう！

From：空ちゃん　Date：2016年8月23日（火）22：48　..・＊.・＊—
👧＜は〜い。うっちぃの後ろについていく。🏃🏃💨

From：うっちぃ　Date：2016年8月23日（火）22：55　..・＊.・＊—
👨＜来た道を走って逃げる。こうやって亡者に逃げられないように途中に三途の川があるのか。渡し船の船頭に片道切符を渡して…。乗船拒否された！　救命胴衣を着けて浮き輪に掴まって。頑張って向こう岸まで泳ぐんだよ。

From：空ちゃん　Date：2016年8月23日（火）23：01　..・＊.・＊—
👧＜は〜い、準備完了！

From：うっちぃ　Date：2016年8月23日（火）23：15　..・＊.・＊—
👨＜俺は浮き輪に掴まって足をバタバタさせるから、空ちゃんは向こう岸まで浮き輪を引っ張りながら泳ぐんだよ。＿(^^)＼＿／🌊

From：空ちゃん　Date：2016年8月23日（火）23：18　..・＊.・＊—
👧＜頑張って泳ぐ〜。うっちぃにエネルギー注入。チュッ。♡

From：うっちぃ　Date：2016年8月23日（火）23：23　..・＊.・＊―
👦＜ＨＰ回復。これまでのシミュレーションの成果を遺憾なく発揮。
＿(^^)＼　➡　＼(^0)へ（息継ぎ）＜パッ　➡　へ(^^)＼
ようやく三途の川を渡れた。ここまでくれば一安心。次回は、渡し船に乗らずに、自分のヨットで行っていいか、聞いてみようっと。🌊⛵

2016年8月24日（水）19：02　海の上

From：うっちぃ　Date：2016年8月24日（水）19：02　..・＊.・＊―
👦💤＜💤もう泳げない。空ちゃんだけは幸せになってね～。🌊💤

From：空ちゃん　Date：2016年8月24日（水）19：05　..・＊.・＊―
👧💤＜💤空ちゃんを置いて、一人で天国に行っちゃだめだよ。💤

From：うっちぃ　Date：2016年8月24日（水）19：08　..・＊.・＊―
👦💤＜💤熊太郎に乗って、みんなで天国を遊覧している夢の中。🌊
＼(^[ｪ]^)／＿👦👧🐩_／　💤

From：空ちゃん　Date：2016年8月24日（水）19：12　..・＊.・＊―
👧＜👀　あれ、ここはどこかしら？？

From：うっちぃ　Date：2016年8月24日（水）19：16　..・＊.・＊―
🐻＜バア。明日、仕事の人～？　＼(^[ｪ]^)／＜主役登場！

From：空ちゃん　Date：2016年8月24日（水）19：19　..・＊.・＊―
👧＜し～ん。あれ、熊さん、なんでいる？　ここはどこ？　f(^.^)?

From：うっちぃ　Date：2016年8月24日（水）19：24　..・＊.・＊―
（◆🌊海の上◆）
🐻＜空ちゃんとお別れしたくなくて、ヨットを追いかけて来た。また、会えて感無量。ここは、海の真ん中。おれっちの背中の上だっち。
＼(^[ｪ]^)／_👦💤👧🐩_／

From：空ちゃん　Date：2016年8月24日（水）19：38　..・＊.・＊―

👧＜すっご〜い！　溺れていたのを熊さんが助けてくれたの！？　ありがとう。熊さん、大好き。よく私たちの居場所がわかったね。

From：うっちぃ　Date：2016年8月24日（水）19：43　..・＊.・＊—
🐻＜キラキラ光るものが見えたから、すぐに伝説の鏡の光だってわかったっち。⭕✨

From：空ちゃん　Date：2016年8月24日（水）19：48　..・＊.・＊—
👧＜さすが、熊さん。いつも頼りになる〜。ほら、うっちぃ、起きて。熊さんが命を助けてくれた。

From：うっちぃ　Date：2016年8月24日（水）20：15　..・＊.・＊—
👦💤＜💤お腹すいた。熊鍋食べた〜い。空ちゃん食べたい。💤

From：空ちゃん　Date：2016年8月24日（水）21：02　..・＊.・＊—
🐻＜熊鍋食べたいって聞こえたぞ。寝てる間に、うっちぃだけ海に放り投げちゃおっか？　＼(^[ｴ]^#)／

From：うっちぃ　Date：2016年8月24日（水）21：09　..・＊.・＊—
👦💤＜💤うっちぃ、泳げな〜い。
＼(^0)へ（息継ぎ）➡　＼(^^;)／＜海水飲んだ、アワワ💤

From：空ちゃん　Date：2016年8月24日（水）21：14　..・＊.・＊—
👧💦＜うっちぃは、夢の中でも溺れてるのかな…。どこ漂流してるのか、空ちゃん皆目見当がつかない。🌊

From：うっちぃ　Date：2016年8月24日（水）21：23　..・＊.・＊—
🐻＜あとはメリーちゃんの鼻と勘に頼ろう。＼(^ᴥ^)＼

2016年8月26日（金）23：01　ここは天国？

From：うっちぃ　Date：2016年8月26日（金）23：01　..・＊.・＊—
👦＜👀（お目覚め。天国にいると思っているうっちぃ）熊太郎も先にこっちの世界に来てたんだな。熊太郎がいるってことは、ここは天国じゃなくてやっぱり地獄の方か！？　俺の普段の行いを考えたら、天国は偏差値が高すぎる気がしてたんだ…。ふかふかなのは熊太郎の背中かあ。ここではもう魚が小さいって言わないぞ～。

From：空ちゃん　Date：2016年8月26日（金）23：07　..・＊.・＊—
🐻💢＜俺っちは、空ちゃんだけ助かれば良かったんだ。うっちぃだけ、今から天国に送ってやろうか？

From：うっちぃ　Date：2016年8月26日（金）23：14　..・＊.・＊—
👦＜熊太郎、あの世に来てまで怒んなよ…。せっかく神様がお迎えに来てくれたんだから、わざわざ送ってくれなくてもいいぞ。＼(^^)／

From：空ちゃん　Date：2016年8月26日（金）23：20　..・＊.・＊—
👧＜そうじゃないの。熊さんがお迎えにきて、助けてくれたんだよ。

From：うっちぃ　Date：2016年8月26日（金）23：24　..・＊.・＊—
👦＜お迎えに来てくれた？　天国から？

From：空ちゃん　Date：2016年8月26日（金）23：27　..・＊.・＊—
👧＜熊さんちから…。かくかくしかじか…、というわけなの。

From：うっちぃ　Date：2016年8月26日（金）23：31　..・＊.・＊—
👦＜熊太郎が海に投げ出された俺と空ちゃんを助けてくれたのか！？さすが。熊太郎はいつも頼りになる～。これで、貸し借りなしだな。

From：空ちゃん　Date：2016年8月26日（金）23：36　..・＊.・＊—
🐻＜（なんか借りがあったかな？　貸しだらけじゃないか！？）空ちゃんをこんな目に合わせるなんて、うっちぃは疫病神か。

From：うっちぃ　Date：2016年8月26日（金）23：41　..・＊.・＊—
👦＜でへへ。神様なんて褒められると照れるじゃないか。疫病神様がお前の守護神になって進ぜようか～。／(^^;)

2016年8月28日（日）22：06　ここはどこ

From：うっちぃ　Date：2016年8月28日（日）22：06　..・＊.・＊—

👦＜熊太郎が助けてくれたのか。熊太郎は力持ちだけじゃなくて、実はいいやつだったんだな～。＼(^[ｴ]^)／＝ミハ、イイヤツ

From：空ちゃん　Date：2016年8月28日（日）22：11　..・＊.・＊—
🐻＜「ミ」って言うなよ…。やっぱり、うっちぃだけ降ろしていこう。

From：うっちぃ　Date：2016年8月28日（日）22：16　..・＊.・＊—
👦＜メリーちゃん、日本はどっち？　日本が見える、日本が見える…。👆⌚🐩（メリーちゃんに催眠術）これはナンボンに見える？　✌

From：空ちゃん　Date：2016年8月28日（日）22：21　..・＊.・＊—
🐩＜ニホンに見えるワン。日本はこっちだワン。👉🗾

From：うっちぃ　Date：2016年8月28日（日）22：27　..・＊.・＊—
👦＜日本、見えた！　メリーちゃんは、最強だワン。

From：空ちゃん　Date：2016年8月28日（日）22：32　..・＊.・＊—
👧＜船員に告ぐ、帆を張れ～。全速前進！　✊

From：うっちぃ　Date：2016年8月28日（日）22：39　..・＊.・＊—
🐻＜帆は付いてません、船長！　🌊＼(^[ｴ]^)_🐩👦👧🍺_／

From：空ちゃん　Date：2016年8月28日（日）22：43　..・＊.・＊—
👧＜ファイト、ファイト！　✊

From：うっちぃ　Date：2016年8月28日（日）22：48　..・＊.・＊—
🐻＜日本に到着。🗾

From：空ちゃん　Date：2016年8月28日（日）23：00　..・＊.・＊—
👧＜きゃ～。お久しぶり～日本！　船員に告ぐ、錨を下せ～！

From：うっちぃ　Date：2016年8月28日（日）23：05　..・＊.・＊—
🐻＜錨も付いてません、船長！

2016年9月2日（金）21：22　空ちゃん家

From：うっちぃ　Date：2016年9月2日（金）21：22　..・＊.・＊—
（◆場所は日本、空ちゃんの家◆）
👨＜１年半振りの日本。お礼にいい熊牧場を紹介するぞ、熊太郎。

From：空ちゃん　Date：2016年9月2日（金）21：31　..・＊.・＊—
🐻＜熊牧場なんて、ご免だ。俺の代わりにうっちぃが熊牧場に入ってくれ。俺は空ちゃんと仲良く暮らすんだもん。

From：うっちぃ　Date：2016年9月2日（金）21：41　..・＊.・＊—
👨＜熊太郎…、日本で熊で生きていくには最悪だぞ！　熊牧場か動物園かサーカスしかないんだもん。野生の熊はみんな撃たれるの、間違いなし。どっちがいい？　＼(^[ｪ]^;)／💥　🔫＼(^^)＜狩猟免許取得

From：空ちゃん　Date：2016年9月2日（金）21：46　..・＊.・＊—
🐻＜牧場も動物園もサーカスもご免だ。俺っちは自由奔放に生きるんだもん。＼(^[ｪ]^)／

From：うっちぃ　Date：2016年9月2日（金）21：50　..・＊.・＊—
👨＜メリーちゃんは、どうするんだ？

From：空ちゃん　Date：2016年9月2日（金）21：54　..・＊.・＊—
🐩＜メリーちゃんは、日本で暮らしたいワン。

From：うっちぃ　Date：2016年9月2日（金）22：00　..・＊.・＊—
👨＜メリーちゃん…、日本で犬で生きていくには最高だぞ！　気品のあるお姉さんと一緒に暮らして、毎日、働かなくてもご飯を作ってくれるし、散歩に連れてってもらって、家族のように大事にされて、毎日、「いい子いい子、ぎゅ～」ってされるの間違いなし！

From：空ちゃん　Date：2016年9月2日（金）22：07　..・＊.・＊—
🐻＜しゅん。熊さんとセットで大事にしてくれるホストファミリーっていないかな…！？　／(ﾉ.ヽ #)。o○（🐻&🐩）

From：うっちぃ　Date：2016年9月2日（金）22：15　..・＊.・＊—

👦＜日本は、熊太郎が思ってるほど、熊って人気ないんだぞ。「熊各地で目撃」「熊捕殺多数」「熊による人身被害続出」＜新聞見出し

From：空ちゃん　Date：2016年9月2日（金）22：22　..・＊.・＊―
🐻＜しゅん…。それなら、俺っち、島に帰ろっかな。／(++;)

2016年9月3日（土）22：41　熊さん、しゅん

From：空ちゃん　Date：2016年9月3日（土）22：41　..・＊.・＊―
🐻＜しゅん…。／(ﾉ八 #)

From：うっちぃ　Date：2016年9月3日（土）22：45　..・＊.・＊―
👦＜熊太郎、どうした？　活きが悪そうな顔してるけど、ホントに帰るのか？　俺がいい子いい子して、寝てる間に首をポリポリ掻いてあげるから、日本にいていいんだぞ（寝首を掻く。🔪✨）。

From：空ちゃん　Date：2016年9月3日（土）22：52　..・＊.・＊―
🐻＜（食べ物じゃないんだから元気がなさそうな顔って言ってくれ）いや、いいよ。今日はなんだか怒る気力もない…。

From：うっちぃ　Date：2016年9月3日（土）22：59　..・＊.・＊―
👦＜俺の毛皮を着たまま、帰っちゃわないか心配なんだ…。

From：空ちゃん　Date：2016年9月3日（土）23：13　..・＊.・＊―
🐻＜せっかくだからメリーちゃんと日本の観光地巡りをしてくることにした。いろんな日本を見てくるよ。＼(^[ｴ]^)／&＼(^ᴥ^)＼

From：うっちぃ　Date：2016年9月3日（土）23：29　..・＊.・＊―
👦＜寒い冬になる前に帰って来いよ。今度は、俺が熊太郎の背中に乗って、日本全国の温泉に連れてってあげるからな。

From：空ちゃん　Date：2016年9月3日（土）23：35　..・＊.・＊―
👧＜（それは連れてってあげるんじゃなくて、連れてってもらうんでしょ）冬になったら、温かい熊さん布団で寝たいもんね。

From：うっちぃ　Date：2016年9月3日（土）23：42　..・＊.・＊—
＜じゃあな、あばよ。しばらく、旅に出てくる。～

From：空ちゃん　Date：2016年9月3日（土）23：47　..・＊.・＊—
＜行ってらっしゃ～い。気をつけてね。～

From：うっちぃ　Date：2016年9月3日（土）23：53　..・＊.・＊—
＜熊太郎、俺の毛皮だけは撃たれるなよ。じゃあな、馬鹿熊。馬・鹿・熊が三つ揃うと最強だね、空ちゃん。猪鹿蝶みたい。

2016年9月15日（木）21：29　十五夜

From：空ちゃん　Date：2016年9月15日（木）21：29　..・＊.・＊—
＜熊さん、生きてる～？　今日は十五夜。空ちゃんとこ雲が多くてお月様見えないから、ビール飲んでおだんごだけ食べた～。

From：うっちぃ　Date：2016年9月15日（木）22：22　..・＊.・＊—
＜あいつのことだから、日本をうろちょろして撃たれちゃったよね！？最近、熊の目撃情報をいっぱいテレビでやってたし。
＜「７時のニュースです。民家を荒らす熊が猟銃で撃たれました」

From：空ちゃん　Date：2016年9月15日（木）22：28　..・＊.・＊—
＜熊さんじゃないよ。きっと別の熊。日本にも熊はいっぱいいる。

From：うっちぃ　Date：2016年9月15日（木）22：35　..・＊.・＊—
＜熊太郎に臓器提供カードつけとくんだったな。「俺っちが死んだときは臓器は全て提供します。毛皮はうっちぃに提供します」

From：空ちゃん　Date：2016年9月15日（木）23：03　..・＊.・＊—
＜いい熊さんだからきっと撃たれたりしないよ。人は見た目じゃないから大丈夫。＼(^.^)／

From：うっちぃ　Date：2016年9月15日（木）23：06　..・＊.・＊—
＜人は見た目じゃないけど熊は見た目だろ。いい熊か悪い熊か撃つ前に面接したりしないから、熊太郎の姿を見たらバーンって撃っちゃう。

＼(^[ｴ]^;)／💨　🔫＼(^^)💨＜イイ熊ナラ、毛皮ヨコセ

From：空ちゃん　Date：2016年9月15日（木）23：09　‥・＊.・＊―
👧＜「めぐり逢ひて　見しやそれとも　分かぬ間に　雲がくれにし夜半（よは）の月かな」（紫式部：むらさきしきぶ）　やっと会えたのに雲に隠れた月のように、すぐにいなくなっちゃった。

第10話　京都 👫

「幸福人とは過去の自分の生涯から満足だけを記憶している人々であり、不幸人とはそれの反対を記憶している人々である」（萩原朔太郎）

萩原朔太郎（はぎわらさくたろう）：詩人。1886-1942。代表作は『月に吠える』、『青猫』、『蝶を夢む』。口語自由詩を確立し、日本近代詩の父と呼ばれる。

「竹」（詩集『月に吠える』から引用）
　ますぐなるもの地面に生え、／　するどき青きもの地面に生え、／凍れる冬をつらぬきて、／　そのみどり葉光る朝の空路に、／　なみだたれ、／　なみだをたれ、／　いまはや懺悔をはれる肩の上より、／　けぶれる竹の根はひろごり、／　するどき青きもの地面に生え。

2016年11月13日（日）21：01　次のデート

From：うっちぃ　Date：2016年11月13日（日）21：01　..・＊.・＊—
♪今年の冬はどこ行こうか？　次回のデートはどこ行く？　琵琶湖のほとりでまったりと湖を眺めるとか、冬の神戸でうっとりと夜景を鑑賞するとか？

From：空ちゃん　Date：2016年11月13日（日）21：05　..・＊.・＊—
ごめん…今、お金がないから当分旅行できない。うっちぃとの旅行は何よりも楽しみで、私の生きがいなんだけど、時間も心も余裕がないからいろんなことが考えられない。＼(^.^#)／

From：うっちぃ　Date：2016年11月13日（日）21：12　..・＊.・＊—
どうした？　お金くらい神様が貸してあげるって。いつか死亡保険で返してくれればいいから（一生返さなくていいという意味だから、誤解しないように）。何か急な出費でもあった？

From：空ちゃん　Date：2016年11月13日（日）21：38　..・＊.・＊—

元々、教育ローンの返済があるのに、さらに息子が溜めまくった。保険やら税金やら車のローンやら。社会人になってもまだ半人前なのよ。

From：うっちぃ　Date：2016年11月13日（日）21：43　..・＊.・＊—
半人前ってことは、0.1人前の俺の５倍は役に立つ。自分の借金じゃないとはいえ、家族だと突き放す気持ちになれないよね。いくら溜めた？

From：空ちゃん　Date：2016年11月13日（日）21：49　..・＊.・＊—
まだ今月支払えてない分がもう20万ほど…。やめよ、やめよ、この話は。楽しいこと考える〜。＼(^.^)／

From：うっちぃ　Date：2016年11月13日（日）21：55　..・＊.・＊—
俺の友達の神様にお金を少し借りてごらん。その返済を目標に仕事をすれば、今より人生が豊かになるぞ。＼(^^)／

From：空ちゃん　Date：2016年11月13日（日）22：02　..・＊.・＊—
そんなに余裕があるんだ。いつかそんな言葉、言ってみたい。

From：うっちぃ　Date：2016年11月13日（日）22：17　..・＊.・＊—
ある、ある。貯金も借金も邪悪な心も部屋のゴミも捨てるほどある！こんなこともあろうかと、あの島で作った貨幣をたくさん持ってきた。銀行で日本円に換金しておくから空ちゃんの銀行口座番号を教えて。きっと神様が空ちゃんにご褒美あげる。俺じゃないよ、神様がだよ。

From：空ちゃん　Date：2016年11月13日（日）22：23　..・＊.・＊—
例の貝殻ね。換金できるといいわね。気持ちだけありがたく受け取っておく〜。＼(^.^)／

From：うっちぃ　Date：2016年11月13日（日）22：35　..・＊.・＊—
神様にしたら、空ちゃんにお金を貸すことは、友達に本を貸すのと同じくらいたわいないこと。試しに少し借りてごらん。きっと、幸福が訪れるから。お金が必要なときは借りればいい。借りる先と借りる目的が違うだけで、みんな借金くらいしてるんだし。俺んちは住宅ローンがあと25年ある。

From：空ちゃん　Date：2016年11月13日（日）22：58　‥・＊.・＊ー
ありがとうね！　涙が出そうだけど、うっちぃの前じゃ泣かな〜い。ウチも借金はたくさんあるよ。だから余裕がないんだもん。結婚して以来、お金の心配をしなくて良かったことは一度もなかった。どこで人生間違えちゃったんだろうって、ずっと思ってきた。高校を卒業してから知り合った人と沖縄で生活を始めて子供ができて、旦那は仕事はしていたけれど月給以上にギャンブルや浪費が激しくて、サラ金の借金まであって、生活費は何とか自分が賄って細々と暮らしていたけど、そんな状態にもかかわらず旦那に新しい女ができたら「俺にお前は必要ない」と言われて別れたんだ。別れてからも、生活費や子供の教育ローンや…。仕事を掛け持ちしても、アルバイトの時給はたかが知れてるし、お金の心配が尽きることがなかった。サラ金は今はないんだけど、借金の返済のために仕事をしているような生活を20代からずっと続けてきた。これも運命なのかな。男の人を見る目がなかったのか、男の人の不完全な所に魅力を感じちゃうのか、巡り合わせが悪かったのよね。あ、何、つまんない話してんだろうね…。

From：うっちぃ　Date：2016年11月13日（日）23：15　‥・＊.・＊ー
もしも、違う人に巡り合っていたら、人生も変わってた？

From：空ちゃん　Date：2016年11月13日（日）23：24　‥・＊.・＊ー
人生に「もしも」はない。現実にあるのは、もしもじゃない世界、自分が選択した運命だけ。

From：うっちぃ　Date：2016年11月13日（日）23：35　‥・＊.・＊ー
過去はそうでも、未来はいろんな「もしも」が空ちゃんに選択されることを待ってる。ババ抜きで相手の手札を選択するように、たくさんの選択肢から自分でやりたいことを選ぶことができる。

From：空ちゃん　Date：2016年11月13日（日）23：41　‥・＊.・＊ー
相手が持ってる２枚の手札から絶対に「ババ」を引きたくないと思うと、自然と手がババを選んじゃうんだよね…。

From：うっちぃ　Date：2016年11月13日（日）23：45　‥・＊.・＊ー
今度は相手に選択を委ねてみたら。「ババじゃない方を頂戴」って。

From：空ちゃん　Date：2016年11月13日（日）23：49　..・＊.・＊—
もし、うっちぃの手札が残り２枚のときに、そう聞いたらババじゃない方を渡してくれる？

From：うっちぃ　Date：2016年11月13日（日）23：53　..・＊.・＊—
絶対にババじゃない方を渡すぞ。俺だけは信用していいぞ！　＼(^^)／

From：空ちゃん　Date：2016年11月13日（日）23：58　..・＊.・＊—
で、空ちゃんはそれを信用せずに、もう１枚のカードを引いて、ババを選んじゃうんだよね…。この話はおしまい、おしまい。＼(^.^;)／

2016年11月14日（月）22：48　求む、口座番号

From：うっちぃ　Date：2016年11月14日（月）22：48　..・＊.・＊—
お金をもらうのは抵抗があるかもしれないけど、お金を少し借りるくらい、何も遠慮することないぞ。銀行より低金利で、利子をつけて返してくれてもいい。空ちゃんの銀行口座をメールして。＼(^^)／

From：空ちゃん　Date：2016年11月14日（月）22：51　..・＊.・＊—
ありがとう、考えておくわ。

From：うっちぃ　Date：2016年11月14日（月）23：03　..・＊.・＊—
お金を借りると返済が気になるだろ。いつになっても、返さなくても神様は構わないんだけど、それだと空ちゃんもすっきりしないし気が済まないし、かえってお金を借りづらいと思うんだ。相手は神様だし。

From：空ちゃん　Date：2016年11月14日（月）23：08　..・＊.・＊—
うんうん。返済できないお金は、特に友達からは借りられない。

From：うっちぃ　Date：2016年11月14日（月）23：16　..・＊.・＊—
空ちゃんは、借金はあといくらある？

From：空ちゃん　Date：2016年11月14日（月）23：25　..・＊.・＊—
400万ほど。毎月10万円の返済なんだけど、先月払えてなくて、今月は

20万円返済しないといけない。私は正社員でも給料はたかがしれてて、賞与も10万に満たないくらいの零細企業なの。

From：うっちぃ　Date：2016年11月14日（月）23：29　‥・＊.・＊—
神様から借りた場合だけど、闇金ウシジマくんもビックリの素敵な返済プランのアイデアがあるんだ。聞きたい？

From：空ちゃん　Date：2016年11月14日（月）23：34　‥・＊.・＊—
ちょっと興味はある。

From：うっちぃ　Date：2016年11月14日（月）23：44　‥・＊.・＊—
整理してから、今度、話すよ。空ちゃんの体で稼いで返す、完璧な返済プラン。その前に銀行口座を早く連絡してね。＼(^^)／

From：空ちゃん　Date：2016年11月14日（月）23：47　‥・＊.・＊—
こわっ。心臓だと1000万円くらいって聞いたことあるよ！　＼(^.^)／

From：うっちぃ　Date：2016年11月14日（月）23：58　‥・＊.・＊—
腎臓は2000万円くらいらしいぞ。今度は、動物と会話ができるほど心が清らかなうっちぃを信用して、運命を委ねてみたら？　ババを渡されるか、ババじゃない方を渡されるか試してごらん。＼(^^)／

2016年11月16日（水）23：07　求む、ゴルゴ13

From：うっちぃ　Date：2016年11月16日（水）23：07　‥・＊.・＊—
今日もあいつに怒鳴られた。名前は出せないけど、あの社長め。いつかゴルゴ13を雇って復讐のために、寝顔にマジックで髭を描いてやる！

From：空ちゃん　Date：2016年11月16日（水）23：15　‥・＊.・＊—
あはは。期待されてないと、そんなに毎日怒られないよ（きっと会議中の居眠りが見つかったんだろ～な～）。😁

From：うっちぃ　Date：2016年11月16日（水）23：23　‥・＊.・＊—
（よく毎日ってわかったな…）俺は誉められて、おだてられて、いい子いい子におんぶに抱っこに高い高いされて伸びる男なのに、そこがみんなわかってない。会議を邪魔しないように居眠りしてただけなのに…。

From：空ちゃん　Date：2016年11月16日（水）23：30　..・＊.・＊—
（ずいぶん手のかかる男の子だね…）怒られるよりも褒められた方がやる気が出るもんね。＼(^.^)／＜タカイ、タカ～イ

From：うっちぃ　Date：2016年11月16日（水）23：39　..・＊.・＊—
この前も「仕事が遅いな～。お前は足を怪我した蟹だな」だって。仕事がなかなか前に進まないけどさ、足を怪我した亀とかカタツムリとか、せめて前に進むモノに例えてほしい…。パワハラで訴えてやる。

From：空ちゃん　Date：2016年11月16日（水）23：45　..・＊.・＊—
誰が何て言っても、空ちゃんはうっちぃを尊敬してるし、大好きなんだから自信持って！　いっぱい、いい子いい子してあげる。＼(^.^)／

From：うっちぃ　Date：2016年11月16日（水）23：55　..・＊.・＊—
プログラムの設計資料がいくら期待にそぐわないものでも、何書いてるのか全然理解できない、全然覚えてない、やってと言ったことを全然やってないとか、全然、全然って、これだけ毎日ネガティブなこと言われて洗脳されたら、ただでさえ衰弱している胃腸と消化器系と神経が全部いかれて臓器提供もできないし、心も複雑骨折する。ホント、あの社長は全然わかってない。呉越同舟、いつか隙を見て髭を書いてやる！

From：空ちゃん　Date：2016年11月16日（水）23：59　..・＊.・＊—
大変ね。私なら「できません」って言って、帰ってしまうわ…。

From：うっちぃ　Date：2016年11月17日（木）00：08　..・＊.・＊—
「できません」が言えなくて、「はい、はい、わかりました。できます、できます」って赤べこのようにペコペコ笑顔で答えて、帰れないことならよくある…。

2016年11月17日（木）22：30　寒い、寒い

From：うっちぃ　Date：2016年11月17日（木）22：30　..・＊.・＊—
寒くなってきたから、空ちゃんを抱っこして、温まりながら寝る～。

From：空ちゃん　Date：2016年11月17日（木）22：42　..・＊.・＊ー
いいね。毎日、抱っこされるの。あのね…。

From：うっちぃ　Date：2016年11月17日（木）22：47　..・＊.・＊ー
なになに。＼(^^)／

From：空ちゃん　Date：2016年11月17日（木）22：54　..・＊.・＊ー
この前言ってた神様の話は本当…？

From：うっちぃ　Date：2016年11月17日（木）22：58　..・＊.・＊ー
ホント、ホント。神様はお金持ち。＼(^^)／

From：空ちゃん　Date：2016年11月17日（木）23：03　..・＊.・＊ー
少し、貸してほしい…。m(__)m

From：うっちぃ　Date：2016年11月17日（木）23：09　..・＊.・＊ー
は〜い。銀行口座を教えてくれたら、神様に伝えといてあげる！

From：空ちゃん　Date：2016年11月17日（木）23：22　..・＊.・＊ー
ありがとう。うっちぃは、私の命の恩人になっちゃう。＼(^.^)／
「岡山大原USJ銀行　岡山支店　普通　U7125656」

From：うっちぃ　Date：2016年11月17日（木）23：28　..・＊.・＊ー
うっちぃじゃなくて、神様ね。神様に口座番号伝えとく〜。＼(^^)／

From：空ちゃん　Date：2016年11月17日（木）23：34　..・＊.・＊ー
ありがとう。本当にありがとう。借りたお金は必ず返すけど、遅くなっても差し支えのない金額にしておいて。って、神様に伝えておいて！

From：うっちぃ　Date：2016年11月17日（木）23：39　..・＊.・＊ー
取り急ぎいくら要るんだっけ？　って、神様が聞いてた。＼(^^)／

From：空ちゃん　Date：2016年11月17日（木）23：43　..・＊.・＊ー
20万は払わなくてはいけない。ごめんなさい。迷惑かけて…。って、神

様に伝えておいて。m(_ _)m

From：うっちぃ　Date：2016年11月18日（金）00：03　..・＊.・＊—
は～い。じゃあ、デート代も入れて25万と。ヨロシク、神様。さあ、安心して一緒に温かい熊さん布団で寝よ～。

From：空ちゃん　Date：2016年11月18日（金）00：11　..・＊.・＊—
熊さんいないから、うっちぃにごろごろして寝る～。＼(^.^)／zzz

2016年11月18日（金）19：39　ビックリ

From：空ちゃん　Date：2016年11月18日（金）19：39　..・＊.・＊—
ねえ、神様がえらい大金振り込んでくれたの。あんなに借りちゃっていいのかなあ。100万円振り込まれていた。間違えじゃない？　m(._.)m

From：うっちぃ　Date：2016年11月18日（金）19：49　..・＊.・＊—
いいんじゃない、神様から借りるんだから。20万じゃ済まないでしょ。って、神様が言ってた。余ったら神様に内緒で俺に貸して。

From：空ちゃん　Date：2016年11月18日（金）19：52　..・＊.・＊—
残ったお金は神様に返した方がいい？　それとも、うっちぃに高金利で貸し付けた方がいい？　＼(^.^)／

From：うっちぃ　Date：2016年11月18日（金）20：09　..・＊.・＊—
高金利でうっちぃに貸し付けて、その利子を神様への返済にあてる。グッドアイデア！　けど、しばらく持ってたら。きっと必要になるよ。

From：空ちゃん　Date：2016年11月18日（金）20：10　..・＊.・＊—
うん、ありがとう。今週末は何してる？　＼(^.^)／

From：うっちぃ　Date：2016年11月18日（金）20：31　..・＊.・＊—
明日は今週の疲れをとるために全力で休息する。明後日は翌週からの仕事に備えて全力で休息する。あ～、忙しい。のんびりする暇もない。

From：空ちゃん　Date：2016年11月18日（金）20：37　..・＊.・＊—

きゃはは。休みも全力なんだ。なんか疲れそう。

From：うっちぃ　Date：2016年11月18日（金）20：43　..・＊.・＊ー
いつも全力だと疲れちゃうけど、メリハリつけてるから大丈夫。休息は全力で仕事は手を抜いて、バランスを保ってる。＼(^^)／

2016年11月19日（土）20：10　求む、アルバイト

From：うっちぃ　Date：2016年11月19日（土）20：10　..・＊.・＊ー
明日、暇な人～？　仕事のお手伝いできる人？　👋

From：空ちゃん　Date：2016年11月19日（土）20：16　..・＊.・＊ー
は～い、は～い、はい。うっちぃのお手伝いする～。👋(^.^)／

From：うっちぃ　Date：2016年11月19日（土）20：26　..・＊.・＊ー
自宅でできるアルバイトがあるけど、する？　仕事は俺の秘書。結構、大変。できるとしたら、明日は何時間くらい、時間が取れる？

From：空ちゃん　Date：2016年11月19日（土）20：31　..・＊.・＊ー
うっちぃの秘書なら喜んで、10時間でも12時間でも、何時間でも都合つけるよ。＼(^.^)／

From：うっちぃ　Date：2016年11月19日（土）20：39　..・＊.・＊ー
空ちゃんは手取りで月給、いくら貰ってる？　時給、決めなきゃ。

From：空ちゃん　Date：2016年11月19日（土）20：42　..・＊.・＊ー
お給料はいらない。神様が空ちゃんを助けてくれたお礼。＼(^.^)／

From：うっちぃ　Date：2016年11月19日（土）20：53　..・＊.・＊ー
いやいや。一生懸命働いて、早く神様にお金を返さなきゃ。あの神様は、結構、欲深い輩だから。おバカで嫌みばっかり言う性格だし。いいとこといったら、男前で優しくて、思いやりがあって気配りができて、健康なのにヨレヨレしていて存在感がないとこくらい。＼(^^)／

From：空ちゃん　Date：2016年11月19日（土）21：03　..・＊.・＊ー

でも一日はご奉仕させてほしいの。お願い！　何をすればいいの？

From：うっちぃ　Date：2016年11月19日（土）21：09　..・＊.・＊—
じゃあ、無料奉仕は明日だけ。利子分ということで。明日は13時から６時間くらい、バイトしよ！　前に神様から借りたお金の完璧な返済プランを考えてるって言った、あのことだけど…。詳細はまた明日。13時頃、メールする〜。＼(^^)／

From：空ちゃん　Date：2016年11月19日（土）21：15　..・＊.・＊—
は〜い。明日、教えて〜。＼(^.^)／

2016年11月20日（日）13：00　アルバイトの明細

From：うっちぃ　Date：2016年11月20日（日）13：00　..・＊.・＊—
アルバイトの内容は、本の執筆。これ、まじめな話なんだけど、本を共同で出版してみない？　空ちゃんは、物を書く仕事に興味があるって言ってたし。空ちゃんが借りた100万円くらいは、印税が入るといいなあ（願望）。仕事は、執筆、推敲、出版準備、レビューとかいろいろ。

From：空ちゃん　Date：2016年11月20日（日）13：02　..・＊.・＊—
空ちゃんにできるかな？　＼(^.^)／

From：うっちぃ　Date：2016年11月20日（日）13：04　..・＊.・＊—
できる、できる。空ちゃんじゃないとできない。中年の男女の不倫から始まる恋愛小説のような、ファンタジーのような本で、普通の小説とちょっと違うのが、全編メールのやりとりでストーリーが出来上っているところ。つまりね、俺たちのメールが原案の、実話を元にしたフィクションの小説なんだ。本のタイトルは「熊太郎とメリーちゃん」。

From：空ちゃん　Date：2016年11月20日（日）13：05　..・＊.・＊—
うん！！　それで、それで。＼(^.^)／

From：うっちぃ　Date：2016年11月20日（日）13：07　..・＊.・＊—
その執筆を手伝ってほしい！　で、作業時間分は、時給という形で給料を払うから、神様にはそこから返済すればいい。＼(^^)／

From：空ちゃん　Date：2016年11月20日（日）13：08　..・＊.・＊—
うん、なんか楽しそうね〜。＼(^.^)／

From：うっちぃ　Date：2016年11月20日（日）13：11　..・＊.・＊—
だろ。時給2500円で、１日４時間仕事をすると１日１万円になる。これを100日やろう。合計100万円。１年は52週あるから、１週間に１日アルバイトしたとして、100万円が返済し終わるのは約２年だね。これが、前に言ってた返済計画！　土日とか祝日、時間がとれる日に１日４時間の仕事をする。基本は土曜か日曜の13時から17時の４時間で、お互いの都合によっていつやるか決めよう。土日の両方行う週があってもいいし、土日共できない週があってもいい。４時間にこだわる必要もないけど、あまり早起きすると俺の方が寝不足でぼうっとして仕事にならないから、午後の４〜５時間くらいがいい。自宅で一人でやる作業だから、これ以上長いと俺の方が集中力が続かなくなる気がする。俺ができない日は、空ちゃんだけで仕事をするのも可能。それから、俺のことは頭取から社長に呼び方を変えてくれてもいいよ。

From：空ちゃん　Date：2016年11月20日（日）13：13　..・＊.・＊—
臓器提供じゃなくて、安堵したわ。内臓たちもほっとしてる。心臓なんて一番ドキドキしてたんだから…。＼(^.^)／

From：うっちぃ　Date：2016年11月20日（日）13：16　..・＊.・＊—
心臓のドキドキも止まって、とりあえず一安心だ（◎◎！？）。で、今日の作業内容は、2014年の８月に初めてメールしたところから、今までのメールを全てダウンロードしてほしい。空ちゃんのGmailの内容をダウンロードして、テキストで編集しやすいようにExcelかテキストファイルか何かに落としてほしいんだ。Gmailのデータが格納されているmboxをダウンロードして、テキスト形式とか、CSV形式に変換するイメージ。やり方はグルグルして調べてみて。初めてやることだし、最初は調べるだけですぐに時間が経っちゃうと思うけど、決まった納期もないから進み具合は気にせずやっていいよ。あと、困ったこと、相談したいこと、わからないことがあれば、いつでもメール頂戴。

From：空ちゃん　Date：2016年11月20日（日）13：18　..・＊.・＊—

は～い、了解。＼(^.^)／

From：空ちゃん　Date：2016年11月20日（日）14：32　..・＊.・＊—
Gmailをダウンロードする方法は解ったから、今、実行中！　＼(^.^)／

From：うっちぃ　Date：2016年11月20日（日）14：35　..・＊.・＊—
予想よりも早い。さすが、空ちゃん。パチパチ（）。

From：うっちぃ　Date：2016年11月20日（日）15：01　..・＊.・＊—
おやつの時間だよ。休憩しよ～。ケーキとコーヒーをどうぞ。

　うっちぃは、ミルフィーユの上にイチゴとメロンとブドウが乗っているケーキと、コーヒーの写真が載っている京都のケーキ屋さんのＵＲＬを送りました。

From：空ちゃん　Date：2016年11月20日（日）15：04　..・＊.・＊—
もぐもぐ。生クリームが甘すぎずに上品な味！　コーヒ～も美味しい。

From：うっちぃ　Date：2016年11月20日（日）15：08　..・＊.・＊—
休憩時間終わり。仕事に戻ろ～。仕事中は、空ちゃんはうっちぃに内緒で一人でビールを飲んだり、うっちぃがビールを飲んでるのを見つけて「あ、一人でビール飲んでる」とかって言っちゃだめだよ。＼(^^)／

From：空ちゃん　Date：2016年11月20日（日）15：09　..・＊.・＊—
じゃあ、内緒にしないで堂々と飲むか、一緒に飲むしかないわね。

From：うっちぃ　Date：2016年11月20日（日）15：10　..・＊.・＊—
飲まないという選択肢も論理上はあるぞ。＼(^^)／

From：空ちゃん　Date：2016年11月20日（日）15：11　..・＊.・＊—
空ちゃん、まじめないい子。コーヒー飲んで、ちゃんとお仕事する～。

From：うっちぃ　Date：2016年11月20日（日）15：13　..・＊.・＊—
そこが、Ｂ型の誰かさんと少し違うとこだ。今度、空ちゃんの爪の垢をプレゼントしてもらおっと。＼(^^)／＜

From：空ちゃん　Date：2016年11月20日（日）16：09　..・＊.・＊―
ダウンロードしたmboxのデータをテキストで読める形に変換したいんだけど、やり方がわかんなくて調べてる…。　＼(^.^)／

From：うっちぃ　Date：2016年11月20日（日）16：12　..・＊.・＊―
俺の方も調べてみる。ダウンロードしたファイルを俺に送信して。GmailやOutlookみたいなメールツールを使わずに、一つのファイルに過去のメールが全部貼り付けてあるデータを作って、Excelかさくらエディタなどのアプリでそれを編集したい。これがアウトプットのイメージ。

From：空ちゃん　Date：2016年11月20日（日）16：14　..・＊.・＊―
うん、わかる。コンバートツールというのを使うとできるみたいなんだけど、グルグル調べてる。

From：うっちぃ　Date：2016年11月20日（日）16：15　..・＊.・＊―
了解。いい情報があれば、ネットのURLとか、お互いに情報を交換しながら進めよう。

From：空ちゃん　Date：2016年11月20日（日）17：02　..・＊.・＊―
変換の方法をいろいろ試している。けど、うまくいかない。

From：うっちぃ　Date：2016年11月20日（日）17：09　..・＊.・＊―
俺の方はＤ２の変換の仕方を調べてる。できそうな感じだけど、調査中。このＵＲＬ。https：//xxxx/kumameri/xxxx/xxxx

From：空ちゃん　Date：2016年11月20日（日）17：11　..・＊.・＊―
それで試してみる。

From：空ちゃん　Date：2016年11月20日（日）18：44　..・＊.・＊―
大きなテキストファイルに変換できたけど、この後、どうすればいい？

From：うっちぃ　Date：2016年11月20日（日）18：46　..・＊.・＊―
さすが空ちゃん。パチパチ（👏）。時間だから今日はここまでにしよう。できたファイルを俺に送って。中身を見て次回の作業を考える。

・Gmail：Googleが提供するフリーメールサービス。
・mbox：電子メールのメッセージを保存するファイル形式の一つ。
・Ｄ２：メールを解析し、CSV形式などに変換するアプリ。

2016年11月23日（水）21：30　勤労感謝

From：うっちぃ　Date：2016年11月23日（水）21：30　..・*.・*ー
今日は勤労感謝の日だ。お父さんに、１年間働いてくれてありがとう。また、明日からも１年間、寒い日も眠い日も愉快なテレビがある日も、休まずに働いてねって、暗示とプレッシャーをかける日。

From：空ちゃん　Date：2016年11月23日（水）21：36　..・*.・*ー
今日は新嘗祭だから、食べ物に感謝しながら新米を頂いた～。うちは田舎にいた時から、毎年、この日に新米を頂く習慣だったんだ。この日よりも前は新米を食べないことになってる。

From：うっちぃ　Date：2016年11月23日（水）21：44　..・*.・*ー
新嘗祭を知らない人はいないと思うけど、グルグルする。
「新嘗祭　猿でもわかる」💻＜検索
新嘗祭は、天皇が新穀を天神地祇に供え、みずからもそれを食する祭儀（へぇ～👀）。天神地祇（てんじんちぎ）は天の神と地の神と全ての神々。その中には氏神様もうっちぃ神様も入っているに違いない…。

From：空ちゃん　Date：2016年11月23日（水）21：51　..・*.・*ー
そう。新米を天照大神にお供えして、五穀豊穣に感謝する日。毎年、欠かさずにやってるの。おかげで貧乏はしていても、食べ物が食べれなくて困るほど苦労をしたことはない。うっちぃ神様にもお供えする～。

From：うっちぃ　Date：2016年11月23日（水）22：01　..・*.・*ー
世界中には飢えで苦しんでいる人が何億人もいる。日本で仕事をしていれば、給料が安くても食べることは何とかなる。でも、周りの裕福な人と比べて、自分が不幸だと勘違いしてる人が多い。

From：空ちゃん　Date：2016年11月23日（水）22：07　..・*.・*ー

そうね。私も借金が多くて毎月苦しいんだけど、一日何も食べないで我慢するほどお金がないわけじゃないもんな。借金があっても暖かい部屋で食べ物は食べられるから、それだけでも幸せって思わないとね。

From：うっちぃ　Date：2016年11月23日（水）22：32　..・＊.・＊ー
幸せなことに目を向ければ幸せになれるのに、不幸なことに目を向けると誰もが不幸になる。人は、他人と比較して自分が幸せとか不幸と考えがち。今の時代は昔と比べて衣食住が充実して、ネットやゲーム、スポーツ、音楽、映画など娯楽もたくさんある。ほかの時代や国でなく、平成時代に日本で生活しているだけで幸運であるのは間違いない。

From：空ちゃん　Date：2016年11月23日（水）22：44　..・＊.・＊ー
なのに、ちょっと借金があるくらいで自分を不幸せって考えちゃいけないわね。毎月、お金を返すことに頭がいっぱいになって、幸せなことを考える余裕がなくなっちゃうの。働き詰めで時間がないってわけじゃなくて、時間があっても不幸なことから頭が離れなくなっちゃうの。

From：うっちぃ　Date：2016年11月23日（水）22：58　..・＊.・＊ー
過ぎ去れば大したことじゃなかったと思うことでも、渦中にいるときは激しい苦しみを感じて、不幸な未来が続くように錯覚してしまう。まだ来ぬ未来に悲観せず、美味しいご飯にありつけたら、今の幸せに感謝しなきゃね。今の幸せに感謝できたら、未来に夢を持って一歩ずつ夢に向かって歩き出せる。今は本を書き上げることが、俺の夢なんだ。「熊太郎とメリーちゃん」は俺の夢を空ちゃんが叶える物語だ。

From：空ちゃん　Date：2016年11月23日（水）23：28　..・＊.・＊ー
夢を叶える物語ね。どんなお話になるか、胸をときめかせて待ってるわ。

From：うっちぃ　Date：2016年11月23日（水）23：35　..・＊.・＊ー
待たないで、空ちゃんが書くんだよ。俺も書くけど。空ちゃんが一歩ずつ歩き出すのを応援するのが社長である俺の役目。余命３か月と宣告された空ちゃんを応援し続け、空ちゃんが命を削って本を書き上げ、最後の１行を書き終えたところで、ばったりと逝ってしまう悲しいお話。

From：空ちゃん　Date：2016年11月23日（水）23：48　..・＊.・＊ー

どうしても私を余命３か月にさせたいのね…。でも、余命３か月しかないと思えば、借金の返済が大変って思わないでいいかも。＼(^.^)／

2016年11月26日（土）13：00　アルバイト

From：うっちぃ　Date：2016年11月26日（土）13：00　..・＊.・＊―
お仕事の時間だよ～。(^^)／🍰☕

うっちぃは、柔らかそうなスポンジの間にイチゴとカスタードがサンドされているケーキと、コーヒーの写真が載った京都のケーキ屋さんのＵＲＬを送りました。

From：空ちゃん　Date：2016年11月26日（土）13：02　..・＊.・＊―
出社するとケーキとコーヒーが出てくる会社なんて、大丈夫かしら…。

From：うっちぃ　Date：2016年11月26日（土）13：04　..・＊.・＊―
ケーキとコーヒーは良くないか（反省）。次回は、焼き鳥とビールにする。今日は勤務初日で、これからは給料をお支払いする。コーヒーでも飲みながらリラックスしてやろう。まず、先週ダウンロードした今までのメールの内容をExcelに貼り付けて頂戴。Ａ列が日時、Ｂ列が差出人、Ｃ列が宛先、Ｄ列が件名、Ｅ列が本文になるように、よろしく。やってみて、わからないとか相談したいとか、思ったよりも時間がかかる、こうしたいというのがあればいつでもメール頂戴。それから、１時間置きくらいに簡単に状況を教えて。１～２行のメールでいい。

From：空ちゃん　Date：2016年11月26日（土）13：05　..・＊.・＊―
は～い。了解。＼(^.^)／

From：うっちぃ　Date：2016年11月26日（土）13：07　..・＊.・＊―
それから、前回、質問があって俺にメールをくれた時、俺が回答するまで待ち時間ができただろ。そういうときにやってほしい作業を一つ。今まで何回か２人で旅行した時の思い出を紀行文みたいに書いてみて。これも本の一部にしたいんだ。よろしく。＼(^^)／

From：空ちゃん　Date：2016年11月26日（土）13：08　..・＊.・＊―

は～い。了解。＼(^.^)／

From：空ちゃん　Date：2016年11月26日（土）14：23　..・＊.・＊ー
Ｄ２で落としたメールのテキストをExcelに貼り付けると、絵文字が文字化けしちゃって、何が何だかわからなくなっちゃう。どうすればいい？

From：うっちぃ　Date：2016年11月26日（土）14：25　..・＊.・＊ー
調べてみる。変換したファイルとか、貼り付けたExcelとか、今のアウトプットを全て送って。

From：空ちゃん　Date：2016年11月26日（土）14：32　..・＊.・＊ー
ファイルが大きいからネットの共有フォルダに置いた。
「http：//xxxx/kumameri/xxxx」でパスワードは「xxxx」で見れる。

From：うっちぃ　Date：2016年11月26日（土）14：33　..・＊.・＊ー
了解。俺も調べてみる。

From：うっちぃ　Date：2016年11月26日（土）15：53　..・＊.・＊ー
ファイルの種類をＣＳＶにして、エンコーディングにＵＴＦ－８を指定すると絵文字も見えるぞ。ただ、文字化けする文字もある。詳細は、添付のハードコピー参照で。

From：空ちゃん　Date：2016年11月26日（土）15：56　..・＊.・＊ー
は～い、ありがとう。やってみるわ。＼(^.^)／

From：うっちぃ　Date：2016年11月26日（土）17：02　..・＊.・＊ー
お疲れ～。今日はここまでにしよう。俺は経営計画を考えてた。本の印税が10％で本の単価が1000円として、１万部売れたら印税収入が100万円で、空ちゃんに100万円のアルバイト代を払うから、俺の労働時間分の対価は差し引き０円。２万部の売り上げで200万円の印税なら、空ちゃんの給料100万円引くと100万円が俺の労働分。10％も印税もらえないと思うけど、売り上げに応じて空ちゃんに特別報酬もあげたい。５万部の売り上げで、印税が500万なら30％の特別報酬をつけて150万として、空ちゃんの収入はアルバイト代の100万と合わせて250万円、差し引き俺の労働対価は250万。５万部の売り上げを目標にしよう！　売り上げに応じて空ちゃんに100万円のほかに10％からマックス30％の特別報酬をつける。詳細はまた別途。

From：空ちゃん　Date：2016年11月26日（土）17：06　..・＊.・＊—
は～い。全てお任せ。

こうして、毎週土曜日13時から17時までの４時間、時には日曜日や祝日に本の執筆をするアルバイトが始まりました。

2016年12月3日（土）12：55　仕事

From：うっちぃ　Date：2016年12月3日（土）12：55　..・＊.・＊—
お仕事しよ～。＼(^^)／

From：空ちゃん　Date：2016年12月3日（土）12：56　..・＊.・＊—
は～い、いつでも準備ＯＫよ。

From：うっちぃ　Date：2016年12月3日（土）12：58　..・＊.・＊—
ネットワーク上のOneDriveにファイルを置くと、一つのファイルを共有して、２人で同時に推敲できるんだ。同じファイルを見ながら、俺が書き込むとリアルタイムに空ちゃんの画面上のExcelも修正されて、同時に空ちゃんが書き込むと、書き込んだ内容が俺の画面上のExcelにも反映されて、同時に一つのファイルをリモートの２人が修正できる。そのアドレスとパスワードを送信するからアクセスしてみて。
http：//xxxx/kumameri/xxxx　PWD：xxxx

From：空ちゃん　Date：2016年12月3日（土）13：06　..・＊.・＊—
Excel開いたよ。

From：うっちぃ　Date：2016年12月3日（土）13：08　..・＊.・＊—
2014年シートのF列３行目を表示してみて。

💻－＋－＋－＋－＋－＋－＋－＋－＋－＋－＋－＋－💻
これ読める？　F列４行目にタイプしてみて。
－＋－＋－＋－＋－＋－＋－＋－＋－＋－＋－＋－＋－

💻－＋－＋－＋－＋－＋－＋－＋－＋－＋－＋－＋－💻
これ読める？　って書いてある。
－＋－＋－＋－＋－＋－＋－＋－＋－＋－＋－＋－

💻－＋－＋－＋－＋－＋－＋－＋－＋－＋－＋－＋－💻
こんな風に一つのExcelファイルを遠隔の２人が同時に更新できる。
－＋－＋－＋－＋－＋－＋－＋－＋－＋－＋－＋－

💻－＋－＋－＋－＋－＋－＋－＋－＋－＋－＋－＋－💻
へえ、便利だね。
－＋－＋－＋－＋－＋－＋－＋－＋－＋－＋－＋－

From：うっちぃ　Date：2016年12月3日（土）13：13　..・＊.・＊─
今日は2014年の最初のメールから、俺が書いた所は俺が訂正して、空ちゃんが書いたメールは空ちゃんが訂正して、順番こに推敲しよう。

From：空ちゃん　Date：2016年12月3日（土）13：15　..・＊.・＊─
了解。

From：うっちぃ　Date：2016年12月3日（土）15：00　..・＊.・＊─
ケーキ食べる？　ビール飲む？　＼(^^)／

From：空ちゃん　Date：2016年12月3日（土）15：02　..・＊.・＊─
ケーキ食べてまじめに仕事する。紀行文って、どんな雰囲気で書いたらいいと思う？　くだけた感じとか、まじめな観光ガイド風とか？

From：うっちぃ　Date：2016年12月3日（土）15：06　..・＊.・＊─
まず、空ちゃんが自由に書いたのを読みたい。書いてから、どういう思いで書いたか、どういうのを書きたいと思ったか教えて。先に俺の考えを言わない方がけがれた心に侵されないでいい。完成した本のイメージを思い描きながら、メールのやりとりの間に、どんな紀行文があるといい感じか、想像しながら書いてみて。

From：空ちゃん　Date：2016年12月3日（土）15：08　..・＊.・＊─

は～い。了解。

From：うっちぃ　Date：2016年12月3日（土）16：57　..・＊.・＊—
お疲れさま～。出勤簿に時間と作業内容を書いて、提出してね。何か、待ち時間に作った物があったら、送信して頂戴。＼(^^)／

From：空ちゃん　Date：2016年12月3日（土）16：59　..・＊.・＊—
紀行文の書いたとこを送信する～。

From：うっちぃ　Date：2016年12月3日（土）17：00　..・＊.・＊—
ありがとう。紀行文は、こんな風に書きたいとか、書いたとか、何か思うところはある？　もう時間だから返信は次回でいいよ。＼(^^)／

From：空ちゃん　Date：2016年12月3日（土）17：04　..・＊.・＊—
読んだ人がそこに行ってみたくなるような紀行文かな。お祭りや、マジックバーや美味しいお店に行ってみたくなるような、心が動く紀行文。

From：うっちぃ　Date：2016年12月3日（土）17：08　..・＊.・＊—
いいね（５連打)。いい子いい子。＼(^^)／

From：空ちゃん　Date：2016年12月3日（土）17：12　..・＊.・＊—
観光地なら読んでそこに行きたくなるような内容、食べ物の話だったら読んでそれを食べたくなるような内容、マジックバーの話なら一緒に驚いてくれるような内容がいいけど、私の力量じゃ、無理だわ。いきなりそんなのが書けたら、今頃、プロの小説家かライターをやってる。

From：うっちぃ　Date：2016年12月3日（土）17：15　..・＊.・＊—
あはは。確かに俺が書いたら、美味しんだか不味いんだか、どんな食べ物かわからないような食レポとか、小学生の絵日記みたいなレベルになっちゃいそう。＼(^^)／<○月○日　きょうは○○に行きました。○○を見ました。空は天気でした。とても楽しかったです。（花丸）

From：空ちゃん　Date：2016年12月3日（土）17：17　..・＊.・＊—
そうなのよね。読んでおもしろいものを書くって、難しいわ…。

From：うっちぃ　Date：2016年12月3日（土）17：21　..・＊.・＊―
プロじゃないと書けないような内容や名文でなくていいと思う。素人くさくていい。例えば、将来、10年後に俺が読んで、「そうだ、そうだ、ここに行った」、「こんなこともあった」と懐かしく思い出せる内容だったら100点満点。その上で、第三者の読者が読んで少しでも共感したり心が動かされたり、おもしろいと思ったりその土地を歩いてみたいと思ってくれるような内容だったら100万点満点だぞ。＼(^.^)／＜💯万点

2016年12月10日（土）16：58　ＲＥ：仕事

From：うっちぃ　Date：2016年12月10日（土）16：58　..・＊.・＊―
お疲れさま。いつものように書いたファイルを送ってね～。

From：空ちゃん　Date：2016年12月10日（土）17：06　..・＊.・＊―
お疲れさま。あのね、アルバイトは続けたいんだけど、時給2500円なんて貰えない。今時、家でできる仕事でこんなに高い時給の仕事はない。

From：うっちぃ　Date：2016年12月10日（土）17：13　..・＊.・＊―
いやいや、それくらいの価値のある仕事は空ちゃんならできる。

From：空ちゃん　Date：2016年12月10日（土）17：21　..・＊.・＊―
時給はもう少し少ない方がいい。きっと、うっちぃは、仕事よりも、空ちゃんが少しでも楽に借りたお金が少なくなるようにと考えて、お金は返さなくていいくらいの気持ちで貸してくれて、アルバイトをやらせてくれてるんでしょうけど、それじゃあ私の気が済まない。家の中でこたつに入ってノルマもなしに仕事して、時給2500円は高すぎる。せめて1000円とか、1200円くらいが相場じゃない？

From：うっちぃ　Date：2016年12月10日（土）17：24　..・＊.・＊―
うっちぃじゃなくて、神様ね。空ちゃんなら、それくらい生産性の高い仕事ができるよ。おもしろい本ができると思う。

From：空ちゃん　Date：2016年12月10日（土）17：27　..・＊.・＊―
友達でライターやっている人がいて、ＨＯＷ－ＴＯ本を出したけどちっとも売れなかったという話を聞いた。今はネットが主流になっていて、

なんでもネットで見れるから、ライターも本屋も大変だって。

From：うっちぃ　Date：2016年12月10日（土）17：38　..・＊.・＊―
本を売りたい気持ちもあるけど、美味しい物を食べたり旅行するという普通のデートだけでなく、一緒に何かを作り上げる、かけがえのない時間を共有するのがいいと思うんだ。

From：空ちゃん　Date：2016年12月10日（土）17：42　..・＊.・＊―
趣味で何かを書くのならいいけど、借金の返済のためだと、そんな簡単に売れる本なんて書けないと思うから、心の負担になる。＼(^.^)／

From：うっちぃ　Date：2016年12月10日（土）17：54　..・＊.・＊―
空ちゃんのように人を引き付ける魅力のある人は、きっと魅力的な本が書ける。俺と空ちゃんなら、絶対に素敵な本ができる。全ての夢は必ず実現できるとは思わないけど、人生って諦めなければ奇跡が起きる可能性がある。目標以上に利益がでれば、印税で空ちゃんにアルバイト代だけじゃなくて、ボーナスもあげられるし、そのお金で旅行もできる。俺は、空ちゃんと１か月くらいかけてゆったりと旅行をしたり、１年くらいかけてキャンピングカーで日本一周するのが夢なんだ。だから、本ができるまで諦めないで、神様と、何よりも自分自身を信じてやってみよう。それから、本が売れるかどうかは二の次で、一緒に書いた時間がかけがえのない思い出で、そして、いつか10年後でも20年後でも俺や空ちゃんがその本を読んで、日記のように懐かしいと思う内容であればそれだけでも十分価値がある。だから、売れるかどうかは気にせず、まずは本を書き上げることを目標にやってみよう。頑張ったら達成できそうな夢を持つことは大切。

From：空ちゃん　Date：2016年12月10日（土）17：57　..・＊.・＊―
うん、わかったわ。言うとおりに、やってみるよ。＼(^^)／

From：うっちぃ　Date：2016年12月10日（土）18：03　..・＊.・＊―
もし、web小説とか、自費出版みたいな形になったとしても、本が出版できなかったとしても、その原稿は、空ちゃんが300歳まで長生きして遠い未来に読み返したときに昔のことを懐かしく思い出して、うっちぃは空ちゃんのことが大好きで、空ちゃんもうっちぃのことが大好きで、

楽しかったな〜って、あの頃の気持ちが少しでも懐かしく思い出せるような内容ならば、ほかに望むことはない。＼(^^)／

From：空ちゃん　Date：2016年12月10日（土）18：07　..・＊.・＊ー
うん、ありがとう。私は長生きすることには執着がない。若くてあっさり死ぬのがいいなと若い頃からずっと思ってたんだ…。とにかく、完成するまで頑張ってみるよ。うっちぃ、大好き。＼(^.^)／

From：うっちぃ　Date：2016年12月10日（土）18：11　..・＊.・＊ー
売れることが一番の目的ではないから、空ちゃんはできることをやればいい。だから心の負担を感じる必要はない。＼(^^)／

From：空ちゃん　Date：2016年12月10日（土）18：24　..・＊.・＊ー
わかった。自分は信じられないけど、うっちぃを信じてやってみる…。ところで話は変わるけど、無人島から帰る時、うっちぃは日本に帰ってどうしてもやらねばならぬことがあるって、言ってなかったっけ？

From：うっちぃ　Date：2016年12月10日（土）18：37　..・＊.・＊ー
うん。よく聞いてくれた、俺の日本でどうしてもやらねばならぬこと…。実は、先日、ポケモンＧＯを全144種類、コンプリートした。

From：空ちゃん　Date：2016年12月10日（土）18：41　..・＊.・＊ー
へえ〜、おめでと〜。って、そのために、嵐の中を三途の川経由で、日本に帰ってきたの？　＼(^.^;)／

From：うっちぃ　Date：2016年12月10日（土）18：47　..・＊.・＊ー
いや〜、だって、あの島、ネットが繋がらないんだもん…。＼(^^;)／

　この年は、世界的にポケモンＧＯが大流行していました。こんな感じで２人はメールの内容を推敲して、本を書く作業を始めました。

2016年12月10日（土）22：18　今度のデート

From：うっちぃ　Date：2016年12月10日（土）22：18　..・＊.・＊ー
今度の連休にどこかデートに行こう。旅行！　＼(^^)／

From：空ちゃん　Date：2016年12月10日（土）22：25　..・＊.・＊—
うん、今すぐにでもうっちぃに会いたいしデートしたい。けど、借りたお金でデートや旅行をしてもいいのかしら！？

From：うっちぃ　Date：2016年12月10日（土）22：27　..・＊.・＊—
神様には内緒にしとくから、大丈夫。＼(^^)／

From：空ちゃん　Date：2016年12月10日（土）22：30　..・＊.・＊—
神様は、内緒にしてもお見通しだと思うわ。＼(^.^)／

From：うっちぃ　Date：2016年12月10日（土）22：34　..・＊.・＊—
神様が「このお金は借金の返済分と、健やかに生きるためのデート代分だと伝えておくんじゃぞ」って言ってたのを思い出した。旅行すれば俺も活力が湧くし、神様も喜ぶ。＼(^^)／

From：空ちゃん　Date：2016年12月10日（土）22：49　..・＊.・＊—
いいのかしら…。うん、旅行する。でもね、やっぱり、借りたお金で遊びに行くのって後ろめたいから、次に旅行したら、しばらく借金が返済できるまで、旅行しないことにする。次はいつ行けるかわかんないから、一生心に残るような旅行にしようね。＼(^.^)／

From：うっちぃ　Date：2016年12月10日（土）22：54　..・＊.・＊—
次の次は一旦おいといて、次の旅行はどこに行きたい？　＼(^^)／

From：空ちゃん　Date：2016年12月10日（土）23：02　..・＊.・＊—
私が行きたいとこを、当ててみて。＼(^.^)／

From：うっちぃ　Date：2016年12月10日（土）23：05　..・＊.・＊—
京都！　＼(^^)／

From：空ちゃん　Date：2016年12月10日（土）23：10　..・＊.・＊—
京都、行きた～い！　本当に京都に行きたいと思ってた。＼(^.^)／

From：うっちぃ　Date：2016年12月10日（土）23：18　..・＊.・＊—

前に最後のデートは京都に行こうって言ったことがあったけど、京都は1回だけじゃなくて何度も行きたいと思った。最後ってことは、京都に行ったらお別れってことになるから、結局、一生、京都に行かないことになる。だから、ボケないうちに何度も京都に行こうと思った。

From：空ちゃん　Date：2016年12月10日（土）23：21　..・*.・*ー
そうね。何度も京都に行きたいわ。＼(^.^)／

2016年12月11日（日）19：18　そうだ、京都、行こう

From：うっちぃ　Date：2016年12月11日（日）19：18　..・*.・*ー
23（金）~25（日）に京都に行こう！　＼(^^)／

From：空ちゃん　Date：2016年12月11日（日）19：24　..・*.・*ー
ホント！？　京都に行く～。＼(^.^)／

From：うっちぃ　Date：2016年12月11日（日）19：29　..・*.・*ー
ずっと手を繋いで話さない。＼(^^)／

From：うっちぃ　Date：2016年12月11日（日）19：31　..・*.・*ー
話さない→離さないと、書きたかった。／(^^;)

From：空ちゃん　Date：2016年12月11日（日）19：35　..・*.・*ー
あはは。ちょうどクリスマスだね。空ちゃん、クリスマスプレゼントが欲しい。京都旅行のほかにもう一つおねだりしていい？　😄

From：うっちぃ　Date：2016年12月11日（日）21：59　..・*.・*ー
京都旅行はプレゼントじゃないから、空ちゃんも宿代、払うんだよ。クリスマスプレゼントは何が欲しい？　何でもあげるぞ。今回の京都ツアーのプレゼントでもいい。全額、神様が負担する。＼(^^)／

From：空ちゃん　Date：2016年12月11日（日）22：13　..・*.・*ー
もちろん宿代は払う。うっちぃがお休みとって、デートしてくれることが何よりのプレゼントだよ。もう一つね、空ちゃん、うっちぃからのラブレターが欲しいの。クリスマスプレゼントに。100年たっても後から

読み返したときに、うっちぃは私のことが大好きだったんだな〜って思い出せるような、素敵なラブレターが欲しいわ。＼(^.^)／

From：うっちぃ　Date：2016年12月11日（日）22：19　..・＊.・＊―
空ちゃんからラブレターをもらったことあったけど、空ちゃんにあげたことなかったかも！？　よし、あげる。空ちゃんは、俺の分まで300歳まで生きるから。時々、俺のことを思い出せるものが必要だ。＼(^^)／

From：空ちゃん　Date：2016年12月11日（日）22：37　..・＊.・＊―
300歳どころか、あと１年生きていられるかどうかも、神様じゃないからわかんないよ。約束。クリスマスプレゼントはラブレターを頂戴ね。

2016年12月17日（土）17：05　ＲＥ：仕事

From：うっちぃ　Date：2016年12月17日（土）17：05　..・＊.・＊―
お疲れ。今日の仕事ははここまで。プロットを考えてたんだけど、でき上ったストーリーは、俺から空ちゃんへのラブレターみたいなもんだ。俺は空ちゃんを大好きで、いつも遊んでくれたって思い出せる、長い、長いラブレター。これが空ちゃんへのクリスマスプレゼント。そんな思いでプロットを書いてた。

プロット：小説などの構成や要約。

From：空ちゃん　Date：2016年12月17日（土）17：18　..・＊.・＊―
うん。うっちぃのプロットを楽しみにしてるわ。＼(^.^)／

From：うっちぃ　Date：2016年12月17日（土）17：23　..・＊.・＊―
京都では何したい？　どこ行きたい？　＼(^^)／

From：空ちゃん　Date：2016年12月17日（土）17：30　..・＊.・＊―
トロッコ列車に乗って嵯峨野に行って、清水寺に行って、伏見稲荷に行って、祇園も歩きたい。京都一日バス乗り放題のチケットがあるから、あれ買うといいって息子が言ってた。うっちぃは何したい？

From：うっちぃ　Date：2016年12月17日（土）17：40　..・＊.・＊―

神社でおみくじ引いて来年の運勢を占おう。あとは５円玉と、欲の塊の見本のようなお願い事をたくさん用意して、できるだけ多くの神様・仏様に面会して、仕事を割り振ってあげる。多少は金額が少なめでも、御賽銭をくれるお客様なら、誰でも歓迎してくれるぞ。特に俺なんか崩れるほどの徳を積んでるから、神様たちに大歓迎されるに違いない。

From：空ちゃん　Date：2016年12月17日（土）17：44　..・＊.・＊—
なんてったって、「お客様は神様」だもんね。＼(^.^)／

From：うっちぃ　Date：2016年12月17日（土）17：51　..・＊.・＊—
仏像はみんなで合掌して、薬師如来は「おいでおいで」って手招きして、阿弥陀如来はＯＫの手相で手を振って出迎えてくれるかな。半眼の大仏も俺を見つけたらウィンクしたりして…。(^_-)-☆

From：空ちゃん　Date：2016年12月17日（土）17：56　..・＊.・＊—
うっちぃは、神様仏様に大歓迎されるくらい、徳を積んでるって信じてる。＼(^.^)／

From：うっちぃ　Date：2016年12月17日（土）18：03　..・＊.・＊—
あぐらを組んでる仏様は、座ったままでは失礼と、立って出迎えてくれるかも。東大寺の大仏なんて、普段立ったことないから、勝手がわからず天井に頭をぶつけなきゃいいけど。＼(^^)／

From：空ちゃん　Date：2016年12月17日（土）18：08　..・＊.・＊—
う～ん、東大寺の大仏は、京都からは見えないかも…。＼(^.^)／

From：うっちぃ　Date：2016年12月17日（土）18：13　..・＊.・＊—
東大寺は奈良か…。千手観音は千本の手で抱擁してくれるか、いい子いい子してくれるくらいだったらいいけど、千本の手で握手求められたり、サイン求められたりしたら面倒くさいな…。＼(^^)／

From：空ちゃん　Date：2016年12月17日（土）18：18　..・＊.・＊—
空ちゃんも千手観音が全部の手で「まあ一杯」ってお酌されても、困っちゃう…。………　＼(^.^#)＜ウイッ

From：うっちぃ　Date：2016年12月17日（土）18：23　..・＊.・＊―
（◆旅行当日のシミュレーション◆）
仏像１＜うっちぃが来たぞ。そっぽ向いて、目を合わせない。✋(･･)
仏像２＜俺も気付かないふりして、しっかり目を閉じとく。(＝＝)
大仏＜俺は寝るぞ。わかりやすくイビキ付き。ぐお～。💤
千手観音＜あいつを追い払おう。千本の手で一斉に「しっし、しっし」。
👋👋👋👋…👋
神様１＜神様仏様、俺の神社にうっちぃが来ませんように。人(かみ;)
神様２＜やっと、うっちぃが去ってくれた。現下は念入りに厄落としと
邪気払いをしとこ。

2016年12月22日（木）23：48　明日はデートだね

From：空ちゃん　Date：2016年12月22日（木）23：48　..・＊.・＊―
👧＜明日のデートでわくわくして、眠れない。早くぎゅ～された～い。

From：うっちぃ　Date：2016年12月23日（金）00：04　..・＊.・＊―
👦＜俺も早くぎゅうっとされた～い。＼(^^)／

From：空ちゃん　Date：2016年12月23日（金）00：09　..・＊.・＊―
👧＜うっちぃはぎゅ～するんだよ。＼(^^)／(^.^)

From：うっちぃ　Date：2016年12月23日（金）00：15　..・＊.・＊―
👦＜多少の違いは、気にしない、気にしない。＼(^^)／

From：空ちゃん　Date：2016年12月23日（金）00：19　..・＊.・＊―
👧💦＜いやいや、ぎゅ～するのとされるのでは大きな違いだ。酒を飲むのと、酒に飲まれるくらいの違いがある。＼(^.^)／

From：うっちぃ　Date：2016年12月23日（金）00：25　..・＊.・＊―
👦＜ラブレター作ってたんだけど、クリスマスにラブレターあげる。
＼(^^)／💌＜タカイ、タカイ

From：空ちゃん　Date：2016年12月23日（金）00：32　..・＊.・＊―
👧＜ホント？　プロットだけじゃなくて？　ありがとう。楽しみ。ラ

ブレターって作るもの？　何かしら。うきうき。q(^^q)　d=(^o^)=b

From：うっちぃ　Date：2016年12月23日（金）00：47　..・＊.・＊—
くぎゅ～。(／^^)／o(^.^o)

From：空ちゃん　Date：2016年12月23日（水）00：51　..・＊.・＊—
「わびぬれば　今はた同じ　難波なる　みをつくしても　逢わむとぞ思ふ」（元良親王：もとよししんのう）　難波（なには）の澪漂（みおつくし＝海に建てられた船用の標識）のように、身を尽くしてもあなたに会いたいわ。

2016年12月23日（金）空ちゃんの回想日記

京都旅行を指折り数えて待ってたんだ。悠悠閑閑、バス停「五条坂」から徒歩10分、清水寺へ。ご本尊は十一面千手観世音菩薩。清水の舞台は11～12世紀頃に建立され、地上からの高さは13m。正面と側面に壁がない欄干に囲まれた、天空に浮かぶ奉納空間は開放感と緊張感がある。清水寺の伽藍（寺の建物の総称）は幾度も火災に見舞われ、先の大戦、応仁の乱のあおりで1469年に焼失すると、願阿弥という僧を招き勧進（寄付）による復興を進めた。江戸時代には、成就院の出火（寛永６年）により国宝の本堂と舞台ほか、重要文化財に指定されている15の伽藍の多くが延焼すると、1633年（寛永10年）までに徳川家光の命により再建され、それらの建造物が現在に残っている（わずか４年の期間で復興が完了したスピード感に感銘）。本堂は、172本もの欅の柱に釘を使わずに建てた懸造（崖などの傾斜地に張り出して建てる建築技法）、高さは18m。格子状に組み上げた櫓を下から見上げると、圧巻の力感に感嘆する。奥の院から見る本堂と京の街並みは、古往今来、いにしえに建立された寺社と現代のビル群の歴史が融合した壮観な景観に感動を覚える。清水寺は1994年、ユネスコ世界遺産に登録された（ユネスコ：国連教育科学文化機関）。「清水の舞台から飛び下りる」という言葉は江戸時代の書物には登場し、『清水寺成就院日記』（1694年～1864年の171年間に渡る清水寺と門前町の行政を記録した日記）には、果敢に舞台から飛び下りを試みた人のうち200人は命が助かったと記され（34人が絶命）、その動機は「飛び下りても命が助かり所願成就する」という迷信に感化された仏願、誓願、他力本願、願掛けであった。

おみくじをひいたら「大吉」。ようやく私にもツキが回ってきたか！？参道は三年坂といい、ここで転ぶと３年寿命が縮まり、運が悪いと３年以内に死ぬという言い伝えがある。という話をすると、にこやかに私の背中をツンツンするうっちぃは、「転べ、転べ」と心の中で念じていると、目が語っている。😁

手を繋いで祇園を散歩。花見小路通は、石畳の路地の両脇に、光沢のある紅殻格子の壁板や提灯を備えた風情あるお店が並ぶ。白粉で染め、色鮮やかな振袖やだらりの帯を揺らす芸妓や舞妓の姿も多い、おしゃれで艶やかな街だ。かんざしなどの和装小物を豊富に扱うお店を見つけ、うっちぃはクリスマスプレゼントって言って、黄楊櫛を買ってくれた。わ〜い、大喜び。これで私が髪をとかしているときは、うっちぃにいい子いい子をしてもらってるときってことになった。今度は肩たたき棒をプレゼントして、これでトントンしているときは、私がうっちぃに全身マッサージをしてあげてるときってことにしてあげよっと。

夕ご飯は、うっちぃが予約していた鴨川沿いのお店に入り、おばんざいを注文する。法蓮草と椎茸の白和え、京漬物（かぶの千枚漬け、しば漬け、きゅうりとごぼうの青てっぽう）、高野豆腐と九条葱の卵とじ、麩の三色田楽（生麩、粟麩、ごま麩）とどれも絶品で舌鼓が止まらず、チリカラ、ポンポコテンテンとうっちぃと二重奏を奏でる。その後も生湯葉、サーモン手毬鮨、鱈のお吸い物など箸もビールもすすみ、最後は梅のお茶漬けで〆た。…後に、もう一度開け、お勧めという自家製のお饅頭とお茶で〆直す。このお饅頭が格別で、外の皮が層になっており、中に黒糖あんこが入っている。大量生産ができないので、このお店でしか食べられないとのことだ。

ホテルに帰って、うっちぃと人生を懸けた１回勝負の「ババ抜き」をやった。私が勝ったら100万円の借金はチャラにして、うっちぃが勝ったら私は一生、うっちぃの下女として奉公するという大勝負である。最後に私の手札が１枚になり、うっちぃの手札が２枚残ったところで、私はうっちぃに「ババじゃない方をくれる？」と聞いた。うっちぃは「もちろん。俺のことだけは信用していいぞ」と言って、１枚のトランプを差し出してくれた。いつか、うっちぃは言ってた。「絶対にババじゃない方を渡すぞ。俺を信用していいぞ」と。今まで私は自分の意志で、複雑な人生で何度も誤った選択をしてきた。うっちぃを信用して差し出してくれたトランプを引こうか、それとも手に残ったトランプを引こうか、迷いながらうっちぃの目を真剣に見つめた。いつにもまして、うっちぃの目元がニヤけている。うっちぃを信用せず、手に残った方のトランプを引こうとすると、強く握って私が引くのを阻止された。うっちぃを信用して、差し出された方のトランプを引こうか？　うっちぃの言葉を信じてみよう。信用して裏切られる方が、信用しないで失敗するよりいいよね。差し出された裏になっているトランプを引く…と見せかけ、やっぱり、うっちぃが手に握っているカードを奪い取った。そのカードはババでなく、見事に私は勝利した。人生は複雑だけど、うっちぃは単純だ。果たして、うっちぃは自分が勝ちたかったのか、私を勝たせようと心遣いをしてくれたのかどちらだろう？？

これで借りたお金がチャラになったとは思わずに、ちゃんとアルバイトは続けるから、本は完成させようね～。＼(^.^)✌📘

2016年12月24日（土）空ちゃんの回想日記

朝ご飯代わりに、ミルフィーユの上にイチゴとメロンとブドウが乗っているケーキを食べて、ブラックコーヒーを飲む。これこれ、ずっと食べたいと思ってたんだ。間にパリッとした食感のチョコチップが挟まってるんだ。美味しい！

嵯峨野駅からトロッコ列車に乗り、保津峡の絶景を車窓から眺め、亀岡駅で下車する。保津川を眺めながら散歩し、再び列車で嵐山駅まで移動する。うっちぃのポケットの中で凍える手と手を繋ぎ、気ままに渡月橋や竹林を散策した。凍れる冬を貫き、背筋を伸ばしたのっぽで強靭な竹は壮快で、葉が擦れる音を聞きながら清香な竹林の小道を歩くと、萩原朔太郎の詩「竹」を思い出す。間に覗く空が眩い。自然を見て美しいと思うのは、人間は自然の一部で、自然と一体化して共存して生きているからに違いない。愛犬が家族のように、花や木や土や風も家族だ。だから、大地から生命は生まれ、人が死ぬとまた大地に還る。

バスで金閣寺に移動。鏡湖池という池は、文字どおり鏡のように金閣寺の姿を映し、煌びやかに輝く実像の金閣寺と湖面に揺れる幻想的な金閣寺に魅了される。かつては、100mを超える七重の塔が建っていたというが、現存していたらさぞ雄大な眺めであったろうと想いめぐらす。

夕ご飯は、うっちぃが予約していた天ぷらのお店に行き、お任せのコースを頂いた。お任せは次に何が出てくるか楽しみ。運否天賦羅（うんぷてんぷら）って言うもんね（おやじギャグ）。カウンター席で、香ばしい油の匂いに包まれ、職人の熟練したしなやかな振る舞いを鑑賞するのが大好き。しとしと衣を着せジュワジュワと油に通し、さくさくの揚げたての椎茸(しいたけ)、車海老（ヤワラ）、かき揚げ（とうもろこし・堀川ごぼう・カニ・玉ねぎ）、白子、さつまいも、京かんざし、鮃(ひらめ)、レンコン、餡の入ったお餅の天ぷらを塩やつゆでほくほくと頂き、ビールをトクトク飲むと気分もふわふわになる。京都の美しさと美味しさを五感の全てで満喫した心が震える一日だった。

夜、うっちぃから「クリスマスプレゼント」を頂いた。ラブレターを作ってるって言ってたから、何を作ったのかな～って期待を膨らませてたんだ。でも、うっちぃから渡されたのはごく普通の封筒。その中に一葉のカードが入っていた（期待を大きくしすぎたO型の自分を反省）。うっちぃは「フリクションボールペンと色鉛筆で一生懸命作った」と言う。雨の日に、虹がデザインされた傘の下に悲しげな顔をした、うっちぃ、空ちゃん、熊太郎、メリーちゃんのイラストと、「笑顔のない空ちゃん。毎日応援しています。雨が上がれば虹が見えるかも」とメッセージが書いてある。そのイラストを言われるままにフリクションのラバーでこすると、びっくり！　雨と傘の絵が消えて、虹の下で４人が笑っているイラストに変わった。メッセージも「笑顔の　空ちゃん。毎日応援しています。雨が上がれば虹が見えるかも」に変わった。そして、「中学の時から空ちゃんのことが好きでした。今も大好きです」と書かれている。私は自分のことじゃ絶対に泣かないって決めてたのに、ラブレターを読んでうれしくて、感動して涙が出そうになっちゃった…。昔の辛い出来事を思い出したときでも、このラブレターを開けば、希望に満ちた明日を迎えらえそうな気がする。

☔👦👧🐻🐩　⇒⇒⇒⇒⇒　🌈😁😄🐻🐩
「笑顔のない空ちゃん…」⇒⇒「笑顔の　空ちゃん、毎日応援しています。中学の時から空ちゃんのことが好きでした。今も大好きです。👬」

・運否天賦(うんぷてんぷ)：運を天に任せること。
・フリクションボールペン：PILOT製の擦(こす)るとインクを消せるボールペン。

2016年12月25日（日）空ちゃんの回想日記

11時のチェックアウトまでホテルでまったりして、ランチを食べ、伏見稲荷に行った。豊臣秀吉が造営した楼門(ろうもん)は、両脇に装束(しょうぞく)を着て弓矢を持つ２体の随身像（神社を警護する官人の像）が安置されている。弓矢を交わし、拳銃で応戦するうっちぃの一人芝居を横目で眺めていると、昨夜のラブレターの感動が薄れてくるではないか…。拝殿でうっちぃは５円玉を賽銭箱に入れ、二礼二拍手一礼をし、見返りに合わせて５つの欲の塊の見本のようなお願い事をすると言っていた（なんと、願い事１つ当たりの単価は１円！）。参道にトンネルのように続く鮮やかな朱色の鳥居は、千本鳥居と呼ばれ短い間隔でどこまでも連なっている。鳥居は境内に１万以上あるらしい。欧米からの観光客と思わしき着物姿の女性もいる。うっちぃと手を繋ぎ、寄り添いながら歩いた。うっちぃが「一本一本の鳥居をくぐるときに、毎日の幸せに感謝して、ありがとうございましたとお礼を言って、お願い事をしながら通ると願い事が成就して幸せになれるんだって」と教えてくれた。

私もお礼と祈願をしておこうっと。

「うっちぃ、ありがとう。また２人で旅行できますように」

私はこれ以上の幸せも贅沢もいらない。

「うっちぃ、ありがとう。また２人で旅行できますように」

うっちぃは神様が与えてくれた最後のプレゼントに違いない。

「うっちぃ、ありがとう。また２人で旅行できますように」

神様からのプレゼントを大切にしなくっちゃ。

「うっちぃ、ありがとう。また２人で旅行できますように」

「うっちぃ、ありがとう。また２人で旅行できますように」

いくつも続く鳥居をくぐりながら何度も心の中でお礼とお願い事をしていたら、涙が溢れてきちゃった…。

過去の辛かった出来事を笑い話に変えられる人は羨ましい。貧しかった子供の頃の生活や、死にたいほど辛かった失恋を笑い話に変えることができるなら、それはもう辛い過去ではなく数ある過去の記憶の一つに思いが変わったのだろう。過去の出来事は変わらないけれど、過去の思いは変わることがある。いつかうっちぃが「楽しい記憶をたくさんインプットして、少しずつ辛い記憶を消していくしかない」と言ってたっけ。肉体的な苦痛は治癒しても、精神的な苦痛は治癒しないこともある。私の地獄の記憶は何かのきっかけで思いが変わる日が来るのだろうか。

子供の頃は優しい父が好きだった。高校生の頃は私が辛い時に、さらに非情な言葉を浴びせた父が嫌いだった。お互いに歳を重ね、病気になった父の体を思いやるうちに、いつしか感謝の気持ちを持つようになった。

父が他界した時は、長い間、父を避けていたことと、昔、父に「もう死にたい」と漏らしたことを後悔した。ボタンの掛け違えさえなければ、掛け違えたボタンを直すことができたなら、ただ自分の気持ちさえ変えることができたならばもっと早く父と和解できたのに、結局それができたのはもう父の余命があとわずかという時だった。父を看病したのはほんの数日だったけれど「ありがとう。辛い思いをさせて済まなかった。がんばりすぎなくていいから」という言葉を言ってもらえたことに私は救われた。そして、今も時々、父の亡霊は私に「がんばりすぎなくていいから」という言葉をかけてくれる。

一人で一流のレストランで食事をしても、幸せと感じないのはなぜだろう。それよりも、誰かに作ってあげたご飯を、美味しいと言ってもらった方が幸せと感じるのはなぜだろう。幸せは人と共有してこそ、幸せと感じることができる。誰かが幸せと感じてくれた分だけ、私も幸せと感じることができる。だから、家族や友達や恋人が少しでも癒され幸せと感じてくれるように、元気に笑顔で思いやりのある言葉を届けながら歩みたいと思う。特別な化学変化でビールの実ができるように、私は体の中に溜まっているたくさんの悲しみや辛さを特別な化学変化によって、笑顔と思いやりに分解して吐き出していこうと思う。周りの人が幸せと感じてくれた分だけ、私の中の辛い記憶は、少しずつ幸せの記憶に置き変えられていくに違いない。

私は初めて入るお店で美味しいと言いながら一緒にご飯を食べたいと思う人がいる。旅行して一緒に笑って、感動したいと思う人がいる。手を繋ぎ、のんびり散歩したいと思う人がいる。ソファーで肩を寄せ合いながら、興味あるコンテンツを見たいと思う人がいる。同じ空間でコーヒーを飲みながら、同じ時間を過ごしたいと思う人がいる。毎年、年賀状に「今年も応援しています」と書いてくれる人がいる。私のことを慈(いつく)しんでくれる人がいる。そういう人がいて、そう思える私は、安らぎと幸せを感じることができる。愛する人のために費やす時間と愛する人と共有する時間は、何よりも幸せな時間である。うっちぃの純真で無邪気な笑顔を見たり、楽しいメールを読んでいると、生きているのが切なかったあの頃の辛い記憶が少しずつ薄まり消され、幸せな記憶で上書きされていく気がする。私はどんなに辛くても毎日、元気・笑顔・思いやりを忘れずに歩みたいと思う。

ベッドでうっちぃに抱かれて寝るのは安らぎと幸福感に包まれる。私は寄り添っているだけで幸せだけど、今回はお腹が痛くてエッチできなくてごめんね。最近は昼間だけでなく、夜勤の仕事なんかもして体重もだいぶ減ったからうっちぃは心配してたけど、うっちぃの顔を見て気持ちが明るくなったよ。私はうっちぃに言ってないことがあるの。私は本当に余命がそれほど長くないかもしれないんだ。だから、この旅行がうっちぃとの最後の旅行になるかも。借金はちゃんと返すから心配しないでね。

「君がため　をしからざりし　命さへ　ながくもがなと　思ひけるかな」(藤原義孝：ふじわらのよしたか)　うっちぃに会うためにもうちょっと生きていきたいわ〜。うっちぃ、ありがとう。

2016年12月29日（木）23：25　もういくつ寝るとお正月

From：うっちぃ　Date：2016年12月29日（木）23：25　..・＊.・＊一
年賀状、かきかき。何とか年内には投稿せねば。φ(..　)、φ(..)。
明けましておめでとうございます。いつも笑顔の空ちゃんが大好きです。
今年も空ちゃんを応援しています。
年末にあわてて書き始めるのは、もう絶対今年限りにする（反省)。

エピローグ

「えたいの知れない不吉な塊が私の心を始終圧えつけていた」（梶井基次郎）

梶井基次郎（かじいもとじろう）：小説家。1901-1932。代表作は『檸檬』、『城のある町にて』、『櫻の樹の下には』。病気のため31歳の若さで亡くなった。『檸檬』は、病気や借金に苛（さいな）まれ、得体の知れない何かに心を圧（おさ）えつけられていた私が、好きな檸檬を爆弾に見立て、以前は好きだった「丸善」を爆破する様子を思い巡らす話。

季節は夏です。（＜ふう、暑い暑い）

2017年8月19日（土）16：56　ＲＥ：仕事

From：うっちぃ　Date：2017年8月19日（土）16：56　..・＊.・＊—
＜お疲れさま。空ちゃんが書いた紀行文を読んで、心を打たれて涙を流していた。仕事はおしまいにしよう。また、旅行しよう～。

From：空ちゃん　Date：2017年8月19日（土）16：59　..・＊.・＊—
＜ありがとう。おだてられるのが一番仕事のやる気が出るわ。旅行は、お仕事頑張って借金を完済して、体調が良くなってからね…。

From：うっちぃ　Date：2017年8月19日（土）17：02　..・＊.・＊—
＜空ちゃんが遊びに行くためじゃなくて、神様が活力を取り戻すために、たまにはデートしてくんなくっちゃ。＼(^^)／

From：空ちゃん　Date：2017年8月19日（土）17：04　..・＊.・＊—
＜全部、返済が終わるまでは遊びに行かないって決めたんだもん。

From：うっちぃ　Date：2017年8月19日（土）17：08　..・＊.・＊—
＜新しくお金を借りて、一度前に借りたのは返すってのはどう。お金の借り換えってよくやるでしょ。低金利の今がチャンス！　＼(^^)／

From：空ちゃん　Date：2017年8月19日（土）17：10　..・＊.・＊―
👧＜元々、利息ついてないし…。うれしすぎるけど、申し訳ないわ。まだほんの少ししか、お金を返せてないから。

From：うっちぃ　Date：2017年8月19日（土）17：13　..・＊.・＊―
👦＜お金なんて、そのうち何とかなるって。それより、どんどん時間が経つと、お互い今のように健康でいられなくなっちゃうんじゃないかと心配。特に俺なんか、元々ボケてるのに、天然×老人性認知症で、空ちゃんの名前もお金を貸してたことも忘れちゃうぞ…。＼(^^)／

From：空ちゃん　Date：2017年8月19日（土）17：15　..・＊.・＊―
👧＜大丈夫。そんときは「熊太郎とメリーちゃん」という本を読めば、すぐに空ちゃんの名前もお金を貸してることも思い出すわよ。

2017年8月20日（日）19：08　8月はあとわずか

From：うっちぃ　Date：2017年8月20日（日）19：08　..・＊.・＊―
👦＜暑い、暑い。空ちゃん食べないと死ぬ～。＼(^^)／🍴👧

From：空ちゃん　Date：2017年8月20日（日）19：15　..・＊.・＊―
👧💦＜あ～ん。うっちぃの悪魔～。＼(^.^)／

From：うっちぃ　Date：2017年8月20日（日）19：23　..・＊.・＊―
👦＜悪魔で思い出したけど、熊太郎に仕事を頼みたいんだ。

From：空ちゃん　Date：2017年8月20日（日）19：26　..・＊.・＊―
👧＜なんで悪魔で思い出す？　熊さん、かわいいよ～。＼(^[ｪ]^)／

From：うっちぃ　Date：2017年8月20日（日）19：32　..・＊.・＊―
👦＜なぞなぞです。「あ、熊、クマ！」、これを英語にすると？　ヒント…前に出てきた組織の名前。＼(^^)／

From：空ちゃん　Date：2017年8月20日（日）19：38　..・＊.・＊―
👧＜え～、英語？　組織？　前に…なんだったけ？　わかんない。

From：うっちぃ　Date：2017年8月20日（日）19：51　..・＊.・＊—
👨＜「あくま、くま」＝悪魔と熊のふたりで、デビルベアーズ！

2017年8月26日（土）21：09　求む、熊太郎

From：うっちぃ　Date：2017年8月26日（土）21：09　..・＊.・＊—
👨＜仕事が終わらないのに時間だけが過ぎていく。金曜日に仕事が終わったふりして帰るんじゃなかった～。小学生の時に宿題が終わったふりして遊びに行ってた癖が未だに抜けない。く～ま～、手伝ってけろ。

From：空ちゃん　Date：2017年8月26日（土）21：18　..・＊.・＊—
🐻＜ど～せ、昼間は余裕かまして昼寝でもしてたんだろ？

From：うっちぃ　Date：2017年8月26日（土）21：25　..・＊.・＊—
👨＜当たり前だろ！　夜は昼寝できないんだもん。＼(^^)／

From：空ちゃん　Date：2017年8月26日（土）21：28　..・＊.・＊—
🐻＜で、俺っちは何を手伝うんだっち？　＼(^[ｪ]^)／

From：うっちぃ　Date：2017年8月26日（土）21：34　..・＊.・＊—
👨＜悪の軍団、デビルベアーズは、いつものように爆弾製造と会社ビルへの配備、脅迫電話、宜しく。＼(^^)／

From：空ちゃん　Date：2017年8月26日（土）21：41　..・＊.・＊—
🐻＜俺っちは心が清い熊さんだからそんな悪いことはできないもん。空ちゃんにでも頼んだらどうだっち。＼(^[ｪ]^;)／

From：うっちぃ　Date：2017年8月26日（土）21：45　..・＊.・＊—
👨＜空ちゃんがそんなことしたら犯罪者になっちゃうだろ。熊には刑法が適用されないから、お前に頼んでるんじゃないか。そのために、わざわざ日本に来たんだろ。(^^)／＜YOUハ、何シニ、ニホンニキタ？

From：空ちゃん　Date：2017年8月26日（土）21：58　..・＊.・＊—
🐻💢＜そんなことのために来るか。刑法がどうのこうのじゃなく、俺っちの良心が許さない。俺っちは正義感の塊、熊さんだもん。うっちぃ、自分で爆弾仕掛けて来いよ。うっちぃが爆弾犯で捕まって、熊さんと空ちゃんはハッピーエンドになりましたとさ。ウッシッシ。小説のラストには持ってこいのシナリオだ。

From：うっちぃ　Date：2017年8月26日（土）22：05　‥・＊.・＊—
👨＜熊太郎なら逮捕されても、檻の中で一生エサをもらえて、老後も安泰だぞ。お客さんはいないけど、見た目やシステムは動物園と一緒！

From：空ちゃん　Date：2017年8月26日（土）22：08　‥・＊.・＊—
🐻＜忙しいんだも～ん。＼(^[ｴ]^)／.。o○（空ちゃんと遊ぼっと）

From：うっちぃ　Date：2017年8月26日（土）22：12　‥・＊.・＊—
👨＜昔は一緒にやってくれただろ。あの優しい熊さんはどこに行ったんだ？　(^^)／💣→(^[ｴ]^)／💣→＼(^ᴥ^)＼💣＜懐かしい思い出゛

From：空ちゃん　Date：2017年8月26日（土）22：23　‥・＊.・＊—
🐻＜昔、そんなことやってたか？　覚えてないもん。悪の軍団に善良な熊さんが入るわけないじゃないか。そんなこと１億円積まれても絶対にお断り。そもそもうっちぃがちゃんと仕事すればいいだけの話だっち。じゃ、頑張れよ～。👋

From：うっちぃ　Date：2017年8月26日（土）22：31　‥・＊.・＊—
👨＜お説ごもっとも…。もし協力してくれたら、褒美にお宝あげるぞ～。熊太郎君の大好きな、空ちゃんのはだかんぼの生写真、３枚セットってのはどうだ。📕👙＜ムフフ写真of空ちゃん

From：空ちゃん　Date：2017年8月26日（土）22：35　‥・＊.・＊—
🐻＜は、は、はだかんぼの、な、生写真！　やるやる、やるもん！！

2017年8月27日（日）20：47　8月ももう終わり

From：空ちゃん　Date：2017年8月27日（日）20：47　‥・＊.・＊—
👧＜仕事は忙しいの？　今日はゆっくり休めた？　＼(^.^)／

From：うっちぃ　Date：2017年8月27日（日）21：00　‥・＊.・＊—
👦＜仕事は年中、無料増量サービス中で、溜まってる。今日は寝てたけど…。しばらくは毎週末、熊太郎君に爆弾配備してもらわないと。
(^[ｴ]^)／💣🍋＜改良型檸檬爆弾

From：空ちゃん　Date：2017年8月27日（日）21：04　‥・＊.・＊—
👧＜じゃあ、早くおやすみして、明日からお仕事頑張んなきゃね。

From：うっちぃ　Date：2017年8月27日（日）21：07　‥・＊.・＊—
👦＜空ちゃんとデートしてる夢見ながら寝る。その前に配備する。

From：空ちゃん　Date：2017年8月27日（日）21：11　‥・＊.・＊—
👧＜はは。自分で配備しに行くんだ。がんばれ～。おやすみ。

From：うっちぃ　Date：2017年8月27日（日）21：24　‥・＊.・＊—
👦＜エッサ。🍋→🐻＜ホラサ。🍋→🐩＜コラサ、配備だワン。🍋

👦＜今宵は10個配備するぞ～。ファイト、オー。✊　🐻🐩＜オー

2017年9月2日（土）22：13　バイト代

From：うっちぃ　Date：2017年9月2日（土）22：13　‥・＊.・＊—
👦＜く～ま～。お宝、あげるぞ。３枚セットの生写真。＼(^^)／

From：空ちゃん　Date：2017年9月2日（土）22：20　‥・＊.・＊—
🐻＜ムフフ。空ちゃんのはだかんぼの写真か？　＼(^[ｴ]^)／

From：うっちぃ　Date：2017年9月2日（土）22：29　‥・＊.・＊—
👦＜もちろん。空ちゃんの寝顔の写真が３枚。顔しか写ってなくて肩より下は布団の中だけど、全身はだかんぼ。得意の妄想力で布団を消せ。

From：空ちゃん　Date：2017年9月2日（土）22：35　‥・＊.・＊—
🐻＜ううむ。寝顔もほれぼれするけど、もうちょっとセクシーなのが良かったな。全身が写ってて、胸の所だけ手のひらで隠してあるとか、ヘアーの所は貝殻で見えないとか。そういう写真はないのか？

From：うっちぃ　Date：2017年9月2日（土）22：41　..・＊.・＊―
👨＜そういう芸術的なのは持ってないけど、もっと熊さんが好きそうな、な～んにも隠れてないのあげようか。＼(^^)／

From：空ちゃん　Date：2017年9月2日（土）22：45　..・＊.・＊―
🐻＜な、な、何にもって。む、胸のふくらみも、ヘアもばっちし、写ってるってことか！

From：うっちぃ　Date：2017年9月2日（土）22：49　..・＊.・＊―
👨＜全身、何もつけてない。ヘアもばっちし。＼(^^)／

From：空ちゃん　Date：2017年9月2日（土）22：55　..・＊.・＊―
🐻＜た、た、たのむ。子分になるから、それ、くれ。＼(^[ｴ]^)／

From：うっちぃ　Date：2017年9月2日（土）23：01　..・＊.・＊―
👨＜仰向けではだかんぼで寝ているメリーちゃんの全身写真が３枚。どうだ、キュートだろ～。アンダーヘアーもばっちし！
／(^ᴥ^)／＼(^ᴥ^)＼＼(^ᴥ^)／

From：空ちゃん　Date：2017年9月2日（土）23：07　..・＊.・＊―
🐻＜う～む。全身の体毛がばっちしだけど…。しゅん…。／(ﾉ八 #)

2017年9月3日（日）22：15　しゅん

From：空ちゃん　Date：2017年9月3日（日）22：15　..・＊.・＊―
🐻＜しゅん…。／(ﾉ八 #)

From：うっちぃ　Date：2017年9月3日（日）22：18　..・＊.・＊―
👨＜熊太郎、見て、見て。空ちゃんちの庭に熊さんの家を作った！

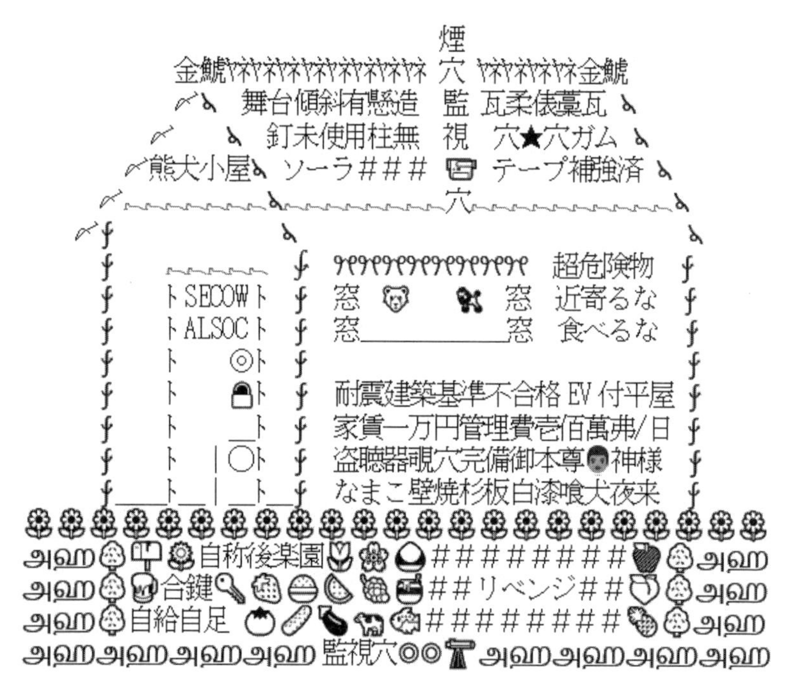

👧＜熊さん、いる〜？　＼(^.^)／
👦📢＜武器を捨てて出てきなさい！　🔫

From：空ちゃん　Date：2017年9月3日（日）22：21　..・＊.・＊—
🐻＜うっちぃ、見事じゃないか。えらい。パチパチ（👏）。

From：うっちぃ　Date：2017年9月3日（日）22：25　..・＊.・＊—
👦＜でへへ。俺は昔から褒められると木に登りたくなっちゃう癖があるから、そのくらいでいいぞ。🐵＜ウキー

From：空ちゃん　Date：2017年9月3日（日）22：28　..・＊.・＊—
👧＜これで、熊さんたちも日本で自由気ままに暮らせるね。

From：うっちぃ　Date：2017年9月3日（日）22：32　..・＊.・＊—
🐻＜メモが置いてある。「熊太郎へ。なぜ寂しそうか神様にはお見通しだ。ふたりに家を下賜するから神妙に拝受いたせ。鮭と栗と蜂蜜はおまけ。物忘れが日常茶飯事の神様より　P.S.熊太郎の背中に乗って日本の

温泉に連れてってやる」

```
                          彡彡                                  ＿＿／
                  ＿＿－-彡彡彡彡彡彡＿                        ／  ＝
  ＿＿／脳少))カマ鮭鮭鰡鯡鱒鮭鮭背鰭セビレ彡＿              ／尾鰭三
ハハハメ◎メ))鮭鮭側線鮭サケ SAKE サーモン鮭＼  ／尾鰭三
   、ムシバ ))鯛鰓鮃鯖鰆鰍鱚鰤ハラミ鰈鰰鮫鰐鮭尾筒オヒレ三
     、クチノ胸ムナビレ鮭鮭鮭さけ酒ビール鮭鮭／ ＼尾鰭＝＝
、、,、、下顎シタアゴ腹ハラビレ鮭鮭イクラ鮭／尻鰭         ＼／
          ＼＼＼                   ヾ＿／      ミミミミ
```

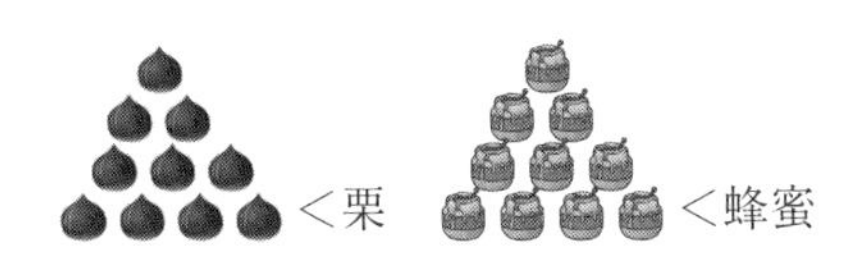

From：空ちゃん　Date：2017年9月3日（日）22：51　..・＊.・＊ー
＜鰐まで食べて、獰猛な鮭だな…。今年も誰も俺っちの誕生日を思い出してくれないのかと寂しかったけど、熊さん、元気を回復した！　今度、俺っちがみんなを背中に乗せて温泉に連れてってあげるもん。

From：うっちぃ　Date：2017年9月3日（日）23：04　..・＊.・＊ー
＜ホントだな、熊太郎。絶対に約束守れよ。来月は、空ちゃんの誕生日なんだ。空ちゃんが元気になったお祝いに、どこか温泉に連れてってけろ。メリーちゃんとダブルデートってのはどうだ。それから、借金の返済が終わるまで旅行しないなんて言わずに、神様の言うことも聞くようにと、空ちゃんを熊太郎からも説得しといてけろ。家族風呂付の温泉宿で４人で混浴なんてどうだ、熊太郎。

From：空ちゃん　Date：2017年9月3日（日）23：07　..・＊.・＊ー
＜よ、４人で、こ、こ、混浴！　行く、行く。行くもん。ムフフ。

From：うっちぃ　Date：2017年9月3日（日）23：19　..・＊.・＊ー
＜来月の空ちゃんの誕生日プレゼントに、温泉旅行をプレゼントしてあげる。俺のお願いも素直に聞いてくれなくっちゃ。そうしないと、時給を￥2,500から￥25,000に変えちゃうぞ。＼(^^)／

2017年10月1日（日）うっちぃの回想日記

はだかんぼうで外に出ると少し寒いと感じるこの時期は、露天風呂にはうってつけの季節だ。フェンスから首を出し眺望すると、天橋立と穏やかな海に揺蕩う観光船やヨットが見える。向こうからもこっちが見えるので、肩より下はタオルかモザイクをかけないといけないぞ。緑と紅葉色の木々、水平線まで続く青い海と白波、水色の空、薄橙色の空ちゃんの肌。部屋に備え付けの露天風呂に浸かりながら、何も考えずに目に入るものを眺るなんて、贅沢でもあり幸せな時間だろ。湯船の中で空ちゃんを前に抱えたり寄りかかり、時々、手のひらで肌触りや弾力と戯れる。過去も未来も考えずに、今この時間を幸せに思い、時を過ごすのは至福の極みだね

のぼせそうになったら、周りに氷がはるくらいに冷凍庫でシャリシャリに冷やした、搾りたてのキリン、天然水が際立つプレミアムなサントリー、麦とホップが★★★のサッポロなどの極旨ビールを缶のまま頂き喉を潤し、横になってYoutubeを見て、また空ちゃんを誘って温泉に入る。湯船に浸かると、温かいお湯と空ちゃんが俺を包み込み、離してくれなくなる。一日中一歩も出かけず、はだかんぼうのままベッドと露天風呂を何度も往復した。夕ご飯は部屋で、脂の乗ったお刺身や牛すきを堪能し、甘口の白ワインとフルーツのサワーで酔って、そのままベッドに倒れちゃった。

空ちゃんといろんな所でデートしたけど、今回ほど空ちゃんに会えて、顔を見て胸が熱くなったことはなかった。空ちゃんから「もう一緒に旅行できないかも」と言われて、その理由が借金があるだけでなく、子宮がんだと聞かされて、俺はまだ見ぬ未来の恐怖に苛まれていた。そして、空ちゃんが手術を受けずに、むしろ死を望んでいることが悲しく、辛く、あとわずかの時間もなく空ちゃんを失うと思うと、自律神経が麻痺して歩くこともおぼつかないくらい、動揺が抑えきれなかった。空ちゃんは昔からずっと死に憧れていて、命に関わる病気になっても、手術するより、何もせずに死を迎えることを願っていて、俺は絶望的な思いだった。何度も空ちゃんが健康になってほしいと伝えても、聞き入れてもらえず、空ちゃんは、昔、神様にお願いしたことが長い時を経て、ようやく叶えられると歓迎しているようだった。かつて、俺が「空ちゃんが命を削って本を書き上げ、最後の１行を書き終えたところで、ぱったりと逝ってしまうお話」なんて言ったことを心底後悔した。俺は実現したい二つの夢があるんだ。一つ目は、本を書き上げること。二つ目は、空ちゃんと

気ままに旅すること。そんな夢も叶えられないと思うと寂しく、俺は生きる希望を失っていた。

空ちゃんと同窓会で会ってから３年が経ったね。それまでは、人生って楽しいというよりは、重く苦しいものだと感じていたけれど、今は確かに人生が楽しいと思えるものがある。空ちゃんと旅行すること。空ちゃんと美味しい物を食べること。空ちゃんと一緒にお風呂に入ること。空ちゃんにメールすること。空ちゃんと時間を忘れてベッドの中でゴロゴロしていること。空ちゃんと一緒に眠り、目覚めても肌に触れていること。空ちゃんとキスをすること。

空ちゃんはいつも俺の心を癒してくれる。空ちゃんが美味しそうにコーヒーを飲んでいること。空ちゃんがいつも優しい言葉遣いをしてくれること。空ちゃんが「美味しい」、「初めて食べた」って喜んでくれること。空ちゃんが散歩のときに手を繋いでくれること。空ちゃんがカフェや居酒屋で店員さんに「美味しかった。ありがとう。ごちそうさま」って言うこと。空ちゃんがソファや電車で座っているときに寄り添ってくれること。空ちゃんの「あはは」というメールの返信を見ること。空ちゃんがいつも笑顔でいること。＼(^.^)／＜笑顔～

…数え上げたら、切りがないね。空ちゃんの笑顔から発射されている幸せ光線が俺を包んで、癒してくれるんだ。

俺は空ちゃんの近くにはいないけど、毎日楽しいメールを書いて空ちゃんを笑顔にしてあげたい、空ちゃんを応援して元気にしてあげたいと思っていた。でも振り返ると、俺の方がたくさん空ちゃんから笑顔をもらって、癒してもらっていた。メールに何を書いたら空ちゃんが笑顔になるか、何を食べたら喜んでくれるか、何を見たら感動してくれるかを考えていると、自分の方が楽しい気持ちになってくるんだ。辛いことがあっても、空ちゃんからメールをもらうと心が癒される。

愛する人がいて愛してくれる人がいることは、人生において何事にも代えがたいもので、空ちゃんは俺にとって唯一無二の存在なんだ。よく人生の勝ち組とか負け組という表現をするけど、世界中のどこの国と比べても平和なこの日本で、たとえ通勤時間が往復４時間近くかかり毎日会社で怒鳴られても、生活できる給料をもらえて、毎日空ちゃんとメールできるなんて、圧倒的に幸福で人生の勝ち組だ。本当の幸せは、お金では買うことができずに、元気や笑顔や思いやりによって生まれるのだと思う。俺のことを忘れずに、俺のことを必要として幸せを与えてくれる人がいるから、俺は幸せなんだ。

人は大きな悲しみや辛さを経験するほど、より大きな喜びや楽しさを感じるのかもしれないね。ニュートンのゆりかごのように、人の心は不幸せの側に大きく振れれば振れるほど、幸せの側にもより大きく振れるのだと思う。人生で辛い出来事はたくさんあるけど、それを乗り越えると、深く辛かった分、より大きな幸せを感じる出来事が未来で待っている。神様が幸運や不運を人に与えるのではなく、人の心は海より深い悲しみを感じたら、空より大きな喜びを感じられるようにできている。生きていればいつかきっと、そう思える時間が巡ってくるに違いない。

俺の二つの夢は時間があるうちに、健康なうちに実現させようと思う。空ちゃんが生きてるうちにできることをやっておかないと絶対に後悔するから、のんびりと毎日齷齪齷齪サラリーマンなんてやってる場合じゃないと意を決し年内で会社を辞め、まずは本を完成させたいと思った。俺の命はあと１年なのか50年なのかわからないけど、いつあと一日と言われても後悔しないように生きていきたい。滔々と流れる人生を、櫂のない小舟が流されるように生きるのはやめようと思った。

ようやく空ちゃんが俺の夢を一緒に叶えることに賛成して、手術を受けると言ってくれた時は、感激の涙が止まらなかった。無事に手術が終わり、俺自身も得体の知れない黒い塊が落ち、気力を取り戻せた。空ちゃんが普通の生活に戻れて、メールをやり取りできて一緒に旅行できて、改めて毎日の幸せをしんみりと噛みしめている。もう二度と空ちゃんは「手術は受けない。長く生きることに執着はない」なんて言っちゃダメだよ。

一緒に温泉に行ってくれてありがとう。今日も素敵な笑顔をありがとう。毎日メールをくれてありがとう。一緒に本を書いてくれてありがとう。時には熊太郎やメリーちゃんになって、遊んでくれてありがとう。そして何より、生きることを選択してくれてありがとう。熊太郎とメリーちゃんは、異世界に転生した俺と空ちゃんかもしれないね。

明日も空ちゃんが元気で笑顔でいられますように。これからも毎日、大好きな空ちゃんを応援しています。＼(^^)／

あとがき

「他人からされたら怒ることは、人にしてはいけない」(ソクラテス)

ソクラテス：古代ギリシアの哲学者。紀元前470年頃 - 紀元前399年。ソクラテス自身は著述せず、弟子のプラトンやクセノポンらによる『ソクラテスの弁明』、『クリトン』、『対話論』などに著される。『政経倫社辞典』(数研出版、1983）での「ソクラテス」の説明には、「肉体的・精神的に異常な力をもち、容貌が怪異で、性向も人なみはずれた奇妙な点があった」とある。辞典に「容貌が怪異」と書かれるとは、どれほど人間離れしたへしゃげた顔なのだろう（＝🐻）？　(容貌魁偉の誤記ではないと思うが)

ある所に、恥の多い生涯を送り孤独と葛藤し、怠惰な生活に身を亡ぼさんとするやつがいた。名はうっちぃという。

登場人物のモデルとなった人と、作品の背景と事実とフィクションを知るうっちぃがあとがきを書くことにした。うっちぃは、本文に書ききれなかった熊太郎の誹謗中傷や罵詈雑言をバリバリ書けると水を得た魚のごとく目を輝かせ、虚言捏造を尾鰭まで付けて書けると、数十年に一度の特別警報級の台風並みにやる気をみなぎらせていた。人の悪口は言いたくないが、熊太郎の悪口は書きたい。😛

まずは、熊太郎についてである。人生の縮図と言われる落語でわかるように、熊五郎でも熊八でも名前に熊がつくやつはロクなやつがいない。たいてい大酒飲みで遊び人で粗忽者でほら吹きで女好きで喧嘩っ早く、熊太郎も例に漏れず、あいつの短絡的で浮気性で間抜けでポンコツで、馬鹿も御珍枕も丸出しで、甲斐性も学もなく、志も脳神経も思考も精神も手足も屈折し、世間知らずの身の程知らずで、大根足で頭がピーマンでボケナスでおたんこなすで、頓珍漢でちゃらんぽらんのあんぽんたんのすってんてんのすかんぴんな生態は（#すかんぴんな生態ってどんな生態だ)、限りある紙面では書ききれず、伝えきれなかったことが多々ある。もし大辞林並みの分量が許容されても、うっちぃの筆力では伝えきれないが、要するに熊太郎を一言で言うならば、クマ目クマ科（クマめ！　クマか？)、トトロ属（#トトロ属にはほかに誰がいる？　#ネコバスやまっくろくろすけとか？）に分類され、へしゃげた熊をふた回り大きくしたように容貌が怪異で、頭からお尻まで体長3.5m、体重1

トン、そこに４本の自称手足と呼んでいる物体が生えている生物である（#1トントラックに足を４本付けた感じか？）。うつ伏せに大の字になれば、大きな体に人を乗せ荷物を積まされ、時速50kmで走行でき、仰向けに太の字になれば（#なぜ太の字だ？）、やわらかい熊の毛皮を敷いたトリプルベッドに枕を置いたような姿になる。熊太郎の時速50kmでのろのろ走る脚力は、時速70kmで疾駆（しっく）する馬や鹿の足元にも及ばない。時には、いかだのようにみんなを乗せて海の上を高速で移動でき、ひとたび海中に潜れば手足はヒレかモーターのような能力を発揮し、時速90kmで泳げるものの（#マグロより速いぞ　#地上を走るより速いぞ　#熊太郎は両生類か）、ウルトラマンは海中を時速370kmで泳げるので（#新幹線くらいか）、うっちぃの圧勝である。熊太郎は、未知の危険を察知する特殊な予知能力を備えているが、うっちぃの能力には手が届かない。ちなみに、これは登場人物の生態を書いているのであって怪獣図鑑を書いているわけではない、たぶん。

熊太郎の知性と品格は、微塵（みじん）もなくミジンコにも及ばず（#知性はともかく品格はミジンコに負けるな）、類は友を呼ぶという見本のようにうっちぃとどっこいどっこい、已己巳己（いこみき）、ミジンコ足もしくは百足脚（むかであし）で五十歩百歩（#ムカデは片側五十脚なら五十歩で一歩進むのか？）、お互いに存在が公序良俗（こうじょりょうぞく）を乱している。

日本には元来ヒグマがいる。ヒグマは最大で体長３m、体重500kg、日本に生息する陸棲哺乳類（りくせいほにゅうるい）の中では最大である。時速40km以上で走り、木登りも水泳も得意。雑食性で食べ物はフキ、セリ類、木の実（ブナ、ドングリなど）、農作物、動物、昆虫などなんでも食べる。蜂蜜よりも、はちのこを狙って蜂の巣を襲うこともあると書かれている本もあれば、蜂蜜も好きと書かれている本もあった。寒冷地に生息する熊は12～４月頃は冬眠をするが、冬眠をしない熊もいる。出産は冬。成獣（大人）は４～５歳。寿命は30～40年程度。実は熊は犬の20倍、臭覚が鋭い。

ヒグマのことなどどうでもいい。熊太郎の話に戻る。本書の中には、何度か熊太郎がメリーちゃんに方角を頼っている場面があるが、あれはメリーちゃんの嗅覚を信用しているのではなく、とにかく女性は勘が鋭いことに依存している。熊太郎は、精悍（せいかん）で野性的な筋骨隆々（きんこつりゅうりゅう）の色艶の良いでっぷりとした強靭（きょうじん）な体躯（たいく）で、熊なのに活動的な馬鹿で、熊なのに馬鹿力があり、熊のような素っ頓狂（すっとんきょう）な顔つきで、熊太郎の唯一良い所といったら、おだてるとすこぶる図に乗り、背中に乗せて運んでくれるところだ（おだてには弱い）。熊太郎は「気付いたらいつの間にか人間の言葉が話せるようになっていた」と言っていた。好きな言葉は「つまづいたっていいじゃないか、熊だもん」。と、こんなことを俺の友達が言っていたぞ、熊太郎（#まとめて全部人のせいにするな）。

話は変わり、メリーちゃんは、体長50cmくらいのキュートな犬みたいな容姿をした、たぶん犬である。メリーちゃんを一言で言うならば、犬型ナビで、未知の道でも正しい方向に導く特殊能力に満ち満ちている。熊太郎をダウンさせる必殺技「メリーキック」に加え、熊太郎の天敵の蜂を一撃する「万華鏡攻撃」を修得したことにより、今や世界はメリーちゃんに支配されており、使えない熊太郎に代わりNPO法人デビルベアーズの総統の要職を務めている。メリーちゃんも「気付いたらいつの間にか人間の言葉が話せるようになっていた」と言っていた。好きな言葉は「この万華鏡が目に入らぬか」。

話は変わり、うっちぃを一言で言うなら、本文中には書かれていないが、本当は公家の血を引く名家の生まれにして光源氏（ひかるげんじ）も降参したほどの絶世の美男子で、理知的で男気があり、気高く優しく屈指の資産家であるという噂にたがわず（#噂になってないだろ　#自分で言ってるだけだろ　#はっきり嘘と言え）、元々頭脳明晰で運動神経抜群であったと思われるが、普段はそれを隠しており、あまりにも長い間、隠していたため、どこにお隠れ遊ばされているか一度も見つけられないまま（#ないものを見つけようとするな）、この先も一生お目にかかれないと思われる（かつて頭脳明晰で運動神経抜群であった７つの証明：①子供の頃は「お前はやればできる」と言われた＜大人になったら「お前はやってもできないんだから」と言われる＞、②子供の頃は勉強もせずに、気付いたらいつの間にか人間の言葉が話せるようになっていた、③子供の頃はマラソンの世界記録を超える脚力を有していた、④子供の頃は未知の危険を察知する特殊な予知能力を備えており、怒られると思うと必ず怒られた＜回避はできなかった＞、⑤大人になっても、怒られると思うと期待にたがわず怒られる予知能力を失っていない＜回避できない能力も失っていない＞、⑥大人になったら、怒られることを多少先送りするサイコキネシス・パワーを身に付けていた＜先送りした分、怒られる力も等比級数的にパワーアップしていた＞、⑦大人になったら、相手の目を見ただけで怒られるとわかるテレパシーを身に付け、時には足音を聞いただけで怒られると予知し、さらに、怒られると思わなくても怒られるほど一層能力がグレードアップしていた)。明晰な頭脳はなかった可能性も否定できなくはなくはないが、幸い今となっては証明のしようがない。才能とは、ちょっとほったらかしにすると、いつの間にかどこかに隠れてしまうものだ（#ないものをあったことにするな)。

うっちぃは少年のような心（４歳＝精神年齢）を持ち、少年の心のまま頭の成長がとまり（４歳)、むしろ４歳をピークに知性は退化し、外見はおじいちゃんほどの精悍さもなく、色艶もなく、容姿も服装も精神もヨレヨレで、街で初めて目にする人でも「あれはうっちぃかも」と思うに違いない。社交性に欠け遮光性で夜行性で、彼の良さを発掘した最初で最後の生物が空ちゃんである。

うっちぃは落語好きである。家でビールを飲みながらYoutubeの落語を見るのが好きで、志の輔落語に心酔している。ほかの落語家も聞くが古典落語は総じてオチがつまらないと思っている。『芝浜』の熊さんは大金を拾って、お酒を飲んで起きたらお金がないので、夢の中の話だったのかと勘違いし、再び仕事に精進し、夢でなかったと気付いた所で「また夢になるといけねえ」とお酒を控える場面で終わる。これなんぞオチなのか訓戒なのかわからないが、このおもしろさがさっぱり理解できないでいる（理解できないのは、噺家がつまらないのではなく、うっちぃの理解力のなさが根本原因である。先日もＳＥという職業柄、『猿でもわかるPython入門』という本を読んだら内容はさっぱり理解できず、唯一、自分が猿以下ということが理解できた)。毎回わかっていながら聞かされるオチはつまらないと思っている。「隣の家に囲いができたんだってね」、「イエー、ウオー、へえ、かっこいい」を毎回聞いたらつまらないと思うのと同じである。「隣の家に囲いができたんだってねえ」と言われたら、「うちと隣の家の間にできたんだから見りゃわかるだろうよ。それを誰かから聞いたみたいに。お前、大丈夫か」と言いたくなるぞ。

話を戻す。うっちぃは会社では目立った活躍はしておらず、なるべく目立たないように活躍しようと思っても活躍してないから目立つこともなく、むしろ迷惑をかけていることで目立っている。もし、どこかでこのような人物を見かけたら、決して、後ろ指を指したり、会議中に寝ていることを叱ったりせずに、そっといい子いい子をして、高い高いをして、同情してあげてほしい。仕事の期限が迫ると機嫌が悪くなるものの、納期を延ばしてあげるか褒めておだててあげると機嫌を直す（おだてには弱い)。うっちぃの欠点を書き始めるとブリタニカ百科事典（全巻）並みの字数を要しても書き足らず、書き連ねたら枚挙に暇がなく、毎日暇（いとま）なく長い長い長〜い時間をかけて通勤し、会議中に暇（いとま）なく居眠りしてしまうほど疲れても、毎日長い長い長〜い時間残業に励む、負け組の典型のようなやつである。うっちぃとそんじょそこらの負け組を比較したら負け組に失礼だし、射撃名人ののび太君と比較してものび太君に失礼だし、上手に木登りする猿と比較しても歯が立たないので、唯一比較できる生物は、やはり宇宙怪獣熊太郎しかいない。

ちなみにうっちぃは、かつてはウルトラマンで、100mを15秒で走ることができ（#ウルトラマンならもうちょっと速く走れ）、これがどのくらい偉大な記録かと言えば、マラソンの世界記録に勝る速さで、この事実にもう少し早く気付いていたらマラソンの歴史が変わっていた。といってもそれは昔の話で、今なら100mに50秒はかかり、それでも水泳の世界記録より速い（#背泳限定か）。好きな言葉は、「♪Life, I love you,All is groovy」（≒生きていることが幸せ）、という生物であり、以上、少々長い一言であったが、昔、在籍していた社長の一言よりははるかに短い（記憶では、「一言で言うと」に始まり、「一言で言うと以上だ」で終わったのが３日後だった）。

ということで、本書に登場するまともな生物は空ちゃん一人しかいない。空ちゃんを一言で表現すれば、地上に舞い降りた最後の天女（てんにょ）のような存在で（#君のひとみは一万ボルトか　#それは最後の天使）、聖女と呼ぶのがふさわしい。天女には会ったことはないけれど、天女は、天にいる羽衣（はごろも）をまとった容姿端麗（ようしたんれい）で神秘的な女性で、例えて言えば、天上界に舞い上がった空ちゃんのようなお方だ。空ちゃんは不思議な魅力に包まれており、もし、邪馬台国の時代に生まれていたら卑弥呼に変わり人々を惑わせ、世を統治していたに違いない。空ちゃんは、心も容姿も振る舞いも言葉遣いも全て美しい上に、嫋（たお）やかで鷹揚（おうよう）として恭（うやうや）しく可憐（かれん）で凛々（りり）しく控えめな性格なのである。四字熟語で言えば優美高妙（ゆうびこうみょう）にして花顔柳腰（かがんりゅうよう）。料理、音楽、短歌、プラモ、漫画など趣味も友達も多く、性格もお肌も愛車のミニも乗りが良く、肌もショートの髪も声もつややかで、昼でも夜でも社交性に富み、人望は厚く化粧は薄く、美しい笑顔を絶やすことがない。永遠の恋人シャルロッテと永遠の妖精石田ゆり子とついでにひかりと、世界三大美女とオードリー・ヘプバーンを足して鉈（なた）で割ったようなさっぱりとした、気の利く優しい性格で（#鉈で割らずに７で割れ　#美人の例えじゃないのか　#足す意味はなんだ）、本書に読み仮名が多く振られ、言葉の意味を補足してあるのは、偏差値が猿以下のうっちぃのために空ちゃんが推敲してくれたからだ！

体系がコンプレックスと本書の中では発言しているが、それは謙遜以外の何物でもなく、がしっと存在感のある、肌着から溢（あふ）れる笑顔を振りまく桃尻と、ぴたっと密着感のある、肌着の陰に隠れて謙虚な蜜柑胸は(文責は熊太郎)、世の男性の心をがしっと鷲掴（わしづか）みにすること間違いなしで、うっちぃも熊太郎もマイケルも完全に心を惑わされてしまった。空ちゃんとホテルで２人きりになると、うっちぃは猿のようにウキウキ心を弾ませ（#ようやく猿に進化したか)、マイケルはソワソワ緊張する。空ちゃんに心を掴まれたからといって固くなるなマイケル。たとえ空ちゃんに体を鷲掴みにされても落ち着け。お前が空ちゃんの代わりに胸を張ってどうする。起立も敬礼もしなくてよろしい。元気を出すな。若返るんじゃない。勝手にダンスを披露するな。スペシウム光線を発射するのも印籠を出すのもまだ早い。マイケルよ、控えおろう！

話を戻す。空ちゃんは笑顔が素敵で、その笑顔にうっちぃも熊太郎もメリーちゃんも神々も癒されている。本書の執筆にあたっては、空ちゃんの功績は多大で、うっちぃに「空ちゃんなら日本で一番おもしろい本が書ける」とおだてられ（おだてには弱い)、推敲十日力行（りっこう）一月（#邪馬台国へは水行十日陸行一月)、つまらない所をおもしろく推敲するというノルマを５年以上に及び臥薪嘗胆（がしんしょうたん）の思いで遂行し、完成したのが本書である。好きな言葉は「元気・笑顔・思いやり」。

ところで、もし熊太郎がうっちぃに出会った最初の一言が「何もなかったら、お前っちを食べちゃうぞ」ではなく、「俺っちの家でご飯を食べてけ」とか「俺っちの家に泊まっていくか」くらいのことを言っていたら、このあとがきは、肉体的・精神的に異常な力をもち、容貌が怪異で、性向も人なみはずれた奇妙な点があり、自分が無知であることを自覚し、高尚なソクラテスと同じ界に属し、優しさに満ち溢れ、未知の危機察知能力を備えた最強宇宙怪獣熊太郎を絶賛する内容が書かれていたに違いない。それほど、人と人との出会いも、人と宇宙怪獣との出会いも、第一印象は大切なのである。

熊太郎よ、『アリとキリギリス』の訓話を披露するから神妙（しんみょう）に拝聴（はいちょう）いたせ。『アリとキリギリス』は、「備えあっても憂いアリ。老後のためには消費より貯蓄」と休日もなく「早く早く」と働く、典型的な昭和生まれの日本人のうっちぃのようなアリの「アーリィ」と、「備えなくても憂いなし。経済成長には貯蓄より消費」とその日暮らしの「ギリギリ」

の生活をしている、典型的な平成生まれの宇宙怪獣の熊太郎のようなキリギリスの「ギリギリス」が登場し、夏の間、バイオリンを弾き、歌を歌って青春を謳歌したギリギリスは、冬になり食べ物がなくなると、アーリィのアリ処（か）にアリ合わせ、「アリゃアリゃ、アーリィさんではアリませんか。キリギリスだけにバイオリンの音はキレキレっすけど、生活はキツキツで危機的にギリギリス。」(直訳：何か食わせろ。何もなかったら、お前っちを食べちゃうぞ）と糸鋸状（いとのこじょう）の弓をギラギラ光らせギイギイ不快な音を立てると、小心者のアーリィは、「あの弓にキリキリ舞いしてギリギリとキリ刻まれたキリキズを思い出すと胃がキリギリス」と心でつぶやき、ギリギリスに忖度（そんたく）して、アリもののアリふれたアリきたりの生活物資とアリとあらゆる食料をアリったけ支援すると、ギリギリスは「アリさんだけに毎度アリ。感謝の意を表しま〜す。さもアリなん。」と心にもないアリていの言葉を口にしてキリの中に消え去り、アーリィは「あの態度はアリえん。ギリギリスにしてギリは有らず。さもアリぬべし。」と心でつぶやき、やがてギリギリスは修行に励み、清遊に励み散在、浪費するも、晩年はバイオリニストとして名声を博（はく）し聴衆の記憶に残る、明星（みょうじょう）たる人生を閉じたギリギリスと、毎日長い長い長〜い時間をかけて通勤し、会議中に暇（いとま）なく居眠りしてしまうほど疲れても、毎日長い長い長〜い時間残業に励み、頭も禿（は）げみ、晩年は記憶をなくし自分の名姓も忘れるアリさまで、精神は疲労し、財産は残したまま、ダイアリーに「在（あ）り在（あ）りし　熊よ毛皮よ　有りや無し」と辞世（じせい）の句を詠（よ）み、平凡（へいぼん）たる人生を閉じたアーリィと、どちらか一度の人生ならば、あなたならアーリィのような人生を送りますか、それともギリギリスのような人生を送りますか、幸福とは、国家とは何かを問う哲学的なお話である（#初めて聞いたぞ）。ところがどうだ、一飯之恩（いっぱんのおん）という言葉もあるのに、熊太郎はうっちぃから食べ物を恵んでもらいながら、「熊さんだけにサンキュー。」のユーモアの一言もない礼儀知らずの馬鹿なのに熊だ（#「アリとキリギリス」の話の教訓はそこじゃないだろ）。

あとがきがこのような内容で良いのかと思わないでもないことはなくはないが、本来は披露を控えたくなる登場人物の実態を、最後にギリギリまでアリアリと、泣く泣く秘密を暴露できるのはうっちぃしかアリ得なく、本文自体も内容が無いような内容なので（文責は熊太郎）、バランスがとれていなくもなくはなきにしもあらず、ギリギリアリとするでアリんす。これほどまでに、作品の背景や著者しか知りえない事実と、微に入り細を穿って熊太郎の悪口を思う存分書けるのは、やっぱりうっちぃしかいない。これ以上悪口を書くと、今度こそ本当に熊太郎に食べられてしまいそうなので、これでギリギリス。もっとも、チョコレート一切れあげて礼を言われないだけで、恩着せがましくこれだけ根に持つやつがいたら決して友達にしたくない（＃お前だろ）。

人生は、バーゲンセールで買って一度だけ穿いたフレアパンツのように儚いものである。そして、二日酔いで便器を抱えているときのように儚くも苦しいものである。

お酒の力は偉大なもので、ビールを飲みながら書かれた果てしない妄想と夢の物語は本当の終焉を迎える。どこからが始まりかというと、全ては石垣島のボートでビールを飲みながら昼寝をした所から、このあとがきの最後の一文までずっと妄想と夢の中なのだ。万一本書が売れたあかつきには、空ちゃんと熊太郎とメリーちゃんを温泉旅行に招待し、部屋に備え付けの露天風呂を浴び、キンキンに冷えたビールを浴びるように飲み、七輪の炭火で焼いたＡ５ランクのとろけるような松坂牛を浴びるように食べ、ついでに煙も浴びながら宴会を催すというのが目下の夢である。いや、やっぱりビールは嗜む程度に控えよう。また夢になるといけねえ。

うっちぃ（文責は熊太郎＜拇印＞）

熊太郎とメリーちゃん

2023年11月2日　第1刷発行

著　者――島野★熊太郎
発　行――日本橋出版
〒103-0023　東京都中央区日本橋本町2-3-15
https://nihonbashi-pub.co.jp/
電話／03-6273-2638
発　売――星雲社（共同出版社・流通責任出版社）
〒112-0005　東京都文京区水道1-3-30
電話／03-3868-3275

ISBN 978-4-434-32523-6